STACEY MARIE BROWN

SAINDO DA LOUCURA

Traduzido por Ana Flavia L. Almeida

1ª Edição

2021

Direção Editorial:	**Arte de Capa:**
Anastacia Cabo	Jay Aheer
Gerente Editorial:	**Adaptação de Capa:**
Solange Arten	Bia Santana
Tradução:	**Revisão Final:**
Ana Flavia L. Almeida	Equipe The Gift Box
Preparação de texto:	**Diagramação:**
Marta Fagundes	Carol Dias

Copyright © Stacey Marie Brown, 2019
Copyright © The Gift Box, 2021

Todos os direitos reservados.
Nenhuma parte do conteúdo desse livro poderá ser reproduzida em qualquer meio ou forma – impresso, digital, áudio ou visual – sem a expressa autorização da editora sob penas criminais e ações civis.
Esta é uma obra de ficção. Nomes, personagens, lugares e acontecimentos descritos são produtos da imaginação da autora. Qualquer semelhança com nomes, datas ou acontecimentos reais é mera coincidência.

Este livro segue as regras da Nova Ortografia da Língua Portuguesa.

CIP-BRASIL. CATALOGAÇÃO NA PUBLICAÇÃO
SINDICATO NACIONAL DOS EDITORES DE LIVROS, RJ
Meri Gleice Rodrigues de Souza - Bibliotecária - CRB-7/6439

B897s

Brown, Stacey Marie
 Saindo da loucura / Stacey Marie Brown ; tradução Ana Flávia L. Almeida. - 1. ed. - Rio de Janeiro : The Gift Box, 2021.
 376 p. (Winterland tales ; 2)

 Tradução de: Ascending from madness
 ISBN 978-65-5636-105-5

 1. Romance americano. I. Almeida, Ana Flávia L. II. Título. III. Série.

21-73120 CDD: 813
         CDU: 82-31(73)

Querido Papai Noel,

Nem se incomode. Todos nós aqui fomos travessos.

CAPÍTULO 1

Um frio enregelante tomou conta do meu nariz e meus dedos, vaporizando cogumelos a cada expiração. As estrelas brilhavam muito além na escuridão, e os sons de músicas natalinas atravessavam a porta corrediça, flutuando pelo quintal iluminado pela lua.

O copo colidiu contra meus lábios enquanto ingeria o uísque, a queimação me fazendo enrugar o nariz. Na mesma hora, o álcool me acalmou e me aqueceu, mesmo que eu tivesse certeza de que minha bunda tinha congelado no banco. Minha roupa não foi feita para ficar rodopiando por aí em temperaturas congelantes, e o cobertor pesado que enrolei ao redor dos ombros não parecia fazer muito efeito.

Cenários cheios de neve na época do Natal eram meus favoritos, mas eu ansiava para que a neve não fosse... Bem, tão fria.

Por mais congelada que estivesse, de jeito nenhum eu voltaria lá para dentro. Em parte – okay, principalmente – porque passei vergonha mais do que posso imaginar. Minha reação foi humilhante. A risada enlouquecida que não consegui conter até minha irmã me afastar dali foi só a cereja do bolo.

E isso era dizer muito vindo de mim.

Estar ao redor das pessoas dentro da casa era pior do que virar um bloco de gelo aqui. Eu ainda conseguia ver a expressão horrorizada no rosto da minha mãe, irmã, e até mesmo do nosso novo vizinho. Seus olhos se arregalaram, cada par dizendo algo semelhante.

Louca. Pirada. Insana.

Nem eu mesma conseguia explicar minha reação ante nossos novos vizinhos de porta: Jessica, Matt, e seu pequeno e adorável filho, Tim. O efeito contraditório que o casal causou em mim foi exagerado e confuso. Esperava que o ar fresco ajudasse a me acalmar, mas não fez nada além de me obrigar a atiçar os sentimentos que se recusavam a ir embora.

STACEY MARIE BROWN

Tomando mais um gole do uísque, suspirei profundamente, relaxando os ombros. A lua estava quase cheia e refletia na neve em meu quintal, criando um brilho meio fantasmagórico.

Isso me fez sentir solitária. Triste. Mas eu vinha me sentindo inquieta desde que acordei, a memória estagnada em um certo momento, sem me dar nenhuma lembrança de ter saído do trabalho ontem à noite, nem de ter dirigido para casa. Mal conseguia me recordar de me sentir doente ou de estar no chalé com Gabe. Tudo nos últimos dias parecia um sonho distante. Como se tivesse acontecido semanas atrás, não ontem.

Sentada no banco embutido em nosso deque, e de costas para a casa, minhas pernas mal cobertas balançavam para frente e para trás, em uma tentativa débil de me aquecer. O uísque estava ajudando com isso, assim como me levava ao ponto onde não dava mais a mínima. Um lugar onde eu queria montar uma tenda e acampar por um tempo.

— Alice. Alice. Alice — murmurei meu nome como uma reprimenda, ingerindo o último resquício da bebida.

— Me perdoe. Estou interrompendo uma conversa particular? — Uma voz grave ressoou às minhas costas, fazendo minha cabeça virar. O ar ficou preso na garganta com o susto e com fato de que esse homem roubou brutalmente todo o fôlego de meus pulmões.

Santo ajudante do Papai Noel…

Meu olhar deslizou pelo seu corpo. Com quase um e noventa e três, os ombros largos projetavam sombras em cima de mim. Seus olhos azuis, que pareciam brilhar, me fizeram estacar no lugar. Ele era lindo e *sexy*, mas algo sugeria que havia uma fera por dentro daquele terno muito bem-ajustado. Alguém que realmente sabia o que fazer com o corpo de uma mulher…

Alice! Eu me repreendi. *Ele é casado! Tem um filho!* Isso pouco fez para afastar as batidas do meu coração e a agitação em meu interior.

Dando um passo na minha direção, ele inclinou a cabeça, como se estivesse esperando minha resposta.

Ele perguntou alguma coisa? Eu deveria falar algo? *Bom trabalho, Alice, em não confirmar que você deu a louca.*

— Estou realmente curioso para saber como sua conversa procederia. — Colocou as mãos nos bolsos, seu hálito espiralando à frente.

— Acho que já me fiz parecer louca o bastante lá. — Com os lábios franzidos, encarei o copo vazio.

— É por isso que está se escondendo aqui? — Deu mais um passo

SAINDO DA LOUCURA

para perto de mim. Se não estiver enganada, ele tem um leve sotaque britânico, o que só o tornava mais gostoso.

— Sim. Não. — Dei de ombros. — Não sei. — Minha atenção se desviou para a festa a todo vapor dentro da casa. *Rocking around the Christmas Tree* fez algumas pessoas remexerem seus quadris, com uma grande ajuda ou do ponche de Natal do meu pai ou do quentão da minha mãe. — Essa noite não faz muito o meu estilo.

Geralmente, eu aproveitava a festa anual de Natal da minha mãe, mas nesse ano era o último lugar onde eu queria estar.

— É. — Matt balançou a cabeça, seguindo meu olhar. — Também não estou me sentindo completamente festivo. Na verdade, queria que toda essa época de comemorações acabasse.

— Uau. — Sorrio. — E eu aqui pensando que era a única rabugenta. Será que você não é o Ebenezer Scrooge dos dias atuais? — No instante em que o nome saiu de meus lábios, uma sensação vertiginosa de *déjà vu* me fez pressionar a palma da mão em meu peito. *Biscoitos de Natal! O que tem de errado comigo? Por que dizer isso pareceu tão familiar?*

Ele congelou no lugar e uma expressão estranha tomou conta de seu rosto antes de desaparecer ao balançar a cabeça.

— É… — Franzindo o cenho, ele pigarreou, vindo para o banco onde me sentei. — Algo assim.

— Você não se parece em nada com o personagem, mas por que sinto que Scrooge combina perfeitamente com você? — Ergui a cabeça para encará-lo, meu coração batendo alto em meu peito.

Ele soltou uma risada.

— Você provavelmente tem razão. Parece combinar comigo. Talvez eu deva mudar meu nome? — Deu uma piscadela, brincando, cativando um sorriso enorme a surgir em meus lábios.

O momento passou de inocente a sensual em um piscar de olhos, ambos os sorrisos desaparecendo enquanto encarávamos um ao outro sem dizer uma palavra. Ele pairava sobre mim; cada célula do meu corpo gritando para que eu o alcançasse e o tocasse, para que deixasse seu peso me esmagar.

Cacete, Alice. Pare!

— Então. — Desviei o olhar, e me movi no banco. — O que o trouxe aqui fora? Eu não deveria ser vista. Estou escondida na minha fortaleza ultrassecreta.

— Não sou bem-vindo na sua fortaleza secreta, *Alice*? — Sua voz ressoou meu nome, a frase repleta de conotação, levantando meu queixo com uma alavanca, meu coração saltando na boca dizendo: *sim, entre.*

Misericórdia, São Nicolau. Eu precisava me jogar no monte de neve. A forma como ele disse meu primeiro nome foi erótica, como se tivesse sussurrado em meu ouvido, seu corpo se movendo sobre o meu.

ALICE! PARE!

— Uau... — Ele ergueu as sobrancelhas, levantando a mão para esfregar a boca, a outra ainda em seu bolso. — Isso soou errado. *Muito* inapropriado.

Eu não conseguia esconder a decepção que senti dentro de mim, o nó em meu estômago desejando que ele tivesse falado sério, a insinuação sexual e tudo o mais.

— Por favor. — Balancei a mão. — É para cá que vêm o inapropriado e o errado. Perdeu meu espetáculo mais cedo? Eu, claramente, não deveria ter permissão de ficar perto de pessoas normais.

— Então parece que finalmente encontrei o lugar onde pertenço.

Respire, Alice. Respire.

Tentando não tirar nenhuma conclusão precipitada, indiquei o lugar ao meu lado no banco.

— Por favor, sente-se; a reunião dos proscritos está prestes a começar.

Um pequeno sorriso curvou o canto de sua boca, agitando ainda mais o meu coração. Ele se abaixou, de frente para a casa.

— Não está congelando? — Esfregou as mãos uma à outra. — Ou os cidadãos locais são imunes a esse frio insuportável?

— Isso... — levantei meu copo — é nossa imunidade. — Inclinei-me mais perto, sentindo os efeitos do uísque, colocando o dedo em meus lábios. — Shhh. Isso é um segredo muito bem-guardado nosso, os nativos de New Britain.

— Seu segredo está a salvo comigo. — Ele sorriu para mim, apoiando os antebraços em suas pernas. — Devo admitir que quando minha esposa disse que nos mudaríamos para New Britain, eu estava empolgado em ir para casa. Ela esqueceu de dizer que essa New Britain ficava em Connecticut.

— Então, você é da Inglaterra? Pensei ter notado um sotaque.

Ele abriu a boca para responder, depois fechou, seus dedos pressionado as têmporas, esfregando-as, como se estivesse tentando instigar uma lembrança.

— Sim... — ele respondeu, finalmente, mas não parecia ter plena certeza. — Foi há tanto tempo... Fui para a Universidade de Oxford, mas mal me recordo. Os detalhes estão perdidos... é mais uma sensação. Uma impressão.

SAINDO DA LOUCURA

— Impressão? — zombei. — Isso aconteceu há o quê... dez, quinze anos? Quanto você bebeu quando estudava?

Ele pressionou os lábios um ao outro, seu olhar vazio. Vários minutos se passaram. Por fim, ele sacudiu a cabeça como se estivesse acordando de um transe, virando-se para mim.

— Bem, fico grato por você me deixar por dentro dos bem-guardados segredos locais.

— Você faz parte do clube inapropriado e errado agora, lembra? Nós ficamos unidos.

— Ficamos? — Ergueu uma sobrancelha.

Merda... pisei bem em cima daquele pudim de figo.

— Claro. — Balancei as pernas, observando o céu mais uma vez. — Mas para ser um membro completo você deve trazer álcool para o encontro. — Balancei o copo vazio. — Iniciação.

Seu sorriso não chegou a ser completo, mas seus olhos brilharam com malícia.

— Isso é uma coincidência. — Ele colocou a mão dentro do bolso de seu paletó, retirando um cantil. — Vim preparado.

— Cacete, você realmente foi enviado pelo Papai Noel... — Suspirei, contente, lambendo os lábios, sem perceber o que eu disse até que seu silêncio me fez olhar para seu rosto. Ele me encarou, mais uma vez seu olhar escavando minha alma como um coveiro. — Quero dizer... uau... não estou melhorando nada essa noite. Todos os tipos de esquisitice.

— Na verdade, foi muito bem-dito para nosso primeiro encontro. — Ele girou a tampa, despejando o líquido marrom em meu copo. O aroma rico e defumado me fez enrolar os dedos dos pés. — Daí o nome do nosso clube, Srta. Liddell.

— O quê? — Ergui a cabeça rapidamente. Pareceu uma flechada bem na minha barriga, calor serpenteando pelas minhas coxas. — Do que você me chamou?

— Eu... — Ele parou, seu pomo-de-adão se movendo, parecendo como se ele tivesse sido atingido pela mesma flecha. Só que em um piscar de olhos, sua expressão se transformou em pedra, e ele pigarreou mais uma vez. — Eu te chamei de Srta. Liddell. Esse é seu nome, não é?

— Sim. — Por que o fato de ele ter dito meu nome tão formalmente pareceu tão informal? Como se ele estivesse tirando cada peça da minha roupa. Pareceu muito mais íntimo do que se ele tivesse me chamado por algum apelido *sexy*.

— Bem, a que deveríamos celebrar em nossa primeira reunião? — Ele ergueu seu cantil.

— *Sua* primeira reunião. — Levei minha bebida de encontro à sua. — Sou um membro dedicado desde o nascimento.

— Parece que você teve todo tipo de divertimento enquanto crescia. — Seu olhar travesso encontrou o meu. Seus olhos eram insondáveis e repletos de encrencas atrevidas.

— Eu tive.

Seu sorriso malicioso cresceu um pouco mais.

— Uma saudação a um *feliz* Natal?

— Bah, humbug[1]. — Meus lábios se retorceram, combinando com sua expressão matreira.

Ele deixou escapar uma risadinha, o olhar agora mais intenso.

— Bah, humbug. — Ele inclinou a cabeça, encostando seu cantil contra meu copo, ambos prestes a dar o primeiro gole.

— Matthew! — A voz de uma mulher vociferou, nos fazendo virar para a figura parada à porta mal-iluminada da cozinha.

Essa mulher me congelou com apenas um olhar, como se ela fosse o *Snow Miser*[2]. Seus gélidos olhos azuis estão focados em nós, o corpo rígido e imponente enquanto ela se aproxima cada vez mais do deque. Uma careta surgiu em seu rosto antes que ela a disfarçasse, soltando uma risada suave.

— Procurei você por toda parte, *que-ri-do*. — Ela veio para mais perto, e tudo nela gritava bem-educada, bem-nascida, cheia da grana, mimada, e extremamente controladora. Ela parecia fria e esnobe, nem de longe um bom partido para o homem ao meu lado.

Era uma mulher *sexy*, e não importava se fosse mais velha ou não. Eu odiava a vadia certinha por motivos que não conseguia entender. Eu nem conhecia a mulher, exceto que ela tinha o homem por quem eu me sentia insuportavelmente atraída. Ansiava.

Isso precisava acabar agora.

— Sabe que odeio ficar longe de você — ela ronronou, estendendo a mão para ele segurar. Ele afastou seu cantil e rapidamente acolheu sua mão. Como um cão adestrado.

---

1   Bah, humbug: Expressão famosa muito utilizada pelo personagem Ebenezer Scrooge.

2   Snow Miser é um dos personagens vilões do filme feito para a TV, lançado em 1974, 'Um ano sem Papai Noel'.

— Me desculpe, amor. — Ele beijou seus dedos, e observei enquanto os ombros dela relaxaram, um sorriso surgindo em seus lábios perfeitamente pintados.

— Já passou da hora de Timothy dormir. — Seus dedos se enroscaram aos dele. Ela fingiu que eu não estava aqui, mas eu conseguia sentir a força de sua possessividade me afastando dele.

— São apenas oito horas. Tenho certeza, meu amor, que podemos deixá-lo acordado essa noite. Ele estava se divertindo tanto dançando e comendo todos os biscoitos de gengibre.

— Exatamente — ela diz, alto. — Quero dizer... — Um sorriso voltou ao rosto. — Ele vai ficar com todo aquele açúcar no sangue. Você sabe como me sinto sobre ele comer doces. Não é saudável. Não queremos que ele tenha diabetes agora, queremos?

Aah. Ela era uma daquelas mães.

— Não acho que ele vai ter diabetes por uma noite comendo alguns biscoitos. — Eu conseguia ouvir o tom irritado na voz de Matt.

— Estou com uma dor de cabeça terrível por causa da música. — Ela beliscou a ponte de seu nariz. — E você acabou de se recuperar de uma doença. Ficar do lado de fora nesse clima frio... achei que fosse mais esperto que isso, meu amor.

Ele deu um suspiro profundo, se levantando, endireitando os ombros. Seus músculos tensionados por baixo do paletó ajustado se moveram como cobras.

— Você está certa. Devíamos ir para casa. Uma boa noite de sono é exatamente o que eu preciso. — Ele soltou a mão dela, mas colocou em suas costas para guiá-la até a porta corrediça de vidro.

— Tenha uma boa noite, Srta. Liddell. — Ele balançou a cabeça para mim. — Foi um prazer conhecê-la.

— Sim, Alice. Foi adorável. — Engraçado ela ter dito isso, mas não era o que sua expressão indicava. — Venha, meu querido. — Jessica entrou na casa.

— Boa noite, Sr. Hatter. — Tentei usar o tom mais apropriado possível, como se tudo aqui fora tivesse sido formal e censurado.

Ele se virou quando entrou, a mão apoiada sobre a maçaneta. Seu olhar se conectou ao meu, os lábios contraídos. Parecia que ele queria dizer alguma coisa, mas com o som da voz de seu filho o chamando, ele virou de costas para mim e fechou a porta.

Engoli o nó na garganta, girando para encarar o quintal mais uma vez. Que caralhos havia de errado comigo? Entornando o resto do uísque, tentei entender por que a saída dele me fez sentir tão solitária. Eu o conheci algumas horas atrás.

Só você mesmo, Alice, para ficar a fim de um homem casado.

Eu me senti arrasada. Perdida. Como se aquilo que estive procurando por tanto tempo, tivesse se perdido mais uma vez.

CAPÍTULO 2

Leite foi despejado sobre o líquido escuro, remexendo e agitando com espirais melancólicos. Hipnotizada pelo romance entre o café e leite antes de se entregarem à união e se misturarem, encarei a xícara como se ela fosse revelar as imagens e impressões às quais preencheram minha mente a noite inteira.

Mental e fisicamente cansada, eu esperava por um sono sereno. Não foi isso o que consegui. Toda vez que fechava os olhos, sentia como se estivesse caindo em um buraco escuro, paralisada, onde criaturas dançavam longe da minha vista. Tudo o que sentia era terror de que eu estava muito atrasada. Que eu precisava chegar em algum lugar. Salvar alguém. Vidas estavam em minhas mãos, mas eu estava presa. A própria escuridão me pressionava contra o chão, travando meus músculos.

Três vezes acordei de supetão, lutando contra as cobertas, meu coração disparado, medo revestindo minha testa de puro suor. Por fim, desisti quando o dia estava clareando, cambaleando lá para baixo em busca de café antes de voltar para meus desenhos. O que me atraía a eles, para continuar criando, era mais forte do que tudo que já senti. A inspiração havia vindo à tona e estava cantando como uma sereia, me chamando de volta para os esboços.

— Alice? — A voz surpresa da minha mãe me fez levantar a cabeça. Ela estava linda; seu cabelo sedoso sobre os ombros. Ela usava uma saia xadrez na altura dos joelhos, uma blusa azul de manga longa, meia-calça e sapatilhas. Aos cinquenta e dois anos, apesar de alguns fios grisalhos e linhas de expressão, minha mãe realmente poderia ser confundida com minha irmã mais velha. — O que está fazendo acordada tão cedo? Geralmente tenho que te arrastar da cama ao meio-dia.

Exagero total. Talvez dez anos atrás, quando estava no ensino médio, mas meu trabalho na cidade me fazia chegar ao escritório às oito da manhã. Ela só parecia se lembrar de quando eu tinha quinze anos, não vinte e cinco, e esqueceu que morei sozinha e já cuidei de mim mesma.

— Não consegui dormir. — Dei de ombros, bebericando o café, observando-a pegar sua própria caneca de cafeína. — Por que está de pé? Você não trabalha aos domingos.

— Não, não trabalho. Mas, curiosamente, Rose me ligou esta manhã me dizendo que estava doente. — As sobrancelhas da minha mãe arquearam.

— Você quer dizer a Rose que estava aqui ontem à noite, dançando no nosso sofá, com uma mesa decorativa na cabeça, bebendo doses do ponche do meu pai enquanto cantava um rap natalino do Run-DMC?

— Essa mesma. — Minha mãe deu um sorrisinho. — Em algum lugar daqui até seu apartamento, ela jura que se resfriou.

— O ponche do papai em exagero agora significa gripe — zombei.

Minha mãe riu, pegando uma banana da fruteira.

— Como você está se sentindo?

— Bem — menti. Nada parecia bem, meus pesadelos não eram a única coisa que me mantinham acordada. Pensamentos a respeito de Matt Hatter me faziam virar e remexer, me repreendendo por cada um, puro ou impuro, que eu tinha sobre ele.

— Você preocupou a todos nós ontem à noite. E então você desapareceu.

O ato de ingerir mais uma bela dose de cafeína me impediu de responder.

— Alice.

— Mãe.

— Apenas saiba que estou realmente preocupada. Você não tem sido você mesma.

— Estive fora de mim por *um dia*. Me recuperando de uma chateação.

— Não, tem sido mais do que um dia. Já tem acontecido há um tempo agora.

Um tempo? Sério?

Minha cabeça tentou recordar as últimas semanas quando voltei para casa após ser demitida. A sensação era de correr na lama, minha mente se esforçando para lembrar o grande nada antes de pular algumas semanas à frente. Vago e distante, eu me lembrava de voltar para casa. Tudo bem que estava um pouco deprimida, mas eu tinha acabado de perder meu emprego e meu suposto namorado, tendo que voltar para casa aos vinte e cinco anos. Isso desmoralizaria qualquer um.

SAINDO DA LOUCURA

Minha mãe despejou café em uma caneca de viagem, colocando um condimento de uma garrafa que não reconheci, me observando por baixo de seus cílios.

— Então… quais são seus planos para hoje? Viu aqueles catálogos que coloquei na sua bolsa?

— Você quer dizer as *dezenas* de propagandas de faculdades? É, meio difícil não ver. — Voltei a tomar o café.

— Querida, você precisa de algo em que focar. Precisa de um diploma se quiser ter a oportunidade de progredir. Você acha que eles teriam escolhido aquele cara no seu lugar se você tivesse um diploma?

Eu havia sido dispensada do meu trabalho antes do meu último emprego como assistente do meu ex. Em vez de mim, contrataram o sobrinho do chefe que não sabia nada sobre a empresa.

— Sim. — Abaixo a xícara com um baque. — E mesmo sem um diploma, ele tinha duas coisas que eu não tinha… relação sanguínea e um pau.

— Alice. — Minha mãe fez uma careta.

— Eu era a mais adequada, sabia tudo sobre a Biscoitos Rei de Copas. — Trabalhei com atendimento ao consumidor por três anos, onde rapidamente percebi que não gostava mesmo de pessoas e esperava ganhar um emprego no departamento de marketing deles. Eu realmente odiava aquele lugar e sentia que o trabalho corporativo sugava minha alma, mas teria dado um dinheiro fantástico. A vaga foi para Bill, o lagarto. Sem brincadeira. Ele parecia um lagarto, sempre estalando a língua.

— Bem, por favor, tire um tempo para dar uma olhada neles de novo. Volto por volta das seis. — Ela beijou minha testa. — Ah, e você devia experimentar o creme caseiro que Jessica trouxe ontem à noite. Juro que eu poderia beber com tudo. É tão *divino*. — Ela pegou sua bolsa e saiu pela porta da garagem.

Ergui as sobrancelhas com sua escolha de palavras, mas encarei a garrafa sem rótulo na bancada. Eu não encostaria em nada feito por aquela mulher. E mais, Jessica não parecia o tipo de pessoa que fazia qualquer coisa "caseira", e eu tinha certeza de que ela não assava, cozinhava, ou sequer sabia onde ficava a cozinha. Ela provavelmente comprou um melado genérico na loja do fim da rua e colocou em outra garrafa.

Empurrando a banqueta para trás, fui me levantar e pela minha visão periférica notei um objeto branco desfocado, grande, do tamanho de uma criança saltando pelo jardim. Meu pescoço se virou rapidamente para a vidraça, meu olhar procurando o que avistei segundos antes.

Nada. Nosso quintal cercado estava vazio, com nada além de algumas árvores, e grama coberta de neve. Tínhamos alguns bichinhos, principalmente coelhos durante a primavera, mas aquilo parecia *bem* maior do que qualquer coelho que tínhamos nessa região. Não criávamos lebres do tamanho de crianças aqui, e as que tínhamos eram amarronzadas, não completamente brancas.

— Preciso dormir um pouco. — Balancei a cabeça, virando de costas para a janela, e subi a escada. Estava tentada a voltar para a cama, mas minha bunda foi direto para a cadeira, meus dedos pegando o lápis, como se não tivesse escolha alguma a não ser isso.

Minha mão sobrevoou a página, ramificações dos meus sonhos saltando para cima e para baixo dentro da cabeça, controlando os movimentos do meu braço.

Comecei a desenhar.

E não parei.

— Alice? — Escutei meu nome, mas pareceu mais uma fraca brisa passando pelas folhas das árvores. — Ai, meu Deus!

Alguém desabou ao meu lado na mesa, agarrando meu braço.

— Alice. Pare!

— Dinaaah. Solta — rosnei para a mão da minha irmã que puxava o lápis de carvão que eu segurava.

— Solta *você* — ela gritou, arrancando-o da minha mão, me fazendo virar a cabeça para ela. Seus olhos castanhos estavam arregalados e em estado total de alerta. Ela estava usando sua fantasia de elfo. Minha atenção se desviou para algo acima de seu ombro, para a noite que preenchia minha janela saliente em vez da luz da manhã. *Que diabos? Como já estava de noite?*

— O que há de errado com você? — Ela apontou para as minhas mãos.

Meu olhar lentamente pousou sobre elas e o caderno de desenho na mesa. Coberto de sangue. Pequenas poças do líquido vermelho manchavam

SAINDO DA LOUCURA 17

as páginas, colorindo as echarpes em volta dos inúmeros chapéus que continuei desenhando sem parar, como se tivesse usado meu sangue como um lápis de cor. Sentindo-me despertar subitamente de um sono profundo, pisquei ao avistar meus dedos feridos e cortados, sujos de carvão e sangue.

— Você fez isso consigo mesma? — Sua voz subiu de tom enquanto ela se levantava, pegando o estilete de precisão X-Acto que usei para cortar os moldes, a lâmina coberta de sangue seco. — Merda, Alice. Você se cortou?

Pisquei para ela. O alerta em sua voz e a velocidade de seus movimentos confundiram minha cabeça. Eu não conseguia lembrar de ter me cortado, mas as feridas em minhas mãos, que iam até os pulsos, diziam o contrário.

— Eu não sei. — Levantei as mãos, tentando me recordar de ter sentido qualquer dor enquanto fazia aquilo. Tudo o que me lembrava era de me sentar ali de manhã cedo. Agora já era noite de novo.

— Você. Não. Sabe? — ela ressaltou cada palavra, as mãos apoiadas nos quadris. Ofegante na minúscula fantasia verde e vermelha, com a meia listrada em branco e vermelho e as botas encurvadas nos pés, suas bochechas estavam na cor de carmesim.

— Você é um elfo muito bravo. — Uma risadinha ficou presa na garganta.

— Isso *não* é engraçado. — Ela agarrou meus ombros. — Você sequer saiu dessa cadeira hoje? Se lembra de quando me despedi de você? Oito horas atrás?

Não. Eu não me lembrava.

Sua cabeça se voltou para os desenhos, realmente os observando.

— Meu Deus, Alice… você usou seu sangue para pintar as echarpes? — Ela tocou a margem superior da página, virando as centenas de folhas onde eu já havia desenhado. Sua atenção se desviou para o chão. Havia dezenas de folhas arrancadas, cobrindo meu tapete em várias camadas. — Mas o quê… — Ela franziu os lábios. — Eles são *todos* iguais. Cada um deles. E tem um monte em uma única página.

Ela pegou outro caderno que estava do lado oposto da mesa. Esse estava lotado também. A maioria dos rabiscos eram de cartolas com algumas cabeças de pinguim e orelhas de coelho.

Ela fechou o caderno com força e me encarou como se eu fosse uma alienígena. Sua boca se abriu, o olhar fixo em mim.

— Pai! Mãe! — gritou.

— Dinah. — Levantei, esticando os braços em sua direção. — Não.

Empurrando minhas mãos para longe, ela gritou mais alto ainda.

— O que foi, Dinah? — Meu pai escancarou a porta, mamãe aparecendo logo atrás. — O que aconteceu?

— Olha! — Ela gesticulou para mim, depois para o quarto, pegando o caderno mais próximo, folheando as páginas. — Milhares deles. A mesma maldita coisa. — Ela soltou o livro, pegando o estilete X-Acto.

— Dinah — supliquei.

Ela me encarou, depois olhou fixamente para nossos pais.

— Ela usou seu próprio sangue para colorir os desenhos. — Balançou a lâmina, apontando para mim. — Olhem as mãos dela.

Minha mãe passou por meu pai, abrindo a boca enquanto seu olhar se concentrou em minhas feridas.

— *Baralho…* — Ela segurou minhas mãos, horrorizada. Sim, minha mãe era uma daquelas que dizia baralho em vez de caralho. — Alice? — Seu olhar encontrou o meu. — Você realmente fez isso consigo mesma?

Fiz? Eu não me lembrava. Mas senti que seria pior dizer isso do que admitir.

— Sim — sussurrei.

— Mas por quê? Me fala! Por que você faria isso? — Medo e confusão tomaram sua voz, agora em um timbre idêntico ao de Dinah.

Meu pai sentiu que mamãe estava a um passo de enlouquecer. Empurrando-a para o lado, ele pegou minhas mãos das dela.

— Alice. Converse conosco, querida. Por que você se cortaria?

— Fiquei sem a cor vermelha? — Dei de ombros.

Existem muitos momentos em que eu gostaria de retirar o que minha boca deixou escapar. Esse, provavelmente, seria um deles. Até meu pai fechou os olhos, abaixando a cabeça, sabendo em que minha resposta resultaria.

— O QUÊ? O QUÊ? — Minha mãe berrou, começando a andar em círculos como um pássaro desesperado em volta de um ninho, encarando meus desenhos, meu sangue criando uma agitação profunda nela. Eu realmente nunca percebi até agora, mas em uma "crise" que ela não conseguia controlar, minha mãe enlouquecia completamente. Meu pai era o calmo.

— Ela está falando sério, Lewis? — ela perguntou ao meu pai, como se eu não estivesse ali. — Não acredito que nosso bebê está se mutilando.

— Não, não estou, mãe.

— Sério? — Ela fez um gesto para meus machucados. — O que é isso então?

— Liberdade criativa? — Meu pai me lançou um olhar fulminante. — Vejam *Van Gogh*.

— Não está ajudando — ele murmurou, balançando a cabeça. — Carroll, se acalme.

— Me acalmar? Você quer que eu relaxe?

— Sim. — Ele assentiu. — Perder a cabeça não vai ajudar a situação.

Minha mãe fechou os olhos, inspirando fundo e expirando algumas vezes. Nós todos ficamos em silêncio enquanto ela se controlava.

Quando abriu os olhos, ela estava composta e no comando.

— Sente-se, Alice.

Segurei o gemido que queria sair. Eu estava prestes a levar um sermão. Aos vinte e cinco anos você realmente esperava que isso já tivesse acabado.

— Alice… — meu pai disse, suavemente, suplicando para que eu me sentasse sem discutir. — Dinah, por favor, nos deixe a sós com sua irmã.

— O quê? Por quê?

— Porque — ele a encarou — eu mandei.

Ela revirou os olhos, batendo os pés no chão enquanto saía do quarto, bufando, os sinos em seus sapatos tilintando, tornando difícil levar sua raiva a sério.

Caindo na cama, esperei a bronca ter início.

— Você não vê o quanto isso é preocupante? — Minha mãe começou, a voz controlada, mas ainda inquieta. — Então, por favor, nos diga. Por que você decidiu cortar sua pele? Usar seu sangue para colorir?

Contraí os lábios. Era difícil justificar algo do qual não me lembrava. Eu deveria estar surtando sobre essa questão, mas me sentia estranhamente relaxada, pela primeira vez desde que acordei ontem de manhã.

— Mãe, eu não estava tentando me machucar, nem nada disso.

— Isso não responde à pergunta. — Só meu pai mesmo para saber quando alguém estava tentando evitar responder diretamente.

— Eu não sei.

— Não entendo como você pode não saber. — Minha mãe lambeu os lábios, respirando devagar. — Em algum momento, você decidiu pegar a lâmina e cortar sua pele. O que te fez decidir isso?

— Eu não sei.

— Vamos precisar de uma resposta melhor do que essa, mocinha. — Meu pai cruzou os braços.

— Não posso te dar uma.

— Por quê?

— Porque eu não... não me lemb... — Parei de falar na mesma hora.

Meus instintos me gritaram para calar a boca, não ter nenhuma lembrança da situação só iria assustá-los mais.

— Sim? — Meu pai ergueu a sobrancelha.

— Olha. Me desculpe se assustei vocês. Só fiquei envolvida demais com meus desenhos. Eu não estava tentando me machucar. Sério.

— Isso é outra coisa. — Minha mãe pegou uma folha do chão. — Faz dois dias agora, você tem desenhado a mesma coisa por horas a fio, como se estivesse possuída. Você não escuta a gente quando entramos. Te chamei três vezes para jantar essa noite. Você provavelmente não teria parado até um de nós te obrigar.

— Estou muito inspirada agora.

— Inspirada? — minha mãe zombou. — Não estou menosprezando seu talento, Alice. Mas eles são apenas cartolas, com um cachecol vermelho. Ver você desenhá-los sem parar é muito perturbador. — Ela suspirou, colocando o papel na minha mesa. — Sei o que você passou com o término e sua demissão. Deve ser difícil. Mas esse nível de depressão está além do desânimo normal.

— Normal? — falei de pronto. — Normal pode ser anormal, e anormal pode ser bastante ordinário para alguns.

De onde veio essa merda?

Meus pais piscaram para mim.

— Acho que pode ser bom se você conversar com alguém.

— Como assim? Um psicólogo?

— Sim. — Minha mãe assentiu. — Na verdade, tenho pensado há um tempo agora, mas depois de ontem à noite e de ter conversado com Jessica...

— Jessica? — Minha coluna se enrijeceu por inteiro. — O que ela tem a ver com isso?

— Conversamos bastante ontem à noite. Nem consigo dizer o quão maravilhoso foi conhecê-la. Ela é uma mulher *tão* incrível. — Não havia como negar a veneração na voz da minha mãe. — Ela realmente me fez enxergar. Falamos muito sobre você. Sobre seus problemas.

— Sobre mim? — Indignação foi a mola que me fez levantar. — O que ela te fez enxergar? E de qualquer jeito, por que você estava conversando com uma mulher que *acabou de conhecer* um minuto atrás? — Minha mãe era alguém que fazia as pessoas sentirem admiração por ela, não o contrário. E ela também nunca falou com estranhos sobre problemas familiares.

Ela mal falava com a gente sobre eles. E agora estava despejando-os em uma pessoa que eu *odiava*.

Eu não compreendia meu desgosto mais do que compreendia a consideração da minha mãe por ela. Nenhuma de nós a conhecia bem o suficiente para sentir ambas as coisas, mas pensando na mulher, eu queria dar uma surra bem dada nela.

— Ela acha que você deveria conversar com alguém.

— Não estou nem aí para o que ela acha.

— Alice. — Meu pai usou seu tom de advertência. — Nós só queremos o melhor para você.

— Eu estou bem! — Ergui os braços. — Hoje foi uma casualidade. Prometo que voltarei a ser eu mesma amanhã. Até vou olhar aqueles panfletos da faculdade. — Às vezes, você tem que recorrer à artilharia pesada. E faculdade era uma dessas para meus pais.

Vários desagradáveis minutos se passaram antes de a minha mãe acenar com a cabeça.

— Tudo bem. Mas você vai para o trabalho comigo. Sei que não tem um turno no Chalé do Papai Noel. A biblioteca é um lugar bom e tranquilo para você ler os catálogos ou usar o computador.

— Eu poderia fazer isso em casa.

— Não. Você vai comigo. E ponto final. — Minha mãe balançou a cabeça.

Ela não queria me deixar sozinha. Ela precisava de um lugar onde pudesse me vigiar e me manter longe de desenhos e de estiletes X-Acto. Eu não passaria o dia com minha mãe e nem com a bibliotecária. Eu o passaria com um carcereiro.

CAPÍTULO 3

As luzes dos postes iluminavam a calçada, criando sombras da fileira de casas escurecidas ao longo da rua. A hora tardia significava que todos estavam em suas camas em um sono profundo. Uma brisa gélida me fez aconchegar ainda mais em meu casaco, meu nariz fungando de vez em quando. Abaixando o gorro, continuei caminhando à frente sem nenhum destino específico. De novo, não importava o quão frio estivesse, valia a pena sentir a pele anestesiada só para sair da minha casa claustrofóbica. Longe de olhares atentos e julgamentos.

Mesmo dormindo, eu poderia jurar que sentia a reprovação da minha família se infiltrando por debaixo da porta, comprimindo meu corpo.

A parte mais racional do meu cérebro dizia que eu deveria ficar apavorada também. Eu *não conseguia* me lembrar de desenhar todos aqueles esboços ou de me cortar. De jeito *nenhum*. Mas no meu íntimo eu sabia que não estava tentando me machucar. Eu não era alguém que me automutilava para sentir algo ou como uma forma de grito de socorro.

Tudo o que as atitudes da minha família acarretaram foi me fazer sentir ainda mais isolada e inquieta. Eles mantinham o olhar atento sobre mim até que *pensavam* que eu estivesse dormindo profundamente. Um truque que fiz tantas vezes no Ensino Médio antes de sair escondida. Finalmente, quando a casa se tornava silenciosa, eu me esgueirava. Eu precisava de ar fresco para espairecer. Me sentir *livre* por um instante. Nada pior do que ter liberdade, viver por conta própria, e voltar para olhares curiosos, perguntas e regras. Eu precisava encontrar um emprego de verdade e voltar para a cidade. Logo.

Enfiando as mãos nos bolsos, estremeci quando as feridas sensíveis roçaram no tecido, me lembrando de que o que aconteceu mais cedo não foi apenas um pesadelo.

Abaixei a cabeça, meu fôlego criando formas vaporosas à frente, meus pés me guiando sem qualquer direção previamente escolhida.

— É um pouco tarde para estar fora de casa. — Um sotaque profundo e grave surgiu em meio à escuridão.

— Puta merda! — berrei, virando na direção da voz. A silhueta enorme de um homem estava recostada contra a árvore; gavinhas de fumaça trançavam e se enrolavam ao redor dos galhos da macieira em hibernação. Olhos azuis brilharam através da escuridão, insensíveis enquanto me perfuravam.

— Você está aqui fora me espionando? — Uma rajada de fumaça chegou até mim, um fedor terrível de maconha pairando no ar. — Diga-me, você é uma espiã, Srta. Liddell? — Matt deu mais uma tragada, os anéis de fumaça flutuando ao seu redor como a casca de uma maçã.

— Uma espiã? — Franzi meus lábios timidamente. Por que isso parecia tão familiar? — Não... com certeza, não. Mas se fosse, eu te diria? — As palavras fluíram com facilidade, me fazendo sentir como se já tivesse dito a mesma coisa antes... para ele.

— Não — ele respondeu, me encarando diretamente, me atraindo a ele como um ímã. Ele estava vestindo uma bonita calça de moletom cinza, um gorro, botas, e um casaco de inverno preto, parecendo tão relaxado e *sexy* pra cacete, que tive que me repreender, mais uma vez, pelos meus pensamentos impuros.

Isso não me impediu de andar na sua direção em vez de ir embora como eu deveria ter feito. Saindo da calçada, percorri seu gramado, parando a alguns centímetros dele. Ele não se mexeu, mas o jeito como suas narinas inflaram, mostraram que minha súbita proximidade o deixou na defensiva.

— Acho que você seria uma jogadora muito astuta. — Sua voz retumbou. — Enganar um homem a ponto de ele não se importar com quais segredos que você roubou dele.

— Esse é um dos seus segredos? — Sorrindo travessamente, estiquei o braço e peguei o baseado de seus dedos, uma faísca surgindo em meu peito pelo leve toque. Coloquei em minha boca, inspirando profundamente. A fumaça atingiu meus pulmões, e tentei não engasgar e tossir como uma amadora.

Santo azevinho... Ele gostava da coisa pura e forte.

— Porra. — Soprei os resquícios, meus olhos marejando.

Um sorrisinho agitou seus lábios enquanto ele me observava bater em meu peito.

— Respondendo sua pergunta, sim. — Ele ajustou o ombro recostado ao tronco da árvore, seu olhar seguindo de volta para a casa por um instante. — Jessica odeia.

— Uau. Isso foi fácil — provoquei. — Entregando seus segredos. Nem precisei utilizar meu equipamento de tortura.

— Algo pelo qual estou ansioso então — ele retrucou de pronto.

Puta merda. Ele era muito melhor do que eu nesse tipo de joguinho. Desviei o olhar, meu peito e coxas se contraindo como reação.

— É por isso que está aqui fora, ficando *chapado*, no meio da noite?

— *Relaxando.* — Ergueu uma sobrancelha, me corrigindo. Seu dedo se enrolou em volta do meu enquanto pegava o cigarro de volta. Seu olhar estava fixo em mim enquanto o levava aos lábios, como se quisesse que eu visse sua boca tocando o exato local onde a minha esteve segundos atrás. — Desanuviando. Tem uma diferença. — Ele soprou para o lado nuvens em formato de círculo. — Qual é a sua desculpa para estar fora de casa a essa hora da noite?

— Não é muito diferente da sua. Saí para uma caminhada, mas acho que seu plano é melhor. — Acenei para seu baseado.

— Não tem motivo para não fazermos ambos. — Ele se desencostou da árvore, segurando o cigarro para que eu pegasse enquanto esbarrava em mim, seguindo para a calçada.

Merda, Alice, diga não. Isso é uma ideia muito, muito, muito ruim. Meu problema? Aparentemente, eu sempre pulava de cabeça no buraco de péssimas ideias.

Ele me esperou alcançá-lo antes de darmos uma volta em silêncio na rua. Nós dois sabíamos que isso era errado, mas fingimos que era uma caminhada inocente às três da manhã.

— Há quanto tempo...? — Pigarreei, dando outra tragada, tirando o elefante gigante entre nós. — Há quanto tempo você e Jessica são casados?

Ele levantou o queixo, seu olhar se dirigindo para bem longe na rua, os dentes mordiscando seu lábio inferior.

— Cinco ou seis anos?

— Isso é uma pergunta? — bufei, minha cabeça confusa o bastante para achar engraçado. — Oh, uau. Você sabe quando é seu aniversário de casamento?

Ele piscou, franzindo o cenho.

Uma risada rompeu em meu peito, como bolhas de champanhe.

— Cale a boca. — Ele tentou me repreender, mas um sorriso de menino travesso surgiu em seu rosto. — Eu sei... eu... eu só não consigo pensar agora. Merda… — Esfregou a cabeça. — Não consigo lembrar de várias coisas ultimamente.

— Então somos dois. — Entreguei a ele a parte restante do baseado. — Sabe, para a maioria das mulheres, aniversários de casamentos são coisas importantes.

— Para a maioria das mulheres? — Ele deu a última tragada antes de jogar a bituca na rua. — Por que parece que você está se excluindo disso?

— Não sou como a maioria das mulheres. — *Pare de flertar, Alice.*

— Eu acredito. — Seu olhar seguiu para mim, criando mais bolhas na minha barriga. — Mas por que você acha isso?

— Não planejo me casar. Não tenho vontade. — Dei de ombros. — Então… não tem necessidade de ficar agitada com aniversários de casamento.

— E se você conhecer alguém? — Ele encarava adiante, colocando as mãos nos bolsos. — Se soubesse que ele era o cara certo. Você não se casaria com ele?

— Sinceramente, não vejo razão, mas também não sou contra. Acho que a vida vai me avisar na hora certa.

Ele se virou para mim, boquiaberto.

— O quê?

— Você, sem dúvidas, não é como as outras garotas que já conheci, Srta. Liddell. — Sua voz está baixa. — Diferente. Você tem mais… — ele parou — Magnitude.

Magnitude.

Meus pés pararam, bile queimando o fundo da minha garganta. Minha mente girou, repleta de imagens tenebrosas que eu não conseguia entender. Apertando a ponte do nariz, tentei aliviar a súbita vertigem.

— Você está bem? — Ele parou alguns metros na minha frente.

— Sim. — Assenti, mantendo o olhar concentrado na linha do asfalto lamacento. —Talvez seja a maconha que está fazendo meu cérebro se atrapalhar, mas acabei de ter a sensação de *déjà vu* mais aguda do mundo ou algo assim. Anda acontecendo muito ultimamente.

— Então somos dois — ele repetiu a frase para mim, encarando o céu. A luz da lua passou por entre os galhos da árvore, deixando metade do seu rosto na penumbra. — Um mau funcionamento elétrico do cérebro. Um lado recebe a mesma informação duas vezes, então você acha que aquele evento já aconteceu antes. — Ele balançou a cabeça. — Bem, é isso o que Jessica me fala sem parar, de qualquer jeito.

— Você não concorda? — Fui em sua direção, sem perceber o quão perto cheguei. Meu pescoço se inclinou para trás, meu corpo em desespero para tocá-lo. Para percorrer as mãos em seu casaco, sentindo o calor de seu corpo por baixo das minhas palmas. Como se fosse meu... Meu para tocar livremente.

Ele abaixou o rosto para me encarar, sem se afastar, a feição séria.

— Não sei mais com o que concordar — ele disse, baixo, mas a sensação foi de uma fissura, o significado sendo muito mais profundo do que aparentava. Algo que eu entendia completamente.

— Eu sei. — Meu olhar procurou pelo dele, sentindo o estranho laço se apertando ainda mais em minha barriga. Seus olhos iam e voltavam para mim antes de suspirar profundamente, levantando a cabeça, dando um passo para trás.

— Nós deveríamos voltar. — Ele girou, sem encarar meu olhar. — Jessica pode acordar e vir me procurar. E Timmy... ele tem vários pesadelos. Acorda chorando, procurando por mim.

— Isso é horrível. Sinto muito. — Estendi a mão para tocá-lo, mas parei, pigarreando. — Minha irmã costumava tê-los quando era menor. Dizia que os irmãos Miser estavam sequestrando ela.

— Irmãos Miser... Heat e Snow? — Ele virou o rosto, franzindo o cenho como se estivesse tentando lembrar alguma coisa. Balançou a cabeça, suspirando.

— É. Nós assistimos vários filmes de Natal. Ela provavelmente era jovem demais quando vimos. Foi atormentada por anos.

— Queria que fosse isso. Os sonhos do Tim são *muito* mais obscuros. — Ele enfiou as mãos nos bolsos, piscando. — No último, ele acordou gritando, dizendo que ele não era real, que não devia estar aqui. — Matt pigarreou. — Que eu o havia matado.

— Uau. — Minha cabeça se virou em surpresa, meu coração doendo pelo pai.

— É, bem. — Ele deu de ombros. — Entre a minha doença e essa mudança... estávamos todos meio fora do normal. As coisas vão se acalmar logo.

Sua declaração foi dita com determinação, mas as palavras ricochetearam como se fossem ocas.

— É melhor eu ir. — Ele fez um gesto apontando para a casa.

— É... sim, é claro. — Fechei os olhos com força por um segundo, balançando a cabeça. — Eu deveria ir para casa também.

Caminhamos em silêncio. Eu era esperta o bastante para saber que

SAINDO DA LOUCURA

estava brincando com fogo. Uma chama que destruiria tudo ao meu redor.

Ele tinha uma esposa. Um filho. Não importava o quão forte era essa conexão que eu sentia com ele. Pelo menos uma vez na vida, eu deveria fazer a coisa certa, a coisa responsável, e ficar longe dele.

Matt Hatter não era um buraco de coelho onde eu poderia cair.

CAPÍTULO 4

O guincho de rodas ecoou pelas estantes de livros, o carrinho balançando enquanto eu o empurrava pela seção infantil. Minha mãe me colocou na tarefa de arrumar as prateleiras quando fiz careta para ler os catálogos da faculdade mais cedo. Já passava muito do meio-dia, e eu não tinha tomado café o suficiente para meu cérebro funcionar sob qualquer circunstância.

Entre a maconha, a falta de sono, meus pensamentos a todo momento vagando para Matt, e meu estado geral de nervosismo, eu não estava superanimada esta manhã quando minha mãe me acordou às sete. Tudo bem, eu *nunca* estava superanimada. Pelo menos enquanto eu fazia arrumação, eu não precisava falar com pessoas e poderia me perder nos corredores da imaginação.

Pegando uma pilha de livros, coloquei-os nos lugares certos da estante, algumas das figuras tentadoras demais para não dar uma olhadinha antes de guardá-las. Havia alguma coisa em livros infantis e suas imagens detalhadas que atiçavam minha imaginação. Cada página te apresentava uma cena na qual você queria se jogar. Fazer parte. Eu preferiria muito mais ficar no pufe macio que eles tinham ali no cantinho, o nariz enfiado no livro, em vez de guardá-los, mas minha mãe estava resoluta em me manter ocupada. Daí os intermináveis livros para serem registrados ou colocados nas prateleiras.

As rodas do carrinho antigo rangeram no corredor enquanto eu seguia pelas seções. Essa aqui era sobre artesanato para crianças, culinária, e coisas para elas fazerem quando estiverem presas dentro de casa. Muito populares durante o inverno.

Colocando no lugar um livro com cores brilhantes e o título enunciado com variados tipos de arte manual, estiquei a mão para o próximo, quase pondo-o na estante, inconscientemente, mas meu olhar disparou para o casaco. *Biscoitos de gengibre do caramba*. A capa estava repleta de diferentes bonequinhos e casas de gengibres coloridos.

Meus dedos agarraram ambas as laterais enquanto eu o encarava, um sentimento estranho me forçando a engolir. A sensação de *déjà vu* voltou com tudo, a pulsação em meu pescoço retumbando. O gosto de gengibre apareceu na minha língua, como se eu tivesse mordido mesmo um deles, o biscoito doce e picante derretendo na minha boca como uma bela ilusão.

— *É uma festa!* — Uma risada baixinha sussurrou como uma pétala voando com o vento.

No mesmo instante, avistei um flash de preto e branco pela visão periférica, e uma figura oval, do tamanho de uma criança saltitando pelo corredor. Virei a cabeça para o final da fileira. Nada.

Caramelos crocantes.

O que era aquilo? Lambendo os lábios de nervoso, me arrastei até o fim do corredor, dando uma espiada no lugar para onde a criança pode ter corrido.

Nada.

Nenhuma criança, nenhum barulho de passadas, nem mesmo de respiração.

Absolutamente nada.

Curioso.

Não pude deixar de admitir que dessa vez um verdadeiro indício de medo tomou conta de mim. O incidente de ontem não havia feito isso, apesar de que deveria. Eu não conseguia me lembrar de horas do meu dia, de cortar minha pele. Mas isso deu vários nós em meu estômago.

Não tem nada lá, Alice. Balançando a cabeça e tentando ignorar a pontada na barriga, voltei para o carrinho e enfiei o livro do gengibre no lugar sem olhá-lo mais uma vez. Empurrando o carrinho para frente, fiz a curva na direção da seção mais distante, quase sempre vazia e mal-iluminada. Quando eu era pequena, costumava pensar que essa parte era assustadora e não do jeito divertido. A sensação era de como se uma unha estivesse raspando sua coluna. Olhos te observando.

O guincho das rodas enquanto eu seguia para a última fileira fez o cabelo em minha nuca se arrepiar.

— Não deixe sua imaginação te superar — murmurei. — Você não é mais uma criança.

Rapidamente agarrei um livro, procurando seu lugar, e estendi a mão para guardá-lo. Uma luz vermelha brilhante piscou antes de desaparecer atrás das estantes. Girei bruscamente, meu coração quase saindo pela boca, tropeçando até o final da fileira, olhando ao redor. O corredor estava vazio. Balancei a cabeça, respirando fundo. Virei-me para voltar ao carrinho, quando vi o borrão de luz vermelha do outro lado das prateleiras onde eu estava e uma sombra escura por cima dos livros indo para o final do corredor.

Medo impulsionou minha pulsação a bater contra o pescoço, mas forcei meus passos, dando a volta na prateleira para olhar o próximo corredor, pronta para encontrar alguma coisa lá.

Estava vazio.

Muito curioso.

— Mas o quê...? — Fiquei boquiaberta, encarando a parede branca do corredor sem saída a alguns metros. Não havia para onde ir. Nenhum lugar para se esconder. Pavor alojou-se em minha garganta, tornando quase impossível engolir.

— *Trocar! Trocar!* — Risadinhas me fizeram virar a cabeça para o lado.

Pela visão periférica, duas criaturas do tamanho de crianças dispararam em um corredor, um borrão de verde e vermelho. Reagindo na mesma hora, corri atrás delas, decidida a encontrar os pestinhas que estavam me sacaneando, ignorando a ideia de que precisava ver se eram reais. Eu não estava ficando louca.

Correndo atrás delas, disparei pelo corredor. As crianças não estavam em lugar nenhum, e o pânico fez meus olhos marejarem. Risadinhas distantes me mantiveram em ação, *precisando* encontrá-las. O desespero para provar que elas estavam aqui fazia adrenalina bombear em minhas veias. Fazendo ziguezagues em meio às estantes, tentei alcançá-las.

Seguindo para a área de literatura infantil, não encontrei nada.

Uma risada, parecendo de uma garotinha, me faz saltar.

— Pare! — gritei, meu olhar passando por cada canto, tentando encontrar qualquer mísero movimento.

— *É uma festa!* — Outra voz parecendo de criança surgiu ao meu redor, me deixando sem fôlego.

— Eu mandei parar! Vocês vão se encrencar.

— *Um feliz não Natal.* — A voz de uma garota cantarolou atrás de mim, me fazendo rodopiar.

— *Para mim?* — A voz de um menino respondeu.

— Eu mandei parar!

— *Não, para você!*

SAINDO DA LOUCURA

Eu não vi nada, mas suas vozes estavam me rodeando. Meus dentes cravaram em meus lábios, meus pulmões sem fôlego, terror genuíno pressionando meus ombros, enchendo meu coração de dúvidas, que sussurravam, *Alice, você está enlouquecendo.*

— Pare! — gritei, cobrindo os ouvidos com as mãos. Minhas costas se curvaram enquanto suas risadas ecoavam em minha cabeça, batendo em algo tão longe, no mais profundo da minha mente, que bile subiu pela garganta, me fazendo cair de joelhos, a náusea me deixando tonta.

— Alice?

— Pare! — repeti sem parar, pressionando as mãos com mais firmeza, tentando sem sucesso bloquear as risadinhas e a cantoria em minha cabeça.

— Alice! — Mãos me agarraram, puxando meus pulsos, tentando afastar minhas mãos da cabeça. — Ai, baralho… Alice! Pare de se bater. — Dedos seguraram os meus. — ALICE. PARE!

O tom do grito da minha mãe fez as vozes sumirem na mesma hora. Como se tivesse ligado um interruptor, a pressão escorreu da minha cabeça como se fosse névoa, acalmando meus pulmões.

Lentamente, abri os olhos, encarando as poucas pessoas que estavam na biblioteca paradas ao meu redor me encarando, horrorizadas. Engolindo em seco, umedeci os lábios, meu olhar seguindo para a mulher agachada ao meu lado. Seus olhos castanho-escuros estavam ainda mais chocados. Suas mãos ainda envolviam meus pulsos como se estivesse com medo de que eu fosse me machucar, seus dedos pressionando as feridas ainda não cicatrizadas nas minhas mãos.

Ela me encarou por alguns segundos, procurando em meu olhar por uma resposta, alguma razão lógica para minhas atitudes. Eu não tinha nenhuma.

— O. Que. Aconteceu. Agora? — Ela manteve o tom de voz frio, mas suas unhas fincadas em meus machucados sensíveis revelavam a verdade por trás de seu exterior.

— Mãe... — murmurei. — E-eu… — Olhei em volta para as poucas pessoas que ainda me encaravam. Elas eram todas mais velhas. Um homem de cabelo grisalho vestido de forma semelhante ao meu pai, uma mulher de trinta e poucos anos, e um casal por volta de seus sessenta anos.

Nenhuma criança.

Seus olhares arregalados estavam fixos em mim como se eu fizesse parte de um show de aberrações. Uma coisa em uma jaula que te assustava, mas você não conseguia dar as costas.

Alice. Deixe a loucura entrar… Ouvi um sussurro percorrer minha mente.

Eu me levantei e soltei meus pulsos do agarre da minha mãe, então disparei para o banheiro, precisando me afastar de seus olhares vigilantes, da verdade e da pena em suas feições.

Aberração. Louca. Insana. Mentalmente instável. Eu conseguia ouvir suas reprovações.

Escancarando a porta, corri até a pia. Respirando devagar, ergui a cabeça para encarar o espelho.

Meu reflexo me encarou de volta. Meu cabelo castanho-escuro se espalhava pelos meus ombros, caindo ao redor do meu rosto corado. Para qualquer um que não tivesse visto meu episódio de loucura, eu parecia uma garota atraente e *normal*. Pelos comentários das pessoas, eu sabia que era impactante. Eu tinha a singularidade da herança búlgara da minha mãe: pele mais bronzeada, cabelo longo, castanho-escuro e sedoso, olhos escuros e lábios carnudos. O problema era que os homens pensavam que quanto mais bonita a mulher fosse, mais burra ela tendia a ser. Eu posso não ter gostado da escola, mas eu não era burra. Nem merecia receber um cafuné enquanto um homem sem experiência alguma ficava com o emprego que eu deveria ganhar porque: A) Eu era mulher; B) Uma mulher bonita. Logo, a impressão que dava era que não poderia ser inteligente e nem ser levada a sério.

Algo assim só aumentava o estereótipo. Garotas bonitas demais também eram meio loucas. Eu não podia negar que sentia que estava perdendo a noção do que era real.

Meus dedos apertaram as laterais da pia, meu olhar fixo no meu reflexo como se estivesse me chamando para atravessar o vidro. Eu tinha a estranha sensação de que minha cópia no espelho estava me separando de mim mesma. E quanto mais eu a encarava, mais difícil ficava identificar a garota no espelho ou qual delas era eu de verdade.

Respirando fundo, abri a torneira, jogando água no rosto. Meu olhar se voltou para minha imagem de novo quando vi um boneco de neve com uma cartola e um cachimbo parado na cabine atrás de mim.

— *A loucura está penetrando. Você será uma de nós em breve* — ele falou.

O princípio de um choro ameaçou começar quando me virei, o barulho parando em minha garganta quando procurei em cada cubículo vazio.

Não-não-não-não…isso não pode estar acontecendo comigo. Encostei de novo na pia, fechando os olhos com força.

SAINDO DA LOUCURA

— Alice? — A porta se abriu e me minha mãe entrou.

Não ergui a cabeça nem me mexi, sem querer lidar com a necessidade de respostas nesse exato momento. Não havia nada que eu pudesse dizer.

— Alice — ela pronunciou meu nome devagar, parando à minha frente. — O que aconteceu lá?

Minha inspiração estremecida foi minha única resposta.

— Estou tão assustada agora — ela sussurrou, com a voz rouca. — Não sei o que fazer, e você não conversa comigo.

— Não tem nada que eu possa dizer — murmurei.

— Sério? É só isso que vai responder? Depois de ontem... e então a situação mais cedo? — Ela segurou minhas mãos. — Alice, por favor. Não sei o que está acontecendo com você, mas isso é sério. Você agiu como se tivesse visto e escutado alguma coisa. Mandando alguém calar a boca. Não tinha ninguém lá. Entende por que você está me apavorando? Automutilação? Alucinações?

— Mãe.

— Não. — Ela balançou a cabeça. — Você não vai deixar isso para lá como fez na outra noite ou colocar a culpa em algum mal-estar. Não vou ignorar ambas as ocasiões, nem meu instinto materno. Você tem estado extremamente deprimida desde que voltou para casa. — *Extremamente?* Isso parecia bastante exagerado. — Você precisa reconhecer que tem algo acontecendo com você agora.

Eu não tinha argumentos, nada que pudesse dizer iria acalmá-la. Era como se quanto mais sã eu me sentisse, muito mais eu, realmente, me distanciasse do real.

— Vou marcar uma consulta para você conversar com alguém. — Ela assentiu, reafirmando o plano mais para si mesma do que para mim. — Vamos cortar o mal pela raiz. — Ela apertou minhas mãos antes de acariciar meu rosto. — Meu bem, vamos fazer *qualquer* coisa necessária para que você fique saudável de novo.

Observei-a se afastar, cheia de confiança, determinação endireitando seus ombros, o plano desenhado bem na sua frente. A listinha do que fazer para me "curar" toda mapeada em sua cabeça.

Tudo o que eu conseguia ouvir era "vamos fazer *qualquer* coisa" revolvendo meus pulmões, me apertando...

Como uma armadilha.

CAPÍTULO 5

Escapando do jantar, fui direto para a cama quando chegamos em casa. Desejava dormir mais do que tudo, mas a ansiedade me fez revirar no colchão como um peixinho fora d'água, escutando meus pais discutirem e falarem sobre mim lá embaixo. Ter vinte e cinco anos e ser tratada como se fosse uma criancinha que não conseguia controlar suas ações me fez querer fugir.

O impulso de pular pela janela, subir em um trem, e voltar para a cidade me fez várias vezes levantar para arrumar as malas. E então as sementinhas de dúvida surgiam no meu estômago e pressionavam meus pulmões, me dizendo que eu realmente poderia estar enlouquecendo e que aceitar ajuda era a coisa mais responsável a se fazer.

A casa ficou silenciosa à medida em que as horas passavam, enquanto eu observava a lua criando sombras no chão do meu quarto. Embora a vontade de escapar cobrisse cada músculo, dessa vez entendi que minha necessidade precipitada de fugir só tornaria as coisas piores para mim, mostrando que eu tinha motivos para fazer isso.

Afastando o cobertor, cambaleei até a parede, agora cheia dos meus esboços de chapéus. Esticando as mãos, toquei nos desenhos, as pontas dos meus dedos sentindo a textura do meu sangue seco que coloria as echarpes.

A imagem de um homem com reluzentes olhos azuis usando a cartola continuava a aparecer na minha mente, como se tivesse sido feita para ele. Saindo direto das páginas de um romance de Dickens.

Matt.

Meu Scrooge dos dias atuais.

No instante em que o nome dele passou pela minha cabeça, me virei na direção da janela, sentindo-me ser puxada como se cordas apertassem meu corpo. As luzes dos postes e as casas imersas em escuridão ao longo da rua pareciam como qualquer outra noite. Nenhum sinal de movimento ou vida na noite congelante, mas meus instintos me fizeram andar até meu guarda-roupa.

Colocando uma calça de yoga, saí do meu quarto nas pontas dos pés, cada rangido me fazendo parar, procurando por qualquer aviso de que alguém estava acordado e andando pela casa. Calcei as botas, coloquei o casaco, cachecol, gorro, e saí pela porta da frente, fazendo exatamente o que disse para não fazer. Mas essa necessidade desesperada de vê-lo, de me sentir normal por um instante, era poderosa demais para enfrentar.

O ar gélido se infiltrou pela minha boca e bateu na minha cara como um boxeador, me forçando a respirar fundo enquanto eu me aconchegava ainda mais ao cachecol. Desci da varanda, com meu destino definido. A insegurança se alojou à medida que eu me aproximava. A escuridão vazia envolvia a macieira no jardim do meu vizinho, e meu estômago revirou.

Você achou que ele estaria aqui fora esperando por você ou algo assim? Que idiota, Alice.

Tentando combater a estrondosa onda de decepção, não diminuí os passos enquanto seguia pelo caminho, passando pela casa.

— Precisamos parar de nos encontrar assim, Srta. Liddell. — A voz dele soou por trás da escuridão, me fazendo dar um gritinho. — Pode ser que eu revele mais alguns dos meus segredos.

Saindo de trás da árvore, Matt recostou-se ao tronco, a nuvem de fumaça flutuando ao redor, vindo do baseado em sua mão. Vestido em algo semelhante ao que estava na noite anterior, ele parecia ainda mais *sexy* do que eu me lembrava, dificultando que eu recuperasse o fôlego.

— Mas mais dos seus segredos é exatamente o que estou procurando, Sr. Hatter. — O flerte colorindo minhas palavras fez minhas bochechas corarem. — Senão, minhas habilidades de espiã são inúteis.

— Bem. — Um esgar de um sorriso travesso surgiu em sua boca. — Estamos em um belo de um impasse então, já que não tenho muitos segredos para confessar mesmo.

— Por que acho que isso é uma mentira absoluta? — Minha bota se enfiou na neve cobrindo o gramado. — Tenho a sensação de que você não tem nada além de segredos.

Seus olhos azuis me encararam, sem responder, mas a tensão em sua mandíbula me disse que falei a verdade.

Idêntico à noite anterior, estiquei a mão para pegar o baseado, nossos dedos se tocando, despertando faíscas de calor nas minhas veias. Ele não discutiu enquanto peguei dele, inspirando profundamente, a fumaça rodando em volta de nós como o leite no meu café.

— Espero não estar incentivando um hábito ruim. — Ele balançou a cabeça para mim.

— Você está atrasado demais para ser o precursor dos meus maus hábitos. — Dei mais uma tragada, sentindo meus músculos relaxarem. — Já os tinha adquirido quando era adolescente. No mínimo, eu seria a incentivadora.

— Duvido. — Ele deu um sorrisinho, pegando de volta. Meu olhar se prendeu à sua boca enquanto ela envolvia o cigarro. O desejo de sentir seus lábios pelo meu corpo gerou uma camada de suor nas minhas costas. — Acho que não tenho feito nada de bom antes mesmo de você nascer.

— Por favor — debochei. — Você tem o que, uns trinta e cinco anos, mais ou menos?

— Idade não passa de números. — Ele puxou seu gorro, encarando o céu. — Sinto como se estivesse por aqui há séculos.

— Estou me sentindo assim também hoje. — Virei a cabeça na direção da calçada. — Caminhada?

Ele se desencostou da árvore, me seguindo até a rua. Passamos por várias casas antes que eu falasse:

— Você sai escondido toda noite? — Percebi minha gafe na mesma hora. — Quero dizer… não quis insinuar que você estava escondido… ou que precisava fazer isso.

— Por que não? Eu estou. — Ele expirou no ar antes de me entregar o cigarro. — Não me lembro se sempre fiz isso… mas desde que nos mudamos… toda noite. Na hora em que ela adormece profundamente.

— Você não se lembra? Talvez eu devesse te interromper — tentei brincar.

Ele sorriu, mas o sorriso se desfez rapidamente, sem nunca alcançar seus olhos.

— Fiquei muito doente antes de nos mudarmos para cá. Minha febre chegou em temperaturas tão elevadas, que adquiri uma espécie de amnésia.

— Amnésia? — Voltei minha atenção a ele. Ele manteve o rosto para frente, franzindo o cenho em frustração. — Sério?

— Meu passado antes de mudar para cá está na maior parte em branco. Imagens, sensações, mas nada concreto. De vez em quando, um cheiro ou um objeto desperta alguma coisa, como se estivesse lá esperando. Mas assim que tento agarrá-la...

— Escapa por entre seus dedos — completo, entendendo tão bem o que ele estava sentindo.

— É. — Ele se vira meio de lado para mim, olhando para mim, maravilhado, enquanto continuamos a caminhar.

— Acredite. Eu entendo. — Dou uma tragada, devolvendo para ele. — Nada parecido com você. Quero dizer, me lembro do meu passado e até da última semana, mas é estranho que desde que acordei depois de ficar doente, sinto que algo está faltando. Como se um pedaço do tempo tivesse desaparecido, mesmo que não tenha. — Pisquei os olhos rapidamente, o cansaço do dia finalmente me atingindo. — Sei que deve parecer loucura. — Sacudi a cabeça.

— De jeito nenhum. — Nosso ritmo continuou lento, mas constante pela rua. — Nada parece loucura para mim agora.

Guiei-nos na direção de um caminho que levava a um parque público. Havia um parquinho montado no terreno, os balanços rangendo por causa da leve brisa e a temperatura congelante enrijecendo as correntes. Sentei-me no banco de plástico congelado, estremecendo com o golpe inicial de frio que se alastrou pelo tecido da calça. Matt sentou-se no banco ao meu lado.

— Nem sabia que havia isso aqui. Preciso trazer Tim alguma hora dessas.

A menção de seu filho perfurou meu estômago como uma faca.

— Sim. Você deveria fazer isso — respondi, balançando para frente e para trás. Ficamos em silêncio por um tempo até que o peso em meu peito se tornou insuportável.

— Algo aconteceu comigo hoje. — Engoli em seco. — Não sei bem o porquê estou te contando... você é praticamente um desconhecido. — *E casado*. — Você tem seus próprios problemas.

— Mas?

— O quê...? — Ergui o rosto para ele.

— Tem um ponto de interrogação no final da sua frase. — Sua voz estava baixa, a respiração criando vapores à frente.

Encarei meus pés, enterrando-os na neve.

— Não sei por que, mas me sinto confortável conversando com você. Todos os outros achariam que sou completamente louca.

— E eu não?

— Não. — Virei de novo para ele, nossos olhares se encontrando por alguns segundos antes que ele balançasse a cabeça compreendendo.

— Sinto o mesmo. — Seu olhar ainda estava fixo em mim. — Jessica fica com raiva toda vez que cito o passado ou faço perguntas, dizendo o quanto a experiência a chateou. Digo, o fato de que quase me perdeu. Isso eu vou lembrar com o tempo, quando minha mente estiver pronta. — Revirou os olhos como se nem mesmo ele acreditasse por um instante. — Ela não me conta sobre como nos conhecemos ou sobre o momento em que Timothy nasceu.

— Merda — sussurrei. — Nem consigo imaginar. Não lembrar do nascimento do seu filho ou nem mesmo do seu casamento.

Ele ficou em silêncio por tanto tempo que tive certeza de que ele não queria mais conversar sobre isso, mas então ele inspirou fundo, encarando a noite.

— Eu olho para Jessica — ele engoliu em seco, falando baixo — e não consigo, por mais que me esforce, lembrar o que me fez me apaixonar por ela.

Uau. Como eu sequer respondo a algo assim? E eu odiava a parte de mim que queria gritar: *Porque você não é apaixonado. Não é para você ficar com ela.*

— Fiquei encarando nossa foto de casamento, parecíamos tão felizes e... nada. Nem uma fagulha de reconhecimento. — Ele umedeceu os lábios. — É estranho, não é? Você acha que de todas as coisas, o dia do nosso casamento deveria acionar algo na minha memória.

— Cacete. — Meus dedos enluvados se enrolaram ao redor da corrente, e recostei a cabeça contra o metal frio. — Você ganhou.

— Não sabia que estávamos competindo. — Ele virou a cabeça para mim com um sorriso. — Acho que antes de declararmos o vencedor, você precisa contar a sua história.

— Não é nada. — Estiquei as pernas, empurrando o balanço. A dele era uma perda de memória genuína, enquanto o meu era um caso de realmente enlouquecer. — Pensei ter visto alguma coisa hoje. Algo que não estava lá.

— Tipo uma alucinação? — Ele parou de se mexer, sua atenção totalmente focada em mim.

— Acho que estou ficando louca... e o pior é que não me sinto louca. — Medo fez minha voz estremecer enquanto eu ficava de frente para ele. — Esse não é o verdadeiro sinal de quando alguém está enlouquecendo? Somente os insanos têm tanta certeza da sua sanidade, certo?

SAINDO DA LOUCURA

Ele parou de se mover, franzindo o cenho.

— Por que tenho a impressão de que já ouvi isso antes?

— Não sei. — Parei, tentando pensar de onde veio isso. — Talvez seja de um livro ou algo assim?

Ele franziu os lábios, se ajeitando no lugar, a coluna rígida.

— Então... o que você viu e ouviu?

— Esse é o problema. Eu não sei direito. Pensei que eram algumas crianças me provocando. Mas não havia crianças lá. Todo mundo me encarou como se eu tivesse um parafuso a menos. Mas pareceu tão real para mim. — Um nó embargou a garganta. — Estou com medo. Sinto que estou pirando, e não há nada que eu possa fazer para impedir.

O que é que ele tinha que eu simplesmente não conseguia ficar longe? Homens casados na cidade – quero dizer, homens lindos de morrer – davam em cima de mim o tempo todo no trabalho, em bares, no metrô, mas eu nunca tinha ido por esse caminho. Determinei uma posição dura em relação a isso e nunca tive problemas em me afastar.

Matt Hatter mudou essa decisão no instante em que entrou na minha casa. "Atração magnética" era a frase perfeita. Mesmo que tentasse seguir o caminho contrário, eu parecia sempre me encontrar bem na frente dele.

— É provável que seja a falta de sono, ficar doente e, possivelmente, a maconha da noite anterior. — Tentei brincar dando uma piscadinha. Pensei que soubesse por instinto que ele me escutaria; pensar que poderia realmente achar que estou ficando louca iria me deixar no limite. Ele era essa estranha tábua de salvação, e se a perdesse, eu me afogaria no medo paralisante que estava sendo gerado dentro de mim.

— Não esconda de mim — ele murmurou, se inclinando para mais perto, seu semblante intenso fazendo meu coração pulsar alto em meus ouvidos. A sensação de ficar assim com ele antes tirou meu fôlego. Tudo nele era familiar, até mesmo a noção implícita de que de todas as coisas perigosas nesse mundo, ele era a mais ameaçadora. Isso só aumentou minha atração e o desejo avassalador de me perder nele.

Como se ele pudesse ler cada pensamento meu, a leve mudança no clima, suas pupilas dilataram, escurecendo seus olhos. Seu olhar já intenso estava focado em mim. Sem pensar, mordi o lábio inferior, fazendo seu olhar descer para a minha boca. Desejo encheu minhas veias, fazendo meu corpo congelado ferver.

O clima ficou tenso com a antecipação como se estivesse segurando o fôlego. A condensação entre nós aumentou à medida em que nossa respiração acelerou. Acho que não me movi, mas ainda parecíamos estar nos aproximando. Seu hálito quente acariciando meus lábios e bochechas.

Pelas barbas do Papai Noel... Eu queria tanto que ele me beijasse que doía meus ossos.

— Alice — ele murmurou, seus lábios quase encostando nos meus. — Não posso…

— Eu sei.

Mas nenhum de nós se afastou, nossos lábios muito próximos, como se tivéssemos sido pegos por aquela atração magnética e não tivéssemos controle sobre nossas ações.

Um bufo dolorido subiu por seu peito e ele se endireitou, fechando os olhos.

— Não serei um daqueles contos clichês. — Ele rangeu os dentes. — Meu filho é *meu mundo*. Meu foco. Ele vem em primeiro lugar.

— Como deveria ser. — Pisquei rapidamente, e engoli a pontada de rejeição porque ele estava certo. Nós estávamos completamente errados.

— Com a minha perda de memória, sinto que perdi todo esse tempo com meu filho. Recebi essa segunda chance, e não quero desperdiçar um minuto. Quero ser o melhor pai para ele. E se Jessica...

— Eu entendo — interrompi, sabendo aonde ele queria chegar. Se Jessica descobrisse sobre nós, ela provavelmente afastaria Tim dele.

— Você não sabe o quanto eu gostaria que a situação fosse diferente. — Ele suspirou, encarando as estrelas.

— É. — Assenti, me levantando. — Eu sei.

— Nós, provavelmente, deveríamos parar com isso. — Ele levantou, sem me encarar. — Seria o melhor a se fazer.

— Com certeza. — Encarei minhas botas cobertas de neve.

— Não me procure. — Sua voz ficou firme, fria. Uma ordem. — Nem sequer olhe para mim se nossos caminhos se cruzarem. — Ressentimento retorceu os músculos em sua mandíbula enquanto enfiava as mãos nos bolsos. — Nem mesmo pense em mim...

— Como é? — Dei um passo para trás na defensiva, raiva endireitando minha postura. — O ego de alguém está um pouco inflado.

Ele deu um passo à frente, se inclinando ameaçadoramente sobre mim.

— Diga que estou errado.

— Você está errado — rebati, insolente, pulando na neve com facilidade.

Ele deu um sorrisinho.

— Você é uma péssima mentirosa.

— Mas é você que está mentindo para si mesmo.

— Eu preciso — grunhiu, as botas encostando nas minhas. — Me odiar é a única maneira, Alice, porque não posso permitir o que quero de verdade.

Ele se virou, se afastando e me deixando sem fôlego. O sussurro das mesmas palavras apunhalou minha mente, me dobrando ao meio, tentando agarrar a realidade. De repente, eu estava deitada em um tapete branco macio, o som de uma lareira ardente crepitando na sala. Os cheiros de pinheiro e canela vagaram pelo meu nariz, o gosto de biscoitos açucarados e quentão cobriram minha língua e meus lábios ainda inchados por serem beijados. Intensamente. A sensação dele em cima de mim, me tocando, proferindo exatamente o mesmo sentimento piscou tão forte em meu cérebro, que meus joelhos foram parar na neve.

A visão desapareceu tão rápido quanto veio, mas a consequência atingiu meu estômago e minha cabeça. Lutando para recuperar o fôlego, encarei a neve suja, sem sentir minha calça *legging* ficar úmida.

Chocada com o ataque violento aos meus sentidos, cada detalhe da visão pareceu real demais. Mesmo que soubesse que não poderia ser, verdade ainda senti como se tivesse experimentado a doçura em meus lábios.

Respirei fundo várias vezes enquanto tentava firmar meus pés no chão. Sentei-me em cima dos meus calcanhares, inclinando a cabeça para trás, uma lágrima escorrendo pela minha bochecha.

Naquele momento, pavor atingiu meu âmago, uma pedra de verdade. Alucinações, visões, vozes que pareciam tão reais quanto o mundo ao redor se tornaram uma só coisa.

Eu estava caindo.

Para baixo. Para baixo.

Escuridão adentro.

CAPÍTULO 6

Flocos de neve flutuavam sobre o para-brisa, rodopiando e saltitando, encenado o balé de Quebra-Nozes. Absorta na beleza de sua dança delicada, observei o drama se desenrolar.

— Alice? — Minha mãe tocou no meu braço, me distraindo do teatro que acontecia do lado de fora do carro. Eu nem liguei que ela olhava para mim com medo e pena. — Está pronta?

Concordando com a cabeça, esfreguei os lábios um ao outro. Eu estava pronta para me sentar em uma cadeira onde alguém me perguntaria "Como isso faz você se sentir?" ou "Por que você pensa isso?" até que eu *realmente* perdesse a cabeça? Claro. Eu estava pronta.

Essa manhã, nem discuti quando minha mãe falou que marcou uma consulta à tarde. Ela obviamente contou para a minha irmã antes mesmo de me dizer, as duas resolvendo com nosso chefe para que ela ficasse com meu turno no Chalé do Papai Noel. Eu adoreeeeei me sentir como se tivesse dois anos.

Mais uma vez meu sono foi inquieto, e acabei criando esboços pelo restante da noite, o que deixou minha mãe ainda mais irritada quando veio me ver de manhã.

— Alice. — Ela agarrou sua xícara de café, o cheiro de menta exalando, o aroma do condimento caseiro de Jessica. — O que está fazendo?

— Desenhando — ironizei.

— Estou vendo.

Então por que perguntou?

— O que está desenhando? — Ela tomou um gole de sua caneca.

— Elfos transando.

— O quê?

Revirei os olhos, soltando o lápis, e me levantei.

SAINDO DA LOUCURA 43

— Mãe, estou bem. Preciso me arrumar para o trabalho.

— Não, sua irmã vai pegar seu turno. Ela já avisou seu chefe.

— O quê? — Girei, com as mãos nos quadris. — Por que Dinah...

— Porque — ela me interrompeu — você tem uma consulta com uma psicóloga essa tarde.

— Mãe.

— Nem mais uma palavra, Alice. Tirei o dia de folga para te levar. — Porque eu não tinha idade o bastante para dirigir sozinha? Ou ela não confiava em mim para chegar lá? — Você. Vai — ela mandou. — Agora, desça e tome o café da manhã. — Ela saiu do meu quarto e seguiu para a cozinha.

Agora enquanto nos aproximávamos do consultório da psicóloga, cogitei correr para o bosque atrás do shopping. O consultório ficava no mesmo centro da biblioteca, e por mais que me esforçasse, não conseguia me lembrar de já ter estado aqui antes. O mercadinho, lavanderia, farmácia, as três lanchonetes de fast-food, e a manicure... Sim, esses sempre estiveram aqui, mas o consultório da psicóloga? Foi como se tivesse sido plantado, como mágica, entre as outras lojas, como em algum filme do Harry Potter.

Passamos pela porta, e um arrepio percorreu minha coluna. O lugar contrastava com a antiga fachada do shopping que ficava em frente. O ambiente era elegante, modernizado com vidros e metais todos em preto e cinza, com alguns detalhes em vermelho. Um sofá preto de couro estava postado contra uma parede com almofadas vermelho-escuras, uma mesinha de centro lustrosa, e algumas poltronas chiques. Fotografias modernas em preto e branco estavam penduradas nas paredes. Alguma coisa nelas me fez parar, virar a cabeça, e tentar compreender o que o artista queria expressar.

— Temos um horário para Alice Liddell — minha mãe disse à mulher atrás da mesa.

Ela tinha o cabelo loiro preso em um coque, sua estrutura delgada toda vestida de preto, enquanto as unhas vermelhas batiam no teclado. Ela me lembrava muito mais um robô do que uma pessoa de verdade. Sua fisionomia era mal-humorada, mas nada nela se destacava. Alguém que facilmente se misturava à multidão, mas eu não podia negar que havia algo familiar nela. Seria porque ela era parecida com um milhão de outras pessoas, um rosto comum que representava tantos? Mas eu continuava vendo sua face repleta de uma fúria selvagem, os olhos me queimando, gritando exigindo minha cabeça.

— Sentem-se. Ela já vai sair. — A secretária gesticulou para a sala de espera, sua expressão sem um pingo de emoção.

— Obrigada. — Minha mãe sorriu, seguindo para o sofá. — Esse lugar é tão moderno. É adorável, não é?

— Não — deixei escapar, confusa, encarando minha mãe enquanto nos sentávamos. — Você odeia coisas modernas. Sempre diz que não têm personalidade.

— Isso é diferente. — Ela me dispensou, pegando sua garrafa térmica de viagem de dentro da bolsa enorme e tomando um gole. — Eu gostei.

Eu odiei. Deixava-me no limite. Desconfortável. Em modo de defesa. Parecia o efeito contrário que você gostaria que um paciente sentisse.

O barulho de saltos ressoou no chão de mármore, uma mulher surgindo no saguão. *Santa-noite-feliz-do-caralho*. Minha boca escancarou, medo se instalando na garganta.

Não. De jeito nenhum.

— Aliiice. — Um sorriso frio curvou seus lábios vermelhos. — Estou tão feliz que tenha decidido vir.

Jessica Winters estava na minha frente em toda a sua glória, bem ao estilo rainha do gelo.

Ela era a psicóloga? *Minha* psicóloga?

— Não. — Levantei de supetão, pronta para fugir, balançando a cabeça freneticamente.

— Alice! — Minha mãe veio para o meu lado, me encarando, perplexa.

— Não. Não vou fazer isso. Não com ela. — Encarei a linda mulher mais velha, toda elegante e estilosa em sua saia lápis-preta, suéter cinza de caxemira, saltos vermelhos, joias que estampavam riqueza, incluindo o diamante ofuscante em seu dedo. O anel que a ligava ao único homem que eu ansiava como uma droga. Todas as noites desde que nos conhecemos, ele havia fervido meus sonhos tão intensamente que eu acordava me tocando pela sensação de senti-lo junto a mim, o gosto do seu beijo.

As unhas da minha mãe cravaram em meu braço, sua irritação colorindo as bochechas.

— Eu não te criei para ser tão grosseira assim com as pessoas. Com desconhecidos ou amigos.

— Ela não é minha amiga.

— *Alice.* — A voz da minha mãe mostrou que estava nervosa comigo, submergindo em sua fúria tranquila, o que era muito mais assustador do que sua raiva escandalosa.

O sorriso de Jessica aumentou ainda mais.

SAINDO DA LOUCURA

— Não se preocupe, *Carroll* — ela ronronou o nome da minha mãe como se estivesse afagando a cabeça de um gato. — Essa reação é normal. Pessoas que realmente precisam de ajuda são as que mais resistem a ela.

— Precisam de mais ajuda? — Pisquei. Ela não tinha nem falado comigo, não fazia ideia do que estava acontecendo na minha vida, além das fofocas que minha mãe talvez tenha compartilhado, mas era como se ela já tivesse me diagnosticado.

Ignorando-me, Jessica se aproximou da minha mãe, cumprimentando-a com um beijinho no ar.

— É tão bom ver você. Eu estava falando para Matthew esta manhã o quanto precisamos jantar juntos logo. Eu me diverti tanto na sua festa.

— Isso seria fabuloso. — Minha mãe se emocionou, esquecendo a interação pesada apenas um minuto atrás. — Eu estava dizendo a mesma coisa para Lewis essa manhã. Nós dois adoramos o seu creme, acho que viciou a todos nós. Eu, literalmente, não consigo parar de tomar.

— Que bom. Terei que levar mais para você. Temos tanto que não poderíamos usar tudo. É o meu mini *hobby* quando estou em casa. Matthew ama. — Jessica deu um sorriso contrito. — Que tal jantarmos hoje à noite? Estamos precisando demais de uma noite juntos sem crianças. Talvez uma das suas meninas possa cuidar do Timothy enquanto saímos?

— Com certeza. — Minha mãe assentiu rapidamente, fazendo um gesto para mim. — Dinah está trabalhando no lugar de Alice hoje, mas Alice ficaria feliz em fazê-lo.

Espera. Que porra está acontecendo? Uma frase e eu poderia sentir minha energia se dissipar, minha verdadeira idade sendo confundida com a de uma criança. Uma babá. Não alguém que poderia sentar na mesa dos adultos. Ser sua igual.

Principalmente de Matt.

Os gélidos olhos azuis de Jessica se voltaram para mim. Nós duas sabíamos o que ela estava fazendo. Ela queria me colocar no meu lugar. Manter-me longe de seu marido.

— Imaginei que você não iria querer uma pessoa *louca* cuidando do seu filho. — Não desviei o olhar dela.

— Qual é o seu problema? — Minha mãe balançou a cabeça, decepção tomando conta de seu rosto. — Você está sendo incrivelmente desrespeitosa. Isso não é nada típico de você.

Ela tinha razão. Eu poderia ser direta e estranha, mas nunca era mal-educada. Jessica parecia trazer isso à tona em mim.

— Siga-me, Srta. Liddell. — Jessica se virou para o corredor, sem me responder, o que, de alguma forma, me fez sentir ainda menor.

Meus pés não me obedeciam.

— Alice... por favor. Faça isso por mim? — Mamãe segurou minha mão, seu olhar suplicante. Dizer não para ela sempre foi difícil, mas a tristeza e esperança em seus olhos segurou minha teimosia.

— Tá bom. — Passei por ela, sabendo que a próxima hora seria infernal.

A Sra. Winters fazia jus ao seu nome. O escritório dela era tão frio quanto o restante do lugar: poltronas pretas de couro, uma mesa de vidro, algumas pinturas modernas, e janelas panorâmicas com vista para o bosque atrás.

— Sente-se. — Ela gesticulou para uma poltrona preta quadrada de couro e metal que provavelmente acomodava duas pessoas.

Em seguida, pegou uma pasta em sua mesa, colocando estilosos óculos de aro preto, sentando-se em uma cadeira rotatória encurvada e elegante. Ela cruzou as pernas, o salto vermelho balançando no ar como se estivesse contando os segundos em um relógio.

Ajustando-me na poltrona, tamborilei os dedos no apoio de braço no ritmo do relógio invisível.

Tique-taque. Tique-taque. Tique-taque. O barulho ressoava em minha mente, me deixando ainda mais inquieta. Senti que estava ficando sem tempo, e que precisava encontrar algo antes que fosse tarde demais, mas eu não fazia ideia do que era ou o porquê.

Virando a cabeça, encarei o lado de fora da janela. Alguns esquilos fofinhos saltavam pelos galhos, fazendo a neve cair dos ramos.

Eles são adoráveis, mas provavelmente mastigariam a sua cara se tivessem oportunidade. Espera. O quê? De onde veio isso? É, Alice, não seja estúpida. Eles são esquilos-serelepes... não esquilos.

— Sua mãe disse que você teve alucinações intensas ontem? — Sua voz desviou minha atenção para ela. Suas mãos seguravam a pasta, e ela me encarava, as sobrancelhas levemente erguidas.

Desprezando sua pergunta, voltei-me para a janela de novo. Vim aqui pela minha mãe. Não disse que iria falar. Seria como dar munição para o seu inimigo.

— Estou aqui para te ajudar, Alice. Quanto mais rápido você perceber, mais fácil isso será.

— Me ajudar? — bufei. — Por que não acredito nisso?

— Eu não sei. Por que você não me diz?

Uma risada amarga surgiu no ar, sumindo tão rápido quanto veio.

— Chega de papo-furado, Jessica. No fundo, não acho que você quer o meu bem. — Minha atenção foi para onde estava esperando ver o pé de coelho pendurado em seu pescoço, como se eu soubesse que ela tirara. A ausência dele só aumentou a minha raiva, imaginando onde estava, o que ela fez com ele. Era outra coisa que eu queria tirar, e não fazia ideia do motivo. Tudo o que conseguia pensar... era que aquilo não pertencia a ela.

— Não sei de onde você tirou isso. Só estou aqui para te ajudar a melhorar. — Ela se inclinou na mesinha de centro, enchendo um copo de água com a jarra que havia lá. Ela colocou o copo sobre um descanso e empurrou para mim.

— Agora, você pode me dizer o que acha que viu?

Encarei o copo, uma única gota escorrendo pela lateral.

— Vocês não costumam começar revivendo meu passado? Quando perdi meu emprego? Meu namorado/chefe me dando um pé na bunda para que ele pudesse pegar sua nova assistente adolescente? Uma muito menos qualificada nisso. Você sabe... o motivo para que eu possa estar vivendo essas coisas. — Estiquei a mão, pegando o copo, e tomando um gole. O gosto era estranhamente doce na língua.

Curioso.

— Claro. — Ela pressionou os lábios em divertimento, seu olhar completamente fixo em mim. — Poderíamos começar por aí. Embora pareça bem habitual. Um homem rebaixando uma mulher de alguma forma porque sua força machuca seu ego frágil. A história não é novidade. Na verdade, tem acontecido desde o início dos tempos... — Enquanto ela falava meu foco se voltou para a janela quando um grande objeto branco foi arremessado na neve bem na minha visão periférica.

Santa guirlanda. Agora não.

Os músculos em meus ombros ficaram tensos, e me remexi no lugar.

Forçando meu rosto a ficar virado para frente, projetei mentalmente uma cortina na janela, sem me permitir olhar mais uma vez.

— Alice? — Jessica me chamou de volta, meu olhar indo para cima de seu ombro. — Você pode me dizer para onde acabou de ir?

Um ofego escapou de minha garganta, terror varrendo meus pulmões, fisgando quando dei um grito.

Em cima da mesa atrás dela, um boneco na forma de pinguim rodopiava por aí, sacudindo suas barbatanas e chutando as coisas na mesa dela, mas nada caía no chão, como se ele estivesse apenas sendo projetado lá.

Pisquei.

Sumiu. O espaço vazio na mesa me assustou; minha cabeça vagou ao redor. O animal nem ao menos parecia um fantasma. Ele parecia tão concreto quanto qualquer outra coisa na sala.

De verdade.

— Alice? — Jessica se virou, olhando às suas costas, sua sobrancelha se erguendo. — Você está vendo alguma coisa?

Minhas narinas inflaram, tentando manter a calma. O pensamento de ela ver aquilo, de repente, me pareceu perigoso. Meu instinto fez com que eu mantivesse a boca fechada, sem admitir coisa alguma. Fechei os olhos, tentando me recompor.

Risadinhas estridentes me fizeram abrir os olhos, e acabei virando a cabeça para as janelas.

— Oh, sinos tempestuosos. — Inclinei-me para trás quando duas figuras correram perto do vidro. Eu conseguia ver uma garotinha e um garotinho com roupas combinando em verde e vermelho, calças *legging* e chapéus. Fantasias de elfos. Ele estendeu a mão para segurar a dela, balançando-a enquanto suas longas tranças batiam em suas costas. Minha atenção se voltou diretamente para as orelhas pontudas dela antes que eles desaparecessem sem deixar vestígios.

Santos biscoitos de Natal... Minhas alucinações estavam ficando mais intensas.

— *A loucura está penetrando. Você será uma de nós em breve* — uma voz disse em meu ouvido, naturalmente, fazendo minha cabeça se virar para o lugar vazio ao meu lado.

Pavor implacável cobriu minha pele com arrepios quentes e frios, me fazendo saltar da cadeira. Sentindo o ambiente me comprimindo, corri para a porta, ouvindo Jessica me chamar logo atrás. Eu precisava sair dali antes que minha mente se desintegrasse no piso de mármore. Disparando pela

SAINDO DA LOUCURA

secretária e minha mãe, escancarei as portas, correndo até meus pulmões implorarem por oxigênio. Agachando-me, inspirei fundo.

— Alice! — Escutei mamãe gritar muito atrás de mim, mas foram as vozes mais próximas que me fizeram cair de joelhos.

— *Srta. Alice, vem brincar com a gente.* — Três vozes estridentes saltitaram ao meu redor, flutuando juntamente com os flocos de neve que caíam do céu. — *Nós sentimos sua falta. Vem brincar.*

— Calem a boca. — Cobri as orelhas. — Vão embora!

— Alice? — Uma mão encostou em mim.

— Não! Vai embora! — Senti lágrimas escaparem de meus olhos, soluços tomando conta da minha garganta.

— Alice, sou eu. — Minha mãe se aproximou, me puxando contra seu peito. — Shhh. Está tudo bem. — Ela envolveu seus braços ao meu redor, me balançando gentilmente. — Está tudo bem.

— Não, mãe. — Olhei para ela, me sentindo totalmente perdida e destroçada, lágrimas caindo dos meus olhos. — Não está tudo bem. Eu não estou bem.

— Você tem razão, querida, mas vamos melhorar de novo. Eu prometo. Farei *qualquer* coisa necessária para você ficar bem de novo.

Lá estava essa palavra mais uma vez.

E ela me assustou ainda mais do que da última vez.

CAPÍTULO 7

Minha réplica me observou inexpressivamente, o vidro refletindo a casca de uma garota que um dia conheci. O poste lá fora destacava a moldura pendurada como neve reluzente em meu quarto escuro. As vozes dos meus pais ainda murmuravam lá embaixo, falando sobre mim, enquanto eu encarava, entorpecida, a garota no espelho, tentando encontrar rachaduras em sua fachada.

Sempre fui meio solitária, mas nunca de fato sozinha. Agora a solidão pairava ao meu redor, criando um muro e me separando da minha família, meus amigos, sanidade, e até de mim mesma. Não poder mais confiar em si mesma, na sua própria mente, era extenuante. Cada decisão era questionada, e você duvidava de cada pensamento ou som. E a única pessoa para quem eu queria correr era a única pessoa que era totalmente proibida para mim.

A estranha necessidade de agarrá-lo e fugir – atravessar o espelho e desaparecer desse mundo – intensificava a corda de medo enrolada em volta do meu peito.

Uma semana atrás, eu era uma garota normal com problemas normais. Alguns poucos obstáculos, mas nada que não pudesse lidar com planos para me reerguer. Quão rápido o chão desabou sob meus pés, como areia movediça...

Como um ENL. Escoador de Neve Liquefeita. O pensamento surgiu do nada, fervilhando um resmungo em minha garganta enquanto eu pressionava as têmporas. Eu não estava falando coisa com coisa.

— Não existe nada disso — murmurei, virando de costas para o espelho. Meu olhar vagou para os esboços recentes.

Todos eram cartolas.

Emoção secou o fundo da minha garganta, tornando difícil engolir. Eu conseguia enxergar o porquê isso me fazia parecer louca. Não havia mais nenhuma variedade, com outros chapéus espalhados aqui e ali.

Era tudo a mesma coisa. Todas as páginas ostentando chapéus com um cachecol vermelho. Mas eu não conseguia explicar a necessidade de me sentar agora mesmo e desenhar, como se o fato de não fazer isso agora mesmo, fosse me enlouquecer. Nunca tive TOC nem fui maníaca com nada na minha vida. Esse era o problema. Eu andava de um lado para o outro, nada prendendo meu foco. Agora fui para o outro extremo. A versão ruim de Cachinhos Dourados.

E ainda assim, eu não me sentia louca. Nem um pouco.

Só os insanos têm tanta certeza da sua sanidade. O pensamento deslizou pela minha mente, me fazendo sentar na beirada da cama, sentindo o peso da verdade pendurado em cada palavra. Exausta, eu queria me enfiar na cama, puxar as cobertas sobre a cabeça, e esquecer todas as coisas que estavam acontecendo. Acordar e ver que tudo não passava de um sonho.

Suspirando, me virei para fazer exatamente isso quando ouvi nossa campainha. Como se fosse um alerta, um arrepio percorreu minha coluna, me congelado no lugar. Escutei atentamente.

A voz abafada do meu pai seguiu para a porta da frente. O aumento em seu tom parecia um cumprimento em resposta à outra voz.

Eu não sabia se era um homem ou uma mulher, mas meu estômago embrulhou. Levantei e segui para minha porta, fazendo barulho ao abri-la.

— Muito obrigada por ter vindo. Ficamos muito gratos. Senti que Lewis precisava ouvir sua opinião pessoal sobre a situação. — A voz emocionada da minha mãe flutuou até o andar de cima.

Ah, mas nem pensar. Dei alguns passos na direção do corredor parando no topo da escada, já sentindo a temperatura em meu corpo cair por causa da presença dela.

— Você não tem que me agradecer. Você fez a coisa certa, Carroll. — Sua voz gélida rastejou até mim, congelando meus pulmões. — Só estou aqui para ajudar. Também quero o melhor para Alice.

— Estou tão grata por tudo o que fez. Sinceramente, se você não tivesse se mudado para a casa ao lado… entrado em nossas vidas como fez — minha mãe balbuciou —, não sei o que teríamos feito. Só em sabermos que está aqui, e que é qualificada para essas questões, tem sido um grande alívio nesse momento tão terrível. — Minha mãe soava como se estivessem "lidando" comigo há muito tempo. Não há apenas alguns dias.

— Fico feliz em poder ajudar. — Jessica parou. — E aqui, trouxe isso para vocês. Você disse que estava acabando.

— Ai, meu Deus. Obrigada! — Minha mãe parecia demais uma tiete. — Lewis acabou de colocar todo o resto em seu chocolate quente.

— Coloquei. — Meu pai riu. — Não sei o que você botou nele, mas é muito viciante.

— Uma velha receita secreta da família — Jessica compartilhou.

— Bem, é delicioso. Por favor, venha se sentar. — A voz do meu pai se afastou enquanto ele a levava para a sala de estar. Meus pés roçaram no carpete da escada, mas pararam alguns degraus depois. Eu queria ouvir o que eles achavam de mim quando não pensavam que eu estava ouvindo. A verdade nua e crua.

Sentando no degrau mais alto, inclinei-me contra a parede, escondida pelo teto do segundo andar. Agucei os ouvidos para escutar os três na sala ao lado. Ouvi os ruídos que indicavam que haviam se sentado no sofá e nas cadeiras, e houve uma pequena pausa antes que minha mãe falasse:

— Lewis não esteve presente lá, e não viu o que aconteceu, então, ele obviamente se sente um pouco mais desconfiado da situação. Mas você também viu em primeira mão. O que você acha? Eu adoraria ouvir sua opinião experiente sobre o assunto.

— Bem — Jessica soltou um suspiro, o que travou cada vértebra na minha coluna em uma linha reta —, é muito mais sério do que imaginei pelas nossas conversas.

Uma cadeira rangeu como se alguém tivesse se aprumado nela.

— A mente dela está em declínio em uma velocidade preocupante.

— Tem sido só há alguns dias — meu pai resmungou na defensiva.

— Lewis, pode parecer assim para você, mas Alice tem sofrido há muito mais tempo do que isso. Pode ter passado despercebido, mas ela já está no nível de ter alucinações intensas, ouvindo vozes.

Meu estômago embrulhou quando ouvi sua frase, e tive que me esforçar para não descer e mandar aquela vadia calar a boca.

— Sua filha teve um surto psicótico. Sei que é assustador de ouvir, mas quero ser direta, para que possamos enfrentar isso de cabeça erguida. Lidar ao invés de ignorar. Não ajuda a ninguém colocar panos quentes em uma situação tão séria quanto a de Alice.

— Sim. Isso é exatamente o que quero. — Eu quase conseguia ver minha mãe balançando a cabeça como um bonequinho de painel de carro. *Mas que raios de bolinhos de Natal havia de errado com ela?* Ela nunca agiu dessa maneira. Era a líder do lugar, não uma seguidora. — Lidar com o problema diretamente.

SAINDO DA LOUCURA

— O que você sugere? — meu pai falou de novo, parecendo muito mais cético do que minha mãe.

— Primeiro quero começar com alguns antipsicóticos. Colocá-la para tomá-los o quanto antes e ver se isso ajuda com as visões e vozes. Também quero vê-la de novo em alguns dias.

— E se isso não funcionar? — minha mãe perguntou. Ela sempre gosta de estar preparada para todo tipo de situação. — O que deveríamos observar nela?

— Paranoia extrema. Ela vai agir como se todos estivessem atrás dela, muito provavelmente eu. É comum eles acharem que sua psicóloga ou médico estão tentando machucá-los em vez de ajudar. As visões, vozes, e suas mudanças de humor se tornarão mais intensas.

— Oh, Deus — minha mãe choramingou.

— Está tudo bem, querida, vamos lidar com isso juntos — meu pai a tranquilizou. — Alice é forte. Ela vai superar isso.

— Concordo, Lewis. Alice é *resiliente* — Jessica retrucou. Pareceu mais uma ofensa do que um elogio. — Vamos tentar isso primeiro, e então partimos daí, mas sinto que a medicação realmente vai *ajudá-la*. — Sua ênfase naquela palavra enroscou-se em meu peito como uma cobra. — Querendo nada além de tornar Alice saudável o mais rápido possível, tomei a liberdade de já fazer uma prescrição para ela. — O chacoalhar de comprimidos em um frasco ressoou pela sala.

Todos os meus instintos estavam em alerta diante da ideia de que ela tinha os comprimidos de forma muito conveniente já dentro de sua bolsa.

— Muito obrigada. Não consigo dizer o quando nós somos gratos pelo que está fazendo. Você tem sido tão gentil. Tão atenciosa — minha mãe balbuciou.

— Por favor, não somos apenas vizinhos; sinto que já somos praticamente uma família agora. Quero ajudar de todo jeito que puder. Alice é importante para mim também. — Eu era importante para ela? *Meu rabo que é.* Os sentimentos dela por mim eram claros e recíprocos. — Eu deveria ir para casa. — Ouvi ruídos e movimentação na direção da porta. Sua forma apareceu quando ela avançou na entrada. As sombras estavam fatiadas bem no seu pescoço, como se a cabeça dela tivesse sido cortada, mas juro que eu conseguia sentir sua atenção de alguma forma me encontrando. — Desculpe por não termos podido sair juntos hoje à noite. Talvez uma outra hora. Mas foi melhor assim, Matthew fez um jantar *romântico* só para nós dois.

Ele é o melhor marido de todos. Depois de todos esses anos, ainda estamos *tão* apaixonados.

Cobri a boca com a mão, impedindo que a risada de escárnio escapasse. *Ele nem se lembra de ter casado com você, vadia. Ou do porquê.*

— Awww — minha mãe respondeu. — Isso é tão adorável de ouvir. Vocês são um belo casal.

— Somos um ótimo time. Ele é meu general, comandando a casa e o pequeno exército enquanto eu trabalho.

Minha mãe riu.

— Essa é uma analogia tão fofa. Bem, sua família é perfeita, e adoramos que vocês sejam nossos vizinhos de porta.

— Nós também. — Seus saltos ressoram no piso de madeira, parecendo um relógio marcando o tempo. — Boa noite. Passo aqui amanhã.

— Tenha uma boa noite também. E obrigado mais uma vez, Jessica — meu pai falou. Ouvi o ruído da porta sendo aberta, e então fechada.

— Lewis… — minha mãe murmurou assim que a porta fechou. Pelas suas sombras no chão, eu consegui ver que ele a envolveu em seu braços. — Estou com medo.

— Eu também. — Ele a abraçou mais forte. — Mas você e eu temos sido um bom time. Enfrentamos muitas coisas juntos. Vamos enfrentar isso.

— Tenho tanta sorte de ter você.

— Eu é que sou o sortudo. — Ele beijou a cabeça dela, abaixando os braços.

— Tudo bem. — Minha mãe suspirou, recuando um passo. — Primeiro passo: fazer Alice começar a tomar esses comprimidos imediatamente. Acredito que vão ajudar.

Nem ferrando! Eu não iria tomá-los. Eu não confiava em Jessica. Nem um pouco. Cada fibra do meu ser gritava que ela queria me machucar.

— *Paranoia extrema. Ela vai agir como se todos estivessem atrás dela, muito provavelmente eu. É comum eles acharem que sua psicóloga ou médico estão tentando machucá-los em vez de ajudar.*

Caraaaaalho.

Ela acabou de puxar meu tapete mais uma vez. Tirando qualquer poder que eu tivesse. Se eu recusasse, me encaixava exatamente em seu plano. Se os tomasse, afirmava que estava louca.

Mas eu não estava? Isso era a paranoia falando? Trazendo os joelhos para meu peito, descansei a cabeça neles. A sanidade da qual eu tinha tanta

SAINDO DA LOUCURA

certeza no outro dia estava escorrendo por entre meus dedos, deixando apenas dúvidas ocupando o espaço.

— *Alice?* — uma voz grave sussurrou meu nome, fazendo minha cabeça erguer. Minhas costas chocaram contra a parede, e acabei batendo a cabeça.

— Oh, caramelo natalino… — Suspirei com um gemido assustado, encarando a figura sentada no mesmo degrau, a apenas alguns centímetros de mim. Metade homem e metade cervo, ele era a criatura mais única e linda que já vi. Seus chifres balançavam para frente e para trás enquanto seus suaves olhos castanhos me estudavam.

— Você se parece com Alice — ele disse, sem rodeios. Um gritinho saiu da minha boca quando ele se aproximou, minhas costas dolorosamente pressionadas à parede, sem me permitir afastar. Meu peito subia e descia de pavor enquanto seu nariz úmido fungava meu cabelo. Ar quente tocou em meu pescoço, a sensação agarrando-se à minha pele enquanto ele continuava a me cheirar. — Você tem o cheiro da Alice.

— Vá embora. — Aninhei-me ainda mais contra a parede, assustada demais para estender a mão e tocá-lo, ciente que, sem sombra de dúvidas, tocaria em um ser maciço.

Eu estava realmente enlouquecendo.

Ele se endireitou, tristeza refletindo em seu olhar.

— Mas você não é a *minha* Alice — ele afirmou. — Minha Alice tinha muito mais *magnitude*. Ela era uma guerreira.

— Vá embora. Você não é real. — Fechei os olhos, cobrindo as orelhas para que não escutasse mais a voz aveludada contorcendo minhas entranhas. — Você não é real. Você não é real.

— Alice? — Dedos tocaram em mim e eu os afastei, repetindo essas palavras sem parar.

— Alice! — A voz aterrorizada da minha mãe me arrancou da minha zona de conforto.

Erguendo a cabeça, meu olhar seguiu para o corpo que agora se sentava na minha frente, encontrando sua expressão aflita. Lágrimas ameaçavam escorrer pelos cantos de seus olhos, seu cenho franzido enquanto angústia e medo se misturavam em sua feição.

— Alice… — ela choramingou meu nome suavemente, me devastando mais do que eu já estava. A culpa e o sofrimento que eu possuía trouxe isso a eles. Eu a estava decepcionando, assim como minha família inteira, e causando neles dores, estresse e agonia insuportáveis.

Então, quando ela estendeu a mão segurando dois comprimidos, me entregando o pequeno copo d'água, não hesitei, engolindo-os em um gole só. Lutar contra isso só os faria sofrer ainda mais.

Minha mãe envolveu meu corpo com o seu, e me joguei em seus braços, deixando as lágrimas escorrerem.

— Eu sinto muito, mãe. — Chorei em seu ombro. — Sinto tanto.

— Shhh. Está tudo bem, meu amor. — Ela me balançou para frente e para trás. — Nós vamos consertar isso. Eu prometo. Tudo vai ficar bem.

— Eu fiquei louca? — perguntei, querendo tanto acreditar nela, mas uma voz surgiu no fundo da minha mente, crepitando com risadas.

— *Acredito que sim. Você está completamente pirada.*

SAINDO DA LOUCURA

CAPÍTULO 8

Meu olhar vagou nervosamente pelo cômodo, meu corpo sem se mover um milímetro. Observando. Esperando. Todas as luzes estavam ligadas no meu quarto. As luzes de Natal que decoravam nossa casa brilhavam pela minha janela, pintando o chão com borrões monótonos de cores. Os dois dias que se passaram desde que Jessica veio aqui, desde que vi o homem-cervo, pareciam ter sido anos atrás. A cada minuto eu me afastava mais e mais de mim mesma.

Essa noite foi o exemplo perfeito disso. *Era só um filme, Alice. Não era real.*

Sentada no meio da minha cama, mantendo as mãos e pernas longe das beiradas, a ansiedade fazia meu coração retumbar em meus ouvidos, esperando por algum tipo de lagarto misturado com morcego, enorme e verde, sair debaixo da minha cama e fincar seus dentes afiados em mim de novo.

De novo?

A porta abriu, permitindo a escuridão do corredor apagado adentrar, a silhueta da minha irmã parada na soleira timidamente. Com medo. *De mim.*

— Alice?

Sem me mexer, meus ouvidos captaram a TV ainda ligada no quarto dela do outro lado do corredor. Tínhamos assistido a nosso filme anual de Natal juntas hoje, uma noite normal. Minha reação acabou com a chance de qualquer coisa comum ou leve, o que parecia ser minha especialidade ultimamente.

Como um calendário do Advento, Dinah e eu contávamos os últimos quinze dias até o Natal com nossos filmes preferidos da época. É uma coisa que temos feito desde que éramos pequenas. Scott nos acompanhou nos últimos dois anos, onde apresentamos a ele alguns dos nossos favoritos.

Pipoca, bebidas, doces… estávamos todos prontos para uma bela noite. Com Scott e Dinah esparramados na cama dela, sentei no chão, apoiando as costas no seu colchão, sentindo-me um tanto normal pela primeira vez em um bom tempo. Mesmo que cada dia sem ver Matt tenha sido uma agonia. Os noturnos e *detalhados* sonhos eróticos apenas acentuavam minha ânsia por ele. A sensação do peso dele entre minhas pernas e o toque de sua boca torturavam minha mente até que eu me deixava fingir que ele estava lá. Eu não conseguia explicar como me sentia, a não ser que o tempo distanciados só estava tornando as coisas piores, não melhores. Pensei que uma noite de filmes distrairia minha cabeça, mas fez exatamente o contrário. Pior do que um fantasma, ele pareceu ainda mais predominante no quarto enquanto assistíamos ao filme *cult* de Natal.

Na metade do filme, um que eu tinha visto dezenas de vezes, criaturas com aparência de lagartos com orelhas de morcego se multiplicaram em cima da televisão. Ver o líder Stripe e seu moicano branco na tela fez alguma coisa estalar. Um grito saiu da minha garganta. Levantando em um pulo, me afastei do televisor.

— Não. Não. Não. — Minha cabeça balançou para frente e para trás, o quarto desaparecendo para mim. Olhando para baixo, vi meus pés descalços na neve. Vermelhos e cobertos de sangue. Como um pegajoso cone de neve de cereja. Não mais no quarto da minha irmã, escuridão e árvores me rodeavam juntamente com o medo e pânico angustiante. Senti como se alguém que eu amava estivesse morrendo, mas não conseguia alcançá-lo.

— Alice… Qual é o problema? — A voz de uma mulher se modificou para a de um homem, fazendo minha cabeça virar para o lado. Uma obscura paisagem coberta de neve delineava a figura de um homem alto, olhos azuis brilhando através das sombras. Eu não conseguia distinguir seu rosto, mas na mesma hora senti um nome surgir na minha cabeça e no meu coração.

Scrooge.

O líder dos *gremlins* gritou de cima de uma pedra, desviando minha atenção para ele. Seus olhinhos redondos me encararam, como se ele estivesse me dizendo que meu fim estava próximo. Cambaleei para trás, balançando a cabeça. Seu grupo bateu seus gravetos, gritando ao vento, exigindo nossa morte. Stripe berrou, erguendo sua lança, e as centenas de corpos escamosos desceram na nossa direção como uma colônia de formigas.

Sem poder me mexer, observei enquanto se aproximavam, seus dentes estalando, ávidos para sentir o gosto do meu sangue, suas garras ansiando rasgar minha carne. O primeiro saltou no ar, caindo em cima de mim. Atingi o chão, cobrindo a cabeça, gritando por causa da dor que estava esperando sentir.

SAINDO DA LOUCURA

— Alice! — Mãos agarraram meus braços, me balançando. Uma voz familiar me fez erguer a cabeça. Os olhos verdes de Scott encontraram os meus. Ele tentou esconder o pânico em seu rosto, mas não era tão bom ator assim. — Alice, você está bem?

Eu estava de volta no quarto da minha irmã. Nenhuma criatura me atacava. Nada de neve. Nenhum homem. Nada. Meu olhar passou por cima do ombro dele para minha irmã disparando pela porta aberta. Minha mãe e meu pai entraram correndo, vindo diretamente até mim. Scott se afastou para o lado enquanto meus pais invadiam meu espaço.

— O que aconteceu? — minha mãe me perguntou primeiro, mas quando não respondi nada, ela se voltou para a minha irmã. — Alguém fala comigo! O que aconteceu?

Minha irmã abriu a boca, mas nada saiu, seu corpo estremecendo.

— Ela surtou — Scott falou por ela, apontando para a TV. — Na hora em que os *gremlins* apareceram na tela, ela começou a gritar. Quero dizer, um grito angustiante... — Ele balançou a cabeça, parecendo tão assustado quanto minha irmã.

— Os *gremlins*? — Meu pai franziu o cenho. — Ela já viu isso um milhão de vezes. Ela ama... por que iria, de repente, perturbá-la?

— Você sabe o que Jessica nos falou na outra noite pelo telefone. Coisas comuns podem ser gatilhos para ela agora. — Eles conversavam como se eu não estivesse mais no quarto. Minha opinião ou pensamentos não pareciam importar mais mesmo.

Passaram-se apenas alguns dias desde que comecei a tomar os comprimidos. Minha mãe falava que levava tempo para eles realmente entrarem em meu sistema e fazerem efeito, mas tudo o que eu sentia era um retrocesso.

Agora, eu me encontrava sentada na minha cama com todas as luzes acesas, imaginando monstros verdes escondendo-se nas sombras, prontos para saltarem sobre mim no instante em que as luzes fossem apagadas.

Buscando vingança.

Dinah entrou de mansinho no meu quarto, sentando-se na beirada da cama como se eu fosse partir em pedacinhos.

— Você me assustou de verdade.

— Eu sei. — Eu já não sabia mais como consolar minha família. O número de vezes em que murmurei as palavras "me desculpem" nos últimos dias não significavam mais nada.

Ela estendeu o braço para segurar minha mão, mas parou.

— Me ajude a entender pelo que você está passando.

— Queria poder fazer isso. Não é um problema matemático que você pode resolver. — Encarei o teto. — Nem eu entendo.

— Mas é real para você. — Ela umedeceu os lábios, colocando uma mecha de cabelo atrás da orelha nervosamente. — Você realmente acha que está acontecendo? — Sua pergunta pareceu mais uma afirmação do que um questionamento.

Curioso.

— Sim — respondi, apática, o remédio que minha mãe praticamente enfiou na minha garganta depois do incidente finalmente fazendo efeito no meu sistema, a vontade de lutar dentro de mim desaparecendo, me deixando vazia e complacente.

— Então… os *gremlins* saltaram da tela e vieram atrás de você?

— Não. — Suspirei, procurando pelas palavras certas. — Não é assim. Eu não estava mais no seu quarto… Estava em outro lugar. — *Com outra pessoa.* — É tão real quanto isso. — Ergui os braços gesticulando para meu quarto. — Foi como se eu já tivesse estado lá antes. Revivendo a experiência de novo. A sensação louca de que alguém que eu amava estava morrendo ou ferido… — Meus dedos pressionaram minha testa, como se a resposta estivesse bem ali, precisando ser arrancada.

As mãos de Dinah cobriram as minhas, seu olhar repleto de emoção, uma única lágrima escorrendo por sua bochecha. Ela quase nunca chorava. Preferia resolver o problema do que lamentá-lo.

Vê-la chorando me destroçou um pouco mais. Apertei sua mão, puxando-a para um abraço.

— Vai ficar tudo bem. — Tentei confortá-la, querendo ser a irmã mais velha que a protegeria pelo menos uma vez. — Prometo.

Ela assentiu com a cabeça, secando o rosto. Levantando-se, ela me deu mais um abraço rápido e um sorriso antes de ir embora.

Ela saiu do meu quarto, nenhuma de nós acreditando em mim.

Horas mais tarde, o relógio do andar de baixo ressoava, ecoando pela casa silenciosa. Encarei a noite fria, procurando pela única coisa que fazia sentido agora. Durante dias fui boazinha, ficando longe, e foi como lutar contra um redemoinho que queria me puxar. Mas esta noite defesas não significavam nada, e eu não queria mais ficar longe. Não quando eu sabia que o tinha visto na minha visão naquela montanha. Eu o tinha chamado de Scrooge, o que era estranho já que nos provocamos sobre isso, mas pareceu certo.

No mundo bizarro onde fui atacada por *gremlins*, a presença dele ao meu lado era a coisa mais real ali, como se tivéssemos vivido diversas vidas, matado dezenas de monstros juntos. Era bobo, mas não fazia desaparecer o sentimento mais profundo do meu ser que concordava que estivemos juntos antes. Vidas passadas eram possíveis? Nós nos conhecemos em alguma outra vida? Parecia mais um dos meus livros de fantasia, mas a ideia não ia embora.

Noites sem dormir e estresse somavam-se com minha mente confusa, mas o medicamento só piorou tudo. Eu deveria ter enfrentado, me defendido, sabendo que Jessica estava tentando me machucar. Era como se ela tivesse planejado tudo isso, o que não fazia sentido. Ela mal me conhecia e tinha se mudado para cá há apenas uma semana. Ela, com certeza, era insegura quando se tratava do seu marido, mas isso era o bastante para fazer isso comigo?

Eu precisava vê-lo. Conversar com ele. Rapidamente colocando roupas quente, saí noite adentro, uma fugitiva seguindo diretamente para a árvore.

— Matt? — chamei, baixinho, procurando desesperadamente pela fumaça do cigarro rondando os galhos, seu corpo deslumbrante recostado na árvore, esperando por mim.

Uma figura saiu de trás da árvore, e um sorriso surgiu em meu rosto, sentindo a leveza pela primeira vez em dias.

— Matt.

A silhueta apareceu. Meus pés pararam bruscamente, medo se espalhando pelas minhas veias, meu estômago revirando.

Jessica veio de trás da árvore para a luz. *Santa meia-calça rasgada*. Vestida em um sobretudo preto de lã revestido de pele, o pé de coelho balançava em seu pescoço, e mesmo a essa hora da noite, seus lábios estavam perfeitamente pintados de vermelho-escuro.

— Imaginei que você voltaria uma hora ou outra. — Ela esfregou as mãos cobertas por luvas de couro enquanto se aproximava de mim.

— Como um elfo aficionado por açúcar, você parece não conseguir ficar longe. Você parece ter um fraco pelos maridos de *outras* mulheres.

— Não é desse jeito — resmunguei, apreensão aquecendo minha pele.

A boca de Jessica se curvou em um sorriso maléfico.

— Não pense que sou tola, garota. Sei de seus encontrinhos desde o *começo*. Você realmente acha que uma *esposa* não perceberia seu marido saindo no meio da noite? — Ela me encarou enquanto eu engolia em seco. — Não se engane. Ele é um homem de vontade fraca. Como todos os outros. Mas no final, ele sempre voltará para mim. Realmente acha que Matthew escolheria você ao invés de seu filho? Ele fará o que for preciso para mantê-lo dessa vez. Você não passa de uma distração reluzente.

— Suponho que você seja do tipo que afasta uma criança de seu pai amoroso por causa do ego ferido — retruquei bruscamente.

— Eu? — Ela apontou para si, erguendo as sobrancelhas. — É *você* quem vai acabar afastando Timothy. E ele vai te *odiar* por isso. De qualquer forma, eu ganho. — Ela inclinou a cabeça. — Ele não quer nada com você, então pare de se envergonhar.

— Foi isso o que ele disse? *Ele não quer nada comigo?* — Eu não conseguia explicar o desespero de lutar por ele. Não tinha acontecido nada, e eu nem fazia ideia do que ele realmente sentia por mim. Mas havia algo muito profundo entre nós; eu não conseguia me afastar. Tinha certeza disso.

— Veja por si mesma. — Ela moveu a mão para a janela do segundo andar acima de nós.

Matt estava parado na frente da janela, me encarando com uma expressão inflexível, a mandíbula firmemente travada. Seu olhar encontrou o meu. Nossos olhos ficaram fixos por alguns bons segundos, expressando coisas que eu não entendia antes que ele fechasse os olhos e se virasse repentinamente... se afastando. De mim. De nós.

Emoção apertou minha garganta, meus olhos rebatendo a traição e a dor inexplicável.

O sorriso de Jessica se alargou.

Alice burra, quando você vai aprender que as pessoas, principalmente, os homens, só te enganam e te machucam?

Uma sensação estranha passou pelo meu corpo de que eu já havia pensado isso antes, dito a mesma coisa quando ele se salvou e me jogou para os lobos, voltando para ela. Mas como isso poderia ser verdade?

SAINDO DA LOUCURA

— Ainda é uma pena. Gostei muito mais de você do que da última mulher dele. Você tem tanto poder, Alice. *Bastante única*. E te agradeço por nos trazer aqui. Não esperava isso de você. — Seu olhar me percorreu com desprezo e curiosidade. — Mas agora você é simplesmente uma pedra no meu sapato. Tentadora demais para ele.

— Do que você está falando? — Ela só estava murmurando coisas sem sentido agora.

Seu foco se concentrou em mim, e senti uma pressão encher minha cabeça, como enfiar um saco de dormir em uma mochila minúscula. Um choro percorreu minha garganta. Agarrei a cabeça, e fechei os olhos com força.

Sumiu tão rápido quanto veio, e abri os olhos. Eu estava completamente sozinha. Jessica já não estava mais na minha frente. Um aviso na minha cabeça me dizia que eu deveria imaginar o porquê, mas ele nunca veio à tona. Um brilho pelo canto do meu olho chamou minha atenção. Na lateral da casa, uma pequena luz vermelha piscava, sendo carregada pelo homem-cervo que vi alguns dias atrás. Usando apenas uma calça cargo marrom, seu peito nu brilhava por causa da luz vermelha, sua barriga coberta de músculos. Seus chifres giraram para trás; as grandes orelhas viradas na minha direção. *Trenó do Papai do Noel*, ele era mais lindo do que eu me lembrava.

Um lento sorriso começou a surgir em sua boca.

— Você vem, Alice? Vamos nos atrasar.

— Atrasar? — perguntei.

— Depressa. Estamos muito, muito atrasados — ele disse e se virou, saltando pela rua. Nada ao meu redor era importante mais. Apenas a vontade de segui-lo. Uma necessidade que eu não conseguia controlar. Pude ouvir o tique-taque do relógio na minha cabeça, evidenciando o fato de que o tempo estava se esgotando. Eu *tinha* que segui-lo.

— Espere! — chamei, minhas botas esmagando a neve enquanto corria atrás dele.

Ele se virou, olhando para mim de novo antes de se aprofundar em uma trilha que levava para os bosques, disparando adiante com determinação.

— Homem-rena, espere! — Não pensei e corri mais rápido, desesperada para não o perder de vista. Fazendo curvas e ziguezagueando, tentei acompanhar a luz vermelha que corria por entre as árvores. Um medo estranho de que elas iriam vir atrás de mim ou começar a falar tomou conta dos músculos das minhas pernas, fazendo-as correrem mais rápido. Adentrei o bosque, vislumbrando a luz vermelha antes de desaparecer de novo.

— Alice! Por favor... — uma voz chorosa falou para mim, ecoando pelas árvores. — Nós precisamos de você.

— Srta. Alice... *depressa*.

— Volte agora!

— Alice, rápido, antes que seja tarde demais.

— Estou tentando. Estou tentando. — Escorreguei na neve derretida, mas me endireitei, tentando alcançar as vozes, cada uma apunhalando um sentido de urgência e agonia em meu coração.

Minhas botas se prenderam em um tronco, e caí de cara na neve com um estrondo. Exaustão dominou meus ossos como se eu estivesse correndo por dias, e me esforcei para me levantar. O desespero em suas vozes ficou mais agitado, tornando-se tão angustiante e doloroso que atingiu minha pele e mente. Fechando os olhos, minhas mãos cobriram os ouvidos e me eu me encolhi em posição fetal.

Comecei a gritar.

E gritar.

SAINDO DA LOUCURA

CAPÍTULO 9

— Alice? Ai, meu Deus… Alice! — Mãos encostaram em mim, e me virei e esperneei contra o toque, sentindo-me tão ferida que pensei que fosse me despedaçar. Meus gemidos ainda soavam claramente pelo ar, queimando minha garganta.

— Alice. Pare. — A voz familiar me fez abrir os olhos, e encarei o rosto do meu pai. Um turbilhão de luzes vermelhas e azuis piscavam nas figuras dos meus pais enquanto eles se curvavam sobre mim, realçando o pavor visível em suas feições. Lágrimas escorriam pelo rosto da minha mãe enquanto meu pai segurava meus braços abaixados para que eu não pudesse me mexer.

Mas que diabos?

Erguendo a cabeça da calçada, olhei ao redor. Paramédicos estavam descendo da ambulância, uma viatura estava estacionada logo atrás enquanto os vizinhos vestidos em roupões e pantufas se encontravam em seus jardins, observando o drama se desenrolar. Eu estava bem na frente da minha casa…

Meu cérebro não conseguia compreender. Nenhuma floresta. Nenhuma voz me chamando. Eu estava no meio da rua na frente da minha casa. Tudo aconteceu na minha cabeça. Piscando para afastar as lágrimas, abaixei a cabeça de novo. Emoções obscuras rechearam minha mente. Humilhação. Vergonha. Medo. Raiva.

— Deixe-nos passar. — Uma paramédica esbarrou na minha mãe. — O que aconteceu? Ela é sua filha?

— Sim — meu pai respondeu, ainda segurando meus braços abaixados. — Ela não tem estado bem.

— Ela estava melhorando, Lewis.

— Não, não estava, Carroll. — Ele se irritou, a paciência no limite. — Ela estava piorando, e você sabe disso.

Minha mãe assentiu, cobrindo o rosto com as mãos.

— Qual é o nome dela? — a mulher perguntou, apontando uma lanterna para minhas pupilas.

— Alice — meu pai respondeu.

— Alice? Você consegue me ouvir?

Ergui a cabeça para encará-la. Sério?

— Alice. Quero ouvir você responder.

— Sim — rosnei. — Eu consigo te ouvir, porra. Não sou surda. — Agitei-me no agarre do meu pai. — Me solta. — Ele hesitou antes de me largar, temendo que se fizesse isso, eu me transformaria em um animal raivoso.

Agitação rolou ao meu redor, minha cabeça doendo. Era uma dor dilacerante, como se alguém tivesse estado dentro dela com uma broca.

— Alguém pode me dizer o que aconteceu?

— Ela acordou a vizinhança inteira gritando e perseguindo algo que não estava lá — o cara que morava do outro lado da rua tagarelou. — Eu liguei para a polícia… Quero dizer, ela estava agindo como uma doida varrida… como se tivesse usado alguma coisa.

— Você está usando alguma droga? — a paramédica perguntou, colocando a luz nos meus olhos de novo enquanto outro seguia para onde meu pai estava. — *Ecstasy*, cetamina, cocaína...

— Ela está tomando um antipsicótico — minha mãe respondeu. — Só isso.

A mulher se virou para seu colega, ambos trocando um olhar que dizia: *oh, ela é realmente louca.*

— A Srta. Liddell está sob meus cuidados. Eu sou médica dela. — A voz de Jessica surgiu às minhas costas, sua figura aparecendo, gerando um ódio em mim que entupiu minha garganta. *Ela. Fez. Isso.* Senti em cada fibra do meu ser. De alguma forma, ela causou a minha alucinação. — Entretanto, a mente dela está se deteriorando tão rapidamente, que os remédios que prescrevi já não estão mais ajudando.

Empurrando todos para trás, fiquei de pé.

— Sua vadia do caralho! — gritei, me atirando nela. — Você está fazendo isso comigo. Sei que está.

Meu pai e os paramédicos vieram na minha direção, me segurando.

— Me solta! Foi ela. Eu estava bem até que ela me colocou para tomar

SAINDO DA LOUCURA

aqueles comprimidos. Ela está fazendo isso comigo.

— Srta. Liddell, você precisa se acalmar. — O policial se aproximou, erguendo as mãos. — Apenas pare um pouco.

— Não! — gritei, lutando contra quem me agarrava, meus braços pressionados contra as minhas costas. Encarando Jessica, que me dava um sorrisinho debochado, tive outra sensação de ter estado aqui com ela antes. Imagens minhas sendo aprisionada enquanto ela me subjugava. — Eu não estou louca! Mas ela está fazendo as pessoas acharem que estou.

— Alice… — O rosto da minha mãe se encheu de angústia. — Não faça isso, querida. Você sabe que não está saudável agora.

— Mãe, por favor, acredite em mim — implorei. — Você acabou de conhecê-la. Não aceite a palavra dela em vez da minha. Por favor, me escuta. Ela de alguma forma te enfeitiçou completamente.

Santas pinhas de Natal. No instante em que murmurei a frase, um sentido se encaixou em minha mente como um quebra-cabeça.

O melado de creme.

Era possível?

Minha família inteira estava viciada nele. Não seria surpresa se todos os meus vizinhos também estivessem. Eu não fazia ideia de como ela estava fazendo, de como era sequer praticável, mas meu instinto simplesmente sabia – ela estava controlando suas mentes com isso.

— Não é estranho que desde que ela apareceu e me colocou para tomar esses remédios, eu piorei? Ela está me machucando, mãe. Por favor, enxergue isso!

Minha mãe virou de costas, seus ombros tremendo enquanto ela continha seu sofrimento.

— Alice. — Meu pai balançou a cabeça, a compaixão curvando sua boca.

— Jesus. Ela hipnotizou todos vocês. — Minha cabeça girou ao redor, percebendo minha irmã parada não muito longe, mostrando uma expressão idêntica à dos meus pais. — É o melado. Não sei o que ela coloca nele, mas ela está fazendo uma lavagem cerebral em vocês. — As palavras escaparam da minha boca, e até eu sabia o quão loucas soavam, mas não pude parar.

Todos me encararam em silêncio, suas feições endurecendo. Meu pai começou a chorar, o que foi como um milhão de cortes no meu coração.

— Jessica nos disse que talvez isso acontecesse — ele murmurou em meio ao pranto, secando os olhos. — Não acredito que isso está se concretizando.

Eu sabia o que Jessica tinha dito. Ela armou para mim perfeitamente. Qualquer coisa que eu dissesse… *eu* pareceria a louca. Nada que algo que eu falasse seria levado a sério. E talvez eu estivesse maluca, mas não estava errada sobre ela.

— Lewis, você sabe que esta é a última coisa que quero, mas depois disso, devo insistir que você leve a sério a recomendação que fiz mais cedo pelo telefone. — *Recomendação?* Que merda ela falou para eles? — Olhe em volta. — Jessica gesticulou para o tumulto ao nosso redor. — Alice não é mais confiável… para *si mesma.*

— Vá. Se. Foder. — Tentei pular para cima dela, mas fui puxada para trás. — Você está adorando isso, não é? Por quê? Por que seu marido prefere passar tempo comigo? Fumar até o esquecimento para que não se lembre que é casado com *você*? Uma vadia cruel e fria?

Um ofego irrompeu pelos vizinhos que estavam observando.

Um músculo palpitou na bochecha dela, atuando para o público como se o que eu disse a tivesse magoado, mas ela não me enganava. Sua presunção se multiplicou. Eu não fazia ideia de como, mas tudo o que estava acontecendo comigo era por causa dela. Ela planejou tudo. E agora eu parecia a amante maníaca desprezada perseguindo o marido de outra mulher, enquanto ela agia como a nobre vítima.

Eu conseguia enxergar isso em todos os olhares: o escárnio, a pena, e o julgamento.

— Conheço vocês a vida inteira. Mas é para mim que vocês viram as costas na mesma hora — gritei para a multidão. — Sério?

Nenhum deles se mexeu, os olhos arregalados, ávidos pelo espetáculo. Passou pela minha cabeça uma visão, um grupo de pessoas me encarando do mesmo jeito, lambendo os lábios e pedindo pela minha cabeça, zumbis controlados por ela.

— Ela prendeu todos vocês em sua teia. Não enxergam? Ou tudo o que veem é a louca em seu habitat natural? Bem, espero que tenham apreciado o show. O zoológico fechou. Podem ir para casa agora. — Joguei os braços para cima, odiando como os vizinhos acreditaram nisso sem questionar. Jogando fora anos em que conheciam a mim e meu caráter e se postando atrás dela.

— Alice, por favor. Você só está piorando as coisas. — O toque da minha mãe me fez desviar o olhar para ela, permitindo-me lentamente observar todos os rostos que me encaravam. De pavor à pena, os vizinhos me olhavam como se eu fosse a aberração do circo. — Nós te amamos tanto. Queremos que você melhore. — Ela agarrou o braço do meu pai enquanto ele lhe dava um pequeno aceno. — Faremos *qualquer* coisa necessária para te ajudar.

Cacete... essa palavra de novo.

— Do que você está falando? — Eu conseguia sentir, seja lá qual decisão eles tinham considerado, ela estava firmada em suas cabeças.

— Você precisa estar em algum lugar seguro. Algum lugar com pessoas que possam realmente te ajudar a se curar e ficar saudável de novo.

Meu mundo saiu do eixo, ácido queimando meu estômago.

— Nãoooo — sussurrei.

— Sinto muito, Alice. — Mais algumas lágrimas escorreram pelo rosto do meu pai. — Não queremos fazer isso. Mas é o melhor. Para a sua segurança.

— V-você vai me mandar para um manicômio? — berrei, encarando minha irmã em busca de ajuda. Ela apenas afundou o rosto nas mãos, chorando.

Meu instinto me fez procurar por Matt em volta. Ele me entendia. Sabia que isso era errado. Mas sua ausência apenas concretizou o sentimento. Eu estava completamente sozinha.

— Vou organizar tudo — Jessica disse, baixinho, para meus pais. — Tudo o que precisam fazer é apoiar sua filha. Podemos mexer com a papelada de manhã. — Ela ficou lá, calma e contida, oferecendo a eles uma solidariedade vazia, enquanto seus olhos brilhavam triunfantes.

Biscoitos natalinos podres! Ela já tinha preparado tudo isso, como se estivesse esperando esse desfecho hoje à noite.

— Policial, não acho que ela irá de boa-vontade. — Jessica piscou para o policial, e ele rapidamente assentiu, esticando a mão para mim.

— Espere. Não acho que isso seja necessário. — Meu pai franziu o cenho, mas o policial agarrou meu braço, afastando-me deles.

— Sua vaca — resmunguei, entredentes, lutando contra o agarre do homem.

Ela se inclinou para mim como se estivesse me abraçando.

— Não me desafie, Alice — ela murmurou, maliciosamente. — Como te falei antes, eu sou a rainha aqui, e só há espaço para uma.

Fiquei rígida ao ouvir suas familiares palavras. *Merda*. Eu sabia que ela não gostava de mim, mas era mais do que isso. Ela estava propositalmente me perseguindo.

O policial me puxou para trás, me arrastando até o carro, sem ligar se isso tudo era ilegal. Ela enganou a todos eles. E quanto mais eu tentava mostrar que ela era a perversa, mais louca eu soava.

Colocada dentro da viatura, as luzes refletindo na janela, ela deu um sorrisinho para mim enquanto meu pai, minha mãe e Dinah ficaram atrás dela, amontoados uns aos outros.

Xeque-mate.

Bela jogada. Encarei-a. *Mas vou vir atrás de você, vadia. Pode contar com isso.*

Ela pensou que havia tirado um peão, mas eu removeria a rainha.

Quando adulto, você tem a desilusão de que está no controle da sua vida. As decisões são todas suas.

Quão fácil isso pode ser arrancado.

Encarei minhas mãos, as unhas arruinadas cravadas à pele, o material áspero da roupa azul-claro que colocaram em mim, servindo como um lembrete constante de que eu não estava dormindo. Minha vida deu uma brusca reviravolta, me fazendo perder o controle na direção errada.

— Alice, você entendeu? — Um médico baixinho e rechonchudo estava sentado do outro lado de sua mesa. Suas redondas bochechas rosadas e seu nariz atarracado geravam raiva dentro de mim. Ele parecia o garoto-propaganda da gulodice, enfiando comida na goela enquanto seus olhinhos minúsculos me encaravam.

— Alice? Você entendeu o que o médico falou? — Meu pai afastou meu cabelo embaraçado do meu rosto abaixado. Meus pais sentaram me ladeando, e agarraram meus braços para que eu não pudesse levantar e fugir.

Escapar era a última coisa que eu era capaz de fazer. Os remédios que injetaram em mim para "me acalmar" não me fizeram nada além de uma sonâmbula, uma concha em meu próprio corpo. Eu fiquei bastante chateada quando me largaram aqui no meio da noite, o que era justo. Eles agiram como se eu estivesse no nível máximo do surto porque eu continuava fazendo perguntas, desafiando a autoridade deles, pedindo para chamar a pessoa responsável, imaginando como isso tudo era sequer legal. Era como se tivéssemos voltado para os anos 1800 ou 1900 quando um marido considerava qualquer descontrole de sua esposa um ato de loucura e a jogava em um hospício sem qualquer questionamento ou prova. Ela poderia estar chateada porque ele estava traindo ou sendo um babaca, mas a instituição levava em consideração a palavra do homem, e a vida da esposa era destruída. A palavra dela não significando nada, já que não havia como lutar por si mesma.

Não havíamos progredido muito hoje.

Uma das várias enfermeiras anônimas perfurou meu braço com uma agulha, meu corpo relaxando na mesma hora. Depois disso, eu me tornei um robô, encarando o mundo como se já não fizesse parte dele mais, embora minha mente ainda entendesse o que estava acontecendo.

Inconscientemente, troquei minhas roupas sujas e molhadas pelo visual estilo cadeia e me sentei na cama de solteiro dura enquanto o sol entrava pela única janela, ouvindo os outros pacientes acordarem. Gritos e murmúrios ecoaram pelo corredor, alguns curiosos espiando pela minha porta, mas apenas encarei as mãos, esperando meus pais aparecerem e notarem que este lugar não era para mim.

Duas horas depois que o sol nasceu, eles apareceram, mas não para me levar para casa. Era para assinar a papelada, concedendo todos os direitos à instituição para me tratar. Meu pai era quem mais parecia um pouco incerto.

— Doutor Cane, quero esclarecer como você estará tratando minha filha. Isso parece um pouco exagerado. — Meu pai apontou para as grades no lado de fora das janelas. — Quero dizer, esse lugar parece uma prisão. É meio radical para Alice.

— Sr. Liddell, eu entendo sua preocupação. As grades são apenas uma precaução a mais. — Dr. Cane se remexeu em sua cadeira, a barriga batendo na mesa. — Mas pelo que soube através da Dra. Winters, Alice precisa desse lugar para lidar com todas as necessidades dela.

— Lewis. — Minha mãe olhou por cima da cabeça para seu marido. — Se Jessica diz que este é o melhor lugar para ela, então apoio totalmente o que quer que eles farão para ajudar. Você me prometeu.

Meus lábios se curvaram em um resmungo ao ouvir o nome dela. Maldita Jessica Winters. Há apenas uma semana conhecíamos essa mulher e ela tinha mais poder sobre mim, sobre meus pais, do que tínhamos sobre nós mesmos.

— Eu lembro, Carroll, mas não sei... — Ele balançou a cabeça, os olhos marejados. — Isso parece tão rápido e rigoroso; você não acha?

— Nós dissemos *qualquer* coisa necessária — ela murmurou para ele, como se eu não conseguisse ouvi-la, mesmo que estivesse sentada no meio deles. — Ela poderia ter morrido essa noite ou machucado alguém. Não somos capazes de ficar vigiando-a vinte e quatro horas, sete dias por semana.

— Eu sei. Eu sei. — Ele concordou com a cabeça. — Você está certa.

Não! Ela não está. Por favor, pai, me ajude. Eu conseguia ouvir minha voz aos prantos na cabeça, mas nada saía dos meus lábios. Pavor queimou a parede do meu estômago, mas nenhum dos meus pensamentos ou emoções chegavam à superfície – seja lá o que tivessem me dado me mantinha em silêncio. Obediente.

Depois de mais trinta minutos, meus pais assinaram e perguntaram tudo o que queriam. O Dr. Cane recitou todas as respostas que soavam certas para satisfazê-los, parecendo mais um panfleto do que um médico de verdade.

— Os dias de visitas são aos domingos, certo? Podemos vir, então? — Mamãe e papai se levantaram.

— Geralmente, sim, mas achamos melhor que nas primeiras duas semanas ela não tenha nenhuma influência exterior.

— O quê? — Meu pai explodiu, balançando a cabeça bruscamente. — Não, de jeito nenhum. Você não nos falou nada disso. Está dizendo que não podemos visitar nossa própria filha?

— Sinto muito, Sr. Liddell, mas essas são as regras para qualquer paciente novo. Nada de ligações ou visitas nas primeiras duas semanas. Eles precisam se acostumar à rotina e às regras. Pense nisso como resetar a mente dela.

— Isso é besteira! — meu pai gritou, levantando os braços. — Não posso estar com a minha filha no *Natal*?

— Essas são as regras, Sr. Liddell.

— Lewis. — Minha mãe se aproximou dele, segurando seus braços, virando-o para ela. — Isso acaba comigo também, mas se esse é o jeito de trazer *nossa* Alice de volta, de ver nossa filha saudável de novo, então devemos deixar nosso coração condoído de lado e pensar nela. Alice vem em primeiro lugar.

Meu pai segurou o rosto da minha mãe, um soluço triste escapando de sua garganta antes que ele assentisse lentamente.

— Você tem razão. Alice é a coisa mais importante — ele sussurrou, segurando minha mãe, seu bote salva-vidas. Sua rocha.

SAINDO DA LOUCURA

Gentilmente, ambos me beijaram e me abraçaram como se eu estivesse tão destroçada que um aperto iria me fazer desmoronar no chão como um ovo.

— Só queremos o melhor para você. — Mamãe beijou minha cabeça depois do meu pai. — Nós te amamos tanto.

Ela segurou a mão do meu pai, e os dois saíram do consultório, o choro da minha mãe ressoando pelo corredor enquanto eles me deixaram lá, gritando dentro da minha cabeça.

CAPÍTULO 10

Por ter sido trazida para este local no escuro, morrendo de medo, eu não conseguia me lembrar de como era o lado de fora do prédio. Mas por dentro, era construído como se uma antiga mansão tivesse se tornado um hospital, tendo duas alas, mais a área principal no meio.

Com apenas dois andares acessíveis, não era enorme, mas continha uma amplitude que era fria e assustadora. Não havia calor nos corredores ladrilhados ou no cômodo principal de pouco *design*. A área de "lazer" consistia em algumas poucas salas de estar com mesas. De um lado, havia dois sofás cinza-escuros parecendo novos e poltronas de frente para uma televisão gigante. Do outro lado, jogos e alguns livros estavam dispostos em uma única prateleira na parede. Em outra parede havia três grandes janelas gradeadas apontando para os jardins, mas era isso. Nenhuma decoração artística nas paredes. Nada de personalidade. Nenhuma sensação de se "morar" aqui.

Era como se tivesse sido organizada para o cenário de um filme.

— Aqui é onde você passará seu tempo quando não estiver na terapia ou fazendo as refeições. Os quartos são apenas para dormir. — A enfermeira gesticulou ao redor do cômodo, onde vintes pessoas vagavam, juntamente com vários enfermeiros. Mulheres, homens, todos de aparência esquisita e estranhamente jovens, embora eu não pudesse dizer a idade de nenhum deles. De baixos a altos, grandes a pequenos, eles variavam em tamanho e forma. Ou viajavam para o mundo da lua ou brincavam na mesa de artesanato, ou com jogos de cartas. Vi uma moça que gritava aleatoriamente de sua cadeira ao lado da janela, mas depois ficava quieta e se desligava, se perdendo no mundo dentro de sua cabeça.

Todos eram sonâmbulos fingindo estar vivos.

— Com uma determinada pontuação você pode ganhar tempo de televisão. — A enfermeira chamou minha atenção de volta a ela.

A enfermeira Green era uma mulher *muito* rechonchuda, que me lembrava bastante o Dr. Cane. Tanto, que eu estava convencida de que eles eram gêmeos ou irmãos. As mesmas bochechas rosadas, o nariz atarracado e o cabelo castanho. Sua cabeça chegava apenas até meu ombro, com uma careta profunda rotulando seu rosto. Ela não parecia a mulher fofinha que você queria abraçar, mas sim a que me bateria com uma enorme colher de pau se eu a olhasse atravessado.

— O café da manhã é servido exatamente às sete horas. Almoço ao meio-dia. Jantar às cinco. Em seus quartos às nove. Luzes apagadas não mais tarde do que dez horas. No meio tempo, você terá várias sessões de terapia. Uma vez ao dia, terá uma hora para ir à área externa. Se for uma boa garota, poderá estender isso obtendo méritos.

— Boa garota? Méritos? — falei alto, sentindo os remédios que me deram perderem o efeito. Mas que merda é essa? Eu tinha dois anos de idade?

— Essa não é a casa da mamãe e do papai. Temos cronogramas e regras aqui. Você vai obedecer a todas elas. — Ela passou por mim, parecendo desfrutar da minha posição, encarando-me como se eu a tivesse ofendido antes. — E se houver quaisquer comentários arrogantes? Você. Será. Punida. Cada ponto te colocará mais baixo na lista dos travessos.

— Lista dos travessos? — Ri, erguendo as sobrancelhas.

— Por essa você já tem um ponto no seu histórico. Quanto mais me desafiar, pior será para você aqui. Eu te prometo isso. — Ela enfiou o dedo em formato de salsicha gorda na minha cara, abaixando a voz para que apenas eu escutasse: — Você deveria ter perdido a cabeça naquela noite. Você só tornou as coisas complicadas para todos nós.

— O quê? — Cambaleei para trás. *Cortem-lhe a cabeça!* O borrão da imagem de uma mulher gritando isso para mim passou pela minha mente mais rápido do que pude compreender, mas conseguia sentir o medo agora como se tivesse realmente acontecido. — O que você disse?

— Everly! — Outra enfermeira se aproximou, sua monocelha curvando-se para baixo em reprovação. — Faça uma pausa.

— Desculpe — a enfermeira Green murmurou. — Simplesmente não consegui me conter.

— Apenas vá. Eu assumo daqui — a enfermeira loira mandou, seu crachá mostrando o nome Pepper. Ela era exatamente o contrário da

Enfermeira Ratched[3]. Tão magra que suas bochechas eram fundas, com um longo nariz e um queixo pontudo. Ela era da minha altura, mas tão ossuda, toda pernas e braços.

Green me encarou. Virando-se, ela saiu batendo os pés.

— Ela é simpática — ironizei.

— A Enfermeira Everly Green deve ser respeitada aqui. — Ela se virou para mim. — Você entendeu? Nós todos devemos ser, se você quiser se dar bem aqui.

Eu me conhecia bem demais para pensar que me daria bem nesse lugar. Eu não gostava de autoridade, minha boca sempre deixava escapar meus pensamentos, e minha teimosia viria à tona só para irritá-los.

— Pode deixar, Enfermeira Pepper. — Dei um sorrisinho.

— Só aqueles que mereceram podem me chamar pelo meu primeiro nome. Você terá que me chamar de Enfermeira Mint.

Minha boca escancarou.

— Pepper. Mint[4]. Está brincando comigo?

Seu nariz que parecia um bico se ergueu ao bufar, cruzando os braços.

— Por essa: nada de almoço. Você se sentará na nossa sala de isolamento e pensará nas suas atitudes.

Pisquei para ela. Esse lugar parecia surreal.

— Sou uma mulher de vinte e cinco anos. — Aproximei-me do seu espaço pessoal, tensionando a mandíbula. Seus olhos se arregalaram enquanto ela engolia em seco. — Trate-me como uma adulta e talvez eu considere fingir respeitá-la. *Você* entendeu?

Sua garganta estremeceu de medo antes que ela fechasse a cara.

— Agora você ficará sem jantar — ela grunhiu. — Noel — chamou por cima do ombro.

Um homem atarracado saiu de trás da mesa. Ele era apenas alguns centímetros mais alto do que eu, mas era tão largo que seus braços eram repletos de imensos músculos. Ele era enorme. Sua pele suave, cor de caramelo escuro e seus brilhantes olhos cor de mel me fizeram perder o fôlego. Ele era lindo, mas o rosto carrancudo e os ombros curvados vieram na minha direção como um zagueiro de um time de futebol americano.

---

3   Enfermeira Mildred Ratched é a principal antagonista do livro de Ken Kesey, no filme de Miloš Forman, Um Estranho no Ninho e mais recentemente na série de Ryan Murphy, Ratched.

4   Peppermint: menta, hortelã em inglês.

SAINDO DA LOUCURA

— Santo purê de batatinhas com molho — murmurei, cambaleando para trás. Ele agarrou meu braço, me segurando com firmeza.

— Leve-a para a sala de isolamento. Ela passará o dia lá. — Pepper Mint me deu um sorrisinho. — Ela aprenderá quem é que manda aqui. Não há espaço para *rebeldes* neste lugar. — Ela me dispensou com um aceno.

Noel grunhiu, puxando meu braço e forçando meu corpo a acompanhar.

— Ei! — Lutei contra o seu agarre. Os frágeis sapatos que me deram guinchavam pelo chão liso, sem me dar nenhuma aderência. — Me solta!

Ele segurou ainda mais forte, o rosto focado à frente.

Sacudindo e esperneando, ele me arrastou sem problemas para dentro do elevador, o painel mostrando que havia mais de dois andares.

Ele pressionou o S.

Subsolo?

Pudim de chocolate. Nas minhas calças.

— Por favor. Me solta! — Dei uma cotovelada nele e chutei sua perna. Com uma investida de seu braço, ele me prendeu contra si, minhas costas pressionadas em seu peito, meus braços pendendo ao lado, minhas pernas próximas demais para chutá-lo.

— Pare — murmurou no meu ouvido. Sua voz era grave, mas estranhamente tranquilizante. E *sexy* pra caralho. — Não adianta lutar. — As portas apitaram, se abrindo. Ele me empurrou para a saída, e meu coração quase saiu pela boca, pavor arranhando minha garganta.

O subsolo dava para um cenário digno de filme de terror: escuro, abafado, cheirando à morte e podridão com fileiras de celas sem janelas, dispostas no corredor de dar calafrios na espinha. Apenas uma lâmpada iluminava o caminho, criando sombras assustadoras nas portas de metal. O barulho de água pingando e grunhidos foram apenas a cereja do bolo medonho.

— Nãooooo — choramingue, lutando contra seu corpo duro. — Isso é ilegal! — Enquanto estava sendo forçada a adentrar na escuridão infindável, o desejo de estar ao sol, do lado de fora, encheu meu coração de medo.

— Garota — Noel sibilou em meu ouvido. — Faça o que mandarem. Mantenha a cabeça abaixada. *Seja esperta. Aprenda.* — Deveria ter soado como uma ameaça, um aviso para eu me comportar, mas a franqueza em seu tom pareceu mais proposital. Como se ele estivesse tentando me ajudar, na verdade.

Curioso.

Parei de lutar e virei a cabeça para encará-lo quando estendeu a mão para a porta, abrindo-a para um minúsculo quarto escuro. Ele não revelou nada, mas quando me empurrou para o cômodo, seu olhar encontrou o meu, e ele me encarou com intuito e intensidade.

Muito curioso.

Seu rosto desapareceu enquanto ele fechava a porta, o rangido do metal enrijecendo minha coluna com o baque surdo, um gemido aflito escapando dos meus lábios no cômodo escuro como breu. Com o ruído do trinco, meus punhos chocaram-se contra a porta em pânico.

— Me deixa sair. Eu prometo. Farei o que me mandarem! — gritei, mas somente a escuridão me respondeu. Claustrofobia percorreu minha pele, agitando meus pulmões.

Escorregando contra parede, aproximei os joelhos do queixo e fechei os olhos, fingindo que podia controlar a escuridão sufocante. O quarto não tinha mais do que um metro quadrado.

Lágrimas arderam em meus olhos, mas não as deixei cair, minha mente voltando-se para as palavras do Enfermeiro Noel.

Seja esperta. Aprenda.

Eu não confiava em um idiota sequer aqui, mas sua intenção continuou vagando em minha cabeça, seu tom de voz enfatizando as palavras como se ele estivesse me dizendo para ser esperta com minhas ações. Aprenda o que há nas imediações. Estude cada pessoa aqui. Pontos fracos. Pontos fortes.

Lute de maneira inteligente.

— Quanto mais absurdo você é, mais racional se torna — murmurei para mim mesma. Sem fazer ideia de onde veio a frase, porém ela pareceu estranhamente adequada. — E Alice, você está prestes a pirar totalmente.

CAPÍTULO 11

O ruído da porta fez meus olhos se abrirem, e estremeci perante a fraca luz. Meus ossos estavam rígidos por terem ficados encolhidos no canto.

— Vamos ser uma boa garota hoje? — Patty Pimentinha[5] apoiou a mão no quadril, me encarando através de seu longo nariz pontudo.

Não respondi enquanto minha vista tentou se ajustar à investida da luz.

— Me responda, Alice. Ou nada de café da manhã.

— Está de manhã? — resmunguei, alongando os músculos enrijecidos por terem ficado na mesma posição.

Remexendo-me de dor, fiquei de pé. Sujeira cobria minha pele. A lembrança de insetos subindo pelo meu corpo me causou um arrepio. Dormir foi um breve desejo. Medo, estranhos ruídos estridentes. Insetos, o frio, não saber a hora, e meu estômago doendo de fome apenas me deixaram cochilar em intervalos pequenos.

— Sim. — Ela assentiu. — Você aprenderá que suas ações têm consequências aqui. — Ela balançou a mão para eu me apressar. — Agora, vamos andando. Você tem uma sessão logo depois do café da manhã.

— Imagino que não tenha tempo para um banho? — Dei um passo à frente, abraçando meu próprio corpo.

— A hora entre seis e sete serve para isso. Agora está na hora do café da manhã.

Meus dentes cravaram no meu lábios inferior, em uma tentativa de conter um comentário insolente. Não era minha culpa que perdi "o momento do banho", e o buraco no qual fui trancafiada veio sem um banheiro privativo.

A Enfermeira Mint me encarou como se estivesse esperando que eu a respondesse atravessado, um sorrisinho surgindo em seu rosto quando

---

5 Patty Pimentinha: Tradução de Peppermint Patty, trocadilho com o nome da enfermeira.

permaneci em silêncio. Tudo bem. Se ela queria acreditar que estava vencendo, eu deixaria. Mas eu ganharia a guerra. Não havia outra escolha. No meu íntimo, eu sabia que eles nunca me "curariam".

Peppermint Stick[6] me guiou de volta ao primeiro andar, onde a área central abrigava tanto o refeitório quanto o balcão de registro. As alas do prédio eram usadas para a cozinha, sessões de terapia, e para os consultórios dos médicos. O segundo andar era composto pelos dormitórios dos pacientes de um lado e dos enfermeiros do outro. Eu achava estranho que a maioria dos funcionários parecia morar aqui e não ter uma casa fora dessa espelunca.

— Tome seu café da manhã. Alguém voltará pontualmente às sete e cinquenta e cinco para te levar à sua terapia.

— Ai, que bom — murmurei.

— Como é? — ela perguntou, severa.

— Eu disse, *obrigada*. — Excessivamente doce, um sorriso curvou meus lábios. — Agradeço *sua* gentileza comigo. — Okay, então eu não conseguia parar assim tão de repente.

Ela me encarou, o nariz franzido, mas eu sabia que ela não poderia dizer se eu estava falando sério ou não. Ela não parecia compreender sarcasmo.

Afastando-me antes que ela pudesse decidir, caminhei diretamente para a instalação no estilo cafeteria. Algumas pessoas estavam na minha frente, segurando bandejas, esperando pelo que parecia uma gororoba ser jogada em seus pratos. Em silêncio, todos nos arrastamos, o pessoal da cozinha atrás da bancada parecendo tão feliz de estar aqui quanto eu.

Oferecendo-nos ovos poché, torradas, e uma linguiça, eles nos fizeram ir para o final da fila, controlando nossas porções. Mesmo morrendo de fome, fiz uma careta para a comida, indo direto para o café. Nenhum adoçante ou leite era servido, apenas uma única garrafa sem rótulo ficava perto do pote. Pegando-a, cheirei na beirada. O odor gelou minha pele, mais fria do que estive a noite inteira enquanto dormia contra as paredes de pedras úmidas.

Menta.

— Não. — Meu estômago revirou enquanto eu olhava ao redor do cômodo, preocupada que ela fosse aparecer de repente. Aquela que tinha viciado minha família inteira nessa coisa.

— Está usando isso? — Um homem chegou ao meu lado, apontando

---

6   Peppermint Stick: Doce típico do Natal em formato de bengala trocadilho com o nome da enfermeira.

SAINDO DA LOUCURA   81

para a garrafa. Ele era extremamente baixo, o topo de sua cabeça batendo abaixo do meu peito.

— Não. — Soltei a garrafa na mesa com um estrondo.

— Você está perdendo. É a única coisa boa daqui. Eles não nos permitem nada doce. Então essa é a minha dose diária do paraíso. É tão bom. — Ele lambeu os lábios, colocando uma quantidade obscena em sua xícara. — Meu nome é Happy.

— Alice.

— Bem-vinda à cidade da loucura. Quanto mais você bebe, melhor fica. — Ele deu um largo sorriso, erguendo sua xícara antes de seguir para uma mesa.

Encarando a garrafa como se fosse veneno, me afastei, caminhando até uma mesa no fundo.

Comi lentamente, observando, analisando, meu olhar percorrendo os pacientes e funcionários, absorvendo tudo.

— Tome cuidado. Sanidade é como uma chama. *Poof!* Lá se foi a luz. — Uma mulher sentou-se no banco ao meu lado, atraindo minha atenção. Uma risada maluca escapou de sua garganta, seus olhos brilhando com a luz. Era a mesma mulher que sentou perto da janela, inconsistentemente gritando disparates. Ótimo. Os verdadeiros loucos eram atraídos por mim.

Seu ombro esbarrou no meu, e ela deu uma risadinha, enfiando uma colher cheia de ovo na boca. Algo nela pareceu familiar e me lembrou alguém.

Ela tinha a aparência jovem, mas ao mesmo tempo mais velha do que eu. Seu cabelo preto estava dividido em duas tranças que iam até o meio das costas. Ela tinha um fofo nariz arrebitado e enormes olhos castanhos com as bochechas mais rosadas que já vi sem o auxílio de maquiagem. Isso era outra coisa que não era permitida aqui. Não que importasse para mim; nunca usei muito. Mas parecia um pouquinho excessivo.

Afastando-me de leve, tentei engolir os ovos aguados.

— Oh, Aliiiice. — Ela cantarolou meu nome. — A garota que mudou tudo.

— Como você sabia meu nome? — sondei.

— Ooooohhhh — ela balbuciou. — Todo mundo sabe quem você é, Alice. Você... — Ela deu uma batidinha na ponta do meu nariz com uma seriedade implacável. — Mudou tu-do.

Seu rosto passou de inexpressivo para totalmente tomado por risadinhas levianas.

Merda! Essa garota é a sobremesa natalina mais doida que existe... Parei, meus olhos piscando com uma sensação confusa, minha mente estranhamente imaginando a visão do pinguim que vi no consultório da Jessica.

— Estou vendo. — A garota se inclinou para mim, pressionando minha têmpora. — Está tudo aí. Gire! E deixe tudo cair.

— Tá bom, Bea. — O enfermeiro enorme tocou no ombro da garota. — Lembre-se do que dissemos sobre espaço pessoal.

Bea sorriu para o lindo Noel, suas bochechas ficando ainda mais rosadas.

— Alice é diferente. — Ela girou no banco, se virando para ele, abrindo os braços. — Está na hora! Trocar! Trocar! — Ela saltitou, disparando pela sala.

— Uau. — Balancei a cabeça, tomando um gole do café amargo.

Noel se inclinou e colocou um copo de plástico na minha frente. Meu olhar se dirigiu para os comprimidos, sentindo meus ombros penderem. Remédios para que eu não passasse de uma pessoa morta funcional. Alguém que não tivesse força de vontade ou energia para revidar.

— Toda manhã será administrada sua medicação. — Sua voz grave e rouca me lembrava de um ator de cinema. — Pode tomar enquanto caminho com você para sua sessão. — Ele balançou a cabeça para que eu pegasse o copo.

Fiz o que ele pediu, e me levantei com o café e o copo com os remédios, e o segui para fora do refeitório. Enquanto caminhávamos, seu olhar se desviou para a câmera na parede mais distante antes de abaixar, focando em algo por mais tempo do que o normal antes que encarasse à frente de novo. Meu olhar vagou para o mesmo lugar.

Uma lata de lixo.

Uma leve agitação de esperança tomou conta do meu corpo.

Meu instinto assumiu, independente se ele quis realmente me levar a isso ou não. Inclinei o corpo para fora do alcance da câmera, para que só vissem minhas costas, levando o copo de café até os lábios, bebendo o último gole antes de jogá-lo no lixo... juntamente com o copo de plástico que continha os comprimidos.

Era perfeito.

Ninguém nem daria importância, mas a ansiedade ainda fazia meu estômago revirar. O Enfermeiro Noel nem me olhou uma segunda vez enquanto continuava caminhando pelo corredor.

Ele parou na última porta, batendo gentilmente.

Um "entre" abafado veio lá de dentro.

SAINDO DA LOUCURA

Ele girou a maçaneta, abrindo a porta para que eu entrasse.

Meu corpo travou, incredulidade e pavor retumbando em meus ouvidos.

— Ah, mas nem pensar — rosnei, dando um passo para trás, chocando-me diretamente com o corpo de Noel.

— Alice. — Seus lábios vermelhos se curvaram. — Bem na hora.

Jessica. Winters. Do caralho. Em toda a sua glória elegante e gélida.

Mesmo nesse hospício, eu não estava a salvo dela.

CAPÍTULO 12

— Por que você está aqui? — Observei a sala, o estilo moderno, semelhante ao seu consultório na cidade, já me dizendo o que eu sabia, mas não queria aceitar.

Jessica girou sua cadeira para o lado, cruzando as pernas, ignorando minha pergunta. Ela estava vestindo uma blusa cinza cara, saia-lápis preta, e os saltos vermelho-sangue que eram sua marca registrada, os quais combinavam com a cor de sua boca.

— Venha, sente-se. — Ela gesticulou para a cadeira vazia na frente de sua mesa.

— Não. — Franzi o cenho, sem sair do lugar. — Por. Quê. Você. Está. Aqui?

— Eu administro esse lugar. É meu. — Ela suspirou como se estivesse entediada.

— Então... o que você faz? Procura pessoas no seu outro lugar para virarem pacientes aqui? — discuto. — Convence suas famílias de que eles estão loucos, pega seu dinheiro, e os prende aqui para sua própria diversão?

— Não precisei convencer ninguém. Você fez tudo sozinha.

— Você é uma vadia doentia e perversa. — Destaquei cada sílaba para ela.

— Você está testando minha paciência. Agora, sente-se.

— Não.

— Noel? — Ela gesticulou para o enorme corpo atrás de mim. Mãos grandes e musculosas seguraram meus braços, empurrando-me para frente. Noel me deslocou da porta para a cadeira, obrigando minha bunda a bater no assento, um resmungo escapando dos meus lábios.

Ergui o rosto para encarar a fera, mas sua feição estava fechada, seu olhar vazio.

— Ela tomou suas medicações? — Jessica me encarou, dirigindo a pergunta a ele.

— Sim, senhora — ele murmurou, a mão pousando fortemente em meu ombro. — Eu a vigiei. Deve fazer efeito a qualquer momento.

Não mexi um dedo sequer, sem querer mostrar uma reação ante sua mentira deslavada. Ele estava do meu lado? Ou era apenas mais uma pessoa com seu próprio plano? Porém, com esse comentário, senti como se ele estivesse me ajudando de novo. Eu deveria estar sob efeito de algo que, provavelmente, não me deixaria tão agressiva.

— Ótimo. — Jessica inclinou a cabeça. — Mas ainda gostaria que você ficasse aqui.

— Sim, senhora. — Ele se afastou até encostar na parede, cruzando os braços com um aceno.

— Tem todos eles bem-treinados? — bufei, sem conseguir me conter.

Ela franziu o nariz, seus olhos azuis brilhando de ódio.

— Como eu gostaria de livrar o mundo de você. Fazer um favor a todos... incluindo o homem de quem você parece não conseguir ficar longe. — Sua repulsa escorreu de sua boca. — Mas é claro, não posso fazer isso.

Franzi o cenho.

— Seu ódio e insegurança são tão profundos que você faria isso tudo para me manter longe de Matt? Você é tão doentia e louca assim? Acho que é você que precisa ser trancafiada em uma solitária, não eu.

— Acha que isso diz respeito a Matthew? — ela resmungou, girando sua cadeira para ficar de frente para mim. — Por favor, Alice. Me dê mais crédito do que isso. Eu pareço uma mulher que depende de um homem? Certamente não preciso de um para me sentir completa ou digna. Ele foi apenas um bônus em *tudo* isso.

— Tudo o quê?

— Em te torturar. — Ela ergueu a sobrancelha e sorriu, olhando ao redor da sala. — Embora ele também mereça uma retribuição por sua própria desobediência. Isso — ela gesticulou para o cômodo — é tudo para você.

— Para mim? — Recostei-me na cadeira, escancarando a boca. — E-eu não entendo. Por que eu? O que fiz para você? Eu mal te conheço.

— Por que você? Ah, quantas vezes eu mesma já fiz essa exata pergunta. — Seu olhar me crucificou enquanto me analisava. — Infelizmente, você é valiosa para mim, Alice, e preciso entender se você é *ela*.

— Ela? — Apreensão me tomou da cabeça aos pés, me fazendo querer fugir da sala. Noel, bancando o cão de guarda, se dirigiu para impedir a saída. Meu olhar se desviou para cima do ombro dela, para a janela gradeada. — Eu não entendo.

— Você não precisa entender. — Seu olhar afiado seguiu meu alvo, um sorrisinho surgindo em seus lábios. — Vá em frente, Alice. Tente se espremer entre as barras ou dispare pela porta. Você não chegará longe. Esse lugar é bem-protegido por dentro e por fora, longe de qualquer pessoa que possa te ajudar. Seria melhor se você cooperasse e aprendesse que eu sou a *soberana* aqui.

— Você é louca. — Levantei, afastando-me dela.

— Não, querida, você que é. Todo mundo viu... Posso aplaudi-la por seu ótimo espetáculo? Você facilitou tanto para mim. — Seu sorriso tornou-se perverso. — Com apenas um empurrãozinho, você fez exatamente o que planejei.

Elfo do caralho! Ela era mais doida do que imaginei. Nada que estava dizendo fazia sentido. Por que ela me queria? Ela me conheceu uma semana atrás.

— Seus dados não me dizem nada. Garota comum, cidade comum. Blá, blá, blá, entendiante... — Ela balançou a mão para a pasta na sua frente. — Mas, talvez, uma língua solta e seu sangue me dirão.

— O quê? — Pânico me dominou, desativando meu raciocínio.

— Noel. — Jessica acenou para o enfermeiro.

Corra! Meu instinto me mandou fugir; minha vida dependia disso. Circulando pelo cômodo, disparei para a porta. Noel saltou na minha direção. Seus braços me envolveram, girando-me no lugar enquanto continuei me debatendo contra ele.

Jessica se levantou de sua cadeira, os saltos estalando enquanto andava ao meu redor.

— Continue lutando, Alice; isso só vai te desgastar. — Ela deu um tapinha na minha bochecha, seguindo o corredor, dando ordens a Noel. — Traga-a para a sala.

— Pare de lutar — Noel bufou em meu ouvido, levando-me para o corredor com facilidade. — Só está piorando.

Jessica atravessou o percurso, abrindo a porta de outra sala. Um grito ficou preso em minha garganta.

Santo azevinho.

O cômodo parecia como se um laboratório e uma sala de cirurgia tivessem tido um bebê. Uma cadeira estilo de dentista com correias estava

SAINDO DA LOUCURA

disposta no meio da sala, juntamente com uma bandeja cheia de agulhas e instrumentos cirúrgicos. Jessica deu a volta, pegando uma seringa da bandeja.

Noel me empurrou sala adentro, seguindo diretamente para a cadeira.

— Nãoooo! — gritei, chutando, meu corpo se debatendo contra meu raptor. Pavor perfurou meus pulmões como uma furadeira gigante no centro da Terra, fazendo bile jorrar, queimando a mucosa da minha garganta. — Não. Não faça isso!

— Segure-a. — Jessica deu uma batidinha na seringa. Noel me forçou a sentar na cadeira, suas mãos enormes me segurando facilmente no lugar enquanto ele prendia meus pulsos nas correias, seu olhar não encontrando o meu.

— Por favor… — implorei a ele, agitando como uma criança querendo deseperadamente ir para o chão. — Por favor. Me ajuda.

Os intensos olhos ambarinos de Noel se ergueram, focando-se nos meus, seus dedos apertando meus braços onde ele prendeu as amarras. Mais uma vez, senti que ele estava tentando me dizer alguma coisa, mas eu ainda não tinha decifrado o código.

— Obviamente precisamos aumentar a medicação dela. Não parece estar funcionando. Ela pode ser mais resistente do que os outros. — Jessica se dirigiu para meu lado, ignorando minhas súplicas.

— Sim, senhora. — Noel prendeu minhas pernas, depois se afastou.

Ela esfregou um algodão na parte interna do meu cotovelo, o desagradável cheiro de álcool isopropílico fez meu nariz pinicar.

— Não. Merda. Isso deve ser contra a lei. Você não tem direito — sibilei, puxando as amarras, tentando virar meu braço sem sucesso.

— Não tenho? — Ela ergueu a sobrancelha. — Seus pais estavam tão desesperados pela minha ajuda, para te *consertar*, que me deram todos os direitos de como curá-la, minha querida.

— O quê? — Medo se instalou por dentro, como uma bola de canhão. — Não, eles não fariam… — Meus pais eram do tipo que liam cada bula de remédio, querendo saber tudo antes de fazerem algo.

— Oh, eles fizeram. — Jessica sorriu. — Para duas pessoas tão racionais, eles desmoronaram quando encararam algo tão ilógico.

Minhas narinas inflaram.

— E eu tenho certeza de que não teve nada a ver com você controlando suas mentes.

— Controlar suas mentes? — Seus olhos se arregalaram em um choque fingido. — Como seria possível eu fazer isso?

— Nem comece… — grunhi. — Sei que você colocou alguma coisa naquela porra de creme de menta, manipulando-os de alguma forma.

— Uau, eu os estou influenciando com um creme saborizado? — Ela deu uma risada baixa. — Você sabe o quão louco isso parece, certo?

— Vá. Se. Foder. — Espumei de raiva, repuxando as correias. Eu sabia o quão insano soava. Ninguém me levaria a sério se eu falasse, tomando--me por uma maníaca da conspiração doida. — Não sei como você está fazendo, mas está.

— Que imaginação fértil você tem. — Ela se inclinou, a agulha perfurando minha pele. — Mas nós encorajamos isso aqui. Quanto mais verdadeiras forem suas palavras, mais eles pensarão que você pertence a este lugar. — Ela afundou a agulha no meu braço, fazendo um gemido sair de meus pulmões. Meu olhar seguiu o líquido claro saindo da seringa e entrando no meu braço.

— Nãonãonãonão! — Pressionei a mandíbula. Uma onda de calor percorreu minhas veias. — O que é isso?

— Isso é só uma coisinha para te ajudar a *relaxar*. — Jessica colocou a seringa vazia na bandeja.

— O que você vai fazer comigo?

— Se for boazinha? Vou tirar um pouquinho de sangue. Fazer algumas perguntas — ela respondeu. — Se for má? Bem, vamos dizer que há severas punições para menininhas desobedientes.

Minha cabeça começou a girar, o remédio já fazendo efeito no meu sistema, pesando minhas pálpebras. Lutando contra a vontade de fechar os olhos, trinquei os dentes, forçando-os a se manterem abertos. As luzes fluorescentes acima da minha cabeça eram borrões e se misturavam com outras cores, espalhando-se pela minha vista. Meus olhos e mente vagavam em velocidades diferentes, distorcendo meu entendimento das coisas.

Um objeto turvo surgiu atrás de Noel, meu olhar entrecerrando no que parecia um coelho com três pés… e jurei que estava usando um avental com estampa natalina. Eu sabia por suas caracterísitcas mais humanas que era um garoto. Pisquei, sentindo-me estranhamente calma ao invés de assustada com sua presença. Como se ele fosse um amigo enviado para me confortar.

Minha boca falou arrastando enquanto apontei:

— Vem abi.

Noel se virou para onde eu estava apontando, depois olhou de volta para mim, confuso, sem ver o alvo. Outro ser surgiu, de repente, em cima da bancada à minha direita.

SAINDO DA LOUCURA

Um pinguim?

Ele bateu as asas e bamboleou, mas dessa vez eu consegui ouvi-lo cantando uma música natalina, soando distorcido em meus ouvidos.

— Está surtindo efeito. — Ouvi Jessica dizer, mas meu olhar se prendeu no movimento atrás dela. Chocando-se uma contra a outra estavam duas criaturas deformadas, pequenas crianças vestidas em roupas de elfo com orelhas pontudas e redondas bochechas rosadas.

— Alice, vem brincar com a gente. — A garota ficou de ponta-cabeça, batendo os calcanhares, cores rodopiando à sua volta como um raio de sol atravessando uma bolha de sabão. — Não é assustador daqui.

— Às vezes, olhar para algo com uma perspectiva diferente muda tudo. — A voz grave de um homem ressoou pela sala. Virei a cabeça para Noel, mas ele estava lá em silêncio vigiando.

Granulado e cobertura! O que estava acontecendo comigo?

A sala inteira balançou com cores e figuras distorcidas, suas vozes conversando, ficando mais altas e mais deformadas em minha cabeça até que estava explodindo.

— Alice. Alice. Alice. Alice!

— Pareeeee. — Fechei os olhos, mas suas vozes ainda estavam presentes. Era algo familiar, mas quanto mais eles retiravam o véu no fundo da minha mente, muito mais pressão surgia atrás de meus olhos, enchendo-os de dor. — Por favor, pare!

Já estive sobre anestesia geral algumas vezes na vida; sabia como era a sensação. Isso não era a mesma coisa. Seja lá o que injetaram, estava fazendo minhas alucinações ganharem vida, colidindo contra mim ao mesmo tempo. Isso me lembrava da única vez em que um namorado e eu experimentamos cogumelos juntos, mas não foi tão intenso quanto isso. Visão, paladar, audição, e ruídos reviravam e se misturavam, aumentando até que você pudesse experimentar a explosão de cores do arco-íris.

Jessica entrou no meu ângulo de visão. Doçura transformou-se em cinza na minha língua, os tons tornando-se pretos como se ela fosse uma tempestade, trazendo maldade para o reino da alegria, ofuscando as vozes e visões ao redor da sala.

— Alice. — Meu nome aderiu ao ar como névoa, o rosto de Jessica dobrando-se como se ela fosse um caleidoscópio. — Diga-me, como você conseguiu *viajar* através do espelho?

— O quê? — minha boca proferiu, mas meu cérebro não se conectava.

Parecia como se estivesse flutuando dentro da minha cabeça, e meus pensamentos vagavam para um lugar onde eu era, de repente, cercada por espelhos feitos de diamantes e imagens contínuas que giravam em volta com neblina e neve.

— Apenas uma tem magia o suficiente para fazer isso. Ninguém, principalmente um humano, deveria ser capaz de viajar através de um portal. De jeito *nenhum* você deveria ser *ela*. *Você é humana.* — Seu nariz franziu com repugnância. — Como você conseguiu combater a Terra dos Perdidos e Despedaçados e entrar no Vale dos Espelhos? Como você fez, Alice? Como passou pelo espelho?

Como se eu tivesse sido, repentinamente, colocada em um lugar branco como a neve, onde não sentia frio ou calor, névoa flutuava em volta dos meus tornozelos. Observei meus pés caminharem até os espelhos, olhos azuis refletindo no vidro, chamando-me para atravessá-lo, sua voz imponente e grave.

— *Solte, Alice. Deixe a loucura entrar...* — A voz dele envolvia meu coração, enrolando-o em êxtase. Algo que não poderia me fartar. Eu não só queria mais, eu precisava. — *Uma vez em que você deixar entrar. Tudo ficará bem de novo.*

— Eu... eu... — Senti meu braço se levantar, esticando-se para tocá-lo... o desespero de estar próxima dele, o desejo de segui-lo para qualquer lugar. Os olhos azuis do homem e a voz grave eram como um sonho, um no qual eu queria me enrolar.

— Sim? — Ela se aproximou do meu rosto.

— Eu simplesmente entrei — minha boca respondeu, mas eu não tinha controle das minhas respostas, como se alguém tivesse se apoderado do meu corpo.

Seu olhar entrecerrou, suas costas ficando rígidas quando ela se endireitou.

— Você. Simplesmente. Atravessou? Você não fez nada mais? — Jessica resmungou, irritada. — E acordou no reino da Terra?

— Sim. — Acenei com a cabeça, e senti como se a sala inteira tivesse balançado junto comigo. — Ele me pediu... estendeu a mão para mim... e eu o segui.

— Quem, Alice? — Ela cruzou os braços. — Diga o nome dele.

— Scrooge. — O nome passou pela minha língua como toddy quente – forte, caloroso, reconfortante, e vibrou pelo meu corpo. Embora eu não fizesse ideia do porquê disse aquele nome.

SAINDO DA LOUCURA

Um sorriso estranho surgiu em sua boca; preto e cinza giraram e mergulharam em volta e em cima dela.

— Eu sabia que ele seria a isca perfeita. Como você é para ele. Enfeiticei os espelhos para mostrar a você a pessoa que seu coração mais deseja. Para te atrair. E vim para cá montada em suas costas. Vamos ver se você será mais útil para mim com isso. — Ela se aproximou, seu rosto uma pintura distorcida do Picasso. — Diga-me onde *ele* está se escondendo. Sei que você o viu. Há apenas um motivo para que você fosse na Terra dos Perdidos e Despedaçados. Sei que ele está no Monte Crumpet, mas ele está se ocultando de mim, sempre se movendo. — Ela pressionou os lábios um no outro. — Diga-me onde ele está, Alice.

— Queeemmm? — Soprei em seu rosto, enrolando a palavra.

— Você sabe quem. — Ela se irritou. — O homem que destruiu minha vida. Meu marido. — Ela agarrou os braços da minha cadeira, se aproximando do meu rosto. — Nicholas. Onde ele está se escondendo, Alice?

A lebre, o pinguim e os dois elfos agitaram-se nos cantos, balançando as cabeças como se fossem a minha consciência me dizendo para não falar nada.

— Não diga a ela, Alice! — a menina-elfo suplicou, seus olhos grandes e arregalados.

Assenti, sabendo que eu não teria feito de qualquer jeito. Era um instinto que nem conseguia descrever; minha boca ficou totalmente fechada.

— Me. Diga! — Jessica agarrou o cabelo à minha nuca, puxando-o dolorosamente para trás. — Ou você vai perder essa sua bela cabecinha.

As palavras saíram da minha boca como se tivessem sido postas lá:

— É bom você tomar cuidado. Não chore. Ele sabe se você tem sido má ou boa.

Tons de vermelho explodiram dela como chamas enquanto suas unhas fincavam na minha cabeça.

— Você pediu por isso, Alice. — Ela fervilhou de raiva, pegando outra agulha da bandeja. Essa era ligada a uma sonda e uma bolsa. — Eu te falei que há consequências por me desobedecer.

Ela furou minha veia com a agulha, meu sangue enchendo a sonda, escuridão coagulando nos cantos da minha vista.

— Eu só preciso te manter viva. O suficiente para manter a porta aberta. E então vou destruí-lo de uma vez por todas e fechar essa porta para sempre. Acabando com a lenda do Papai Noel e com a garota boba que deveria salvá-lo. Embora eu esteja olhando para você, não consigo imaginar como poderia ser *você*. — A voz dela soava como se estivesse se distanciando, e talvez eu estivesse. Escuridão e náusea puxaram-me para baixo enquanto meus olhos se fechavam. — Quando eu acabar, leve-a para o calabouço. Ela precisa aprender a não me desobedecer.

— Sim, Vossa Majestade.

Calabouço? Majestade? Minha confusão apenas deslizou pelos meus pensamentos antes que eu mergulhasse na inconsciência.

— Saiba disso, Alice: Você nunca sairá daqui — Jessica sussurrou em meu ouvido. — Nunca.

E então a escuridão se infiltrou, prendendo-me como um ladrão.

CAPÍTULO 13

O tempo estava acabando.

Correndo. Buscando. Perdida. Escuridão.

Bichos de pelúcia flutuavam perto de mim. Uma lebre. Pinguim. Rena. Boneco de neve. Elfos. Seus enormes olhos costurados me encaravam com expressões acusatórias, como se eu estivesse falhando com eles.

Senti o desespero para encontrar alguma coisa, mas eu não fazia ideia do que era. Lágrimas escorriam pelas minhas bochechas. O pêndulo balançou de trás para frente, os ponteiros do relógio como se estivessem em uma corrida, tentando ganhar.

Pânico retumbou em meu coração, a necessidade de chamar alguém, mas o nome dissolveu em minha boca, desaparecendo antes que eu pudesse agarrá-lo.

— Alice. — Meu nome ressoou no vento em um sussurro, fazendo meus pés pararem. Nada além de escuridão e brinquedos estranhos flutuavam ao meu redor; sua dor e agonia irradiava deles. Meu nome sendo chamado, a voz grave e rouca, era a única coisa que aquecia esse lugar. Era minha tábua de salvação, a única coisa que garantia minha sobrevivência. Minha cabeça girou, sangue martelando em meus ouvidos.

A gargalhada de uma mulher ecoou no ambiente, causando um arrepio na minha coluna.

— O tempo acabou, Alice. Você perdeu... tudo.

Eu estava caindo. Chocando-me contra vidros, os estilhaços se espalhando. Eu não conseguia ver, mas senti meu fim se aproximando.

— Alice! Lute contra ela! — Sua voz rouca tentou me alcançar, mas nada impediu minha queda escuridão adentro.

Meus olhos se abriram com um arquejo vindo dos meus pulmões, meu corpo sacudindo com a colisão imaginária. Minha visão absorveu apenas escuridão absoluta. O tipo tão profundo que você se perdia na ausência da luz, sua mente tentando desesperadamente distinguir formas no vazio.

Pavor fez um choro subir pela garganta. Pressionei a mandíbula, impedindo que o lamento assustado escapasse. Eu estava acordada? Isso ainda era meu pesadelo?

Meus dedos se fincaram na minha perna para causar dor, para saber que eu ainda existia. O chão frio de pedra infiltrou-se pela fina camada de tecido que eu vestia, roubando calor do meu corpo. Encolhida contra a parede, meus músculos doíam por terem ficado contraídos. Eu queria me mexer, esticar as pernas, mas não consegui me mover, meu corpo fraco demais para se deslocar.

Isso não era semelhante a quando minha irmã me arrastava para uma longa corrida, levando-me a fazer um esforço tão grande que eu chegava em casa e desmaiava na cama pelo restante do dia. Minha energia estava para lá de exaurida; Jessica drenou minha essência. Tomou um pedaço de mim. Eu me lembrava de tudo até quando ela injetou algo em mim, depois as coisas ficaram confusas e muito bizarras. Seja lá o que ela tenha me dado, mexeu completamente com a minha cabeça, criando sonhos com criaturas falantes e perguntas estranhas sobre atravessar espelhos.

E ele.

A voz do homem ainda vibrava pelo meu corpo, a necessidade bruta e o poder contido nela, como se ele estivesse tentando impulsionar meus sonhos a virarem realidade.

Eu não o vi, mas era o rosto e a voz de Matt que senti em cada sutileza do sonho. Mesmo aqui ele me atormentava. Não que eu me importasse, embora pensar nele e na ideia de que talvez nunca mais o visse fosse torturante. Ele era a única parte que trazia felicidade nesse lugar. A única coisa que eles não podiam tirar de mim.

Lute contra ela.

Talvez eu estivesse louca em pensar que ele ultrapassou toda a lógica e a realidade e tentou me contatar em meus sonhos. Para me dar força. Dizer-me para não desistir.

Qualquer um diria que eu estava falando através do meu subconsciente. Era provavelmente o motivo pelo qual estava realmente doida porque mesmo agora, eu conseguia senti-lo. Como um fantasma me rondando, ele me fazia companhia no buraco escuro nas profundezas do subsolo. Ele viu o que aconteceu comigo? Ele se importava? Ele pensava em mim e imaginava como eu estava?

A cada minuto, Srta. Liddell. Cada. Maldito. Segundo. Ouvi sua voz na minha

SAINDO DA LOUCURA

cabeça, ciente de que eu só estava tentando me fazer sentir melhor. Por um instante, me deixei acreditar que ele poderia ouvir e me sentir também. Nós tínhamos essa conexão que ultrapassava tudo.

Devo ter viajado por um momento porque o ruído da porta me acordou. Esforçando-me para sentar, o que demandou toda a energia que eu tinha, pressionei as costas contra a parede enquanto a porta abria, o rangido estridente das dobradiças me fazendo estremecer. Entrecerrei o olhar, virando a cabeça. A fraca luz que vinha do corredor perfurou meus olhos.

— Há apenas dois dias aqui e já na solitária. — Pepper Mint estalou a língua, me censurando. Sua fina silhueta sombria ficou parada na porta com os braços cruzados. — Não estou surpresa. Você é má até os ossos. Uma rebelde. Você merece ser punida por desafiar sua Majes... a Sra. Winters. — Ela pigarreou.

Pisquei, cansada demais para pensar sobre o que ela iria dizer. Encarando a Enfermeira Bala de Menta, observei seu rosto pontudo encolher-se com um grunhido. Ela estava usando um uniforme cinza claro, o que apenas descoloriu mais seu rosto pálido.

— Levante-se. Está na hora do café da manhã.

— Preciso de um banho. — Minhas pernas trêmulas me empurraram até a parede para ficar de pé. Eu sabia que Jessica tinha tirado muito do meu sangue enquanto estava adormecida. Era uma violação, fazendo-me sentir suja.

— Bem, mais uma vez, você está atrasada demais. Nós mantemos um cronograma rigoroso aqui. — Ela se afastou da porta. — Agora, mexa-se.

Fraca, eu a segui andar acima, suplicando por ao menos uma pausa para o banheiro.

— Tudo bem. — Ela bufou na frente de um banheiro perto do refeitório. — Depressa.

Deslizando para dentro, fiz o que tinha que fazer, depois segui para a pia para lavar as mãos e rosto, minha pele coçando para ser esfregada.

Franzi o cenho quando encarei a parede.

Vazia.

Nenhum espelho.

Por um segundo, eu estava encarando outra parede. Revestimento de madeira rústica, uma pia de bronze. Quente e aconchegante, mas sem espelhos. Pisquei e havia sumido. A impiedosa luz fluorescente acima da minha cabeça zumbiu e piscou com um frio desinteresse, o azulejo cor de neve gélida na minha frente.

Fechando os olhos com força, inclinei-me, jogando água fria no meu rosto, tentando me livrar da estranha visão. Pareceu tão real. Como se eu realmente estivesse lá. De alguma forma, eu sabia que um chuveiro amplo, uma banheira grande, e uma prateleira cheia de produtos de higiene estavam atrás de mim. Não era uma suposição. Eu conhecia a maciez das tolhas, os ladrilhos de pedra em diferentes cores no banheiro.

— Tortinha do caralho. — Inclinei-me na pia.

— Ande logo! — A Enfermeira Mint bateu na porta.

Secando meu rosto com um papel-toalha e penteando o cabelo solto e embaraçado para trás, saí do banheiro, os sonhos estranhos pairando no fundo da minha mente.

Espelhos.

Por que sonhei que ela me perguntou sobre atravessá-los? Uma sensação se prendeu no fundo da minha mente com a ideia de que eles não tinham nenhum aqui. Agora que pensei nisso, não havia mesmo nenhum.

— Por que não há espelhos aqui? — Alcancei-a.

— O quê? — Ela franziu o nariz para mim.

— Espelhos. Não é estranho não ter um no banheiro?

— Não. Eles apenas incentivam a vaidade. Você precisa consertar o que está dentro, não se preocupar com o exterior. — Seu olhar percorreu meu corpo. — Como se você precisasse de mais motivo para se encarar. Ou entendê-los.

— Como é?

— Melhor se apressar, você mal tem dez minutos antes que termine o café da manhã. — Ela bateu com o dedo em seu relógio.

Pensando que era mais seguro não contrariar a Bala de Menta, arrastei-me para dentro do refeitório, pegando o que havia sobrado do café da manhã: mingau que parecia cola, uma banana e café. Encarei a garrafa de xarope de menta. Eu odiava tudo que era de menta agora.

O mesmo homem pequeno que vi no dia anterior encheu sua caneca apenas com o líquido doce, revirando os olhos em êxtase quando tomou um gole.

— Você realmente precisa experimentar um pouco. — Ele ergueu a caneca até o meu rosto. — É delicioso. Experimente.

— Não — grunhi, encarando o condimento de aparência inocente.

— *Uma droga que ela está misturando na água deles por anos, tornando-os em nada mais do que zumbis. Você acha que todas aquelas pessoas concordam com ela? Ela*

SAINDO DA LOUCURA

só pode controlar uma pessoa por vez. A droga é o jeito de ela manter os seus servos na linha. — O pensamento surgiu do nada, mas de novo eu sabia que alguém havia me dito isso, que não era eu quem estava inventando.

Os sonhos loucos, o espelho… *isso.* Espetou minha pele como um estilhaço, me irritando e me deixando ainda mais inquieta.

— Você deveria parar de beber — murmurei para ele antes de seguir até uma mesa. Na minha primeira mordida, uma figura se jogou ao meu lado, chocando-se contra meu quadril.

— Oi, Não-Alice. — O ombro de Bea bateu no meu, fazendo a colher cair da minha boca. — Vejo que está tentando sair do buraco.

Um rosnado vibrou pelos meus dentes, a irritação aumentando por sua intromissão abrasiva.

— Não-Alice? — Eu a encarei. O que ela quis dizer com estar tentando sair do buraco? Eu estava fora. Sentada ao lado dela, tentando comer.

O rosto fofo de Bea em formato de coração aproximou-se do meu rapidamente, seu nariz encostando no meu, seus olhos indo e voltando entre os meus.

— Mas que diabos? — Afastei-me para trás, seus intensos olhos castanhos ainda me analisando.

— Não. Ela ainda não está aí.

— Quem?

— Você, boba. — Ela riu alegremente.

Santo elfo Keebler[7]… Ela era realmente doida.

Sem avisar, ela se inclinou para frente, encostando sua testa na minha, sua postura séria.

— Ela está tentando — ela sussurrou. — Solte… ela quer sair, Não-Alice. É ela quem tem a história. Isso é só um intervalo. Mas a cortina vai subir, o palco está montado. E você é a substituta da verdadeira Alice. Uma estrela brilhante na batalha por tudo isso. Cheia de magnitude.

Magnitude.

— O que você disse? — Um suor frio escorreu pela minha nuca.

— Bea! — A Enfermeira Green gritou do outro lado do cômodo, desviando nossa atenção para ela. — O que nós dissemos?

— Que eu sou um duende desmiolado. — Ela cobriu a boca, dando uma risadinha travessa.

A Enfermeira Green adquiriu um tom escuro de roxo.

---

7   Keebler: Marca de biscoitos que tinham elfos como marca registrada.

— Nós dissemos para você deixá-la sozinha. Não conversar ou chegar perto dela. Você desobedeceu. — Ela apontou para a porta. — Vá para seu lugar de castigo.

Bea riu, saltando da mesa, inclinando-se para meu ouvido, suas pequenas mãos segurando meu ombro.

— Eles acham que é uma punição. Mas é o meu refúgio em um hospício. É tudo uma questão de perspectiva — ela cantarolou em meu ouvido enquanto outros dois enfermeiros que eu não conhecia correram em sua direção. — Está na hora de acordar, Não-Alice. Deixe a sanidade ir, e tudo fará muito mais sentido.

— Cale a boca. Agora — um dos enfermeiros exigiu, agarrando-a. Os dois envolveram os braços dela com as mãos, arrastando-a para fora dali enquanto sua risada fervorosa a seguia pelo corredor.

Olhando para a porta vazia, boquiaberta, minha mente rebobinou tudo o que ela disse. Uma grande parte minha queria pensar que ela era louca e esquecer, mas em vez disso, prendeu-se a mim como enfeites pesados em uma árvore frágil, pendendo e pressionando meus ombros para baixo.

Um copo de plástico cheio de comprimidos foi colocado ao meu lado. Ergui o rosto para encarar os olhos ambarinos de Noel. Em constraste com sua pele escura, eles floresciam brilhantes com uma cor amarela translúcida. Inexpressivo, ele gesticulou para o copo com a cabeça.

— Você tem uma hora livre antes da terapia. Consegui permissão para levá-la ao lado de fora para uma caminhada.

Senti-me como um cachorro em uma coleira que estava sendo levado para fazer xixi fora de casa. Ele ergueu um casaco de inverno que estava segurando, jogando-o no banco. Era meu, o que eles arrancaram do meu corpo assim que cheguei aqui.

— Sério? — Ergui a sobrecelha. — Pensei que isso era só para as menininhas e menininhos que se comportam.

Noel grunhiu e se virou, indo na direção da saída.

Levantando-me do banco, peguei o casaco. Comprimidos em uma mão, café na outra, corri atrás dele, sem querer perder a oportunidade de sair ao sol. Eu não ligava se o chão estava coberto de neve. A necessidade de sentir os raios atingirem meu rosto e a temperatura gélida chocar-se contra minha pele era demais.

— Tome seus comprimidos — ele disse, por cima do ombro.

Meu olhar se desviou para a lata de lixo pela qual estávamos passando, e idêntico a ontem, virei para a câmera, mostrando meu perfil, enquanto fingia engolir o remédio, descendo-o com o café. Joguei fora no lixo junto com meu copo e segurei a única coisa que era minha. Saí para o sol do inverno gelado, sentindo um instante de paz pela primeira vez desde que cheguei aqui.

Se eu percebesse o que estava por vir, teria aproveitado um pouquinho mais, sabendo que seria minha última vez.

O sol acariciou minha pele suavemente, o frio beliscando meu nariz e bochechas, cortando-me os pulmões, mas a sensação era maravilhosa. Viva. Livre. Não uma paciente em um manicômio, mas uma garota normal apreciando o pouco calor que o sol do inverno emanava.

Era a primeira vez que realmente vi a frente do edifício. Construído com pedras escuras, as duas alas saíam do prédio principal no meio, como torres em direção ao céu. Lindo, mas algo nele era assustador e apavorante. Lembrava-me de um hospício dos anos 1900, o que era muito usado naquela época. Hospitais para doenças incuráveis, deficiências, ou para aqueles com problemas que não se encaixavam no padrão da sociedade e se tornaram loucos dentro dessas paredes.

Noel ficou por perto, mas me deixou perambular, observando os imensos terrenos. Eles eram lindos. Levemente cobertos de neve, a paisagem me fez imaginar se algum dia foi a propriedade privada de alguma pessoa rica. Os jardins continham um grande labirinto de cercas-vivas, chafarizes, e arbustos e gramados perfeitamente aparados. Um enorme jardim de rosas estava de um lado, o que na primavera devia ser lindo.

Fui atraída para o labirinto na mesma hora. Labirintos eram misteriosos e intrigantes, como se qualquer coisa pudesse acontecer dentro de suas paredes. Eu tinha, sim, a fantasia de ser a garota vestindo um lindo vestido antigo, correndo pelo labirinto, coberto em névoa e escuridão, criando um leve terror sobre ele. Brincar de um jogo pervertido de pique-esconde com meu amante, que me assustava tanto quanto me atraía.

Obviamente, assisti e li romances fantasiosos demais. Além disso, eu não era normalmente toda feminina assim. Não que houvesse algo de errado com isso, mas nunca fui uma romântica incurável exagerada na vida real. Não, eu era só incurável.

— Estamos sendo observados aqui? — murmurei para Noel, minhas botas se afundando na neve enquanto eu me arrastava para perto do labirinto.

— Sempre estamos sendo observados — ele respondeu, mantendo o rosto para frente. — Há olhos em toda parte.

— Eles podem nos ouvir?

— Não. Aqui não — ele disse, tão baixo que mal escutei. — Mas nunca abaixe sua guarda.

Engoli em seco, minha franqueza escapando da boca:

— Posso confiar em você?

Seu silêncio dançou pelo ar congelante, balançando na minha frente como uma cenoura. Uma dessas que era, provavelmente, venenosa, mas dei uma mordida de qualquer jeito.

Ele pressionou a mandíbula.

— Não confie em ninguém.

— Você me ajudou. Por quê?

Ele ficou quieto por tanto tempo que pensei que não receberia uma resposta.

— Porque a maré está mudando. — Seu olhar focou de volta no prédio. — E eu reconheço o papel que você vai ter nessa batalha. — Ele parou, sua voz ficando ainda mais baixa. — Até chegar a hora, mantenha sua cabeça abaixada. Não posso fazer muito. Escute. Aprenda. Ela não será fácil de derrotar. — Ele se virou e começou a retornar para o edifício.

Meu cenho franziu com sua frase estranha, embora sua escolha de palavras fosse parecida com a de Bea.

Prestes a segui-lo, um barulho fez meu pescoço virar para a entrada do labirinto. As sebes eram tão altas que bloqueavam o sol baixo, criando sombras no caminho.

— *Alice...* — Meu nome foi sibilado por entre os galhos da vegetação. Uma luz vermelha brilhou lá no fundo do labiririnto, destacando a silhueta de um homem.

Com chifres.

Medo tomou conta de meus pulmões, mas meus pés avançaram, sentindo essa estranha atração.

SAINDO DA LOUCURA

— Depressa. O tempo está passando. Alice, você é *ela*. — A figura desapareceu na trilha, passando por entre os arbustos.

— E-espere — resmunguei, virando na curva onde o avistei.

Vazio.

Girando ao redor, procurei no lugar pela forma enorme. Nenhuma pegada na neve, nenhum movimento ou ruído.

Ele simplesmente desapareceu. Como se eu o tivesse conjurado.

Você provavelmente fez isso.

Minha mão passou pelo meu cabelo, esfregando a cabeça. Era o homem-cervo; eu sabia. O que eu tinha visto em uma alucinação antes. A coisa das minhas visões era que eu continuava vendo as mesmas criaturas repetidamente.

Um pinguim.

Elfos.

Uma rena.

Uma lebre.

Até mesmo um boneco de neve.

Como se o Natal tivesse decidido me assombrar, trazendo fantasmas, não do meu passado, mas da minha mente delirante, para me torturar. *Como Ebenezer Scrooge.* Ri sozinha.

Um aperto sufocou minha garganta, a graça desaparecendo na mesma hora. O nome assentado sobre meu tórax como um tijolo. Minha mão foi para o meu peito, meus pulmões subindo e descendo enquanto eu tentava engolir.

— *Ele me pediu... estendeu a mão para mim... e eu o segui.*

— *Quem, Alice? Diga o nome dele.*

— *Scrooge.*

A lembrança turva surgiu em minha mente, da sessão com Jessica, sentindo, de repente, que não era um sonho coisa nenhuma. Cada distorcido fragmento colorido se encaixou na minha cabeça como um quebra-cabeça.

Diga de novo. Fale alto. Minha mente ordenou; ela precisava que eu dissesse em voz alta. Engoli nervosamente, sentindo que estava abrindo um portal que liberaria uma tempestade. Mudando tudo.

— Scrooge. — Saiu suave, tímido.

Diga de novo.

— Scrooge. — Deixei o nome passar pela minha língua com mais força, sentindo a verdade que eu não conseguia entender direito. O nome pareceu mais real para mim do que o meu próprio, não um nome emblemático associado à época natalina, mas um homem de verdade.

Matt Hatter.

Foi ele quem eu vi. Matt com uma cartola... e uma tatuagem em seu peito. Meus dedos a haviam traçado. Sabia a sensação das linhas pintadas sob as pontas deles. Um bule com os escritos "É sempre hora do chá" derramando dentro de uma cartola de cabeça para baixo, com um cachecol vermelho esvoaçante, idêntico ao dos esboços que desenhei várias vezes fervorosamente.

— Oh, Deus. — Suspiros agitados saíram da minha boca, meu corpo inclinando-se para frente. Por que eu tinha tanta certeza de que ele tinha uma tatuagem e ainda conhecia a sensação de sua pele? Eu nunca havia visto o peito nu de Matt. Eu estava tão insana a ponto de inventar coisas? Pegando a imagem dele e colocando-o dentro de minhas loucas ilusões?

— Alice! — A voz de Noel passou pelos arbustos. — O tempo acabou. Vamos.

Inspirando mais oxigênio, me endireitei, a cabeça parecendo uma máquina de lavar, pensamentos, sensações e imagens se misturando e sangrando juntas.

Eu tinha destruído minha família e despedaçado minha vida com minhas alucinações – mas essa foi a primeira vez em que me senti de fato louca.

Já estava na hora, Alice, uma voz surgiu na minha cabeça. *Caia na loucura... é a única maneira de sair.*

SAINDO DA LOUCURA

CAPÍTULO 14

Encarando o lado de fora da minha janela, a neve brilhava sob a luz da lua. Um peso sobrecarregava o ar, uma sensação estranha que formigava minha pele. Eu conseguia sentir. A calmaria antes da tempestade, a terra segurando o fôlego, esperando pela neve que vinha na nossa direção.

A lua cheia parecia um presságio, gerando tensão, atraindo-me para o labirinto. Inquieta e nervosa, eu queria sair da minha pele, passar pelas grades e voar para longe.

Seguindo o conselho de Noel, mantive a cabeça baixa pelo restante do dia. Ajudou o fato de eu não ter uma "sessão" com Jessica. Fiquei no meu canto, fingindo ler um livro enquanto observava os enfermeiros. Eles ainda me repreendiam quando podiam, mas assim que chegou a hora de dormir, encontrei-me em uma cama de solteiro em vez do buraco na solitária pela primeira vez. Porém não conseguia dormir melhor aqui. Eu sentia tanta falta da minha família, mas era mais do que isso. Havia um vazio em meu coração, como se eu sentisse saudade de pessoas que nem conhecia.

A privação de sono e de comida estava degradando minha mente. E eu já não sabia mais se estava realmente insana ou não, se estava tão louca que minhas visões e a realidade eram uma única coisa.

— Somente os insanos têm tanta certeza de sua sanidade — murmurei para mim mesma, pressionando minha mão contra o vidro.

Apenas solte, Alice. Deixe entrar, uma voz sussurrou para mim. Com medo de realmente soltar, agarrei-me às coisas que faziam sentido. Lógicas. Onde ainda havia esperança de que você poderia voltar. Se eu soltasse... estaria perdida.

Perdida e despedaçada.

— Não-Alice? — Uma batida soou na parede contra a minha cabeça. A voz de Bea atravessou facilmente as finas paredes entre o quarto dela e o meu.

Ignorando-a, esperei ela achar que eu estivesse dormindo. Luzes apagadas significavam que estávamos em nossos quartos, nada de conversas ou interações com outros pacientes. Dormir era a única coisa que era permitida. E eles nos inspecionavam de hora em hora para se certificarem disso.

— Srta. Não-Alice — ela cantarolou com uma risadinha. — Eu sei quando você está dormindo e quando está acordada.

— Bea, vá dormir — sibilei de volta. Eu tinha conseguido tão bem ficar fora de problemas hoje. Três noites no buraco, sem esperança de um banho depois, quebravam as paredes que eu estava tentando manter ao meu redor para me proteger.

— Mas você não sente? Está vindo.

Não morda a isca. Não morda a isca.

— O que está vindo? — Quebra-nozes do cacete.

— A magia. A esperança. A história está mudando. — Ela soava como uma criança maravilhada, ainda acreditando no Papai Noel.

Papai Noel? Franzi o cenho, um lampejo de um homem barbado e pelado vestindo um robe e segurando uma arma passou pela minha cabeça.

— Ahh... — resmunguei, sacudindo o corpo, enojada. — Essa foi de embrulhar o estômago. — O fato de que imaginei o Papai Noel pelado deveria dizer muito sobre mim. Talvez fosse melhor eu ficar por aqui.

— Você vai encontrar *ele* — Bea enfatizou a última palavra.

— Quem?

— O que está perdido e o que está despedaçado — ela respondeu, sua voz levemente abafada do outro lado da parede. — Você é a chave.

— Chave?

— Olhe, Não-Alice... os sinais estão todos ao seu redor. Você precisa abrir os olhos e enxergá-los.

Revirando os olhos, observei em volta do quarto vazio de qualquer coisa, exceto uma cama, uma cômoda e um pequeno armário para nossas poucas roupas. Sinais de quê? De que raios ela estava falando?

— Não apenas o que está aí, mas o que *não está*. — Ela deu uma risadinha excêntrica.

Balançando a cabeça, encarei o lado de fora da minha janela de novo. A mulher era maluca, mas havia uma grande chance de eu ser também.

Uma nuvem deslizou na frente da lua, bloqueando a luz de chegar ao meu quarto. Escuridão total revestiu o lugar, ocultando o terreno lá embaixo. Um arquejo escapou da minha garganta, meu corpo estremecendo.

SAINDO DA LOUCURA

Na margem do labirinto, uma única luz vermelha brilhou, queimando através da escuridão. Eu conseguia sentir um olhar lancinante sobre mim, me chamando para seguir a luz, como um barco preso na tempestade. Em um piscar de olhos, as nuvens se afastaram, a luz branco-azulada se espalhou pela minha cama e minhas mãos, a luz vermelha desaparecendo.

— Não. Espere. — Saltei da cama, e meu olhar se prendeu onde a luz esteve. Eu ainda conseguia sentir a intensidade do olhar de alguém, me chamando para ir até ele, a atração fazendo meus músculos vibrarem para se mexer.

Sem pensar, calcei as botas e corri para a porta. Eu a abri lentamente e parei.

Uma enfermeira caminhava no lado oposto, de costas para mim, começando a verificação dos quartos. Eu sabia que mais enfermeiros estavam no turno da noite andando por aí e postados na entrada do andar inferior, protegendo o lugar. Não do que poderia entrar, mas do que poderia sair.

— Porra — murmurei para mim mesma. A necessidade de ir para fora aumentava dentro de mim em vez de diminuir com o pensamento de que eu não poderia sair. Quase senti como se não tivesse escolha. Eu tinha que chegar ao lado de fora.

Um leve ruído fez minha cabeça virar para a direita; Bea saiu do batente de sua porta, sorrindo para mim.

Franzi o nariz, gesticulando com a cabeça para ela voltar para seu quarto. Ela não precisava se meter em problemas também.

Seu sorriso ampliou, travessura brilhando em seu olhar. Ela deu um passo para frente e me lançou uma piscadinha.

Oh, Santa-noite-feliz-do-caralho. Nãooooo! Balancei a cabeça bruscamente, encarando-a com uma advertência. *Não faça isso.* Meu olhar implorou a ela.

— Vá, Não-Alice. — Ela se virou, soltando um grito arrepiante, e começou a correr pelo corredor, seus pés descalços disparando pelo piso, seus berros enlouquecidos seguindo-a para o outro lado do edifício. Estrondos de coisas caindo e quebrando ecoaram pelas paredes brancas como se ela estivesse derrubando e atirando coisas. Eu conseguia ouvir enfermeiros gritando, seus pés marchando na direção dela.

Ela os estava distraindo para que eu pudesse escapar. Eu não sabia o que fariam com ela, mas não tinha dúvidas de que ser colocada no buraco era a melhor das hipóteses.

Vá, Alice! Não desperdice o sacrifício dela, gritei comigo mesma, e minhas pernas dispararam para a escadaria no final do corredor, escutando as pessoas subindo para os andares principais.

Minhas botas bateram no piso de linóleo, a gravidade puxando minhas pernas a cada degrau, quase me fazendo tropeçar. Parei ao final e espiei o caminho mal-iluminado. As portas da frente estariam trancadas e com alarmes. Mas no meu *tour* pelo local, vi uma porta lateral que levava ao estacionamento, por onde vi enfermeiros constantemente entrando e saindo. Para uma pausa para um cigarro ou não importava o quê; eu só esperava que ainda estivesse aberta.

Meu coração martelou contra as costelas, medo subindo à garganta enquanto avançava até a porta.

Tão perto. Tão perto.

Um alvoroço acontecia onde ficava a entrada principal, os lamentos de Bea ainda preenchendo o hospício com altos estrondos. Mas agora eu ouvia outros pacientes gritando, se unindo como um coral de loucos.

Olhando por cima do meu ombro, minha mão agarrou a maçaneta e a girou.

Click.

Euforia explodiu em meu peito quando a porta se abriu, o vento gelado estapeando meu rosto, causando um arrepio na minha pele. Se fosse pega, um casaco teria sido uma distração do meu verdadeiro plano, mas agora eu gostaria de ter um.

Dando um passo à frente, fechei a porta atrás de mim, esfregando os braços. Verdade seja dita, eu não tinha um plano para quando saísse, a necessidade superando os pensamentos racionais. Mas agora que estava do lado de fora, eu sabia que tinha que continuar correndo. Disparei na direção do labirinto, a urgência obrigando minhas pernas a saírem do meu controle. Eu não fazia ideia de para onde estava correndo ou o porquê, mas como sempre, pulei sem hesitar.

Jessica nunca me deixaria ir.

Eu morreria aqui.

Minha respiração flutuou na minha frente com grandes ondas, meu nariz e braços apunhalados pela temperatura enregelante, meu cabelo sendo a única proteção que eu tinha além do uniforme azul de manga curta que me fizeram usar, até mesmo para dormir. As enfermeiras Green e Mint pareciam desfrutar de todas as camadas que podiam usar para me destruir, como se fosse sua missão pessoal partir minha sanidade ao meio.

SAINDO DA LOUCURA

Olhei por cima do ombro. O manicômio brilhava com a luz, enfermeiros e pacientes correndo de um lado ao outro nas salas de estar, sem ninguém saber que alguém havia fugido.

Diminuí o passo, chegando à entrada. O ar me pressionou, mais pesado do que o normal.

Você sente isso? A magia? Eu conseguia ouvir Bea dizer.

Ridículo. Essa coisa existe em livros. Isso não é real. Tentei me repreender, mas nada funcionou. Entrando na ponta dos pés no labirinto obscuro, meus pulmões formigavam com energia.

— Olá? — Minha voz estremeceu, dissonante na noite silenciosa, aprofundando-se labirinto adentro. — Por favor. Se tiver alguém aqui. Apareça. Prove que não enlouqueci completamente. — Bufei, me sentindo ainda mais doida por dizer em voz alta, por acreditar que havia algo aqui. Arrisquei tudo para sair, mas por quê? Pelo incentivo de uma mulher cuja insanidade era incontestável?

Esfregando o rosto, suspirei profundamente. *Você está do lado de fora, Alice. Corra.* A parte racional exigiu. *Salve-se.*

— Aaaaaliiiiiceee... — Meu nome precipitou-se pela estrada, repleto de desespero.

Minha cabeça rodopiou, o oxigênio detendo-se nos meus pulmões, meu olhar se desviando para cada lugar e canto.

Pavor apertou meu peito, mas segui lentamente pelo caminho, a luz da lua criando um brilho azul sinistro na neve ao redor. Sombras surgiam do nada, me deixando nervosa e assustada. Fiz a curva para outro caminho, minha postura lenta e pronta para um ataque.

— Alice, depressa — a voz disse, mais uma vez.

— Apareça — grunhi. — Pare de brincar comigo.

Silêncio seguiu meu pedido, mas no final de um dos corredores eu vi uma luz vermelha. Seguindo adiante, corri na direção dela. Chegando no local, a luz tinha ido para outro corredor.

Rodando pelo labirinto, persegui a luz, sentindo a estranha sensação de que já havia feito isso antes.

— Pare! — gritei, ofegante. — Deixe de ser covarde. Apareça!

No corredor de onde eu tinha vindo, a risadinha de uma garotinha surgiu, seguindo para outro caminho. Um ruído frustrado subiu pela garganta enquanto eu corria atrás dela e chegava em uma encruzilhada. Nenhuma garotinha.

O desespero para chegar até eles, alcançá-los – como se fossem pedaços da minha alma que eu precisava capturar e usar para me completar –, agitava meus ossos. Lágrimas ameaçavam cair dos meus olhos.

A risada de um menino soou atrás de mim, me fazendo girar, minhas pernas saltando na direção do corredor. No meio do caminho, um pinguim deslizou por outro caminho, direcionando meus pés até ele.

— Espere!

No instante em que pensei ter pegado um, eles tinham sumido, apenas suas risadas ecoando pelo labirinto, como se fosse algum tipo de brincadeira para eles. Fantasmas habitando minha mente.

Saí de um dos caminhos para uma área aberta. Frustração e ansiedade surgiam na minha nuca, me deixando tonta. Pareciam garras dilacerando minha mente, os ecos de suas risadas alegres me destruindo. Meus joelhos chocaram-se na neve, um choro pressionando minha garganta. Eu estava tão cansada. Lutando por sanidade. Pela minha vida. Para ser normal.

Solte, Alice.

Um soluço ficou preso entre meus dentes, um último recurso à razão. Era inútil, e minha vontade de segurar estava desmoronando sobre si mesma.

Solte...

As palavras eram quase reconfortantes, como se tudo fosse ficar bem.

Fechei os olhos, meus ombros pendendo…

E me rendi.

SAINDO DA LOUCURA

CAPÍTULO 15

— Alice! — Uma voz grave me chamou pela escuridão, mas soou distante, como se ele estivesse gritando através de um vidro espesso. Virando-me para o outro lado, tentei mergulhar ainda mais fundo na escuridão. Adentrar na paz onde eu era leve e despreocupada. — Não, Alice... acorde!

Agarrando-se a mim, ele me puxou do escuro.

— Merda. Não faça isso comigo. Acorde. — Uma ardência espalhou-se pelo meu rosto, fazendo um grunhido irritado agitar meu peito, acabando com o meu sossego.

Meus cílios pesados batiam contra minha bochecha, esforçando-se para erguer. Olhos azuis me encaravam com uma mistura de pavor e alívio. A luz da lua cobria seu lindo rosto.

— Scrooge. — O nome saiu de meus lábios antes que meus olhos se fechassem de novo. Deixei as alucinações me tomarem completamente, e elas pareciam tão malditamente reais. Eu até conseguia sentir seu hálito quente no meu rosto, o casaco com o qual me cobriu, seus dedos tocando minha pele. Por que lutei contra isso? Eu não estava nem aí se era louca. Se ser insana era errado, eu não me importava. Não se pudesse viver em um mundo onde ele era meu.

— Abra seus olhos, Alice. — Rouco e grave, eu queria me enrolar apenas em sua voz. Parecia meu lar. Um cobertor me aquecendo.

Lentamente, meus olhos se abriram. Ele era ainda mais lindo do que eu me lembrava, com seu cabelo preto ondulado, lábios cheios, mandíbula esculpida coberta por uma barba por fazer, como se ele não tivesse se importado em barbear-se por dias, e brilhantes olhos azuis que me faziam sentir possuída por desejo. Eles destruíram todas as minhas barreiras, enxergando tudo em mim, me fazendo sentir exposta. Nua.

— Você me assustou pra cacete. — Ele me puxou mais para cima em seu colo, suspirando profundamente. Fiz o mesmo, inspirando seu cheiro intenso e *sexy*, o que me causou um leve gemido. Madeira e canela. — Nunca mais faça isso comigo de novo, porra. Entendeu?

Caramba, minha alucinação era meio que um babaca mandão. Mas a quem eu queria enganar? Eu gostei.

Ele esfregou a jaqueta preta em meus braços, enviando formigamentos pelos meus nervos, a sensibilidade voltando.

— O que você está fazendo aqui? — Suas mãos se moveram por todo o meu corpo, tentando me aquecer, seu toque parecendo descargas elétricas. — Por que eu te encontrei desmaiada na neve, no meio desse labirinto, prestes a morrer congelada?

— Eu deveria te perguntar a mesma coisa, mas já que você é fruto da minha imaginação, sei porque você está aqui. — Dei uma batidinha na minha têmpora. — Pelo menos assim, nós estamos juntos.

— Fruto da sua imaginação? — Ele franziu as sobrancelhas, seu olhar me analisando, demolindo minhas paredes. — Que diabos ela te deu? O que você tomou, Alice?

— Nada.

— Não minta para mim. Que droga ela te deu? — ele grunhiu, puxando-me para sentar, seu agarre no casaco se apertando.

— Não tomei nada. — Ri secamente. — Sou naturalmente louca assim.

Suas sobrancelhas ainda estavam unidas, deixando seu cenho franzido. Estendendo a mão, meu polegar afagou sua bochecha, esfregando a ruga entre seus olhos. Ele estremeceu com meu toque, mas não se moveu enquanto meus dedos deslizavam pela sua pele, descendo para seu rosto.

— Eu senti tanto a sua falta — sussurrei. — Isso não é ridículo? Na vida real, eu não te conheço, mas tudo em mim... diz que sim. — Minha mão descansou em sua mandíbula, sentindo a barba por fazer gerar cócegas na minha palma. — No instante em que entrou na casa dos meus pais, senti como se você fosse meu. Que pertencíamos um ao outro. Caralho, eu queria transar com você naquela hora. O sexo indecente que imaginei a gente fazendo? Uau — deixei escapar, minha mão descendo para seu pescoço, sentindo seu pomo-de-adão agitar com a minha declaração. — Cacete, você parece *tão* real.

— O que você quer dizer? — Seus dedos se enrolaram em volta do meu pulso, apertando. — Alice. Você acha que não estou aqui de verdade?

— Merda, não. Eu nunca diria essas coisas para o verdadeiro você. Até parece... seria constrangedor. E tão errado. Homem casado com um filho. — Eu me encolhi.

SAINDO DA LOUCURA

— E se eu te dissesse que nenhuma dessas coisas é verdade? — Seu olhar me perfurava.

— O quê?

— Eu não sou uma alucinação, Alice. — Suas mãos tocaram meu rosto, segurando meu queixo, obrigando-me a encarar seus olhos. — Estou *realmente* aqui.

Pensei que eu fosse boa em compreender o que era real e o que não era. Pensei que alucinações fossem algo que você via. Uma projeção, mas se você tentasse tocar, não sentiria nada. Não era assim que funcionava comigo. Eu conseguia ver, sentir o cheiro, ouvir e tocar nelas. Não era diferente de uma pessoa de verdade ao meu lado. Eu já não confiava mais na minha mente. Nos meus sentidos.

— Você pode ser um pedaço de bife mal-digerido, algum molho com mostarda, um naco de queijo, um pedaço meio cru de batata. — Saí de seu agarre. — Acho mesmo que existe mais molho em você do que molhos de chaves em sua corrente, seja lá quem você for. — Pisquei para ele, orgulhosa por ainda conseguir citar *Um Conto de Natal* na hora. Minha irmã e eu costumávamos disputar, fazendo citações de filmes de Natal até que uma de nós tivesse que desistir.

Matt inclinou-se para trás, erguendo a sobrancelha.

— Não sei se deveria ficar incrivelmente impressionado ou absurdamente apavorado por você saber isso de cor.

— Ambos, provavelmente.

— Eu não sou um molho com mostarda. — Ele prendeu uma mecha do meu cabelo entre os dedos, acariciando-a lentamente, desejo marcando sua feição. — Estou. Aqui. Tenho te procurado desde o momento em que ela te levou embora. — Ele engoliu em seco, olhando para baixo. — Me desculpe. Ela ameaçou tomar o Tim. Pensei que estava fazendo a única coisa que podia para proteger meu filho.

Eu entendia. Escolheria a mesma coisa, embora ainda doesse, vê-lo virar as costas para mim.

Afastando o olhar, respirei fundo. Estávamos no meio do labirinto, um chafariz coberto de neve no centro, cercado por bancos. No chão havia um jogo de xadrez de tamanho humano, o tabuleiro preto e branco aparecendo por entre a neve.

Levantando-me, firmei sobre meus pés, minhas pernas tremendo como gelatina. Ele saltou depressa e me agarrou.

— Você jura que Jessica não te deu nada?

— Ela acha que deu. — Eu o encarei, seu corpo quente pairando sobre o meu. Meus membros dormentes devorando seu calor. — Consegui jogar os comprimidos fora. Isso tudo é exaustão e falta de comida. Mas na outra noite, sei que ela fez algo comigo.

— O quê?

— Não consigo lembrar. Está tudo confuso. Ela me drogou. Eu me lembrei de quando comi cogumelos, mas foi dez vezes mais intenso. Eu vi coisas. E juro que ela me fez as perguntas mais estranhas. Não fazia sentido nenhum.

— O que você acha que ela te perguntou? — Ele deu um passo para trás, seu corpo ficando tenso.

— É loucura.

— Não importa. — Ele balançou a cabeça. — Me diga de qualquer forma.

Pressionando a ponte do meu nariz, eu já não questionava mais se ele era real ou se estava na minha cabeça, ou se minha história era totalmente doida. Eu havia cedido – deixado a loucura entrar.

— Ela queria saber... — esfreguei as têmporas — como viajei através dos espelhos. — O turbilhão de pensamentos se espalhava pela minha mente, cada um fazendo a imagem parecer ainda mais confusa, não menos. — E ela ficou perguntando onde "ele" estava... o marido dela... mas sei que ela não falava de você. — Dei alguns passos, tentando vasculhar mais fundo. — Também que ela me perguntou a quem eu segui até aqui.

— E aí? — Sua garganta estremeceu, seu físico esculpido preenchendo mais do que o espaço que seu corpo ocupava. Usando belas botas, jeans e um moletom preto, tudo o que eu via era um animal feroz sussurrando por baixo de sua pele. *Sexy*. Lindo. Brutal. E selvagem.

— Eu te vi. Era você... — falei, encarando-o de volta, pura e abertamente. Sem esconder mais nada. — Eu disse um nome. *Seu* nome.

Ele me observou, esperando que eu continuasse, como se soubesse o que estava por vir.

— Mas eu não disse Matt.

— Que nome você falou? — Sua voz saiu como um sussurro rouco.

Umedeci os lábios.

— Scrooge.

Um silêncio tenso tomou a atmosfera, seu olhar me incendiando.

— É. — Ele abaixou a cabeça, colocando as mãos nos quadris. — Sou eu.

SAINDO DA LOUCURA

CAPÍTULO 16

— O quê? — Dando um passo para trás, minhas costas enrijeceram. Eu o encarei, o ar frio da noite saindo da minha boca. Tentei engolir por conta da secura que se espalhava pela minha língua e garganta.

Ele pendeu a cabeça, concentrado no chão sob suas botas.

— Não sei como eu sei... mas sou eu — grunhiu, frustração tensionando sua mandíbulas. — Pelo menos é um dos meus nomes.

Meus dedos dos pés se curvaram para me manter em equilíbrio, sentindo que eu estava prestes a cair de um precipício.

— Tenho tido esses sonhos. — Ele balançou a cabeça. — Vívidos. Mais reais do que qualquer coisa aqui. — Ele gesticulou ao redor. — Lembro da universidade, até mesmo de brincar na rua em Londres quando era criança. Meu nome era Matt Hatter. Mas sabe outra coisa que também me recordo? — Ele me espiou por debaixo dos cílios, medo estremecendo sua garganta. — Eu era um menino, lá nos anos 1800.

Minha boca abriu, sem sair nenhuma resposta.

— Eu sei, não faz sentido, nem é possível. No entanto… — Ele deu um passo na minha direção. — Não há dúvida no meu íntimo de que seja verdade. Ainda consigo ouvir os ruídos de cascos de cavalos e barulho das carruagens nas ruas, o cheiro de fuligem e merda de cavalo no ar, ver as fábricas de carvão envolverem a cidade em neblina. Meus amigos e eu brincávamos na rua, rolando rodas de carroça. Consigo sentir o algodão áspero da minha calçola. — Ele fechou os olhos rapidamente, como se estivesse revivendo o momento. —Depois da universidade? Minha memória desapareceu, mas sinto algo lá, como se estivesse sendo bloqueada. Lampejos de coisas aparecem para mim. Coisas estranhas. Coisas que deveriam me aterrorizar... me fazer querer me internar em um desses lugares, só que sinto em cada fibra do meu ser que é real. E seja lá qual vida vivi naquela época, eu era Scrooge. — Ele estendeu os braços, agarrando meus bíceps. — E mais do que isso, eu sei que você fazia parte dela.

Uma inspiração profunda passou pelo meu nariz.

— Você sente também, não sente? — ele perguntou.

Balancei a cabeça, fechando os olhos com força.

— Sim.

— Você não é a única que sentiu a conexão no instante em que nos vimos. — Ele segurou meu queixo, inclinando para perto do seu rosto. Suas íris escureceram com intensidade. — E as coisas que eu também queria fazer com você… Indecentes. Coisas safadas pra caralho. Na frente da festa inteira.

Calor percorreu meu corpo, meus mamilos intumescendo com sua frase.

— Venho te procurando há dias. — Ele se aproximou de mim, nossos corpos aquecendo-se juntos. — No instante em que me afastei de você, soube que havia feito a coisa errada. Você estava em toda parte. Eu conseguia te ver, sentir seu cheiro, seu gosto, ouvir sua voz como se você estivesse realmente lá.

Cada declaração que ele fez era como se estivesse tirando da minha própria mente. Outro motivo para eu não confiar inteiramente nos meus sentidos. Eu poderia facilmente estar projetando o que senti através dessa ilusão incrível.

— Você ainda não acha que sou real. — Ele sorriu, lendo meus pensamentos. Suas mãos seguraram as laterais da minha cabeça. — Jessica me manteve muito perto, usando Tim como uma arma. Mas essa noite ela recebeu uma ligação e saiu às pressas. Senti algo me puxando até você. Eu sabia que precisava segui-la. Coisas que não posso explicar me trouxeram diretamente para cá.

— Você perguntou por que estou aqui fora? — Mordi meu lábio, seu olhar descendo para minha boca. — Porque também senti a atração. Foi tão intensa. Não havia dúvidas de que eu arriscaria tudo. Eu não sabia o porquê, mas agora sei. — Inclinei a cabeça para trás, minha atenção focada totalmente nele. — Para chegar até você.

Seu nariz inflou, seus dedos pressionando minha cabeça enquanto ele me puxava para mais perto, nossos lábios distantes por meros centímetros.

— Nós precisamos ir embora daqui. Ir para longe dela e desse lugar — ele murmurou, seu hálito acariciando meus lábios, descendo para meu pescoço. Encostando a testa à minha, desejo esquentou cada veia do meu corpo.

SAINDO DA LOUCURA

— Sim — concordei, minhas mãos deslizando por seu peito firme, nenhum de nós se movendo. A vontade de que ele me beijasse superou o instinto de correr.

Seus dedos agarraram meu cabelo bruscamente, pressionando-se contra mim. Sua boca mal encostou na minha, e eletricidade percorreu meus músculos, minhas costas arqueando, um gemido suave escapando de meus lábios. O desespero por ele explodiu, me envolvendo – me afogando.

Como se estivesse sendo segurado há muito tempo e ele tivesse destruído a barreira com um único toque, um rosnado grave vibrou de seu peito.

— Alice… — Meu nome saiu rouco e abrasado enquanto sua boca descia até a minha. Ávido. Bruto. Faíscas arderam pelo meu corpo.

— Tenho certeza de que eu deveria sentir algo, vendo meu marido me trair. — Uma voz passou por nós como uma guilhotina, separando-nos com um corte violento.

Afastando-nos, nossas cabeças viraram para a entrada do centro do labirinto. Meu sangue gelou de pavor, minha pulsação martelando em meus ouvidos.

Jessica estava de pé na entrada, envolta em um longo casaco de pele branco. Coelho. Seus lábios vermelhos-sangue contrastando com a pelagem branca, seus olhos azuis brilhando sob a luz da lua.

Todos os enfermeiros e guardas estavam ao seu redor. Os enfermeiros Green, Mint, e Noel estavam na frente.

Matt virou de frente para ela, entrecerrando o olhar.

— Eu *não* sou seu marido.

Um sorrisinho ameaçador curvou a boca dela; seus ombros se erguendo em desdém.

— Talvez não tecnicamente, mas você vai negar o filho que temos juntos? — Ela caminhou para frente, autoconfiança escoando dela, majestosa e totalmente no controle. — Você claramente não liga muito para ele, já que está disposto a arriscar tudo por *ela*.

— Ele não é *nosso* filho — Matt retrucou fraco e baixo, como se essa fosse a primeira vez em que admitia em voz alta.

A bochecha de Jessica se contraiu, mas ela começou a nos rondar, um tubarão monitorando sua presa.

— Uma linda garota faz os homens se tornarem idiotas. Eu sabia que você não conseguiria resistir a ela e, eventualmente, me seguiria até aqui. Você é ridiculamente previsível. Como sempre, um homem só pensa com seu pau. — Ela revirou os olhos, ficando ao redor de Matt. — Embora seja mais forte com ela. O que tem de tão especial nela? Desde o momento em que a conheceu, ela seduziu você por completo, e cada criatura com quem ela se deparou. Ela foi capaz de ultrapassar meus poderes em você. Não entendo. Até agora, não encontrei nada único. Nada em seu sangue, nada em sua mente. Por que ela? Por que ela é tão especial?

Ela balançou a mão para mim, embora soou mais uma retórica do que uma pergunta.

— Seus exames não me mostraram *nada*. — Ela parou na nossa frente. — Acho que simplesmente terei que ir mais fundo. — Crueldade transbordava de suas palavras. — Cavar mais fundo no cérebro dela.

— Você não vai encostar a porra de um dedo nela. — Matt se aproximou de mim. — Você tem algum problema? Desconte em mim.

— O quê? — gritei com Matt, sacudindo a cabeça e rejeitando aquela ideia. — De jeito nenhum!

— Ah, não briguem. — Jessica riu. — Tenho planos para vocês dois. — Ela estalou a língua. — Minhas anotações têm expressado preocupação e medo quanto à saúde mental do meu marido há bastante tempo agora. O maior receio é de que ele possa machucar nosso *querido filho*.

— Sua. Vadia. — Matt atirou-se contra ela. Os quatro guardas que ela tinha colocado no portão e na porta frontal pularam na direção dele, agarrando seus braços, tentando puxá-lo para trás. Mesmo assim, ele os arrastou pelo chão, repúdio vibrando dele como um animal selvagem.

Ele se inclinou para o rosto dela, tensionando a mandíbula em fúria.

— Deixe Tim fora disso. Ele é um inocente nisso tudo. Uma criança!

— Ele é? — Ela ergueu uma sobrancelha. — E quem está cuidando da nossa criança inocente enquanto você perseguia a Srta. Liddell aqui?

O peito de Matt estremeceu, e eu conseguia sentir mais do que enxergar a derrota caindo em cima dele.

— Exatamente. Que tipo de pai deixa seu filho desacompanhado no meio da noite? Não um sensato, estável.

Matt abaixou a cabeça, murmurando tão baixo, que mal consegui ouvir, mas juro que ele disse: "Ele não é real."

— Noel? — Jessica estalou os dedos para ele. — Acompanhe a Srta. Liddell de volta.

— Sim, senhora. — Ele deu um passo à frente. — De volta para o quarto dela?

— Não. Alice tem sido uma garota extremamente má. Ela precisa ser

SAINDO DA LOUCURA   117

castigada. — Os olhos de Jessica brilharam com empolgação. — Leve-a para *a câmara*.

A mandíbula de Noel ficou rígida, fazendo meu estômago revirar.

— A câmara? Que caralhos é "a câmara"? — Matt rosnou, agitando-se contra as mãos que o seguravam.

Noel abaixou a cabeça, vindo rapidamente na minha direção. Cambaleei para trás, porém ele segurou meu braço, puxando-me para frente.

— Não! Solte ela! — Matt se debateu contra os guardas, tentando chegar até mim. — Não. Encoste. Nela.

— Não fique com ciúmes, Matthew. Sua vez logo chegará. — Jessica apertou seu casaco de coelho em volta do corpo, dando um sorrisinho para ele. — Você, na verdade, me fez um favor vindo para cá essa noite. Não preciso mais fingir amar você ou aquele pretexto enjoativo de criança.

Um rosnado irrompeu de Matt, os calcanhares dos guardas afundando no chão congelado, tentando mantê-lo no lugar.

— Eu vou *matar* você — Matt disse, entredentes, seu rosto a centímetros do dela. — Pode contar com isso.

— Não, meu amor. — Ela afagou a bochecha dele. — *Eu* vou destruir você. Juntamente com meu verdadeiro marido e sua preciosa Alice. De vez. Tudo o que você ama, coisas que nem lembra que ama, vão desaparecer em breve. — Ela curvou os lábios em tristeza, cheirando a crueldade zombeteira. — Você *realmente* deveria ter corrido quando teve a chance.

Ela girou rapidamente, saindo do labirinto, seu cortejo se esforçando para acompanhá-la, como se ela fosse a rainha.

A Rainha vermelho-sangue de Winterland.

Noel me empurrou para frente, arrancando o pensamento estranho da minha mente, seu agarre firme enquanto ele nos levava rapidamente para fora do labirinto. Virando a cabeça para trás, tentei encontrar Matt entre multidão, mas os corredores estreitos e a quantidade de pessoas o escondiam da minha vista.

— Matt? — gritei de volta, minhas pernas tropeçando para acompanhar o passo de Noel.

Pavor por ele, por mim, martelava meu coração brutalmente em meu peito, tentando subir pelas costelas até a garganta. Ela havia me isolado da minha família, da minha vida. Não haveria nenhuma ligação para saber como eu estava amanhã ou nem mesmo no dia seguinte. E se a teoria de Matthew sobre ele mesmo estivesse certa, ele só tinha aquela víbora e seu filho.

Ela nos tinha exatamente onde queria.

— Alice! — Sua voz grave ressoou através da multidão, parecendo muito distante, sua voz era a única verdade e conforto que eu possuía. Minha âncora.

Nosso grupo saiu do labirinto, as luzes tanto de dentro quanto de fora do edifício deixando a neve com uma pálida cor amarelada. Meu olhar seguiu para o segundo andar, percebendo que o quarto de Bea estava escuro.

— O que eles fizeram com ela? — Indiquei o quarto vazio com o queixo.

— Buraco — Noel respondeu, rapidamente. — Mas isso não é nada comparado ao que ela vai fazer com você.

— O que ela vai fazer?

Noel rangeu os dentes.

— Lute, Alice — ele disse, em meu ouvido. — Não posso te ajudar lá dentro. Você foi criada para ser muito mais forte do que pensa. Eu sei que você é *ela*. — Ele me empurrou escadaria acima para o manicômio, marchando. O calor no interior aqueceu e trouxe uma ardência ao meu rosto como um tapa, meu nariz escorrendo na mesma hora.

Os poucos enfermeiros que estavam no turno, perto da mesa principal, observaram o desfile do nosso grupo com olhos arregalados enquanto Noel me guiava para o corredor à direita, minhas botas molhadas guinchando pelo linóleo. Eu sabia exatamente para onde Noel estava me levando, minhas entranhas tornando-se nós, pânico tomando conta da minha mente.

— Leve-o para o Quarto Rosa até que eu esteja pronta para ele — Jessica ordenou para os homens que arrastavam Matt.

Virei-me para vê-lo. Através do agrupamento caótico à nossa volta, meus olhos encontraram os dele. Nossos olhares se fixaram. Nenhuma palavra foi dita, mas eu conseguia sentir a conexão, as palavras que nós dois mantivemos em silêncio.

Eu vou te encontrar.

CAPÍTULO 17

Noel me empurrou para dentro do cômodo, meu fôlego saindo em sopros. Não estava muito diferente de quando eu estava aqui ontem, mas me aterrorizou muito mais. Meu olhar se deviou para a bandeja que continha todas as agulhas e instrumentos. No meio da bandeja havia um martelo e um orbitoclasto. Uma espécie de picador de gelo de lobotomia...

— Não. — Meus pés pararam de se mover, um pavor tão profundo que bile queimou minha garganta quando comecei a gritar. — Não, por favor! — Minhas pernas cederam, e meu corpo despencou no chão. Noel me segurou e me pegou, colocando-me na cadeira.

— Por favor... Noel. Você não tem que fazer isso. *Por favor* — supliquei. Ele mexeu nas correias para me prender. A traição foi como uma espada saindo diretamente do fogo sendo enfiada na minha barriga. Mesmo que ele tenha me dito para não confiar em ninguém aqui, eu ainda esperava que ele pudesse me ajudar quando se tratasse de algo tão terrível assim. — *Me ajuda*.

Ele me observou atentamente, prendendo-me no lugar.

— Você é mais forte do que parece, Alice. Você tem isso. Extra magnitude.

Magnitude. Senti qualquer coisa, exceto força naquele momento. Isso era o tipo de coisa que rolava em filmes de terror, os que realmente mexem com o seu psicológico porque poderiam acontecer na vida real. Houve uma época em que de fato aconteceram.

Os anos 1900 foram brutais com médicos narcisistas que pensavam que seus "experimentos" eram melhores do que amor e gentileza. Os médicos que inventaram esses tratamentos para "curar" as pessoas eram os que precisavam ser trancafiados e medicados, não os pacientes inocentes que não podiam evitar seus problemas mentais, diferentemente de seus supostos "doutores".

Debatendo-me contra as amarras, gritos estridentes escaparam dos meus lábios. Eu parecia exatamente o animal selvagem que eles achavam estar tratando. Feroz. Louca.

— Não, *por favor...* você não pode fazer isso comigo. — Contorci-me de novo e percebi algo.

Noel deixou minhas amarras frouxas...

— Na verdade, eu posso. — Jessica entrou na sala, sem seu casaco de pele de coelho, o que me fez querer esfolá-la viva. Usá-la como sobretudo. Hoje ela usava calça preta e um moletom cinza de caxemira, botinhas pretas, seu cabelo perfeitamente curvado abaixo de seu queixo. Estilosa e elegante até mesmo para fazer uma lobotomia.

— O documento que o Dr. Cane fez seus pais assinarem me dá total direito de fazer qualquer coisa que julgar necessária para te ajudar.

O que aconteceu com o médico? Eu não o vi desde que Jessica o colocou lá como um suporte. Pavor percorreu meu corpo quando constatei.

— Ele nem é um médico, é? — resmunguei para ela enquanto eu retorcia meus pulsos tentando soltá-los sem que ela percebesse.

Um leve sorrisinho presunçoso curvou sua boca.

— Seus pais precisavam de uma segunda opinião. Eu ofereci isso a eles.

— Sua. Vadia. Louca! — explodi, saliva escorrendo pelo meu queixo, meu cabelo solto formando uma cortina ao redor do meu rosto, grudando às minhas bochechas.

— E mesmo assim é você quem está sentada na cadeira, não eu. — Ela pegou um avental cirúrgico e o vestiu. — O Dr. Cane pode não ser um médico "credenciado", mas ele já fez muitos procedimentos para mim. — Uma figura surgiu no batente da porta como se ela tivesse o invocado do nada. — Falando no diabo. Estávamos conversando sobre você, Dr. Cane. Só coisas boas, é claro.

O redondo homem atarracado, que lembrava o formato de um ovo, entrou no cômodo, já vestido com a bata cirúrgica.

— Servi-la é uma honra, Majestade. — Ele inclinou a cabeça, seguindo para a bandeja. Suas bochechas rosadas e olhos claros brilharam com empolgação. Sua língua deslizou pelo seu lábio superior quando ele tocou o instrumento, como se o excitasse.

— Noel, você pode sair. — Jessica acenou para o enfermeiro. Ele ergueu a cabeça para ela, espiando por entre seus cílios. Seu olhar intenso fixou-se ao meu, me dizendo para usar a oportunidade que ele deu, antes de se virar para a porta. — Espere! — Jessica gritou.

— Senhora? — Ele a encarou, sua expressão dura, mas vi quando engoliu em seco.

SAINDO DA LOUCURA

— Aperte-a mais forte. Quero garantir que ela esteja contida segura. Ela já escapou de vocês, imbecis, mais cedo esta noite.

— Sim, Majestade. — Ele abaixou a cabeça, voltando para o meu lado.

— Não — choraminguei. — Noel…

Ele apertou minhas correias um pouco mais.

— Mais. — Jessica observava cada movimento dele.

Ele apertou todas as minhas correias até que elas cortaram minha pele, acabando com minha última fagulha de esperança.

— Vá — ela mandou.

Ele mais uma vez inclinou a cabeça fazendo uma reverência, se virou e marchou para fora da sala, fechando a porta assim que saiu.

O barulho do trinco explodiu em meus ouvidos como um tiro. O último resquício de qualquer possibilidade de escapar sumiu, esvaziando meu peito. A solidão absoluta me fez flutuar para o vazio onde a esperança e felicidade não me alcançariam.

— Vamos começar? — Jessica pegou uma seringa. O Dr. Cane lambeu os lábios de novo, balançando sua cabeça gorda.

— Você não quer fazer isso com ela totalmente consciente? — Ele pegou o triturador de gelo, admirando-o como se fosse seu brinquedo favorito.

O medo vem de várias formas e intensidades diferentes. O pavor imobilizante que enrijeceu meu corpo inteiro ia além de qualquer terror que eu sabia que existia. Eu já não me sentia mais ligada ao meu corpo enquanto sombras surgiam pelos cantos dos meus olhos, o ar não chegando completamente aos meus pulmões, o medo me fazendo flutuar para longe de qualquer entendimento, exceto pânico. Pânico feroz, gutural e bruto. Eu entendi como as pessoas perdiam as funções corporais ou vomitavam, seu sistema sem saber outra forma de lidar com o peso esmagador.

— Normalmente, sim. Principalmente essa aqui. — Ela me encarou, tocando na agulha. — Mas preciso que ela relaxe, deixe o bloqueio em sua mente se desfazer.

O pânico me atravessou e correu dentro de mim como se fosse esquilos.

Ela me encarou como se eu fosse um bicho, apalpando minha veia.

— Do que você está falando? — Uma voz rouca grasnou de mim.

— A Terra dos Perdidos e Despedaçados pegou suas lembranças e as escondeu, rastejando entre elas apenas o suficiente, a ponto de você pensar que estava enlouquecendo. Eu usei isso. Você teve lampejos o bastante, vislumbres o suficiente da verdade, para entrar perfeitamente no meu plano.

Sentindo você mesma ficar louca, sua família te viu se desprender da realidade. Se afastando de si mesma, quando, na verdade, era exatamente o contrário. — Ela me deu um sorriso cruel, enfiando a agulha no meu braço, empurrando a droga na minha veia. Enrijeci, um pranto escapando dos meus lábios, ainda querendo lutar contra ela. Não havia nada mais desesperador do que quando você não tem controle do seu próprio corpo. Trancafiada em uma prisão da sua casca. — Agora, eu *preciso* que você se lembre.

— Lembrar do quê? — grunhi enquanto ela tirava a agulha, a queimação da droga já subindo pelo meu braço.

— Winterland.

— Winterland? — Franzi o cenho, o líquido injetado rastejando até meus ombros.

— Eu não entendo. Você é humana. Nada de especial. Você não tem magia. — Seus lábios se curvaram. — Você não apenas entrou, mas também foi capaz de atravessar os espelhos. Apenas Nick consegue fazer isso, mas você abriu o portal, permitindo que todos nós passássemos.

— Magia? Você tem certeza de que não é você que precisa estar nessa cadeira? Você é doida.

— Logo você verá que não sou. — Ela cruzou os braços. — Mas por que isso importa, Alice? Seus pais nem te escutariam agora. Quanto mais você me contestar e tagarelar o quão louca *eu sou*... mais *você fica*... aos olhos deles. Os humanos são tão fáceis de manipular, de fazê-los acreditar em algo sem questionar. Sem fatos. E jogar fora todo o controle em um piscar de olhos.

Santo elfo de brinquedo. Ela tinha razão. Em quem as pessoas acreditariam? A autoridade dela era incontestável para qualquer um que não olhasse mais a fundo. Ela agia como uma psiquiatra aclamada, e as pessoas engoliam facilmente porque ela disse e fez tudo certo. Ela fez minha vizinhança inteira me observar entrando em colapso na frente deles. Eu não tinha mais em que me sustentar. Mesmo se eu saísse deste lugar, eles, provavelmente, a ajudariam a me trazer de novo, pensando: "Pobre Alice... ela parecia tão normal antes".

— Posso começar agora? — O Dr. Cane mudou seu peso de um pé para o outro, segurando o martelo. Indo de encontro ao calor que tentava acalmar meus músculos, gelo percorreu minhas veias seguindo até o estômago. Eu havia assistido a um filme onde eles faziam isso com alguém, e seus gritos tinham assombrado meus sonhos durante meses.

— Paciência, Dr. Cane. Isso é para depois que as memórias dela voltarem.

SAINDO DA LOUCURA

— Jessica dispensou o ansioso babaca oval. Ele era ainda mais pirado do que ela, apreciando a tortura e a dor de outras pessoas. — Preciso que ela me dê a informação primeiro, depois nós a transformaremos em um vegetal.

Debatendo-me contra as correias, meus músculos estavam enfraquecendo, sem conseguir lutar mais como antes.

— Eu te falei, Alice, você nunca vai sair daqui. — Ela se inclinou sobre mim. — Você sabia que o procedimento de lobotomia pode ter sérios efeitos negativos na personalidade de um paciente e na habilidade de atuar de forma independente? Você será uma mera decoração, babando no canto, uma coisa que seus pais só visitarão nos feriados. Eu poderia te matar depois de fechar o portal em Winterland de vez, mas isso parece simples demais. Quem sabe, talvez eu precise de você depois por algum motivo. Pelo menos dessa forma você não será mais uma pedra no meu sapato.

Os lábios dela estavam se movendo, mas minha mente não conseguia mais se agarrar a nada além do significado superficial de cada palavra. Seja lá o que ela tenha me dado, e que controlava minhas funções, eu ainda conseguia ouvir os gritos desesperados dentro de mim.

A droga avançou no meu sistema, centralizando no meu cérebro. Uma pressão dormente atravessou minha cabeça, como se houvessem dedos lá dentro, removendo camadas do meu cérebro, tentando ir mais fundo. Não era doloroso no sentido real, mas pareceu brutal e desprotegido. Eu gritei, balançando a cabeça de um lado ao outro, tentando expulsar a sensação. Como se eu conseguisse arrancar os dedos que perfuravam minha cabeça, inclinei-me para frente com um lamento.

— Não resista, Alice. O véu está descendo.

Lampejos. Vislumbres de imagens surgiram em meu cérebro, aparecendo tão rápido e freneticamente, como se fosse uma montagem e não uma figura inteira. Sentada em uma mesa na frente de uma grande lebre usando um avental, eu conseguia nos ver rindo. Um pinguinzinho dançando e cantando com tanta alegria e inocência, que acalmou meu coração agitado. Uma menininha elfo balançava nossas mãos unidas para frente e para trás enquanto caminhávamos. Um menino elfo corria em volta de uma mesa, rindo escandalosamente. Um homem metade cervo estava deitado em uma cama, suas mãos entrelaçadas às minhas, seus olhos castanhos me encarando como se o mundo inteiro girasse ao meu redor.

E então *ele* surgiu, seu corpo pressionando o meu contra uma parede, seus dedos deslizando pela minha barriga.

Scrooge.

— Não, Alice. Você não pode. — Uma vozinha suave chegou ao meu ouvido, me fazendo erguer a cabeça, apenas o suficiente para dar uma olhada.

Escondida atrás do Dr. Cane, parada perto do suporte da bandeja, estava a menininha elfo, seus olhos arregalados, balançando a cabeça.

— Não deixe eles entrarem — ela me implorou. — Não deixe ela encontrá-lo. Encontrar a gente.

— Srta. Alice? — outra voz do meu lado oposto sussurrou, atraindo meu olhar. O pinguim ficou atrás de Jessica, a mesma expressão suplicante em seu rosto. — Por favor. Você não pode deixar ela entrar.

— Esconda suas memórias — o menino elfo disse, parando ao lado de sua gêmea. — Se ela nos encontrar... toda a esperança estará perdida.

— Deixe ela entrar… — Uma voz surgiu ao lado do pinguim. A lebre cruzou os braços sobre seu avental cheio de babados. — E você nunca vai experimentar meu hidromel, o que já é uma tragédia *do caralho*.

Uma bufada suave e um sorriso surgiram em meus lábios, e meu coração desabrochou. Meu olhar desceu para seu pé… o único que havia sobrado. *O colar dela.*

— Alice — uma voz mais grave me chamou bem na minha frente, meu olhar disparando para o homem-cervo. Seu lindo e musculoso tórax me fez piscar várias vezes. — Eu sabia. Você. É. *Ela.*

Rudolph. De repente, eu sabia que ele era a famosa rena com a qual cresci, mas além disso, eu o *conheci.*

— Como assim? — perguntei a ele. Jessica havia me chamado assim também.

Jessica e Humpty[8] se viraram, procurando pelo cômodo com quem eu estava falando antes de me encararem de volta.

— Está funcionando. — Ela sorriu, presunçosamente.

— Você é quem tem o poder para derrotar a rainha — Rudolph respondeu. — A história *dela* é um conto antigo quase esquecido, mas acho que é verdade. Tem uma razão para você ter conseguido me seguir, para ter vindo a Winterland. *Você* é aquela que pode lutar contra a rainha. Ajudar a salvar nosso reino. Mas histórias sempre podem ser alteradas, mudar de direção... você precisa *viver*. Não deixe ela tirar o que te torna especial. Nós precisamos de você, Alice. Lute por si mesma. Lute por nós. — Suas

8 Humpty: Referência à Humpty-Dumpty, personagem de uma rima enigmática infantil. É retratado como um ovo antropomórfico, com rosto, braços e pernas.

SAINDO DA LOUCURA

palavras não continham emoção, mas eram poderosas. — E Alice? *Você* tem o poder. Não se esqueça de quem é. Lute. — Ele encarou bem dentro dos meus olhos, e a sensação de que ele já havia me dito isso antes percorreu meu corpo. — *Deseje.*

Deseje. Pisque, a compreensão bem na beirada da minha recordação, o leve gosto dela surgindo na minha língua, me provocando.

— Fiquem comigo? — implorei, precisando de todos eles, mesmo que não estivessem de fato aqui, porque eu sabia que eles eram meus amigos. Pessoas a quem eu amava. Não me sentir sozinha acalmou meu coração. *Eles* me deram força.

— Estamos sempre com você — ele respondeu, impassível, mas senti o amor no que ele disse. A crença e a confiança em mim, vindas dele e dos outros na sala.

Inclinei a cabeça agradecendo, encarando todos eles. O instinto, a necessidade feroz de protegê-los, me fez combater a droga que tentava rasgar minha cabeça, chocando-me contra paredes.

— Então, Alice? — Jessica agarrou meu queixo, erguendo-o para que a encarasse. — Diga-me onde o Nick está. Onde os seus amiguinhos estão se escondendo?

Imagens do topo de uma enorme montanha curvada, um chalé postado contra a paisagem coberta de neve. O interior aconchegante repleto de cheiros deliciosos de baunilha, canela e uma fogueira ardente. Um sótão cheio de livros e um banheiro rústico… sem espelhos.

Eu o reconheceria melhor do que minha própria casa.

Monte Crumpet. O nome surgiu dentro de mim como se estivesse esperando que eu o tirasse da escuridão. A maior parte do meu cérebro sentiu o ímpeto de responder à pergunta dela, minha língua pronta para deixar escapar, como se estivesse sendo puxada por entre meus dentes.

Forçada.

Bolas de chocolate. Ela me deu o soro da verdade? Pressionando meus molares, tentei lutar contra a droga que tentava roubar minhas lembranças, jogá-las no chão.

— Posso te falar uma coisa? — Minha boca se abriu. *Lute. Alice.*

— Sim. Me diga *cada* mínimo detalhe.

Inclinei a cabeça na mão dela. Bufando, meu nariz inflou, meu olhar fuzilando-a.

— Vá. Se. Foder.

CAPÍTULO 18

O tapa veio de imediato, minha cabeça virando para o lado, mas não senti a dor, a droga anestesiando a pele. Meus lábios se curvaram em um sorriso sarcástico.

— Você não pode lutar contra mim. Você tem noção de quem está desafiando neste momento? Ajoelhe-se, Alice. Eu vou acabar com você. — Jessica se inclinou para o meu rosto, seu olhar queimando em fúria. — Agora, me diga onde Nick está.

Nick. Mais uma vez, minha mente vagou para o homem pelado de barba branca, sua expressão raivosa e comportamento rabugento fluindo na minha cabeça. Contrair a mandíbula como uma armadilha de aço era o único jeito de evitar que a droga me transformasse em um baleiro. Gire a manivela, e eu derramaria as infinitas guloseimas bem nas mãos dela.

A maioria dos pedaços derretendo na minha língua não fazia sentido para mim, mas eles avançavam com uma reivindicação justa sem se importar com o que penso. Eles acreditavam em si mesmos, sem precisar que eu o fizesse, embora lá no fundo eu acreditasse.

Lutei contra a vontade de contar tudo a ela, meus amiguinhos ainda ao meu redor, me encorajando a ficar em silêncio. Eles assentiram com suas cabeças, pedindo para que eu fosse mais forte do que ela. Para protegê-los, custe o que custar.

— O que você deu a ela, seu idiota? — Jessica gritou com o Dr. Cane. — Água com açúcar? Por que ela não está falando? Isso é culpa sua!

— Não, V-vossa Alteza. D-deveria ter funcionado. Dei a ela dose total do soro. Mais, na verdade. — Cane se atrapalhou, nervoso, encarando a seringa vazia como se ela fosse dizer algo a ele.

— Bem, obviamente, você fez algo errado. — Jessica ferveu de raiva.

— Isso é o que ganho por confiar em um homem. Você sabe o que acontece com as pessoas que me desapontam? — Ela pegou outra da bandeja.

— Talvez ela seja mais tolerante do que os outros, Majestade — ele guinchou, seu rosto ficando extremamente pálido. — E-eu posso dar mais a ela.

— Faça. Isso. — Toda a amabilidade que ela mostrou a ele antes havia desaparecido, seu rosto bonito manchado com a feiura, minha mente lenta exagerando sua feição retorcida.

O Dr. Cane balançou a cabeça, enchendo a agulha com mais fluido. Meu olhar se desviou para o líquido translúcido. Eu mal conseguia aguentar. Se eu fosse injetada com mais, será que conseguiria combater os efeitos? Não importava o quanto quisesse lutar, eu ainda era humana.

— Impeça-a, Alice — Rudolph falou comigo, sua voz tão firme. Segurei-me nela como uma corda. — Você tem o poder dentro de si, se você pedir por ele.

— Eu peço por ele — soltei, encarando o lindo homem-cervo.

Ele riu, secamente, seus chifres balançando.

— Não é para mim que você deve pedir.

Socorro, pensei, sem realmente fazer ideia de com quem estava falando. Comigo ou com alguma fada-madrinha. *Por favor, me ajude. Eu preciso lutar.*

Nada aconteceu.

— Você pede pelo quê? — Jessica mais uma vez olhou para trás para ver o que eu estava encarando, voltando para meu campo de visão. — Você está falando com eles agora, não está? Seus amiguinhos rebeldes? Você sabe que eles não são reais, Alice. Você está aqui completamente sozinha. E ninguém vai te salvar dessa vez.

Lancei-lhe um olhar furioso, sem confiar em abrir a boca de novo. Ela continuou tentando, como se precisasse ter sua opinião ouvida. A informação preencheu o fundo da minha garganta, pronta para fluir para fora.

— Você a ouviu. — Ela gesticulou para mim. — Ela pediu por isso. E acho que devemos acatar.

Cane veio para o meu lado, a ponta da agulha direcionada para meu braço.

— Eu faço. — Jessica estendeu a mão para pegar a seringa, a luz irradiando do êmbolo. Minha mente lentamente notou algo do outro lado escrito em tinta brilhante. Não eram as linhas de medida que você via na seringa, mas uma coisa escrita em letra cursiva. A compreensão do que dizia estava no lento trem que seguia para o meu cérebro. — Pegue seus instrumentos. Acho que está na hora de Alice ver o que acontece quando você desobedece a rainha.

Rainha. Cacete, ela era bem convencida, mas dando uma olhada nela, o título combinava perfeitamente.

— Rainha vermelho-sangue — murmurei, a luz fazendo as palavras brilharem na seringa, me distraindo de novo, minha atenção como uma borboleta assustadiça, sem conseguir focar em uma única coisa por muito tempo. Entrecerrando o olhar, tentei me concentrar na injeção.

— Ela está lembrando — Cane se emocionou, sua cabeça tentando balançar, mas ele era tão gorducho, que na verdade não se movia.

— Vamos ajudar com isso — Jessica respondeu, fazendo o sorriso de Cane se alargar com empolgação. Ele pegou o triturador e o martelo, salti- tando como se fosse uma criança na manhã de Natal.

— Poxa vida, poxa vida. Queria usar isso de novo. Faz tanto tempo. Décadas!

— Conte-nos, Alice. Última chance — ela ameaçou, a agulha prepa- rada na minha pele. A letra cursiva brilhou sob a luz, parecendo como se estisse se mexendo, meu olhar traçando as palavras.

— *Injete-me* — li em voz alta, pensando que era uma coisa estranha para se ter escrita em uma seringa. Pareceu meio redundante.

E muito familiar.

Curioso e mais curioso.

De repente, lembranças minhas em uma casa de biscoito de gengibre, debaixo de uma mesa; a cabeça posicionada em um bloco, na floresta cer- cada por monstros verdes. *Gremlins.* O que eu vi era real? Uma torrente de bilhetes escritos *beba-me, coma-me,* e *use-me* pregados em biscoitos, bebidas e tubos de ensaios desfilaram pela minha mente.

Todos haviam me protegido. Salvado minha vida.

Jessica me lançou um olhar estranho, pensando que eu estava implo- rando a ela que injetasse em mim, sem ler a caligrafia.

— Não diga que nunca dou o que você pede. — Ela enfiou a agulha no meu braço, a corrente quente inundando minhas veias, meu olhar ob- servando ansiosamente. *Por favor, me ajude agora!* Implorei, mas ainda não senti nada a não ser o peso da droga anterior de Jessica. E se eu não con- seguisse combater esta?

— Agora, vamos ver quão rápido a língua dela vai soltar quando você perfurar seu cérebro com isso. — Ela deu um sorrisinho para mim. —

SAINDO DA LOUCURA

Com ou sem você, eu vou encontrá-lo e acabar com ele. A porta será fechada e então te deixarei aqui no canto, onde viverá seus dias como um enfeite babão. Por favor, prossiga, Cane.

Cane sorriu, inclinando mais a minha cadeira para trás, pairando sobre meu campo de visão. A esperança que tive rapidamente arrefeceu quando seus dedos de salsicha gorda tocaram em minha pálpebra, dobrando para o canto do meu olho onde ficavam meus dutos lacrimais. A ponta afiada da picareta pressionou contra o pequeno espaço entre meu olho e nariz.

Absoluto terror agitou meu estômago, borbulhando até a boca, mas desceu de novo e apenas um pequeno soluço saiu do fundo da minha garganta. Meu corpo enrijeceu de medo como se estivesse tentando proteger a si mesmo. Meu coração martelou tão alto que eu conseguia senti-lo em meu esôfago, tentando sair e se salvar.

— Nãooooo! — Um choro abafado saiu de meus lábios, o metal pressionando ainda mais no canto, deslizando contra a cartilagem do meu nariz. Dor foi registrada em algum lugar do meu corpo, fazendo a bile produzida queimar meu estômago e garganta. Líquido desceu pela minha narina até meus lábios, o gosto de metal forte e quente na minha língua.

Meu sangue.

O barulho de metal chocando-se enquanto ele batia o martelo na ponta do picador de gelo, martelando mais fundo no meu crânio.

Clink. Clink. Clink.

Saliva, lágrimas e catarro escorriam pelo meu rosto; vômito subiu no fundo da minha garganta. A ideia de que isso estava acontecendo comigo era revoltante. Isso não acontecia no mundo atual – ou assim eu pensava. Em breve, já não seria mais a pessoa que era antes. Um golpe no meu lóbulo frontal e eu seria alguém que minha família não reconheceria mais, falando lenta e suavemente comigo quando viessem me visitar. Com o tempo, as visitas diminuiriam porque me ver causaria a eles dor e culpa demais.

O Dr. Cane gemeu enquanto a picareta deslizava mais alto, como se ele estivesse tendo um orgasmo, se excitando com o sangue escorrendo pelo meu rosto e o instrumento deslizando em meu cérebro.

Ácido subiu pela garganta, e meus calcanhares se afundaram na cadeira, tentando se afastar enquanto a barra perfurava a pele. Pânico feroz cortou meus pulmões, fazendo lágrimas caírem dos meus olhos, derramando manchas rosadas no meu uniforme azul. Aí, eu senti a ponta se chocar contra meu lóbulo.

Um grito escapou de mim com a dor excruciante do ataque violento. Queimando. Dilacerando. Cortando. Prantos tomavam a sala, ecoando para além das paredes, as drogas entorpecentes saindo do meu sistema de uma só vez. Eu senti cada parte da ferramenta pontiaguda.

Saliva e bile escorreram da boca enquanto o resto do meu corpo congelou sob o ataque, escuridão acobertando minha visão.

— Garanta que você faça direito — Jessica disse, sobre o ruído hediondo no cômodo, o olhar arregalado e maravilhado. — Não a quero mais do que uma prisioneira babando em sua própria pele, incapaz de contar a qualquer pessoa qualquer coisa.

— Farei, minha Rainha. Sabe que desejo agradá-la.

— Sim. Sim. — Ela revirou os olhos. — É por isso que você conseguirá manter seu cargo, contanto que o faça.

Ele girou a barra no meu cérebro, como um atiçador em brasa retalhando meus nervos de uma vez, cortando tudo. Ouvi gritos guturais atravessando o ar, e então eles morreram com um arquejo terrível. Eu já não sentia mais nenhuma parte do meu corpo. Em sua última tentativa de me proteger, meu cérebro me enfiou atrás de uma barreira, resguardando-me da dor incontrolável. Escuridão tomou minha visão, mas meus ouvidos ainda distinguiam sons.

— Acho que isso deve bastar. O cérebro dela foi mais difícil de perfurar do que outros que já fiz. — A voz de Cane dançou pelo canto dos meus ouvidos, juntamente com o som sibilante do metal arrancando pele, líquido e carne. — Realmente deu uma bela torção. Vai ser sorte se ela conseguir funcionar minimamente agora. — O metal bateu na bandeja.

— Eu não preciso dela, de fato, desde que abriu o portal. Mas caso Nick tente fechar de novo, talvez eu ainda precise. — Ela soou irritada. — Quando finalizar meu plano, e fechar de vez, verei o quão importante é mantê-la por perto. Se ela estiver tão desmiolada, não faz sentido.

— Você não precisa que ela responda suas perguntas? Onde o Papai Noe...

— NUNCA. MAIS. DIGA ESSE. NOME! — Jessica explodiu.

— Me desculpe… Me desculpe, Majestade. Nunca mais acontecerá de novo. — Cane se virou e suplicou: — Perdoe-me, minha Rainha.

— Se eu não apreciasse tanto o seu trabalho, sua cabeça seria a próxima. Você me entendeu?

— Sim. — Ele se ajoelhou. — Sinto muito, muito mesmo.

— Cale a boca. — Ela se irritou. — E não, não preciso dela. Não quando tenho dois por um hoje à noite. Meu marido *falso* pode me levar até *ele*. Sei

SAINDO DA LOUCURA

que ele sabe onde ele está também. Tenho enchido seu café com o melado, esperando descobrir alguma coisa com ele, mas é tão teimoso quanto ela. Fico tão feliz que não preciso mais agradá-lo com sorrisos falsos e preocupação com aquela desculpa patética e fraudulenta em forma de criança. O menino era parecido com sua mãe em temperamento. Fraco e tímido.

A escuridão passeou seus dedos na minha mente, chamando-me para segui-la, tudo soando tão distante.

— Deixaremos ela aqui até que acorde. Não que ela possa ou consiga ir a qualquer lugar. O querido Scrooge é o próximo. Ele falará se achar que a vida dela depende disso. — Ela gargalhou, parecendo uma hiena. — E se ele obedecer, seu prêmio será uma idiota babona. Sairei ganhando de qualquer forma.

Sapatos ressoaram no piso, a porta abrindo e fechando. *Scrooge...* Tentei alcançar o nome, mas ele escorregou da minha mão, e caiu na escuridão.

— Continue forte, Alice — a vozinha de uma menina me falou. — Você pode lutar. Você está cheia de tanta magnitude...

Dissolvi vazio adentro.

CAPÍTULO 19

Meus olhos se abriram em uma caverna pouco iluminada, meu corpo mal coberto por uma longa camisa rasgada. Enrolada em posição fetal, estava deitada no chão duro, ensanguentada, ferida e exausta. Eu conhecia esse lugar, já havia estado aqui antes. Meu olhar se ergueu para a figura sentada na entrada, a luz da lua iluminando seu perfil e destacando seus traços. Seus olhos azuis brilhavam, arrancando todo o ar dos meus pulmões. Ele era totalmente de tirar o fôlego; parecia mais de outro mundo do que esse lugar.

Scrooge. Seu nome surgiu para mim com tanta facilidade. A lembrança desta noite envolvia minha cabeça, uma névoa embriagada de sensações, mas eu me lembrava. Tínhamos acabado de sobreviver a um ataque dos gremlins. E eu sabia que tinha figuras dormindo atrás de mim. Meus amigos.

Inclinando a cabeça, Scrooge escutou alguma coisa. Tensão esticou os músculos das suas costas, e levantei sobressaltada.

— O que é isso?

Ele se virou para mim, e colocou um dedo sobre os lábios, antes de se virar de volta. Seja lá o que estivesse se aproximando, gerou um medo aterrador em meu peito enquanto eu chegava mais perto dele. Esperei ansiosa, como se um daqueles bonecos que saltam da caixa ao você girar uma manivela estivesse prestes a surgir.

Uma linda raposa branca passou pela caverna e parou por um momento para olhar para nós antes de subir em algumas pedras e sumir na noite.

— Você pode enfrentar gremlins, mas uma raposa peluda é o que te apavora? — Scrooge sorriu por cima do ombro, me desmontando completamente. Ele sabia que cada vez que olhava para mim, ele me desvendava e desarmava um pouquinho mais? Foi uma descida lenta e gradual, mas foi nesse momento em que soube que estava me apaixonando por ele. Em uma caverna no Monte Crumpit, em um mundo ao qual eu não pertencia.

E mesmo assim, pertencia.

Foi nesse momento em que alguma coisa se encaixou, mesmo que não soubesse naquela hora. Essa batida silenciosa que compartilhávamos, apenas nós dois, no meio da noite, quando soube que estava exatamente onde deveria estar. Com ele.

Minha história sendo escrita.

No meu íntimo, eu sabia o meu lugar. Que eu era ela...

Foi por isso que meu sonho me trouxe de volta para cá? Tanta coisa ainda estava confusa e incerta, mas ele era real, assim como os meus sentimentos por ele. Minha âncora. Como se ele estivesse me segurando nesse reino onde eu dormia, ele me forçava a continuar para encontrar força.

— Isso aconteceu antes — sussurrei para ele, seus olhos se movimentando entre os meus, me estudando. — Eu me lembro agora. Esse lugar é real. Você é real.

— É provável. Um lugar é real se você acreditar que é.

— Você soa como o Frosty.

— Agora você está simplesmente me insultando — ele murmurou, se *aproximando, o sorrisinho que ele tinha desaparecendo. Exatamente como eu tinha feito antes, fiquei consciente da nossa proximidade, a pele dele quente sob meus dedos, e sua boca a apenas centímetros da minha.*

— Srta. Liddell. — Sua respiração flutuou sobre meus lábios. — Al-ice. Isso é uma péssima ideia.

— Talvez — retruquei. — Mas deixe eu te contar um segredo... todos os melhores planos são.

O cantinho de sua boca se ergueu. Meu âmago ansiava por ele; a necessidade de beijá-lo doía.

Sua boca aproximou-se da minha, mas em vez de sentir seus lábios, suas palavras retumbaram em meus ouvidos:

— Está na hora de acordar, Alice... antes que seja tarde demais para nós.

E então o homem desapareceu diante dos meus olhos e um grito lancinante atravessou do meu ouvido até meu coração.

Scrooge!

Estremeci, meus olhos se abrindo com o susto, meus pulmões ofegantes, meu olhar percorrendo a sala esterilizada. O que aconteceu comigo nesse cômodo me atingiu com uma pancada forte. Ainda presa à cadeira, o sangue seco que escorreu do meu olho até meu queixo craquelou quando franzi o cenho em repulsa.

Eles fizeram isso; aqueles doentes do caralho fizeram uma lobotomia em mim...

Espere.

Parei, desviando toda a minha atenção para o meu cérebro onde eles fizeram um buraco, procurando e examinando para encontrar qualquer diferença.

Nada.

No mínimo, eu me sentia mais forte.

Eu deveria estar mansa ou vegetando. Não estava nenhuma da duas coisas. Poder e energia vibravam em minhas veias; um calor se movimentou ao redor dos lugares onde o triturador de gelo havia perfurado, como se tivessem sido curados.

Injete-me. A seringa com as letras cursivas já não estava mais na bandeja, mas eu tinha certeza de que havia estado. Ela havia me protegido ou curado. Seja lá o que tenha feito, tinha salvado minha vida. E eu não tinha dúvidas de que essa não era a primeira vez em que as minhas "fadas açucaradas" salvavam meu traseiro.

Eu me senti mais alerta, mais viva e consciente como não sentia desde que voltei para casa, como se a maioria das teias de aranha tivessem desaparecido.

Desde que voltei para casa.

Santas rolinhas...

Minha respiração saiu em ofegos. Era tudo verdade. Eu não estava louca. Nem todas as minhas memórias tinham voltado, as peças não se encaixavam completamente. Mas estive em outro mundo onde Matt era Scrooge e Jessica... Eu conseguia imaginá-la sobre degraus, as pessoas se curvando para ela. Pessoas em cinza e preto; rostos que eram ordinários, mas que já não eram estranhos para mim. Everly Green. Pepper Mint. Dr. Cane. Até mesmo a secretária do outro consultório dela. Eu conseguia distinguir cada um em meio à multidão, seus semblantes retorcidos em nojo e ódio, gritando pela minha morte. Para que sua rainha cortasse minha cabeça.

Ela se chamou de *Rainha Vermelho-Sangue de Winterland*.

— Santo elfo de brinquedo. — Minha boca escancarou. — Ela é realmente a rainha de uma terra mágica. Em uma galáxia muito, muito distante. — Balancei a cabeça em absoluta incredulidade, minhas próprias palavras soando em meus ouvidos como devaneios de uma mulher insana. — Caralho, realmente pareço doida.

Não importava; era verdade. Winterland era real. Eu só precisava descobrir como tudo se conectava, e pressenti que Matt tinha um papel enorme em juntar as peças, meu sonho fisgando a parte de trás da minha cabeça.

Irrompendo como um vulcão adormecido, um berro ecoou pelo corredor, familiar e repleto de agonia. Foi isso o que me acordou, rasgando

SAINDO DA LOUCURA 135

por entre meu sonho e me trazendo de volta à consciência. Um rugido grave arrepiante ressoou e caiu em cima de mim, paralisando meu coração.

Scrooge.

Eles estavam o torturando. Eu conseguia sentir sua dor no ar. Era palpável, revestindo minha alma de angústia e ansiedade. Debatendo-me contra as minhas amarras, meus instintos vieram à tona, precisando chegar até ele.

Fogo eletrocutou minha pele, reverberando até meus ossos enquanto eu puxava e lutava contra as correias, um grito escapando da minha boca. Agitando-me, tentei me soltar, sangue fresco escorrendo das feridas nos meus pulsos.

Ele estava calado, e meus ouvidos se esforçaram para escutar qualquer ruído. Ele estava perto, neste lado do manicômio, mas a partir daí, eu não sabia mais.

Sapatos ressoaram no corredor. Meu corpo rígido enquanto os escutava chegar cada vez mais perto. Meu coração martelou no peito quando a tranca rangeu, e o pânico por estarem vindo atrás de mim me dominou, ameaçando explodir. Deitando de novo, fechei os olhos com força, tentando relaxar meu corpo para que ainda parecesse estar inconsciente.

A pessoa permaneceu calada, mas as passadas pesadas e a respiração curta por causa do esforço me fizeram acreditar que era Cane.

Senti sua presença pairar em um lado do meu corpo. Dedos quentes e pegajosos tocaram em meu pescoço.

— Sua pulsação está rápida. — Ele bufou pelo nariz, suas mãos deslizando sensualmente do meu pescoço para meu braço.

Tentar desacelerar a frenética batida do meu coração para um estado adormecido era muito mais difícil do que parecia; meu corpo reagiu no automático com seu toque imundo.

— Você realmente é tão bonita. E desse jeito, será ainda melhor. Silenciosa e linda, piscando como uma estrela no alto de uma árvore — ele murmurou. Uma respiração profunda tocou em meu pescoço, fazendo meu estômago revirar. — Você tem cheiro de baunilha. Sinto falta de baunilha. Pelo menos posso comer doces escondido dela, mas tudo tem um gosto diferente aqui. Tem cheiro diferente. Como de produtos químicos — ele tagarelou, seu disparate ficando em segundo plano quando senti seus dedos mexerem nas correias em volta dos meus pulsos. Meu coração quase saiu pela boca, e dei tudo de mim para não reagir, para esperar pacientemente.

Ele nem sequer questionou se a lobotomia deu certo; deve ter presumido que eu não era ameaça alguma para ele, mesmo se acordasse. E teria sido verdade, se não fosse pelo soro. Se eu não acreditava em mágica antes, isso, com certeza, mudou agora. Pensei que meu pedido não tivesse sido respondido. Ele não o impediu de me machucar, mas me protegeu como podia.

Cerrei os dentes. As mãos de Cane vagaram para as minhas pernas, demorando bastante nas minhas curvas, o ar escapando rapidamente de excitação.

— Esse será nosso segredinho, não é, Alice? — Ele segurou o interior da minha coxa, arrastando a mão até meu tornozelo, tirando a amarra que ali estava. Um lado estava livre, e o desejo de chutá-lo na cabeça se alastrou pelo meu sangue, mas permaneci parada, deixando seus dedos gordos perambularem enquanto ele soltava o outro lado.

— Não consigo me controlar. Você é tão linda. Um corpinho firme, mas ainda tão suave. — Suas mãos libertaram meu tornozelo direito, roçando acima da minha calça, um silvo saiu de seus lábios. Ele gostava de mim assim. Uma vítima silenciosa. Ele, provavelmente, se divertiria ainda mais se eu estivesse acordada, mas incapaz de lutar ou sequer me defender. Uma prisioneira no meu próprio corpo que nunca poderia apontar os erros dele ou impedi-lo de fazer de novo. — Ela quer que eu te coloque no buraco, mas qual é a pressa, certo?

Gritando e pulando por dentro, esperei que ele soltasse a última braçadeira. Como sempre, eu não tinha outro plano a não ser escapar. Abri os olhos apenas uma fresta, espiando a bandeja. Todos os instrumentos ainda estavam lá.

— Oh, elfo de chocolate... você é tão gostosa. — A correia caiu do meu pulso, suas mãos perambulando, apanhando a lateral do meu seio. — Você não deveria ser tão deliciosamente tentadora, Alice. Eu quero mordiscar e lamber cada pedacinho seu.

— E eu quero te transformar em um espetinho como o porco do caralho que você é — rosnei, meu cotovelo indo de encontro à sua garganta enquanto eu me jogava para o lado oposto.

Pegando-o desprevenido, ele cambaleou para trás, a mão seguindo para o pescoço, engasgando, os olhos arregalados em choque.

— Pois é, não sou a garota babona e complacente que você achou que encontraria, né? — Saltei da cadeira, encarando-o ferozmente, o ódio e nojo que eu sentia contornando minha coluna.

— Como? Eu senti a perfuração do seu cérebro. — Seus olhos pequenos ficaram ainda menores. — Isso não é possível.

SAINDO DA LOUCURA

— Você não sabia? — Abaixei a cabeça, prendendo-o com o meu olhar. — Eu tenho extra *magnitude*.

Ele inspirou, entendendo que agora me lembrei da verdade. Ele não precisava saber que eu ainda estava em dúvida quanto ao panorama e como eu me encaixava, mas eu me lembrava de Winterland.

Eu sabia, no meu íntimo, que eu era *ela*...

Dei um passo à frente, meu quadril batendo na bandeja, minha visão periférica descendo, observando os itens ali.

Seu olhar se desviou para a porta e de volta para mim, avaliando se conseguiria correr até lá ou esperando que Jessica e uma multidão de guardas entrassem. Ele não era páreo para mim, solta e apta, e ele sabia disso.

Houve uma pausa; um momento no tempo quando tudo vibrou com eletricidade, intensamente vivo. Foi apenas um piscar de olhos, e nós dois nos movemos. Rodopiei, meus dedos agarrando o objeto, e me lancei até o final da cadeira, aproximando-me enquanto ele mancava para a saída. Saltando em cima dele, Cane girou, seu punho golpeando desajeitamente enquanto ele berrava, acertando bem no olho em que ele havia acabado de enfiar uma picareta. Um grito tomou minha garganta, meu corpo despencando em cima dele, a dor explodindo atrás dos meus olhos, latejando furiosamente, eletrocutando os nervos que tentavam se curar.

Sua cabeça bateu contra o azulejo, seu corpo amortecendo a minha queda. O martelo na minha mão patinou pela sala. *Merda!*

— Não! Socorro! — ele gritou. — Alguém me ajude!

Pavor percorreu meu corpo. Eu não poderia deixar ninguém o escutar. Se Jessica ou um enfermeiro nos ouvissem? Fim de jogo. Levantando-me do chão, cambaleei até a bandeja, meus dedos envolvendo outro objeto.

— Socorro! Socorro! Socorro — ele berrou, rastejando até a porta.

Se ele saísse, minha vida estava acabada. Saltando na direção dele, meu braço envolveu o pescoço dele, comprimindo suas vias respiratórias como uma jiboia.

Suas unhas arranharam meus braços, seus sapatos de solado duro batendo contra meus tornozelos em um ataque doloroso, fazendo meu agarre afrouxar.

Usando seu peso, ele me jogou para frente, sua mão agarrando a maçaneta, puxando-a para baixo.

— Não! — Completamente no automático e com o instinto de sobrevivência, reagi, e com toda a minha força, meu braço enfiou o orbitoclasto em sua têmpora.

Sorvendo e triturando, o barulho de pele, tecido e nervos sendo cravados ressoou em meus ouvidos, afogando o grito gutural que perfurou o ar. O quente líquido vermelho percorreu minha mão, pingando no chão.

Girei a picareta. O corpo dele ficou rígido, o grito morrendo em sua garganta. Mais uma daquelas pausas tomou o cômodo, o estrondo da batida de seu coração, a vibração de seus pulmões. Vida. E então seu corpo cedeu, um amontoado no chão aos meus pés, se contraindo e sacudindo enquanto a vida o deixava.

Ofeguei enquanto o encarava, em choque. O final do instrumento preso na lateral de sua cabeça, sangue escorrendo no chão da sua boca, olhos e têmpora.

A princípio, eu havia planejado apagá-lo. Nunca pensei que eu fosse capaz de matar alguém fora da minha imaginação. Meu ex? É, eu imaginava isso o tempo todo, mas não de verdade, nunca nem considerei nada além da fantasia sombria.

Bem... a Alice antes de Winterland não tinha.

Essa Alice?

Essa Alice tinha muito mais *magnitude*.

SAINDO DA LOUCURA

CAPÍTULO 20

Meus dedos envolveram a extremidade do orbitoclasto, puxando-o da cabeça dele. O ruído repugnante da massa encefálica e tecido revirou meu estômago, minha garganta apertando em um nó.

— Que tal essa lobotomia? — Usando a jaqueta dele, limpei a barra, o sangue manchando e ensopando o tecido. — Quem é o vegetal agora? — Meu lábio se ergueu em um rosnado. Se as coisas tivessem acontecido de forma diferente, o efeito *De Caso com o Acaso*[9], minha vida teria seguido o caminho que eles prepararam para mim, com anos de tortura e abuso que eu teria sofrido nas mãos dele e de Jessica. O dela, eu quase poderia aguentar; ela era bem direta com sua tortura. O dele teria partido cada último pedaço da minha alma.

Se salvei outra pessoa desse homem, então não me arrependia nem por um segundo de ter manchado minhas mãos com o sangue dele.

Hora de ir, Alice.

Passando por cima dele, pressionei a orelha contra a porta, tentando escutar movimentos ou vozes. Além do zumbido das luzes e do aquecedor bombeando calor, havia apenas o silêncio. Suspirando profundamente, abri a porta, espiando o corredor escuro, a luz da área do saguão principal chegando fraca até aqui. O burburinho silencioso dos enfermeiros era apenas uma entoação abafada. Eles ainda estavam no turno noturno, o que significava que eu havia dormido por pouco tempo. O turno da noite tinha menos pessoas trabalhando e a maioria das luzes estava apagada nas áreas desocupadas, mas eu não tinha dúvidas de que esse lugar estava ainda mais assustadiço depois do que aconteceu, colocando enfermeiros e guardas em vigilância total.

---

9   De Caso com o Acaso: Filme onde cada escolha da personagem a leva para uma vida diferente.

Rastejando para fora, mantive o olhar focado na entrada do corredor. Havia pelo menos uma dúzia de salas neste lado da ala, e em apenas duas delas eu sabia que ele não estava: o escritório de Jessica e a sala onde estive, que eram as duas últimas no final. Todo o restante das portas fechadas poderia ser uma possibilidade. E eu não fazia ideia se ele estava sozinho agora.

Correndo como um ratinho, fui silenciosamente até a próxima porta, procurando barulhos antes de tentar abri-la. Eu estava arriscando tudo. Entendia isso, mas de jeito nenhum iria embora sem ele. Ele veio até aqui por mim, e agora era a minha vez de resgatá-lo. E com a minha sorte, havia uma boa chance de isso dar terrivelmente errado.

O ruído de uma maçaneta girando, mais à frente no corredor, me fez congelar como um animal preso no flagra. Eu não tinha tempo para abrir a porta onde estava, sem ser notada. Pavor assolou meus músculos, sufocando meus pulmões. Pressionei-me contra a porta, tentando me misturar às sombras, meu coração bombeando adrenalina em meus ouvidos.

Uma porta abriu duas salas depois de onde eu estava, luz fraca saindo do cômodo. Saltos fizeram barulho no chão de linóleo. O aperto em volta dos meus pulmões se intensificou quando o perfil de Jessica surgiu no corredor. Ela tirou o avental cirúrgico do seu corpo magro, o tecido encharcado de sangue. Foi como uma adaga girando no meu estômago.

A rainha vermelho-*sangue* combinava perfeitamente com ela.

Um soluço ficou preso na garganta com o pensamento de que ela pode ter feito o mesmo com ele. O que eu encontraria lá? Seria tarde demais? Seria ele um vegetal sob o comando dela?

Uma enfermeira curvilínea apressou-se para fora com ela, o balançar dela me lembrando o de uma galinha nervosa.

— Deixe-me pegar isso, minha senhora. — A Enfermeira Green se virou, ficando de frente para onde eu estava, agarrando a roupa.

Nenhuma contração muscular, nem um único suspiro saiu dos meus pulmões. Tudo o que ela tinha que fazer era olhar por tempo o suficiente na minha direção para notar a sombra irregular contra a porta. Ela estava tão focada na mulher intimidadora à sua frente que sua garganta estremeceu de nervoso.

— Posso dizer quão honrada estou por ter ficado na sala com você? Por tê-la observado. Você é magnífica — a Enfermeira Green disse, depressa, fazendo uma reverência. — Brilhante, de fato, Majestade.

— Sim. — Jessica largou o avental ensanguentado nos braços estendidos da enfermeira, mal percebendo seu elogio. — Eu o quero acordado quando eu voltar. Meu valete vai experimentar cada segundo de dor por sua traição. Desafiar ou me desapontar não ocorre sem punição. Você está me *entendendo*?

— S-sim, Majestade. — Ela inclinou o corpo mais uma vez, o medo fazendo sua voz vacilar. Era doentio achar o medo daquela vadia prazeroso? Ela era a pessoa que era intimidada, depois se virava e aterrorizava alguém de forma muito pior para ganhar algum poder de volta. Uma coisa que eu odiava ainda mais nesse tipo de gente.

— Ainda estou furiosa que ela conseguiu escapar. Todos vocês falharam em vigiar uma tola garota humana. Não pense que não serão repreendidos por suas falhas. — Ela abaixou o olhar para Green como quem observa um inseto. — Eu juro, continuo pensando que não poderiam existir pessoas mais estúpidas do que vocês, mas aí me surpreendem de novo com sua incompetência. Cada porta deve ser vigiada. Vamos tentar não estragar tudo de novo, pode ser?

— Sim, Majestade. — Green se curvou, a voz trêmula.

Jessica deu um passo ao redor de Green e parou, juntamente com meu coração. Ela inclinou a cabeça na minha direção como se tivesse detectado algo.

Engolindo em seco, meus dedos pressionaram ao redor do picador na minha mão, pronta para agir se fosse preciso. *Por favor. Não me veja.* Eu estava perto demais dele para ser pega agora.

Seu olhar percorreu o corredor escuro, minha pulsação retumbando tão alto, que eu tinha certeza de que isso seria precisamente o que me entregaria.

— Minha Rainha? — Green indagou.

— Não é nada. — Jessica balançou a cabeça, afastando o olhar de mim. — Voltarei em uma hora. É bom que ele esteja acordado. — Ela se virou na direção do saguão, caminhando pelo corredor, suas passadas poderosas e determinadas. Se ela não fosse uma pessoa tão cruel e terrível, dava até para admirar sua autoconfiança. Nenhum homem ou força externa a controlaria ou lhe diria o que fazer.

— Sim, senhora. Garanto que ele estará. — Green seguiu atrás dela, saindo do corredor.

Uma onda de alívio invadiu meu corpo; não que não houvesse perigo em cada canto, mas nesse momento, eu estava bem.

E eu sabia onde ele estava, e que ainda estava vivo.

Andando na ponta dos pés até a entrada onde havia uma placa com um símbolo de uma rosa, puxei a maçaneta. A porta se abriu, e um arquejo forte percorreu minha garganta.

Essa sala era um pouco diferente da que me colocaram, mas tão horrível quanto. Não possuía janelas, e o cômodo era tão branco que machucava os olhos. Chicotes e instrumentos de tortura que eu sequer reconhecia estavam pendurados nas paredes. Um equipamento de eletrochoque se encontrava no meio da sala, ao lado de uma cadeira.

— Meu Deus — choraminguei, a emoção embaçando meus olhos. Preso à cadeira de madeira, ensanguentado e despedaçado, estava Scrooge. Sua cabeça pendia para frente, as correias o amarrando na vertical. — Matt. — Entrei na sala, fechando a porta e correndo até ele. Meus joelhos se chocaram contra o chão duro, e derrubei o picador, estendendo a mão para erguer seu rosto inchado. Um olho estava completamente fechado, tamanho o inchaço, cortes e hematomas sombreavam sua pele em tons de azul e roxo. De cada lado da sua cabeça havia duas marcas de queimaduras descolorindo suas têmporas. Queimaduras de eletrochoque.

Aquela vadia. O impulso de disparar para fora e golpeá-la com a picareta era quase intenso demais para combater.

Ele já não estava mais vestindo seu jeans e moletom, mas um uniforme azul como o meu. Marcas de queimaduras apareciam por baixo do colarinho da sua camisa e seguiam até seus braços.

— Matt? — Dei tapinhas em seu rosto, gentilmente, encolhendo-me pelo modo como abusaram dele. Ele não se moveu. — Matt.

Dei um tapa mais forte. Eu não queria machucá-lo mais, mas precisava dele consciente. Agora.

— Matt, preciso que você acorde. — Agi depressa, soltando as algemas em seus braços e pernas. — Não consigo te carregar. Por favor. — Um barulho me fez segurar o fôlego e olhar por cima do ombro, esperando que alguém entrasse. Green viria conferi-lo em breve.

O tempo passou com a batida acelerada do meu coração, a porta para a liberdade se fechando para nós.

— Matt? — Eu o sacudi.

Nada.

Mordendo meu lábio, estremeci com o que teria que fazer.

— Scrooge! — sibilei, a palma da minha mão chocando-se contra sua bochecha, sua cabeça pendendo para o lado. — Acorde.

Um grunhido baixo vibrou em seu peito, sua bochecha contraindo-se de dor.

— Alice — ele sussurrou meu nome como se estivesse sonhando.

SAINDO DA LOUCURA

— Estou aqui. — Segurei seu rosto de novo, seu corpo se retraindo com meu toque, se afastando. — Sou eu. Por favor, abra seus olhos... bem... seu olho.

Sua pálpebra se abriu, sua íris azul surgindo no olho bom.

— Estou alucinando de novo? — murmurou, com a voz rouca, seu olho fechando de novo. — Se estiver, por favor, me deixe aqui.

— Se eu estivesse na sua imaginação, você não teria me vestido com algo mais *sexy* do que isso?

— Hmmm. — Um pequeno sorriso surgiu em seu rosto até que ele gemeu de dor. — Com certeza, estaria vestida naquela fantasia de elfa gostosa. A qual observei você arrancar do seu próprio corpo, querendo que fosse eu tirando lentamente de você. — Ele gemeu, inclinando-se para meu toque. — Suas mãos têm uma sensação tão boa. Quentes e entorpecentes ao mesmo tempo. Foi assim que você se sentiu?

Estremeci quando uma lembrança colidiu em meu cérebro, seguindo até meu peito.

— *Eu preciso tirar essa roupa.*

— *O que você está fazendo?* — *Scrooge tentou segurar minhas mãos.*

— *Não! Eu preciso tirar isso. Eles estão derretendo contra a minha pele. Eu posso sentir.*

— *Srta. Liddell. Pare.*

— *Eu vou assar até morrer!*

— *Você só acha que vai. É o veneno. Você está alucinando. Srta. Liddell. Por favor. Não.* — *Ele tentou agarrar minhas mãos novamente, mas eu me desvencilhei como uma criança desobediente, me atrapalhando com o zíper. Antes que ele pudesse me impedir, consegui abaixar o suficiente para poder rasgar o que restava e tirar tudo, ficando apenas com a calcinha e sutiã pretos.*

— *Me toque* — *implorei. Somente seu toque foi capaz de refrescar minha pele, me dando um momento de alívio.*

Eu ainda conseguia sentir o frescor do seu toque na minha pele escaldante, seus dedos amenizando a dor dentro de mim. Eu estava fazendo o mesmo a ele? Aliviando sua dor como ele havia feito com a minha?

— Eu me lembro. — Suspirei, enxergando a pequena cela onde eu e ele estavávamos presos juntos. — Seu toque… era mágico. — A intensidade dos seus dedos na minha pele. Claro e palpável, pulsando minhas coxas com a necessidade de relembrar a memória por inteiro.

Balancei a cabeça. Agora não era o momento para recordações; nós precisávamos correr.

— Me escuta. Não consigo nos tirar daqui sem a sua ajuda. Por favor. — Segurei sua cabeça para que ele me encarasse. — Sei que você quer deixar a escuridão te envolver, te proteger. Acredite em mim, eu entendo, mas agora preciso que você cave fundo e encontre o seu panetone interior indestrutível. Preciso que ele suba nesse momento.

— O quê?

— Durável, resiliente, forte. Todas as coisas que preciso de você agora, mas que também se refere ao panetone.

— Agora eu não devo estar sonhando mesmo. — Seu olho abriu de novo; seu timbre gutural vibrou contra a minha mão. — Eu *nunca* colocaria essas duas coisas juntas. Me comparar com um *panetone*.

— Não negue seu panetone interior. Preciso dele agora mesmo. — Peguei minha arma, enfiando-a na minha bota.

— Você é doida. — Um sorrisinho de esgar surgiu em seus lábios.

— Não nego mais minha maluquice. — Dei de ombros, estendendo a mão para ele. — Deixei a loucura entrar...

— Combina com você. — Ele segurou minha mão, me deixando ajudá-lo a se levantar, um grunhido escapando de sua boca.

— Eu sequer quero imaginar o que ela fez com você? — falei, mais para mim mesma do que para ele.

— Provavelmente não foi pior do que o que imaginei que ela estivesse fazendo com você. — Ele suspirou na minha orelha, colocando seu braço ao redor do meu ombro, usando-me como apoio. Seu polegar percorreu o sangue seco que ia do meu olho até meu queixo, ira e preocupação queimou por baixo da sua pele, sua íris brilhando em fúria.

— Agora não. — Balancei a cabeça, meu braço envolvendo sua cintura. Um lado parecia mais fraco do que o outro, lembrando-me de uma vítima de derrame. Ela o havia torturado tão brutalmente, eu só esperava que ele fosse capaz de se recuperar.

— Ela me ameaçou com você... com Tim. Eu conseguia ouvir seus gritos no final do corredor. Eu queria despedaçar esse mundo e o próximo para chegar até você.

— Eu também. — Eu o encarei, nossos olhares se conectando intensamente, dizendo sem nenhuma palavra que reino algum poderia nos impedir de chegar um ao outro. *Eu assassinei alguém para chegar até você.* Definitivamente, não estou na lista das garotinhas boas esse ano. — Você se lembra do outro mundo? Winterland?

SAINDO DA LOUCURA

— Um pouco. — Ele assentiu. — Sei que vivi lá por muito tempo como Scrooge, e fui valete dela uma época. Que perdi pessoas, mas muita coisa ainda não faz sentido. — Ele grunhiu e se soltou de mim, apoiando-se totalmente em seu peso, sua mandíbula rangendo com a dor. — Sei que precisamos voltar para lá, mas não consigo lembrar o porquê ou como. Apenas tenho essa sensação incômoda de que eu estava procurando algo.

— Eu também.

— Podemos conversar sobre isso depois. — Ele acenou para a porta. — Precisamos sair daqui primeiro.

— Você vai ficar bem? — Ele não parecia completamente firme sozinho ainda.

— Meu panetone interior foi convocado e subiu para a ocasião. — Ele ergueu a sobrancelha.

— Isso soa tão sacana.

— Você pediu para ele subir. Eu obedeci.

— Ainda estamos falando sobre o panetone?

Piscando para mim com seu único olho.

— Chame do que quiser.

Sorri, agarrando a maçaneta da porta. Girando-a, abri para dar uma olhada no lado de fora.

E congelei.

— Você acha que escapar seria assim tão fácil? — uma voz resmungou, a figura obscura bloqueando a saída, olhos me encarando. Meus músculos se contraíram de pavor, um arquejo subindo pela garganta enquanto eu me afastava na defensiva.

Santa torta de carne moída...

Nós tínhamos sido pegos.

CAPÍTULO 21

— Que susto do caralho — sibilei, pondo a mão no peito, sentindo meu coração bater loucamente. — Noel, seu babaca.

Um pequeno sorrisinho curvou sua boca, mas desapareceu antes que pudesse dizer que realmente esteve ali. O homem corpulento entrou no cômodo, fechando a porta.

Matt ficou tenso, entrando em modo defensivo ao se colocar entre nós, erguendo o queixo.

— Relaxe. — Noel era bem mais baixo do que ele, mas coberto de músculos. — Estou do seu lado.

— Eu não te conheço. Não confio em você nem um pouco — Matt resmungou, entredentes.

— Eu sei quem *você* é — Noel rosnou. — E se não estivesse do seu lado, os guardas já estariam nessa sala comigo, te arrastando de volta para o buraco ou prendendo-o de novo na cadeira. E eu, com certeza, não estaria arriscando o que trabalhei por todos esses anos por nada, *babaca*. Estou aqui por ela, de qualquer forma.

— Como é? — Matt aprumou os ombros.

— Uou. — Dei um passo à frente de Matt, ficando entre os dois. — Acalmem-se. Os dois. — Virei para Matt. — Ele está do nosso lado.

— Como você sabe? Ele poderia estar nos enganando. Nos levando para uma armadilha. E o que você quer dizer com tudo o que trabalhou? — Matt não relaxou, mas me deixou afastá-lo um passo para trás. Torturado, espancado, e mal conseguindo ficar de pé, ele não hesitou em desafiar a quem achasse necessário. Para me proteger. Eu não podia negar... isso me excitou completamente.

Noel contraiu os lábios, sem responder.

— Você é um espião. — Girei de volta para o enfermeiro. — Não é?

Seus olhos ambarinos dispararam pelo cômodo.

— Aqui não — ele murmurou. — Dormindo ou acordada, ela está sempre observando.

— Espião... você faz parte da Resistência Noturna? — Matt colocou a mão na testa, esfregando-a. — Espere. Como eu conheço esse nome?

— Resistência Noturna? — repeti.

— Não sobraram muitos de nós, mas é um grupo que ainda apoia, luta por... — A frase de Noel foi interrompida.

— Por *ele* — Matt murmurou, lentamente, como se tudo se encaixasse.

— Ele? — Encarei os dois caras.

— Papai Noel — Matt disse em um suspiro. — Nick.

Lampejos de um homem pelado rabugento dando passadas pesadas levaram a outras lembranças: ele gritando em sofrimento e devastação, seu rosto retorcido em horror. Despedaçado. Perdido.

Por causa dela.

Jessie.

Jessica Winters.

— Santo... Ela é... ela é a maldita Sra. Noel, não é? — Minha boca se escancarou, meus olhos arregalados. Era mais uma peça se encaixando; com cada novo pedaço, o panorama estava começando a se formar.

— Não temos tempo para isso. Ela vai voltar para cá logo. Precisamos tirar vocês daqui.

— Como?

Noel colocou a cabeça para fora da porta, espiando o corredor, depois abriu, nos mostrando o que ele queria dizer.

— Um carrinho de lavanderia?

— Levamos várias cargas para o subsolo.

— Subsolo? Nem pensar. — Balancei a cabeça. Aquele era o último lugar para onde eu queria voltar. Mais um impasse.

— O que eu te falei? — Os lábios de Noel se contraíram em irritação. — Observe. Aprenda. Preste atenção. Se tivesse feito isso, teria visto que há uma plataforma de carregamento bem no final que eles usam para trazer suprimentos. É a única porta que ela não mantém sob vigilância.

Uma entrada para o prédio significava uma saída para nós.

— Entrem. — Noel gesticulou para o carrinho. — Uma vez do lado de fora, sigam para o SUV preto, minhas chaves estão no porta-luvas. Vocês têm uma chance. Não estraguem isso.

— Obrigada. — Segurei suas mãos. — Por tudo o que fez.

— Odiei não poder fazer mais por você hoje cedo. Fico feliz que esteja bem, Alice.

— Você fez muito.

— Isso é fofo e tal, mas fugir é prioridade. — O peito de Matt bateu nas minhas costas, suas mãos agarrando meus quadris, empurrando-me para longe de Noel, sua testosterona possessiva preenchendo a atmosfera.

Subindo no carrinho, me enfiei embaixo dos lençóis fedorentos e toalhas sujas com um grunhido, e Matt se agachou ao meu lado. Seu físico enorme mal cabia no espaço. Encolhendo-se, ele me puxou com força contra seu corpo, minhas costas pressionadas ao seu peito. Estávamos tão grudados, que nem sequer um pedaço de papel caberia entre nós.

Eu conseguia sentir *tudo* através do material fino de algodão.

Santo toddy quente... eles ligaram o aquecedor? Meu corpo esquentou na mesma hora, sentindo cada centímetro dele encostando em mim, seu hálito quente percorrendo meu pescoço, seus lábios roçando o lóbulo da minha orelha.

— Confortável? — ele murmurou no meu ouvido, seus dentes mordiscando minha pele, gerando formigamentos efervescentes das minhas bochechas às coxas.

— Pare — sibilei, fazendo ele rir. Idiota. Esse não era o lugar nem o momento para ter pensamentos atrevidos.

Noel resmungou enojado, colocando um lençol atrás de Matt.

— Resistência Noturna, é? — falei, tentando me distrair. — Devo admitir que estou meio decepcionada.

— Por quê? — Noel franziu o cenho enquanto pegava a beirada de um lençol.

— Não sei; Estava esperando algo como Motim do Azevinho, Revolta da Rena, ou até mesmo Brigada "Bate o Sino". Quero dizer, é como se você nem tivesse pensado um pouquinho.

Noel piscou para mim.

— Ela nos prendeu em uma noite eterna, apodrecendo nosso mundo e almas com sua escuridão.

— Ah, bem... certo... Se você gosta, isso é tudo o que importa.

Matt rosnou no meu pescoço, segurando-me mais forte.

— De agora em diante? — Noel pegou uma pilha de roupas sujas, jogando em cima de nós. — Calem a porra da boca.

SAINDO DA LOUCURA

Meu coração estressado reverberou na garganta enquanto o carrinho nos levava pelo corredor. Medo pisoteava e guinchava no meu estômago como uma manada de elefantes. Agarrei os dedos de Matt. Saber que ele estava aqui comigo melhorava tudo. Estávamos nessa juntos, seja lá o que aparecesse em nosso caminho.

Uma luz se infiltrou quando Noel nos empurrou para o saguão principal, as rodas rangendo sob nosso peso. O barulho de unhas tamborilando em teclados ecoou pela sala silenciosa. O tumulto da noite havia sossegado, a meia-noite aquietando o edifício, esperando o começo de um novo dia.

Noel virou o carrinho, e dava para ver que ele estava se esforçando para fazê-lo virar normalmente. Se só as roupas sujas estivessem aqui, deveria se mover com facilidade.

— Noel? — a voz de uma enfermeira soou, sua voz anasalada perfurando meu coração. Patty Pimentinha. — O que você está fazendo?

— Uh. — Ele pausou, o carrinho parando abruptamente. — Levando roupas sujas.

Sapatos de solado macio ressoaram no piso, vindo na nossa direção. Meu agarre em Scrooge se intensificou, minha pulsação alta em meus ouvidos.

— Agora?

— Sim. — Ele soou entediado. — Preciso fazer algo para ficar acordado. Foi uma noite longa.

A tensão saturou o momento, como se ela não acreditasse nele.

— Ginger lavou a roupa esta manhã — Bala de Menta finalmente disse. Pode ter sido paranoia minha, mas desconfiança envolveu cuidadosamente suas palavras. — Parece muita coisa para um curto período de tempo.

— Acidente no quarto do Happy. Você sabe o que acontece quando ele se assusta. Bea o apavorou. Toda vez que alguém o acorda...

— Ele faz xixi na cama — a enfermeira resmungou. — Sim, estou bem ciente.

Meus olhos se arregalaram. Mas que diabos? Estávamos deitados nos lençóis ensopados com a urina do Happy?

Matt sentiu que estremeci levemente, seus dedos envolvendo os meus, apertando-os com força.

— Também achei algumas no armário da Star. Ela está acumulando de novo — Noel contava suas mentiras com facilidade. Pelo menos eu esperava que a do xixi fosse uma mentira.

— Ela terá que ser punida por isso. Ela sabe as regras sobre roubar.

— É. — Consegui ouvir uma leve tensão na resposta de Noel. Ele estava jogando alguém aos leões para nos salvar?

— Bem, vá em frente. — Irritação cobria a resposta da Pepper.

Alívio me fez fechar os olhos, minha respiração passando por entre os dentes. O carrinho sacudiu, Noel nos empurrando para frente, parando de novo logo depois. Eu conseguia ouvi-lo apertando o botão do elevador sem parar.

As portas se abriram, enchendo meu coração de esperança. Estávamos perto.

— Noel — Peppermint gritou. — Pare!

Minha bolha de felicidade explodiu como um balão, colidindo contra meus pulmões.

— Espere! — ela berrou, seus sapatos batendo no piso. *Não, Noel, vá!* Eu queria gritar. Mas ouvi ela segurar a porta do elevador, sem fôlego.

— Você poderia levar isso já que está indo para lá de qualquer forma? Jogar na lixeira? Quebrou mais cedo. — Um objeto caiu em cima de nós, fazendo meu fôlego escapar. Fechando a boca com força, tentei abafar o gritinho natural de dor que meu corpo manifestou.

— O que foi isso? — a voz dela aumentou, em tom cheia de suspeita.

— O quê?

— Pensei ter ouvido algo.

— Tipo o quê? — Noel manteve a voz estável.

— O que mais há aí?

O pavor absoluto de sermos pegos, ciente de que se nos encontrassem nossas vidas estariam acabadas, me partiu ao meio. Medo ofuscante e incapacitante me fez congelar como uma estátua, enquanto ao mesmo tempo tudo explodia com vida e consciência. Cada som: um relógio a duas salas de distância, o gotejar de água em uma pia, o zumbido de luzes.

— Você descobriu meu segredo — ele respondeu, expulsando a última lufada de ar dos meus pulmões. O que ele estava fazendo? — Não fique brava, mas se trata do melado de menta dela. Não consigo parar de

SAINDO DA LOUCURA 151

tomar… — Ele não soava nada como o cara estoico que eu conhecia, mas, sim, um adolescente envergonhado.

— Noel! — Peppermint o repreendeu, parecendo, de repente, exageradamente uma menininha. — Você sabe que não deve fazer isso. É para os pacientes daqui.

— Eu sei. Eu sei. Mas é *tão* bom.

Um suspiro divertido escapou dela.

— Você é tão encrenqueiro.

— Você não vai contar?

— Não. — Era ela que estava soando como uma adolescente agora. Uma que estava flertando. — Você sabe que eu nunca poderia fazer isso com você. Apenas não seja pego, okay? Ela já está muito brava por conta do que aconteceu mais cedo.

— Não serei. Obrigado, Pep. Você é a melhor. Te devo uma — ele flertou de volta.

— Você deve *mesmo*. — A voz dela tremulou com insinuação. — Talvez eu desça e te ajude com a roupa suja quando terminar aqui. Parece que você pode precisar de uma mãozinha.

Certo, eu ia vomitar.

— Claro.

Escutei quando as portas do elevador se fecharam, e a cabine sacudiu ao descer, seguindo para o subsolo.

Noel suspirou audivelmente, pegando seja lá o que ela jogou em nós.

— Essa passou perto.

— Ah, Noel. — Fiz uma vozinha aguda e de menininha, afastando os lençóis para vê-lo pairando sobre a gente, segurando uma cafeteira. — Você precisa de uma *mãozinha* com a *roupa suja*? — bufei.

Ele resmungou, me encarando. Aí estava o cara que eu conhecia.

— Espero que essa cafeteira tenha machucado muito quando caiu em você — ele rosnou, fazendo meu sorriso ficar ainda maior.

CAPÍTULO 22

— Fiquem abaixados até sairmos. Olhos estão sempre observando — Noel murmurou, o elevador parando, as portas se abrindo para a escuridão sinistra que envolvia o subsolo. Estremeci. Pavor, isolamento e sofrimento percorriam as paredes, assombrando os lugares das vítimas que vieram antes. Eu não sabia há quanto tempo Jessica usava esse prédio para suas necessidades, mas sabia que esse lugar havia sido usado antes como um manicômio para deter os perdidos e despedaçados. Tristeza preenchia cada azulejo, os gritos agoniados reverberando juntamente com suas vidas terríveis aqui.

No momento em que as portas se fecharam, Matt e eu saímos do carrinho. Medo percorreu meus nervos. Mesmo que tenhamos chegado até o primeiro piso, ainda não estávamos seguros.

— As portas ficam naquela ponta. — Noel apontou para o lado oposto do buraco. — Elas vão te levar para o estacionamento. Meu SUV está do outro lado da lixeira. Ela tem câmeras lá. Uma vez em que estiverem do lado de fora, não hesitem e não olhem para trás. Apenas corram.

Matt assentiu.

— Obrigado. De verdade.

— Estou fazendo por ela. Não por você. — Noel pressionou os lábios. — Você fez muito pela Resistência Noturna ao longo dos anos... tem estado do nosso lado há muito tempo agora, mas muitos de nós ainda não conseguem esquecer, *não vão* esquecer, o que você era antes. — A garganta de Noel estremeceu. — Perdi minha família por sua causa.

Matt ficou desconcertado, cerrando a mandíbula.

— Talvez você não se lembre completamente de quem é e do que fez. Mas lembrará — Noel falou —, e espero que aqueles fantasmas te assombrem para sempre. Neste momento? Vocês dois são nossa melhor esperança

SAINDO DA LOUCURA   153

para encontrá-lo, para trazê-lo de volta, e derrotá-la. Então vão, agora!

Com um salto, Matt e eu seguimos para a saída, mas me virei, abraçando Noel.

— Obrigada. — Abracei com força.

— Sim. Sim. — Ele deu batidinhas nas minhas costas, mas sua voz não conseguia esconder a doçura. — Tenha cuidado, Alice.

— Você também. — Dei um passo para trás. — E só por curiosidade... aqueles lençóis estavam realmente ensopados com a urina do Happy?

Um sorriso lento e perverso se alastrou no rosto do Noel.

— Você é um babaca.

O que apenas aumentou o sorriso dele.

— Alice, vamos — Matt me chamou.

— Eu te verei novamente? — Caminhei de costas, olhando para Noel.

— Se essa for a nossa história. — Seus olhos ambarinos se fixaram nos meus.

Inclinei a cabeça, depois me virei e corri, alcançando Matt. Juntos, chegamos até as largas portas corrediças que nos levariam para o carro, nos fundos.

— Está pronta? — Matt agarrou a porta pesada, pronto para puxá-la. — Ah, e só para você saber, não sei como dirigir essas geringonças modernas.

— O quê? — Pisquei para ele.

— Eu nasci em uma época onde cavalos puxavam carruagens — ele disse. — Desde então, eu obviamente não precisei aprender. Winterland claramente não vai precisar de um Departamento de Trânsito tão cedo.

— Ótimo. Porque prefiro dirigir de qualquer forma. Vamos. — Gesticulei para a porta, cerrando os punhos.

Abrindo apenas o bastante para que nós dois passássemos, disparamos para fora, nos mantendo próximos às sombras, nossos sapatos rangendo sobre a brita. A batida do meu coração retumbou nos meus ouvidos, o medo pairando na garganta, grudando nas paredes do meu esôfago como uma ventosa.

— Lá. — Matt apontou para o SUV perto da lixeira, seguindo para o lado do passageiro e subiu, escancarando o porta-luvas, e jogando a chave para mim. Pulei para o banco do motorista, meu coração martelando no peito enquanto eu acionava a ignição. Dando ré, disparei para fora do estacionamento, pavor se agarrando aos meus pulmões como um gancho, meu olhar se desviando para o espelho retrovisor, esperando ver enfermeiros e guardas se amontoando na porta principal. O que estava à nossa frente fez meu estômago revirar muito mais do que esse pensamento.

Enormes portões de ferro na entrada que levavam à propriedade estavam fechados; vários guardas a postos, rifles pendendo em seus braços. Uniformizados e idênticos.

Não havia como voltar atrás. Nenhum outro jeito, a não ser seguir em frente.

— Merda… se eles não sabiam que estávamos fugindo, estão prestes a saber. — Agarrei o volante, meu pé afundando no acelerador. — Coloque o cinto e se segure.

— Oh, caralho. — Matt se prendeu, a mão envolvendo a alça "puta que pariu" acima da janela, suas botas pressionando o chão.

Os guardas saltaram para ficar na minha frente, percebendo que o carro não estava desacelerando, balançando os braços para que eu parasse.

Eu acho que não, soldados de brinquedo.

Por um rápido segundo, vi soldadinhos de madeira em vez dos homens lá, suas bocas pintadas formando círculos perfeitos, mas não tive tempo de pensar nisso. Empurrei o pedal até o fundo. O motor rugiu com a velocidade, levando-nos na direção da barreira.

Rangi os dentes, observando os guardas se jogarem para longe quando a frente do SUV se chocou contra o ferro espesso.

O ruído estridente de metal arranhando e amassando perfurou meus ouvidos. O carro sacudiu com o impacto, empurrando-nos ao redor. Segurei com firmeza o volante, meu pé afundando ainda mais, e o SUV rompeu através dos portões.

Bang! Bang!

Balas racharam a janela traseira e acertaram a lataria do carro.

— Elfos do cacete! — Matt se abaixou mais no banco. Vi apenas de relance pelo meu retrovisor, figuras correndo atrás de nós, suas armas apontadas para o carro.

Girando o volante, o SUV derrapou para a pista principal, fumaça saindo dos pneus traseiros enquanto eles tentavam se agarrar ao asfalto molhado. Guinchando, o carro balançou para frente quando consegui endireitar o veículo, nos mantendo na pista antes que meu pé pressionasse o acelerador de novo.

Crack!

SAINDO DA LOUCURA

A janela traseira explodiu; estilhaços se prenderam no meu cabelo, cortando meus braços enquanto mais balas ricocheteavam.

Minha atenção estava totalmente adiante, sentindo as rodas finalmente fazendo o que eu estava exigindo do acelerador. O SUV disparou para frente, seguindo rapidamente a escura estrada de terra. Eu sabia que não demoraria muito para que estivessem atrás de nós, mas seu tempo para nos alcançar antes que chegássemos às vias principais estava acabando.

Jessica não era da máfia. Não acho que ela viria atrás de nós, atirando para todo lado em áreas povoadas, participando de uma perseguição de carro. Embora não me surpreenderia com isso.

Matt olhou para trás antes de me encarar, seus olhos queimando meu perfil.

— O quê? — Ousei olhá-lo de relance.

Ele estava boquiaberto, seu único olho azul escurecendo de desejo.

— Devo dizer, Srta. Liddell… você… *aquilo*… foi quente pra *caralho*.

Olhei para ele de novo. Quando me chamou pelo meu sobrenome, algo despertou profundamente dentro de mim.

— Sério, para lá de impressionado… e posso dizer totalmente excitado? — Ele balançou a cabeça, se mexendo no banco, tirando pedaços de vidro da camiseta.

É, eu também. A adrenalina preencheu minhas veias, e o olhar inflamado que ele estava lançando para mim estava me fazendo ter pensamentos maliciosos.

— Qual é o nosso plano? Jessica já deve saber que escapamos a esta altura. — Pigarreei, precisando me manter focada na nossa fuga e não em parar o carro e me jogar no banco traseiro com ele.

A diversão desapareceu dele, sua mandíbula ficando tensa juntamente com seus ombros.

— Tim. — Ele virou a cabeça para a janela. — Preciso vê-lo.

Seu filho era, é claro, a primeira coisa que ele iria querer buscar. Para protegê-lo dela.

— Tudo bem. Vamos para lá. — Virei o carro para outra pista, na direção da cidade. — Será o primeiro lugar onde ela vai nos procurar. Talvez ela já esteja ligando para os meus pais, avisando-os de que sua filha louca está à solta. Tenho um pouco de dinheiro guardado. Podemos pegá-lo e fugir se for preciso.

— Não. — Ele encarou adiante. — Nada de fugir.

— O quê? — Direcionei o SUV para a rua principal através do centro de New Britain. As luzes e decorações de Natal estavam penduradas pela via na rua silenciosa, as lojas fechadas durante a noite.

— Preciso voltar. Esse não é meu mundo mais. Winterland é meu lar… e sei no meu íntimo que tenho que voltar para lá. As pessoas dependem de mim... — Ele me encarou, sua voz rouca. — De *nós*.

Ele estava certo. Eu conseguia sentir também. Só não fazia ideia de como chegar lá ou o que fazer.

Mordiscando meu lábio, estremeci, aumentando o aquecedor. Ar congelante entrava pelo buraco da janela traseira, percorrendo meus braços nus, e atravessando facilmente o fino uniforme.

Dirigi o SUV surrado até nossa rua, estacionando longe o bastante das nossas casas para, com sorte, passarmos despercebidos. Matt saltou para fora, mancando diretamente para sua casa. As janelas brilhavam com a luz, seus pés parando bem na entrada, sua atenção focada na janela da sala.

Parando ao lado dele, segui seu olhar até o menininho sentado rigidamente no sofá. Lindo, ele encarava a televisão, assistindo, parecendo mais um boneco do que um menino de verdade.

— O que ele está fazendo? Ainda nem amanheceu.

— Ele nunca dorme bem... outro sinal que ignorei. *Meu* menino dormia profundamente. Nada o acordava. — Um som embargado veio de Matt, fazendo minha cabeça virar para ele. Sofrimento marcava seu rosto machucado, seu olho marejando de emoção.

— Matt, o que foi? — Agarrei seu braço, a tristeza que emanava dele apunhalando meu coração.

— Eu esperava que estivesse errado. — Sua voz vacilou, a pálpebra fechando por um breve instante, angústia percorrendo sua feição. — Eu sabia na minha alma... mas continuei repelindo, fingindo. Vivendo na fantasia. Na esperança. Mas eu sabia...

— Sabia o quê?

— Aquele não é meu filho. — Ele pareceu engolir em seco; seus músculos enrijecendo por baixo da pele. — Ele não é real.

— O quê? — Olhei para o menino e depois de volta para Matt. — Como assim?

— Lembra quando eu disse que ele tinha pesadelos?

— Sim.

— Bem, não era ele quem os estava tendo. Era eu. Sonhei toda noite que matava meu filho... — Ele estremeceu. — O motivo de eu nunca conseguir

SAINDO DA LOUCURA

dormir, com medo de mim mesmo... mas acima de tudo, com medo da verdade.

— Que verdade?

— Aquele não é o meu menino. — Ele deu um suspiro trêmulo. — *Meu filho* está morto.

— O quê? — Meu estômago revirou, despencando até os dedos dos pés. Encarei de volta a criança à nossa frente. — Eu não entendi.

— Sabe, Srta. Liddell — Matt virou a cabeça para olhar para mim, sofrimento tomando conta de sua expressão —, em Winterland, meu filho foi morto... — ele pressionou os lábios um no outro — *por mim*. Eu o matei.

O ar saiu dos meus pulmões como se alguém tivesse me dado um soco, meus pés cambaleando para trás.

— O quê?

— Os pesadelos que me mantinham acordado à noite. Ver a vida do meu filho se esvaindo não era um pesadelo... era a minha realidade. Quem quer seja aquela criança, não é o meu Timmy. — Ele gesticulou para o menino que não tinha movido um fio de cabelo, piscando em uma perfeita repetição. — Foi o modo de Jessica torturar e me conter sem que eu sequer soubesse. Ela me segurou com a única coisa que eu daria a minha vida para ter de volta. A coisa perfeita para me manter preso sem uma algema. — A angústia o fez fechar os olhos, abaixando a cabeça.

Lidei com crianças o bastante no meu trabalho no Chalé do Papai Noel para saber que meninos de cinco anos nunca se sentam eretos daquele jeito. Agora, observando-o, ele também não parecia real para mim. Quase como um robô.

— Sabe como é ter de volta a única coisa que você já amou? Sabendo que eu poderia continuar fingindo, vivendo essa mentira, criando meu filho. Ser o pai que nunca pude ser para ele, vê-lo crescer.

— Mas seria uma mentira — murmurei, suavemente, ciente de que não fazia ideia do que ele devia estar passando.

— Perdi meu filho uma vez... sinto como se o estivesse perdendo novamente.

— Então por que não podemos tentar trazê-lo?

Um sorriso triste surgiu em seus lábios apenas por um instante.

— Porque ele não está destinado a viver naquele mundo ou até mesmo nesse. *Meu filho* se foi. Não vou desonrar a memória dele com uma substituição fajuta porque ela alivia meu sofrimento. — Ele olhou para baixo, me encarando. — Eu deveria sentir a dor. Lembrar dela a cada dia.

Ele olhou para frente, a voz baixa:

— No momento em que fui atrás de você, eu fiz a minha escolha.

Você é quem vai acabar afastando Timothy. E ele vai te odiar por isso. De qualquer forma, eu ganho. A alegação estranha de Jessica ganhou vida diante dos meus olhos. Escolhendo vir atrás de mim, ele entendeu que nunca estaria com seu filho de novo.

Uma figura se moveu na sala de estar, fazendo-nos correr para trás da macieira. Era a mesma mulher que vi no consultório, a secretária de Jessica, ou ela era naquela tarde. Todos eles pareciam trabalhar para a rainha onde ela precisasse que estivessem. A mulher se sentou ao lado do menino, pegando o controle remoto e mudando o canal. Tim não reagiu de forma alguma quando o desenho passou para um reality show. O toque de um celular ecoou lá de dentro, a mulher pegando o objeto. Eu não conseguia ouvir o que ela estava dizendo, mas quando a cabeça dela se virou bruscamente para a janela, seu olhar entrecerrou como se ela conseguisse enxergar através da noite escura.

Com cada fibra do meu ser, eu sabia que Jessica estava do outro lado da linha, avisando-a sobre um possível aparecimento da nossa parte.

— Merda. Vem, precisamos ir. — Entrelacei nossos dedos, mas ele não se moveu. Nervosamente, dei uma olhada na minha casa ao lado. Escura, exceto pelas luzes de Natal decorando a casa, e nenhum carro na entrada.

Uma luz se acendeu na casa de um vizinho do outro lado da rua, lançando sobre nós uma iluminação pálida, o início do amanhecer começando a acordar os madrugadores para trabalhar.

Eu não sabia o que fazer, mas nós precisávamos sair da rua. Meus vizinhos provaram que não eram confiáveis e que ligariam para os policiais ou Jessica em um piscar de olhos se pensassem que a garota louca fugiu do zoológico.

— Matt. — Puxei seu braço.

— Tchau, rapazinho. — Ele engoliu em seco, olhando para Tim, absorvendo-o, secando uma lágrima que se acumulou no canto do seu olho bom. — Sinto muito que não pude ser o pai que você merecia, em qualquer vida ou mundo. Eu te amo. — A última parte ele murmurou, então quase não escutei. Tudo o que consegui ouvir foi seu coração partindo novamente.

Matt se acalmou, respirou fundo, e segurou minha mão com força. Ele se virou, bloqueando suas emoções, sua atenção adiante.

— Vamos.

A agonia que ele deve ter sentido por ter que se despedir da vida que poderia ter tido com seu filho… para sempre.

SAINDO DA LOUCURA

CAPÍTULO 23

O dia iminente começou a surgir no horizonte, as nuvens espessas resplandecendo em um cinza mais claro. Minhas botas rangeram sobre a neve, congelando minha pele exposta ainda mais. O desespero para nos esconder me puxou na direção da minha casa. Encontrando a chave escondida, minha pele ansiosamente recebeu o calor da casa quando entramos. Seguindo para o andar de cima, dei uma olhada no quarto dos meus pais.

— Mãe? Pai?

A cama deles estava vazia, com vestidos e as calças do meu pai espalhadas pelo lençol, o que pareciam as coisas mais descoladas que eles usavam em eventos da Universidade.

— Dinah? — Corri para o próximo quarto; a cama da minha irmã também estava desocupada. Não havia ninguém em casa, o que normalmente seria estranho, mas minha irmã estava sempre com o namorado, principalmente quando nossos pais saíam. Eles ficavam bastante em Hartford durante os feriados, com todas as festas da faculdade. Doía saber que era, provavelmente, lá que estavam, mesmo que fosse um absurdo. A vida estava seguindo para eles, indo a festas, rindo e brincando, enquanto eu estava trancafiada no inferno.

Virei na direção do meu quarto, o tique-taque do relógio lá embaixo me irritando.

Roupas. Dinheiro. Até que determinássemos nosso próximo passo, precisávamos nos esconder. Uniforme azul-violáceo ensanguentado se destacava demais.

— Não quero te contar quantas vezes fantasiei escalar a janela do seu quarto à noite — Matt murmurou atrás de mim, fazendo meu peito palpitar.

— Você não sabe quantas vezes *eu* imaginei *você* escalando a minha janela. — Estendi a mão para a minha porta, abrindo-a. Seu grunhido aqueceu minha nuca. Ele deu dois passos para frente e parou.

— Mas que porra? — Seu olhar vagou pelo meu quarto, pousando na parede repleta dos meus desenhos. Seus músculos enrijeceram, a expressão se tornando impassível. Ele foi diretamente para uma das minhas folhas, recheada com a minha obsessão. Ele a arrancou da parede, seu olhar pairando nela antes de se voltar para mim. — O quê. É. Isso? — Fúria iluminou seus olhos enquanto eles me queimavam.

— Prova da minha loucura? — Minha pulsação acelerou, a tensão dissipando o oxigênio do quarto.

Ele estava na minha frente em um piscar de olhos, seu corpo pairando sobre o meu, a escuridão nos envolvendo.

— Não brinque comigo agora, porra. O que é isso? Onde conseguiu isso? — Ele apontou para um esboço onde desenhei o bule derramando chá no chapéu.

— É meu projeto. Quando voltei... eu estava obcecada com isso, principalmente com o chapéu. Não conseguia tirar da cabeça. Foi o que começou a fazer minha família entrar em pânico. Eu não conseguia parar de desenhar isso. — Meu dedo tocou o chapéu, traçando até o cachecol.

Ele suspirou, seus olhos me observando, e então agarrou a bainha da camiseta, passando pela sua cabeça, exibindo seu tórax musculoso, bloqueando minha garganta. Meu corpo não pôde evitar reagir, absorvendo bruscamente, o calor do desejo subindo pelas coxas.

Mas então tudo parou. Meu olhar seguiu para a tinta em seu peito, cobrindo seu coração e ombro. A lembrança no labirinto. A tatuagem sobre seu coração... exatamente a que eu havia desenhado.

É sempre hora do chá tatuado sobre o coração dele, com um bule derramando o líquido dentro de uma cartola com um cachecol vermelho.

Eu estava certa. Respirando com dificuldade, minha mão se ergueu, meus dedos gelados deslizando pelas palavras pintadas. Ele segurou o fôlego, um músculo do seu peitoral contraindo sob meu toque, mas ele não se moveu.

— Eu sabia — murmurei, meus dedos traçando a arte. — Na época, eu não fazia ideia de como sabia, mas... sabia que havia visto. Tocado. — Sua respiração estremeceu enquanto meus dedos continuavam a explorar, nossos corpos se aproximando. Inclinei-me, meus lábios pairando sobre a cartola. — Beijado...

Ele inspirou fundo, fechando o olho.

SAINDO DA LOUCURA

— Alice — murmurou meu nome. Soou tão familiar. A ânsia quando proferiu meu primeiro nome.

— Scrooge — sussurrei sem pensar. Suas mãos apertaram meus quadris, me puxando, pressionando-se contra mim com mais força, calor incendiando sua pele, forçando-me a fincar os dentes no meu lábio.

— Gosto quando você me chama assim. — Seu nariz roçou no meu pescoço. Sua ereção quente e áspera contra mim. — Parece real.

Um gemido tamborilou em meus pulmões, necessitando mais dele do que qualquer outra coisa. Essa era uma péssima ideia e um momento muito ruim, mas como se ele fosse um campo de força, eu não tinha controle sobre mim mesma.

— Nós deveríamos sair daqui — falei, meus dentes se arrastando acima da sua tatuagem, fazendo nós dois gemermos.

— Deveríamos. — Seus quadris pressionaram os meus, girando e arrastando o tecido fino. Fricção e desejo subiram pela minha coluna. Ele agarrou minha nuca, enviando dor e prazer para meus nervos. — Ela está vindo atrás de nós, mas não consigo pensar em nada além de te foder. Não me lembro do que aconteceu entre nós em Winterland, mas você tem me torturado o bastante nesse mundo.

— Digo o mesmo. — Minhas mãos perambularam pelo seu corpo, sua pele parecendo eletricidade sob a ponta dos meus dedos, dirigindo-se para o cós da calça. — Como se eu precisasse de você mais do que temo qualquer coisa que vem pela frente.

— Provavelmente serei eu, se você continuar fazendo isso. — Ele rangeu os dentes quando as minhas mãos se moveram para a curva do seu abdômen, os nódulos dos meus dedos roçando a pele. — Caralho. — Um grunhido grave subiu de seu peito enquanto ele agarrava a minha bunda, jogando-me em cima da cama e rastejando entre as minhas pernas. Tirando a blusa e o top por cima da minha cabeça, arqueei as costas quando sua mão deslizou até meus seios.

Lampejos dele em cima de mim, uma lareira crepitando, um tapete branco fazendo cócegas contra a pele das minhas costas arqueadas; meus gemidos de prazer por causa do seu toque. Ofeguei. As imagens eram intensas, fazendo o puro desejo se apoderar de mim. O que era certo ou errado não importava mais.

Enfiei a mão dentro de sua calça, sem ligar para o perigo que se encontrava porta afora. O perigo parecia apenas intensificar minha ânsia por ele.

— Alice — ele grunhiu, puxando minha calça e as botas, tirando-as rapidamente do meu corpo. Seus lábios mordiscaram minha barriga e subiram, cobrindo um dos meus seios.

— Oh, Deus. — Estremeci debaixo dele.

— Quero ir com calma. — Seus dedos deslizaram por dentro da calcinha, encontrando meu lugar mais íntimo, e meus quadris reagiram à sua carícia, precisando de mais.

— Que se dane isso. Não temos tempo. Não quero ser interrompida como da última vez. — As palavras escaparam da minha boca.

Nós dois paramos. Piscando.

— Estivemos aqui antes — ele disse, lentamente, me encarando.

— É. — De novo, era algo que eu sabia, sem realmente saber como.

De repente, luzes de carros surgiram pela janela do meu quarto, me fazendo ficar quieta. Eu sabia que era cedo demais para os meus pais ou Dinah estarem voltando para casa.

— Merda. — Saltei da cama indo para o meu armário, pegando jeans e um moletom, meu corpo completamente furioso comigo por renegá-lo mais uma vez. Xingando-me em iídiche[10] e na língua dos pês.

Ele puxou sua calça, espiando pela janela.

— É Jessica.

— Quebra-nozes do caralho. — Calcei as botas novamente, ajustando o triturador de gelo dentro de uma delas, e corri para a janela. Todos os seus guardas e enfermeiros desceram de um SUV e vieram diretamente para a minha casa.

— Nós realmente precisamos chegar em Winterland. Esse é o único lugar onde estaremos ligeiramente a salvo dela.

— Como? — gritei olhando ao redor. — Alguma sugestão? Conhece um portal mágico que possamos… — Calei-me, escancarando a boca. — Santo azevinho sanguessuga.

Portal. Uma lembrança de quando Jessica havia me drogado ressurgiu. Uma peça se encaixando no lugar. Essa foi a palavra que *ela* usou.

— *Apenas uma tem magia o bastante para fazer isso. Ninguém, principalmente um humano, deveria ser capaz de viajar através de um portal. Como conseguiu combater a Terra dos Perdidos e Despedaçados e entrar no Vale dos Espelhos? Como fez isso, Alice? Como conseguiu atravessar o espelho?*

— Espelhos — sussurrei para mim mesma. A estranha frase de Bea apareceu na minha mente logo depois.

---

10 Língua derivada do alemão, historicamente falada pelos judeus Ashkenazi.

— *Você é a chave.*

— *Chave?*

— *Olhe, Não-Alice... os sinais estão todos ao seu redor. Você precisa abrir os olhos e enxergá-los. Não apenas o que está lá, mas o que não está.*

— Espelhos — repeti, ouvindo pessoas avançando na frente da casa.

— O quê?

— Os espelhos! — Virei a cabeça para Matt, constatação me atingindo em cheio. — De algum modo, consigo viajar através deles. Eu sou a chave. Eu abri... foi assim que viemos para cá. Como voltamos. O motivo de ela me querer.

— Por espelhos? — ele disse, mas então suas narinas inflaram, sua cabeça virando para um ruído que veio da porta dos fundos lá embaixo. — Jesus, nunca pensei nisso, mas na nossa casa, há apenas um, no banheiro privado dela. Ela tranca a porta todo dia, dizendo que não quer Tim mexendo, acidentalmente, nos remédios que ela guarda.

— Ela não estava preocupada com ele. Estava preocupada com você — falei, mas minha atenção já estava se desviando dele, focando no grande espelho pendurado na minha parede. — Noite feliz do cacete. — Encarei o vidro.

— Tenho certeza de que a música não é assim.

— Acredite em mim, *ninguém* se importa. — Passei por ele, parando na frente do espelho. — Não acredito. Estava bem na minha frente o tempo inteiro.

— O que estava?

— Nosso modo de regressar. — A visão de estar em cima daquele lago congelado, espelhos repletos de diamantes incrustados suspensos sobre o gelo. Eles eram todos idênticos a esse aqui.

Um barulho alto de madeira se partindo ecoou pela casa silenciosa, como se alguém estivesse arrombando a porta da garagem. O som de passos retumbou pelo chão.

— Merda! — Nós dois saltamos para a porta ao mesmo tempo.

— Alice. Scrooge. — Nossos nomes ressoaram pela casa, a voz da Jessica sarcástica e repleta de confiança. — Vocês me desapontaram. Pensei que os dois fossem bem mais espertos do que isso. O apelo a Timmy ou sua família foi demais. O amor te deixa fraco. Previsível. Quão fácil vocês tornaram isso.

— Você sabe o que fazer? — Ele seguiu para a minha porta, enfiando meu armário na frente, bloqueando a entrada. Isso não os seguraria por muito tempo.

— Não. — Subi na cadeira, pegando a moldura, a coisa era pesada pra caramba. Lembro-me que precisou da minha família inteira para instalá-lo depois que comprei em uma feira de Natal que havia chegado na cidade. Ele tinha me atraído na hora. Eu sabia que não poderia voltar para casa sem o espelho.

Como se ele *me quisesse*.

Grunhi, tentando levantá-lo. Scrooge veio correndo, agarrando a outra ponta, nós dois deitando-o no chão.

Botas retumbaram na escada, fazendo o medo deslizar pela minha pele até a garganta. Com um estrondo, a porta bateu no meu armário, os guardas tentando entrar.

— Vocês não podem fugir de mim. Sou rainha por um motivo — ela afirmou. — Agora saiam. Não torne isso complicado para a sua família, Alice. Sabe que eles acreditarão em mim ao invés de você. Vai apenas partir seus corações ainda mais.

Toquei no vidro, sem sentir nada além do material espesso e refletivo.

— Por favor, me diga que você sabe como abri-lo de novo.

— Não. — Minha voz aumentou, os guardas chocando-se contra a porta, empurrando ainda mais o armário. Ansiedade fez gotas de suor escorrerem pelas costas. — Não faço ideia. Da última vez... eu simplesmente entrei.

— Pense, Alice. — A urgência tornou cada palavra uma exigência. Ele empurrou o armário, tentando impedi-los de entrar.

— Não consigo! É impossível.

— Apenas se você achar que é.

Bam. Bam. Bam.

Matt grunhiu, suas botas escorregando pelo piso de madeira enquanto os soldados dela chocavam-se contra a porta.

— Pense. Concentre-se! — resmungou, colocando todo o seu peso contra o armário.

— Okay. Okay. — Tentei respirar, fechando os olhos, o medo dificultando que eu me concentrasse em qualquer coisa.

Foco, Alice!

Eu sabia que tudo estava sobre meus ombros. Nossa segurança e vidas dependiam disso. Ignorando o barulho e o pavor, adentrei na minha mente até o lago congelado repleto de espelhos. O tique-taque do relógio lá embaixo era tudo o que eu ouvia, a sensação de que tudo ao meu redor estava desaparecendo.

Eu conseguia me ver parada em cima do lago congelado como se estivesse olhando através de um dos espelhos, vendo-me do outro lado. Vestida em uma calça vermelha e uma camiseta, meu cabelo longo escorria pelos ombros. Eu parecia perdida. Triste. Sentindo que não havia esperança ou laços em nenhum sentido.

— Alice. — Uma voz chamou a garota, fazendo-a erguer a cabeça. Seguindo seu olhar, vi olhos azuis, sua silhueta preenchendo o espelho. *Scrooge*. Ele esticou a mão, chamando-a para ir até ele. — Solte, Alice. Deixe a loucura entrar... — A outra *'Alice'* se aproximou como se ele fosse o que ela mais desejava no mundo. — Uma vez que você deixar entrar, tudo ficará bem de novo.

Eu conseguia ver no meu rosto – no dela. Ela não tinha dúvidas. Nem medo. Ela acreditava. Assentindo, ela estendeu a mão para o homem no espelho. Seus dedos atravessaram o vidro como se fosse água, a mão dele envolvendo a dela. Uma vibração de energia ondulou o espelho, atingindo aquele pelo qual eu estava observando. Mesmo através do vidro, eu conseguia sentir a magia da convicção dela.

Ela atravessou e sumiu.

Meus olhos se abriram de supetão, meu olhar pousando em Matt, seu rosto retorcido por causa do esforço enquanto tentava segurar os guardas, mas eles já haviam ganhado espaço o bastante para enfiar um braço para dentro.

Eu sabia o que precisava fazer, mas dessa vez era eu quem o guiaria.

— Scrooge. — Levantando-me, estendi a mão para ele, livrando-me de toda dúvida e medo que eu tinha. — Você confia em mim?

— Sim — ele respondeu, franzindo o cenho, sem estar pronto para sair de sua posição.

— Solte. — Gesticulei com o queixo para trás dele.

Ele me observou por um segundo antes de se afastar do armário, vindo na minha direção, segurando a minha mão, seu olhar nunca se desviando do meu.

O armário caiu no chão quando eles forçaram a entrada, mas permaneci concentrada no Scrooge, jogando fora tudo que era lógico e prático e simplesmente acreditando.

— Pronto para o impossível?

— Sempre. — Ele deu um sorrisinho.

Juntos demos um passo à frente...

— Nãoooo! — Ouvi uma mulher gritar. O berro de Jessica nos seguiu enquanto o mundo desaparecia, e nós caímos.

Para baixo.

Para baixo em um buraco escuro, muito escuro.

CAPÍTULO 24

Minha pele ardeu em agonia quando meu corpo mergulhou na água gélida e escura, meus dedos soltando os de Scrooge enquanto eu afundava, meus membros se esfolando ao tentarem combater o que me puxava para as profundezas da água. Meus olhos se abriram, a água clara, mas ofuscada pela escuridão, agitando-se por causa do meu movimento.

Minha cabeça girou ao redor, procurando Scrooge. Ele não estava em lugar nenhum à minha volta. Para onde ele foi? Olhando para baixo, franzi o cenho. Parecia mais claro lá embaixo, a luz brilhando, refletindo, como se fosse a superfície. Erguia a cabeça. Percebi que o solo não estava longe da minha cabeça, mas eu estava me afastando do fundo, não indo na direção dele.

Mas que diabos?

O que parecia como se em cima fosse embaixo, e embaixo fosse em cima. Como isso era possível? A gravidade me puxava para o lado contrário de onde eu achava que deveria ir.

Curioso e mais curioso.

— *Às vezes, olhar para algo de uma perspectiva diferente muda tudo.*

Girando ao redor, encarei o outro lado, me acostumando e abrindo mão do que a minha mente achava ser a parte de cima e a de baixo. Como se uma câmera tivesse virado, mudando a cena para o observador, tudo se endireitou, mudando a noção do posicionamento.

Disparando para a surpefície, meus pulmões ansiando por oxigênio, fazendo minhas pernas trabalharem mais rápido, alcancei o topo. Pânico instaurou-se no meu peito quando percebi a camada de gelo o cobrindo.

Não! Bati contra ela, a percepção me atingindo.

Não era gelo, mas, sim, vidro.

Um espelho.

Pavor dilacerou meu peito, a necessidade de ar gerando um lamento na minha boca. Meus punhos não ajudaram em nada a quebrar.

A escuridão se infiltrava em volta dos meus olhos, minha mente ficando turva. *Pense, Alice!* Fiz um levantamento pelo meu corpo, tentando pensar se eu possuía alguma coisa que pudesse me ajudar.

Santo azevinho! Gritei mentalmente, minha mão seguindo para a bota, tirando o triturador de gelo que eu havia escondido lá. A exata coisa que deveria ter acabado com a minha vida a estava salvando.

Com toda a minha força, apunhalei o vidro. De novo e de novo.

Crack!

O espelho estilhaçou, um pedaço enorme se despedaçando, abrindo caminho.

Minha cabeça emergiu enquanto eu buscava ar desesperadamente, as mãos agarrando a borda, o picador rolando pelo vidro. Tremendo, arrastei-me até a superfície, rastejando e ofegando, a beirada serrilhada rasgando minhas roupas. Despenquei na superfície de exaustão.

Ponche batizado. Eu consegui.

Demorei alguns segundos, meus dedos se afundando no solo macio, tentando me estabilizar, acalmando meu coração e pulmões agitados. Respirando fundo, ergui a cabeça, olhando ao redor. Névoa envolvia o congelado lago oval, os espelhos pendurados ao meu redor.

Eu havia retornado à Terra dos Espelhos.

E o que pensei ser um lago congelado era, na verdade, um espelho. Idêntico ao que eu tinha em casa. Era como se eu tivesse atravessado por um lado e surgido no outro. Um portal bem na minha frente, esperando a minha compreensão.

Tremendo, sentei-me, ainda respirando sofregamente.

— Scrooge? — Minha voz falhou no ar. Levantando-me, forcei as pernas trêmulas a se manterem firmes. As roupas molhadas pesavam em meu corpo, mas frio nenhum me alcançava. — Scrooge?

Apenas o silêncio respondeu meu chamado.

— Scrooge! — gritei, sentindo o pânico me agitar. O que aconteceu com ele? Ele estava bem ao meu lado quando entramos no espelho. Encarando de volta o calmo lago do qual saí, não enxerguei nada. Onde ele estava? Como o perdi?

— Não. — Rangi os dentes. Eu não o *perderia* de novo.

Perdido...

Virei, a boca escancarando, meu olhar seguindo para cima da colina, sabendo, de repente, onde o encontraria. Nosso relógio havia sido reiniciado. O instinto mais do que a memória me disse que ele estaria lá, a esmo, na Terra dos Perdidos e Despedaçados, incapaz de se lembrar do que o havia trazido para cá.

Papai Noel. Tudo isso levava de volta ao homem de traje vermelho, outra alma entre os deslocados.

— *Você vai encontrá-lo.*
— *Quem?*
— *O que está perdido e o que está despedaçado.*

Inclinando-me, peguei o triturador de gelo, meu rumo definido à frente. Eu sabia que esse lugar *tentaria* tomar a minha mente... me fazer esquecer o motivo de estar aqui.

Agarrando-a com força, o picador simbolizava tudo o que eu precisava lembrar. O objeto que deveria ter arrancado minhas lembranças, minha personalidade, tornando-me uma casca, era a coisa exata que me protegeria do lugar que queria fazer o mesmo.

Ele apenas havia me fortalecido.

Eu não era a mesma Alice de quando vim aqui a primeira vez. Não deveriam se meter com essa Alice. Ela matava pelos que amava. Lutaria contra qualquer coisa que viesse em seu caminho... e ela não iria embora até que tivesse um homem gordo e alegre e seu *sexy* Scrooge musculoso.

Indo na direção dos brinquedos flutuantes, eu já sentia o sofrimento e a angústia roçando a minha pele, sua necessidade gananciosa de me separar da esperança e tirar meu poder.

Não mais. Eu estava cansada de ser uma peça de xadrez.

Cerrei os dentes, avançando para a colina, observando os objetos flutuando, à minha espera.

— O jogo começou.

O ataque foi imediato. A avalanche de angústia e dor arranhou minha mente, querendo entrar. Como se os brinquedos conseguissem sentir minha confiança, eles vieram na minha direção como um ímã, querendo tomar meu poder ou para si mesmos ou para me transformar em outro objeto flutuando por aí, destroçado entre os outros indesejados.

A desgraça adorava companhia.

Um brinquedo passou por mim, tristeza subindo pelo meu corpo como um milhão de insetos. Meus dedos pressionaram a cabeça enquanto um choro escapava da minha boca. Desolação criou um buraco no meu peito.

Não deixe que eles encostem em você.

Minha lembrança desse lugar era no máximo vaga, mas eu confiava nos meus instintos. Outra coisa da qual eu costumava duvidar, sem nunca realmente confiar em mim mesma para tomar decisões ou questionar o que eu, de fato, queria. Agora eu confiava apenas nos meus instintos.

— Cai fora. — Enfiei o picador em um gato de pelúcia roxo com listras rosas e enormes olhos amarelos, empurrando-o na direção contrária e atirando-o em um exército de minúsculos homenzinhos verdes como uma bola de boliche. — Todos vocês. Cheguem perto de mim e perderão outro pedaço — rosnei, erguendo a arma. Alguns pareceram escutar, mas a atração a mim se tornou mais poderosa do que a minha ameaça a outros.

Esquivando-me, passei por uma boneca sem cabeça, sua aflição e raiva bambeando meus joelhos.

— Não — sibilei, tentando me bloquear da investida, mas eu ainda conseguia sentir pedaços da minha força de vontade sendo arrancados. Era como quando você esquecia uma palavra simples para alguma coisa, o momento de branco, sua mente se esforçando para procurar antes que você recordasse de novo. Mas a cada vez, lembrar ficou mais e mais difícil.

Chacoalhando, deslizando e passando pela emboscada de brinquedos, avancei para frente, apunhalando qualquer coisa que se aproximava de mim.

Talvez fosse a minha determinação para encontrar Scrooge que estivesse protegendo a minha mente. Ou, talvez, a magia que havia sido injetada em mim lá no manicômio ainda estivesse percorrendo meu corpo. Algo parecia estar me auxiliando na batalha contra o enorme buraco de miséria que queria arrancar minhas lembranças, minha motivação, minha alma. De qualquer forma, eu sabia no meu íntimo que dessa vez eles não me alcançariam completamente.

Raiva. Objetivo. Teimosia. E amor... eu conseguia senti-lo me devastando. A magnitude extra, que fazia meus pés seguirem em frente, me ajudava a ser guiada até ele, onde quer que ele estivesse. Eu vim por ele, e não iria embora até que o encontrasse. Mas a imensidão do lugar começou a diminuir minha determinação. Cambalear incessantemente através do mar do nada era como ser posta no meio do Deserto do Saara, onde você caminharia para sempre, mas nada mudaria.

Sem parar, o tempo era contado ao colocar um pé na frente do outro, meu corpo cedendo em exaustão, tristeza e medo. Mesmo assim, prossegui, agarrando-me a qualquer fragmento do Scrooge que eu ainda conseguia me lembrar.

E, então, um arrepio percorreu meu corpo, me fazendo erguer a cabeça.

Uma fileira de brinquedos estava parada na frente de uma parede invisível, mas nenhum a ultrapassava. Interminável, o nada escuro se estendia adiante, mas eu sabia que estava qualquer coisa, exceto vazio. O ar vibrava com uma energia palpável e lamentos desesperados que eu não conseguia ver, mas sentia com cada fibra do meu ser. Da minha alma.

Não entre lá, Alice, uma voz sussurrou na minha cabeça e me virei para encarar um Transformer sem pernas. *Não é para os vivos. A menos que queira ficar presa lá também.*

— O que há lá dentro?

Coisas que foram partidas ao meio e que não podem ser reunidas de novo, ele disse. Coisas irreparáveis. Além de qualquer reino.

Segurei o fôlego, sabendo exatamente o que ele queria dizer.

Fantasmas.

Almas daqueles que perderam tudo, tão despedaçados pelo sofrimento e pela perda que sucumbiram ao desespero.

Eu sabia que o que procurava estaria lá.

Se entrasse, havia uma boa possibilidade de que me tornasse mais uma alma presa nesse lugar.

Endireitando os ombros, meu agarre na arma se apertou. Um sorriso lento surgiu no meu rosto ao adentrar no lugar.

CAPÍTULO 25

Como se tivesse entrado em um freezer, o ar gelado envolveu minhas roupas molhadas e alfinetou minha pele exposta, fazendo um arrepio percorrer minha coluna. Os pelos dos meus braços ficaram em pé quando senti coisas roçando em mim; o ar era denso, pesando meus ombros.

Semelhante aos brinquedos, senti a dor de cada alma que encostava em mim, vi pedaços de suas lembranças. Se pensei que os brinquedos carregavam tristeza, eles eram brincadeira de criança se comparados às almas que batiam em mim como uma *piñata*.

Arrependimento. Culpa. Martírio. Angústia. Desespero. Os brinquedos não entendiam arrependimento ou culpa, o que eram emoções completamente humanas, e elas passavam por mim como lâminas de barbear.

Soluços tomaram a minha garganta enquanto elas abalavam a jaula na qual tentei me proteger. Suas garras arranhavam as barras, deslizando até a minha alma.

— Parem! — Tropecei para frente, lágrimas escorrendo pelo meu rosto, mas parecia que mais vinham para cima de mim.

E contra esses, eu não conseguiria lutar como fiz com os brinquedos, porque não os enxergava.

— Por favor — choraminguei, me apressando para frente. — Scrooge? — chamei, esperando que ele não estivesse em meio ao mar de almas invisíveis que flutuavam ao meu redor.

Era como procurar uma agulha em um palheiro. Como eu encontraria ele ou o Papai Noel?

— Scrooge! Matt? — gritei, sem saber qual parte despedaçada dele estava perdida aqui. — Papai Noel?

Os nomes pareceram deixar as almas em polvorosa, fazendo o ar girar em uma confusão enevoada. Um brilho pálido iluminou a noite, piscando e dançando ao meu redor, como centenas de vagalumes.

— Scrooge. — Observei a luz brilhar mais forte. — Papai Noel.

Pisca. Pisca. Pisca.

— Eles estão aqui? — A pergunta escapou enquanto eu via as fagulhas brilharem mais intensamente e piscarem mais rápido.

Titicas do Rudolph. Eles estavam me respondendo?

Mordi meu lábio inferior, com medo de que a minha teoria fosse coisa da minha cabeça.

— Pisque duas vezes para sim. Uma para não. Scrooge e Papai Noel estão aqui?

Pisca. Pisca.

— Filho de uma fada açucarada. — Prendi o fôlego, quase sem acreditar nos meus olhos. — Podem me mostrar?

Pisca. Pisca.

O turbilhão de almas se agrupou e avançou para frente. Correndo para acompanhar, segui atrás delas por um caminho, dando a volta no nada, mas a lógica não seria encontrada nessa terra.

Estava tão escuro, apenas a energia das almas iluminando o lugar. Elas desaceleraram, me fazendo parar atrás delas, depois lentamente seguiram em frente como um grupo, sua fraca luz piscante revelando uma protuberância enorme no chão.

Pisquei, notando o contorno de um homem. Parecendo uma versão distorcida da Bela Adormecida. Vestindo apenas uma calça azul do uniforme, ele estava em cima de outro objeto, inconsciente.

Um ofego profundo subiu minha garganta, uma pedra afundando no meu estômago.

— Scrooge! — gritei, correndo até ele, caindo no chão com um estrondo, minhas mãos se estendendo para alcançá-lo. — Ai, meu Deus. Scrooge. — Meu dedo traçou seu rosto virando-o para mim, sua pele fria. Olheiras profundas cobriam seus olhos, havia cortes nas suas bochechas, e o único olho ainda estava inchado por causa da tortura de Jessica, mostrando que tudo lá havia sido real também. Mas seus machucados haviam sarado bastante desde que voltou para cá. E embora parecia apenas horas para mim, o tempo era irrelevante. Poderíamos estar aqui há anos, semanas ou segundos.

Um martírio profundo marcava seu rosto como se tivesse se tornado

SAINDO DA LOUCURA

permanente, o que partiu meu coração. Aqui, o dano era feito mentalmente, não fisicamente, o que era pior.

— Scrooge, acorde. — Sacudi seu corpo.

Sem reação.

— Scrooge! — Eu o balancei com mais força, dando tapinhas no seu rosto, tentando despertá-lo. — Por favor. Não passei por toda aquela merda para te perder agora.

Dei-lhe um tapa forte, seu corpo se agitando, e suas pálpebras tremulando.

— Scrooge! — Fui para cima dele, sacudindo-o com mais força.

Suas duas pálpebras se abriram, os olhos azuis brilhantes me encarando. Nada. Vazios. Sem vida. Olhando além de mim como se eu não existisse.

— Scrooge? — Segurei seu rosto, mordendo meus lábios. — Por favor, fale comigo.

Ele franziu o cenho, confusão, sofrimento e dor tomando conta dos seus traços, e virou o rosto para o lado, encarando o nada.

— Não. — Contraí a mandíbula, puxando seu rosto de volta para mim. — Olhe para mim, Scrooge.

— Scrooge. — Sua voz falhou ao dizer o nome, sem nenhum reconhecimento refletido na entonação.

— Esse é o seu nome — falei. — Você sabe quem eu sou?

Seu olhar nublou outra vez, e agonia fez seu rosto se contorcer, antes de fechar os olhos de novo.

— Não! — Meus dedos envolveram seus ombros, aproximando-o de mim. — Fique comigo.

— M-me... — Ele se esforçou, como se falar fosse algo que ele não entendia mais. — Deixe. Ir. — A agonia em seu olhar implorando-me para fazer exatamente isso era uma lâmina no meu coração.

— Não — grunhi. — De jeito nenhum vou te deixar ir, porra. Nunca. Você entendeu? Você não é o único que é egoísta, mesquinho e ganancioso. Eu quero o para sempre. E não vou deixar um maldito Candyland deturpado te tirar de mim. Nem vou deixar você desistir. Então... levanta a bunda daí. Agora!

Um sofrimento profundo marcou seu rosto, e ele se remexeu, fechando os olhos de novo. Despedaçado e perdido, mal se aguentando em seu próprio corpo. Eu sabia que não demoraria muito para que ele se desfizesse, tornando-se outra alma presa aqui, seu corpo perdido para sempre.

Ele estava distante demais para que as minhas palavras o alcançassem.

Mas...

— Certo. — Agarrei seu rosto, aproximando-o do meu. — Não é bem como planejei que isso acontecesse, mas você não me deixa escolha.

Minha boca desceu sobre a dele.

Mesmo mal estando consciente, a eletricidade quente e fria entre nós ganhou vida, vibrando minha pele como cabos de bateria, enviando energia febril para o ar, criando uma agitação quando as almas clamaram por mais, vibrando e brilhando com luz.

Mas nada importava além de nós, meus lábios consumindo os dele. Em um lugar que tomava, dei a ele tudo o que havia sobrado em mim. Empurrando cada memória de nós dois juntos através do beijo, precisando que ele se lembrasse em algum lugar dentro de si o que compartilhamos. Pelo que havíamos passado.

O que eu sentia por ele.

Um grunhido grave vibrou contra meus lábios, antes que dedos agarrassem minha nuca. Sua boca ganhou vida contra a minha, me devorando com uma fome ávida, como se eu fosse uma tábua de salvação, sugando vida, energia e lembranças de mim. Quanto mais eu empurrava, mais animado ele se tornava, agarrando-se à energia que queimava entre nós.

O animal dentro dele rugiu com vigor, deixando-o primitivo e brutal. Seus dedos eram ásperos quando puxou minha cabeça para trás, seus dentes prendendo meu lábio inferior antes de arrastá-los pela minha garganta, mordiscando e chupando.

— Scrooge — gemi seu nome, e ele voltou para a minha boca.

Aprofundando o beijo, sua língua envolveu a minha enquanto ele mordiscava meu lábio. Caralho, era tão bom. Eu queria isso, mas até mesmo meu *timing* inapropriado sabia que esse, com certeza, não era o momento ou o lugar.

— Scrooge... — Afastei-me, minhas mãos percorrendo sua mandíbula. — Pare.

Seu nariz inflou, seus olhos azuis queimando de fome, seu cérebro ativado no modo primitivo. Fazia sentido. Esse lugar arrancava tudo de você, te deixando apenas com os instintos mais básicos. Comida. Água. Sexo.

E eu despertei o último.

— Olhe para mim. — Foquei em seu olhar buscando por controle. — Eu realmente preciso que você cave fundo. Em algum lugar aí dentro você me reconhece. Lembre-se de tudo o que passamos juntos.

SAINDO DA LOUCURA

Seu olhar incendiou o meu. Ele parecia querer se lançar sobre mim, mas em vez disso ficou parado no lugar.

Eu não queria mais nada além de sairmos daqui, mas a coisa mais importante ainda precisava ser encontrada.

— Você veio aqui para achar o Papai Noel. Você se lembra disso?

Scrooge franziu o cenho, e o animal feroz se afastou. As lembranças retorceram seu rosto.

— Noel. — Ele esfregou a cabeça, a angústia percorrendo seus traços de novo, seus dedos fincando-se brutalmente em seu couro cabeludo, arranhando e raspando.

— Ei. Pare. — Puxei seus braços. Vê-lo tão despedaçado assim abriu um buraco no meu peito. Ele largou as mãos no chão, ofegando.

— Eu me lembro — ele disse, tão suavemente que mal o escutei. Um lamento de partir o coração saiu dos seus lábios, os punhos batendo no chão coberto de neve. — Minha esposa... meu filho... — Ele engoliu em seco. — Eu os deixei morrer.

— Shhh. — Envolvi meus braços ao seu redor, meus dedos acariciando seu cabelo, seus músculos sacudindo em sofrimento.

— Tive outra chance. Eu abandonei meu menino. De n-novo. — Ele se agarrou a mim, ainda tropeçando em suas palavras.

— Ele não era seu filho. Ele não era real. — Segurei-o mais forte. — Você fez a coisa certa. Nós precisamos de você aqui.

— E-eu fiz? Não parece.

Sua testa roçou contra meu pescoço; seu corpo ofegante, antes de se afastar. Segurando meu rosto, seu olhar foi e voltou para o meu.

— Você é o motivo de eu estar me lembrando.

— Provavelmente não é um elogio, né?

Seus olhos escureceram quando ele se inclinou, sua boca tomando a minha. Seu beijo se aprofundou, tornando-se selvagem. Reivindicando. Agressivo.

— Alice — ele murmurou, a voz rouca.

Inclinei-me para trás, meu nome percorrendo meu corpo.

Ele parou, encarando-me, chocado.

— Alice — repetiu meu nome. — Eu me lembro. Você... o porquê vim para cá. — Ele piscou, seu olhar disparando para o lado. — Merda.

Meu olhar seguiu o dele, pousando na coisa na qual ele estava enrolado. Pela primeira vez, eu realmente notei. Era uma caixa vermelha presa com um laço branco, larga e com cerca de trinta centímetros, e com uma etiqueta pendurada no laço. Um presente.

Curioso.

Cheguei mais perto, erguendo a etiqueta, lendo o nome que havia escrito.

Papai Noel.

Olhei para Scrooge, boquiaberta.

— É isso? Isso é o que acho que é?

Scrooge balançou a cabeça para cima e para baixo.

— Sim, é a alma do Papai Noel.

O aglomerado de almas nos guiou de volta para a fronteira que conectava a Terra das Almas Perdidas e a Terra dos Perdidos e Despedaçados. Parecia haver uma grande diferença entre as duas. As almas aqui queriam nos ajudar e não arrancavam suas lembranças, mas o sofrimento, a humilhação e a culpa eram muito mais profundos. Em vez disso, eles te paralisavam e torturavam com aquelas memórias horríveis. As que você gostaria que fossem levadas embora.

Os dois lugares te arrancavam da sua alma.

Scrooge segurou a caixa e a apertou contra seu peito com um braço, mantendo-se próximo de mim, sua mandíbula rígida.

— Está pronto? — Olhei além da divisa imaginária, brinquedos flutuando como se um campo de força estivesse mantendo-os atrás da linha. Uma vez que pisássemos lá, mais uma vez lutaríamos para protegermos nossas mentes, e não nos afogar em seu sofrimento e esquecer o que estávamos fazendo.

— Não há momento melhor do que o presente, Srta. Liddell.

Desviando o olhar para ele, um sorriso suave surgiu nos meus lábios. Meu Scrooge estava voltando lentamente, eu só precisava garantir que permanecesse desse jeito, e os brinquedos não o levariam de novo.

Firmando meu agarre no triturador de gelo, concordei, nós dois dando um passo à frente. O ar gélido descolou minha pele como um casaco, desprendendo-se quando nos separamos das almas perdidas.

Demos apenas alguns passos quando os brinquedos mudaram de direção, vindo atrás de nós como se tivéssemos dado um sinal impossível de resistir. Centenas de bichos de pelúcia, bonecos e pedaços de jogos vieram até nós como zumbis à procura de cérebros, sugando nossa energia e enchendo-me de melancolia.

A boneca quebrada de porcelana com um olho giratório e um vestido amarelado liderava o bando, sua maldade obscura me atacando. Ódio e raiva escoavam dela, a necessidade de arrancar não somente minhas lembranças, mas também a minha vida, a fazia salivar por entre suas emoções.

A maioria dos brinquedos com os quais me deparei apenas queriam que eu ouvisse sua história triste, que os ajudasse. Mas ela era diferente, e parecia controlar um grande grupo de brinquedos rancorosos que seguiam seu comando.

Você não vai sair dessa vez, Alice. Uma voz estranha e aguda deslizou para dentro da minha mente, como uma garotinha tentando imitar uma bruxa muito má.

— Santas bolas de neve oscilantes. — Cambaleei para trás, observando-a vir na nossa direção, seu único olho revirando. Era possível eles terem ficado mais fortes? Mais espertos? Vindo juntos?

Tudo por sua causa. Ela disse, de novo, na minha cabeça, sua voz bizarra pra cacete. *Quanto mais tiramos dos vivos, mais vivos nos tornamos. Poderosos. Mais astutos. Não temos humanos aqui com frequência... e agora que tivemos um gostinho, não os deixaremos escapar.*

Olhei de relance para Scrooge, sua cabeça indo de um lado ao outro, observando cada brinquedo, sem reagir nem um pouco a ela.

— Você não a escuta?

— Escuto quem? — Ele me encarou, ajustando a caixa em seus braços, a mão livre esfregando sua cabeça, como se eles já estivessem arranhando sua mente.

Você é especial, Alice. No momento em que entrou aqui, eu consegui sentir. Fui atraída por isso. Você tem extra magn...

— Magnitude. Eu sei — falei em voz alta, interrompendo a frase dela. — Já ouvi isso.

Eu quero, ela sibilou.

— Entra na fila. — Levantei minha arma.

Uma risada aguda, como se alguém tivesse aspirado hélio, estremeceu através da minha mente e pela minha coluna. *Há centenas de nós. Dois de vocês. Quem você acha que tem a melhor chance?*

— Temos um probleminha — murmurei para Scrooge. — Aquela boneca assustadora-pra-caralho meio que formou uma gangue de brinquedos. Ela é realmente maligna e tomou gosto por assassinato e... bem, eles querem sugar nossos cérebros por um canudinho.

— O quê? — Scrooge virou a cabeça para mim, seu olho pestanejando em confusão. — Os brinquedos não estão vivos. Eles não têm inteligência.

— Eles têm agora — retruquei. — Graças a nós.

Ele girou ao redor, absorvendo o bando que se aproximava como um monte de hienas, nos rondando.

— Caralho.

— Você sabe o que temos que fazer? — Agarrei seu braço, analisando o grupo à nossa volta.

— O quê?

— Correr! — Arrastei-o, puxando-o para o lugar onde havia menos brinquedos agrupados para que pudéssemos irromper dali; minha picareta erguida para o ataque.

Passei apenas da primeira camada antes que a investida transformasse meu grito de guerra em um de pura agonia. Os brinquedos infestaram ao nosso redor, arranhando e dilacerando minha mente.

Scrooge gritou, seu punho indo de encontro a um dos Teletubbies, seu agarre na alma do Papai Noel embranquecendo os nódulos de seus dedos. Um dos Ursinhos Carinhosos rosa e rasgado e uma Moranguinho careca chocaram-se contra mim, me fazendo cair de joelhos com um grito.

— Scrooge — chamei seu nome, mais para que eu continuasse lembrando. O bloqueio na minha mente estava lascando e estilhaçando com a ofensiva. E eu sabia que Scrooge ainda estava fraco e vulnerável, sua defesa não muito melhor do que a de um bezerro recém-nascido.

Não se esqueça de quem é, Alice. Pelo que você passou para sobreviver.

Pensei se um monte de bonecas seriam aquelas que me derrubariam. Para tirarem Scrooge de mim.

Foda-se. Essa. Merda.

Rangendo os dentes, lutei contra o desejo de me enrolar em posição fetal e deixá-los me pegarem, suas histórias tomando o lugar das minhas.

Um urro soou perto de mim. Um bando de brinquedos saltou sobre Scrooge, muitos para que ele combatesse de uma vez só. Minha boca se abriu para chamá-lo e nada saiu, seu nome arrancado da minha mente como quem puxa uma maçã de uma árvore.

SAINDO DA LOUCURA

Parem, a voz estridente da boneca gritou, forçando minhas mãos a cobrirem meus ouvidos, mesmo que estivesse tudo na minha cabeça. Os brinquedos à nossa volta pararam imediatamente e se afastaram de nós.

Eles são meus. Ela começou a flutuar até mim, seu único olho rolando para trás da sua cabeça.

O bando se dividiu, dando espaço para ela chegar até nós.

Olhei por cima do ombro para o homem sem nome atrás de mim. Eu não me lembrava do nome dele, mas conseguia sentir o que ele significava para mim. Ele se curvou protetoramente sobre a caixa, mas encarou ao redor como se não fizesse ideia de onde estava.

— Ei… — grunhi, tentando cavar mais fundo na minha mente em busca do seu nome. Ele ergueu o rosto para me encarar. — Fique comigo, okay? Somos só você e eu.

Ele me observou sem nenhuma familiaridade, mas assentiu com a cabeça.

— E não solte a caixa. — O que tinha lá dentro mesmo? Era importante, certo?

A boneca zarpou na minha direção, e quanto mais perto chegava, mais pesada sua maldade batia contra a minha mente, me fazendo ofegar em busca de ar.

Você é minha, Alice. Eu tomarei até que não sobre mais nada.

Ela me lembrava tanto de alguém. Cruel e fria, querendo tomar tudo de mim, mas eu não conseguia me recordar de quem se tratava. Ela se aproximou mais e mais, sua cobiça queimando meu corpo inteiro. Sua mãozinha rachada se estendeu, roçando contra a minha pele.

Com um pranto, cambaleei para frente, a picareta entrando no seu olho restante, adentrando até o seu crânio. Um rosnado feroz subiu pela minha garganta quando puxei a lâmina e bati contra sua cabeça de novo, a porcelana rompendo, quebrando e desmoronando no chão.

Um grito lancinante apunhalou minha cabeça, me fazendo dobrar ao meio, bile subindo pela garganta.

Uma mão se esticou até ela, o homem jogando o que restou da boneca no chão, sua bota pisoteando repetidamente. Os gritos cessaram, deixando o ar chegar de novo aos meus pulmões. Respirando fundo, levantei, me segurando nele.

— Vamos. — Meus instintos me disseram que a gente tinha pouco tempo até que os outros brinquedos reagissem ao que fizemos, eles mesmos vindo atrás de nós. — Corra.

Ele e eu fugimos com as pernas trêmulas. Ruídos ressoaram no ar atrás de nós. Os brinquedos que faziam barulhos – músicas, falas, apitos ou choros – guinchavam como sirenes.

Minhas pernas aceleraram, os músculos se esforçando enquanto disparávamos e passávamos por entre os outros brinquedos flutuando ao redor.

Esse lugar parecia interminável com sua mesmice. Nada que te dizia para qual lado era a saída. Nós corremos, sem fazer ideia se estávamos indo na direção certa ou como sequer sair daqui quando percebi uma turba de brinquedos se agrupando na nossa frente.

Diminuímos o passo, olhando tanto para trás quanto adiante. Um bando berrou às nossas costas, e outro se postou como uma parede à frente. Um grito frustrado percorreu minha língua, enquanto eu intercalava o olhar entre os dois grupos.

Algo chamou minha atenção atrás do bando que se agrupava. Uma energia estranha oscilou no ar atrás deles. Minha boca escancarou, entendendo tudo na mesma hora.

A barricada estava nos bloqueando, agindo como uma linha de defesa. Eles não avançavam na nossa direção, mas ficavam bem ali, protegendo o que havia atrás deles. A saída. Impedindo-nos de ir embora.

Tive uma sensação estranha de ter estado em uma situação semelhante, mas a imagem de azevinhos surgiu na minha mente em vez de brinquedos. Azevinhos? Eu não fazia ideia de onde veio isso, mas pareceu certo.

O grupo atrás de nós estava se aproximando; o balbuciar distorcido de uma boneca falante beliscou minha nuca.

— A saída está atrás deles. — Virei-me para o homem, encarando seus olhos azuis, seu nome dançando na beirada da minha mente. — Não pare, não olhe para trás, não importa o quão doloroso seja. Empurre-os e atravesse entre eles.

Ele abriu a boca, franzindo o cenho, se esforçando ao máximo para encontrar as palavras, sua mão livre segurando a minha.

— Jun-tos. — Sua voz vacilou.

— Juntos. — Ansiedade preparou as minhas pernas enquanto a tropa de brinquedos estava a apenas trinta centímetros de distância, avançando até nós. — Pronto?

Isso seria insuportável.

Ele assentiu, apertando a caixa, e soltando a minha mão.

— Agora!

SAINDO DA LOUCURA

Com um grito, avançamos, chocando-nos contra a barreira de brinquedos-guardas. Girando meu picador de gelo e enfiando nos bichos de pelúcia, a agonia me atingiu como um caminhão. Berros escaparam da minha garganta; a pontada de sofrimento, dor e perda me cegou, devastando todos os pensamentos da minha cabeça. *Lute!* Algo gritou dentro de mim, tornando-me primitiva e selvagem. Meus dedos dilaceraram os brinquedinhos fofos, rasgando, apunhalando e partindo-os ao meio, suas entranhas flutuando ao redor como nuvens macias.

Os urros de um homem ecoaram perto de mim.

— Não! — gritei. Nós não iríamos perder. Não seríamos esquecidos aqui.

Fúria me fez ultrapassar a barreira, quebrando a fileira, alcançando o centro de energia que eles estavam protegendo. Eu poderia pular ali. Ser livre.

Girei ao redor, identificando seu cabelo escuro em meio à multidão de bonecos.

— Vocês. Não. Vão. Pegar. Ele! — trovejei, golpeando e cortando para alcançá-lo, sem sentir dor mais... apenas uma necessidade feroz de pegar o que era meu.

Alcançando-o, puxei-o por entre os brinquedos. Com sua mão livre, ele tentou mantê-los afastados, mordendo e arranhando como um animal selvagem. Com um grunhido grave, ele empurrou os últimos brinquedos, colidindo contra mim com força, jogando-me para trás. Energia vibrou sobre a minha pele quando meu corpo cambaleou na direção da saída. Pressão apunhalava minha cabeça, percorrendo meu corpo enquanto eu tropeçava no caminho, metade do corpo dele caindo em cima de mim quando despencamos na neve com um ruído, a caixa caindo a alguns metros de distância.

Tudo estava silencioso, exceto por nossa respiração pesada. O mundo pareceu vivo, não como o vácuo aonde estivemos. O vento balançou as árvores e uivou colina acima. Nós não nos mexemos. Atordoados e sobrecarregados, nossos peitos se moveram juntos enquanto ofegávamos em busca de ar.

— *Nuggets* de chocolate. — Pisquei para ele, seu olhar indo e voltando entre meus olhos, pesados e repletos de consciência.

Eu. Lembrava. De. Tudo.

Passamos pela porta, nossas lembranças esperando por nós do outro lado como nossa recompensa. Havíamos ganhado o jogo perverso. Saímos. Vivemos.

Todas as minhas memórias voltaram de uma vez. Minha vida aqui, na

Terra, pelo que passamos, a tortura, Lebre, Dee, Dum, Pin, Rudy, e cada detalhe delicioso do Scrooge.

— Você me salvou de novo, *Srta. Liddell.* — Ele lentamente segurou meu rosto, calor e familiaridade passando por trás de seus olhos. Vida desabrochou completamente em sua feição. — Estou começando a sentir que eu sou a donzela em perigo.

Seu corpo envolveu o meu, seu peito e sua ereção quente e pesada sobre mim. Sua pele vibrando em ferocidade. No mínimo, eu me sentia como a presa, não como a salvadora.

Presa voluntária.

— Se eu soubesse que você seria uma dor no traseiro... — Minha boca se curvou para o lado, timidamente.

— Eu com certeza posso ser isso... se é assim que você quer ser agradecida. — Ele ergueu uma sobrancelha, a cabeça inclinada e o hálito quente soprando em minha pele.

— Oh, é mesmo? — Meus dedos traçaram seus lábios, deslizando para seu pescoço até a sua tatuagem. — Vou acrescentar isso à lista de como você deve expressar sua gratidão, mas acho que geralmente a donzela agradecida beija o herói antes.

Um sorrisinho malicioso curvou sua boca, as mãos segurando meu rosto, e então ele se abaixou.

— Bah, humbug — sussurrou contra os meus lábios antes de sua boca cobrir a minha, beijando-me tão profundamente, que eu conseguia senti-lo vibrando pelos meus ossos.

Sua boca se moveu com avidez, a língua acariciando a minha, e revidei com a mesma fome, o desejo me consumindo de uma vez. Nossas mãos estavam apalpando e tocando um ao outro como se precisássemos garantir que estávamos aqui e éramos reais.

Nós tivemos que lidar com tanta coisa. Jessica podia estar quase nos alcançando, mas quando eu ficava perto dele, não conseguia me controlar.

— Merda — ele sibilou, se afastando com um suspiro, mostrando-se o mais forte entre os dois. — Nosso *timing*...

— É uma grande merda. — Mordi os lábios, tentando refrear o desejo. Eu sabia que não era o momento, mas cacete, algum dia seria? — É como se eu continuasse ganhando carvão na minha meia[11].

11   Para as crianças que não foram boazinhas durante o ano, o Papai Noel dá apenas um pedaço de carvão, e o coloca na meia de presentes.

SAINDO DA LOUCURA

— Sei que a minha está dolorosamente cheia agora — ele murmurou, se sentando. Senti falta do seu peso e calor na mesma hora, um frio súbito me atingindo mesmo que o lugar não estivesse gelado.

Ele se sentou por um momento, franzindo o cenho, a bochecha se contraindo, como se mais lembranças estivessem retornando. Com um suspiro, esfregou a mão sobre a tatuagem no seu peito.

— Porra — sussurrou, uma onda de agonia percorrendo seus traços. Foi um piscar de olhos, mas senti uma parede se formar ao redor dele. — Porra. — Sua mão continuou esfregando a tatuagem, os olhos agora fechados.

Tim. Belle. Eu conseguia ver seus espíritos circulando-o, tomando a felicidade que ele possuía agora mesmo e transformando-a em sofrimento e culpa.

— Nós temos que voltar. — Ele se levantou, estendendo a mão para mim, a voz séria e o olhar desviado.

— Eu sei. — Segurei sua mão, me levantando e tirando a neve das roupas.

Ele se afastou e pegou a caixa, e se dirigiu para o caminho mais distante desse lugar horrível.

As imagens dos nossos amigos, aqueles que haviam me atormentado na Terra por tanto tempo, eram nada mais do que a minha consciência se esforçando para me dizer que as coisas que eu pensava que eram loucas eram as mais sensatas: Lebre, Dee, Dum, Pinguim, Rudolph, e *até mesmo* o Nick pelado.

Eles esperavam por nós.

Nossa última esperança estava naquele pacote, pronto para ser entregue ao que tinha poder para salvar a todos nós.

CAPÍTULO 26

Scrooge guiou o caminho de volta ao chalé, conhecendo a área muito melhor do que eu. Ele não olhou para trás nenhuma vez, a barreira entre nós ficando cada vez mais espessa. A mudança entre quando me beijou, para alguns minutos depois, era uma parede que ele mesmo criou. Seus fantasmas. Sua autoaversão.

Minhas botas pisaram nas pegadas que ele criou à frente, a neve, às vezes, chegando até nossos joelhos. De volta à noite eterna, a lua iluminava o nosso caminho entre os pinheiros, que resmungavam e nos ofendiam, mas não eram tão violentos quanto os que existiam do outro lado da montanha.

Dormir. Comida. Sexo. Álcool. Banho. Ansiando por cada um, eu já não me importava mais com a ordem.

— Jessica disse alguma coisa? — Ele trocou a caixa de mão, passando o laço entre os dedos, deixando-a pender ao seu lado. — Você sabe de algo que ela possa estar planejando agora? — Scrooge bufou, usando nossa caminhada para se inteirar de tudo o que aconteceu. Sua transformação parecia estranhamente impecável. Matt Hatter para Scrooge. Ele era Matt na Terra, mas aqui ele era um *completo* Scrooge – mais do que rabugento. Tantas coisas que ele e eu havíamos sentido e combatido na Terra faziam sentido agora. Principalmente nossa atração um pelo outro.

A Terra dos Perdidos e Despedaçados pode ter roubado nossas lembranças, mas não tirou a força magnética entre nós. A conexão inexplicável que nos ligava não importava se nos lembrássemos ou não.

Pelo menos, para mim. Não tinha certeza se ele sentia o mesmo ou se queria agora. E tudo o que eu continuava ouvindo era a voz da Jessica repetindo: *Você é quem acabará afastando Timothy. E ele vai te odiar por isso. De qualquer forma, eu ganho.*

— Sei que ela me queria viva para manter o portal aberto, planejando atravessá-lo e matar o Papai Noel, depois fechá-lo permanentemente, acabando com Winterland para sempre. — O que isso faria com o meu mundo? Fé, magia e esperança perdidas até mesmo para as crianças? Quão horrível nosso mundo se tornaria sem nada de bom ter restado na Terra?

— É, bem, a chave dela acabou de escapar pelos seus dedos. — Scrooge subiu no topo de outra colina, seu tórax musculoso ofegante, buscando por ar. — O jogo dela vai mudar.

Meus dedos formigaram para afagar sua pele, para traçar cada centímetro tanto com os dedos quanto com a língua, para destruir a barreira que ele estava tentando colocar entre nós.

— Alice? — Sua voz grave me fez erguer a cabeça.

— O quê? — Ele estava falando comigo?

— Pare de olhar para mim desse jeito — sua voz alertou, mas seu olhar percorreu meu corpo, fazendo o desejo pulsar nas minhas veias.

— Então você pare com isso. — Gesticulei para ele como se seu abdômen estivesse me provocando deliberadamente.

— Jesus. — Ele cerrou os punhos, sua mão puxando a fita. — Qual é a sua? Você é o meu inferno...

— O que você quer dizer com isso?

Ele rangeu os dentes.

— Me diz logo de uma vez. Estou cansada desse gelo. Você está me culpando, é isso?

— Alice…

— Não. Me fala! Não me afaste.

Soltando o presente, ele se virou para trás, pairando sobre mim, os ombros enrijecidos com a tensão.

— Eu me lembro de *tudo*. — Seu nariz inflou, raiva arrepiando sua pele. — Tudo mesmo.

— Eu também.

— Cada ação terrível e hedionda. Até mesmo as que ignorei, trancafiando-as. — Ele avançou, me fazendo dar um passo para trás. — Você queria saber com quantas mulheres fiquei desde a minha esposa? — Ele pressionou os dentes, o rosto a apenas um centímetro do meu. — Nenhuma.

— O q-quê?

— Eu morri com eles — ele grunhiu. — Não restou *nada* de mim. Meu grupo era a única coisa que me mantinha vivo. Pelo menos, tecnicamente.

— Ergueu os pulsos, mostrando cicatrizes quase invisíveis neles. — Você acha que não quis me juntar a eles desde então? Tentei de todas as formas possíveis, mas Jessica me amaldiçoou. Eu não poderia morrer pelas minhas mãos, forçado a conviver com a dor do que fiz, dos seus gritos por mim. O olhar da minha esposa enquanto a guilhotina descia em seu pescoço. A confiança e o amor no rosto do meu filho quando lhe dei pedaços puros de azevinho, porque eu sabia que ele não conseguiria combater o que Jessica faria com ele. Ele estava morrendo lentamente desde seu nascimento. Doente e com dores crônicas há tanto tempo, seu corpo estava cedendo. Ele queria partir, me implorava repetidamente para deixá-lo dormir para sempre. Ele estava agonizando tanto. Exausto o tempo inteiro, não podia brincar como uma criança ou sair de casa por causa da sua baixa imunidade. Mas Belle e eu não podíamos deixá-lo ir. Nós queríamos mantê-lo para sempre, de forma egoísta, não importava como ele se sentia quanto a isso.

Scrooge se enfureceu como um raio rasgando o céu, arquejando por causa da sua angústia.

— Queria que fosse indolor para ele. Que estivesse inconsciente. Que adormecesse nos meus braços. Que finalmente estivesse em paz. Pensei que ele fosse novo demais para entender, mas ele *sabia*... seus olhos me encararam com uma alma velha demais para esse mundo. Ele sabia o que eu estava fazendo. Ele sorriu e disse: "Está tudo bem. Eu quero isso. Eu te amo, papai". Essas foram suas últimas palavras para mim.

Meu coração desabou, gelo envolvendo minha caixa torácica. Ele havia falado sobre ter matado seu filho, mas eu temia demais pressioná-lo por detalhes. Isso não era assassinato, mas, sim, o maior ato altruísta que um pai poderia fazer por seu filho. Eu não conseguia imaginar a força que foi necessária para fazer isso. A dor, culpa, autodepreciação, martírio e o sofrimento sentidos ao tomar essa decisão.

— A confiança e o amor que Belle sentia por mim desapareceram em puro desgosto quando Jessica contou a ela o que fiz. A descrença total e a repulsa em seu olhar enquanto eu a via morrer. E eu mereci isso. — Ele abaixou a voz, seu ódio por si mesmo disparando contra mim. — Não mereço sentir nada além de dor, ódio e agonia... — Ele suspirou, fechando os olhos por um instante. — E você... você...

Alfinetadas de emoção percorreram minha garganta e meus olhos como uma boneca de vodu.

— Fui fraco, me deixei sentir... acreditar. Me permiti querer mais.

SAINDO DA LOUCURA

— Você acha que não merece a felicidade? — Balancei a cabeça. — Isso é besteira. Acha que Tim ou Belle não iriam querer que você vivesse a sua vida? Que fosse feliz?

— Eles eram tão bons. Tão puros. Eles iriam querer, mas isso não significa que eu mereça, Srta. Liddell.

— O que aconteceu? Por que pensa que falhou com eles? Tim não queria mais sentir tanta dor. Você fez a coisa mais altruísta do mundo por ele. — Tentei segurar suas mãos, mas ele as afastou. — E você não matou Belle. Foi Jessica.

— Tecnicamente. — Ele assentiu. — Mas sacrifiquei a vida dela para proteger Tim... e eu o matei de qualquer forma.

Escuridão o encobriu como um manto.

— A rainha descobriu o esconderijo do nosso grupo, nossa localização traída por alguém em quem confiávamos. Belle estava em casa com Tim, que estava combatendo uma pneumonia de novo. Voltei correndo para buscá-los; Blitzen já estava lá. Enquanto ele invadia pela frente, entrei escondido pelos fundos, tirando Tim do quarto dele. — Um ruído gutural escapou de sua garganta. — Escapei com ele. Não lutei por ela. Joguei-a completamente aos lobos, sabendo que ela não era forte o suficiente, mas tudo em que eu conseguia pensar era em manter nosso filho doente em segurança.

— Tenho certeza de que ela iria querer que você fizesse exatamente isso.

Ele inclinou a cabeça para frente, colocando as mãos nos quadris.

— Isso não melhora as coisas. E levar Tim para fora dali, sem seus remédios, foi o beijo da morte para ele. — Scrooge deu de ombros. — Estávamos escondidos em uma caverna. Minha esposa e todos os meus amigos foram capturados e levados para a rainha. Eu sabia que nosso tempo era curto antes que Blitzen me rastreasse. Se fôssemos encontrados... Jessica torturaria Tim e o usaria como sua vingança contra mim, como fez na Terra, mantendo-me como um animal de estimação para matar e destruir outros como fiz antes. — Sua cabeça virou para o lado, se esforçando para levar ar aos seus pulmões. — Nós todos sabíamos que o fim dele viria mais cedo do que queríamos. Ele nem conseguia sair da cama mais, sua energia praticamente zerada.

— Você disse que ele nasceu desse jeito?

Scrooge assentiu.

— Achamos que era porque eu era da Terra e Belle era daqui. Ele nasceu... frágil. Seu DNA vindo de nós dois o destruiu, seu corpo não se encaixando em nenhum dos mundos. — Sua voz estremeceu, lutando contra a emoção. — Coloquei veneno de azevinho puro em seu copo, e ele bebeu. Suas bochechas febris e enormes olhos azuis encararam os meus, sua mãozinha sobre a minha... e então com um suspiro trêmulo... meu mundo inteiro me deixou.

Uma lágrima escorreu pela minha bochecha; cada frase apunhalou meu coração.

— Não demorou muito para que Blitzen me achasse e arrastasse de volta ao castelo, onde vi meus amigos serem torturados e minha esposa, assassinada.

— Caralho — sussurrei, querendo tanto confortá-lo, mas sabia por seu corpo tenso que ele não queria que eu o tocasse. Escutar a história inteira da esposa dele e do filho partiu meu coração. E ainda mais porque ele havia desistido do filho de novo. Real ou não, aquilo deve ter sido incrivelmente doloroso. — Eu sinto muito.

— Eu não mereço a porra da sua pena. — Ele secou a lágrima na minha bochecha bruscamente, como se o enojasse ver qualquer sofrimento diante dos seus olhos. Afastando-se de mim, pegou a alma do Papai Noel.

— Não é pena — gritei. — É tristeza por você. Não consigo imaginar as escolhas com as quais teve que lidar naquela época, sabendo que de toda forma, você perderia pessoas. Você fez o melhor dentro das circunstâncias. Ninguém poderia ter feito mais. Não pode se culpar. Você não teve escolha.

— Sempre há uma escolha. — Ele parou, olhando por cima do ombro para mim, raiva percorrendo seu semblante. — Sempre. E fiz todas as ruins. Mas pergunte-me se eu tivesse a chance de fazer de novo, se eu salvaria meu filho e minha esposa ou Lebre, Pin, Dee e Dum? — Ele esfregou a nuca, incapaz de se manter em um único lugar. — Que tipo de pessoa eu sou de qualquer forma?

— Não há certo ou errado aqui. Você salvou o Lebre, Pin e os gêmeos. As vidas deles são importantes.

— Mas pelo quê? Uma guerra está chegando — ele retrucou. — Eu os salvei para morrerem dolorosamente de outro jeito? E dessa vez, eu posso morrer também.

— Como assim?

— A maldição da Jessica foi quebrada quando voltei para a Terra. Eu consigo sentir... posso morrer agora, do jeito que eu queria há tanto tempo.

Uma lufada de ar ficou presa na minha garganta, mais uma lágrima escorrendo pelo meu rosto.

SAINDO DA LOUCURA

— E agora? — Ele bufou, zombeteiramente, seu olhar me percorrendo de cima a baixo. — A. Maldita. Ironia.

— Ironia?

— Eu amava a minha esposa... — Ele deu a entender que iria continuar, mas parou.

— Eu sei.

— Não. — Seu olhar passou por mim de novo e, por um mísero segundo, anseio e dor marcaram sua expressão antes que desaparecessem. Balançando a cabeça, ele proferiu: —Você *não* sabe. Você não entende nem um pouco, Srta. Liddell.

Ele se virou e continuou andando, me deixando arrasada e decepcionada. Mesmo que tenhamos escapado, a Terra dos Perdidos e Despedaçados o tirou de mim de qualquer forma, a coisa que nunca de fato tive, mas havia se tornado parte da minha alma mesmo assim.

Luzes calorosas brilharam na neve, vindas das janelas frontais; a fumaça subia pela chaminé enquanto chegávamos na última colina. Ver o chalé encheu meus olhos d'água. Alívio e felicidade jorraram adrenalina pelas minhas veias.

Scrooge e eu ficamos em silêncio pelo resto da viagem de volta, o que pareceu mais torturante do que o que Jessica fez comigo. Seja lá quais lembranças do passado haviam adentrado na sua cabeça, dizendo coisas terríveis sobre ele mesmo, elas não me deixariam entrar.

— Conseguimos. — Olhei de relance para ele; seu olhar fixo no chalé.

Em seguida, a porta da frente se escancarou, e Dum, Dee, e Pinguim saíram correndo e rindo, Lebre logo atrás deles vestindo um avental cheio de babados, com uma espátula na mão.

— Eu juro pelo Papai Noel... Vou contar até cinco. — Lebre balançou a espátula na direção deles. — Vocês acham que já me viram bravo antes... vocês não viram nada ainda. Vou dar um motivo para chorarem.

Cobri a boca com a mão, segurando uma risada. O calor em vê-los encheu meu peito, ronronando como um gato, felicidade espetando meus olhos.

— Vocês estão me deixando grisalho, e eu já sou branco! — Lebre gritou para os três. Pinguim apenas riu e se jogou no chão, fazendo anjos de neve, já Dee e Dum correram em círculos ao redor dele, trombando e batendo um no outro, gargalhando.

— Não há hidromel o suficiente no mundo para lidar com vocês três.

— Acho que precisamos salvar ele. — Um pequeno sorriso surgiu nos lábios do Scrooge, seu olhar repleto de amor e carinho pela sua família.

— Eu não sei, isso é bastante divertido.

Scrooge me encarou, deixando sua barreira baixar por um instante.

— E eles dizem que eu sou cruel.

— Não, eles dizem que você é ganancioso, Sr. Scrooge *engomadinho*.

Seus olhos flamejaram, mas ele rapidamente virou a cabeça, seguindo para o chalé. Correndo, eu o alcancei e passei à sua frente.

— Não me façam ir aí e separar vocês! — gritei com uma irritação fingida, fazendo suas cabeças virarem na minha direção. — Apenas esperem até seu pai chegar em casa.

Nesse momento, Scrooge deu a volta por mim, cruzando os braços. Um pai pau da vida, pronto para dar uma bronca.

— Beijem meus biscoitos cobertos de chocolate — Lebre sussurrou com a boca escancarada. — Vocês estão vivos.

Houve mais um segundo antes que Dee gritasse:

— Scrooge! Alice! — Ela disparou na nossa direção, pulando primeiro nos braços do Scrooge. Ele soltou a caixa quando os bracinhos dela envolveram seu pescoço, apertando-o com força. — Você está bem! Você está vivo! Oh, minha guirlanda, senti tanto a sua falta.

— Também senti saudades. — Ele a apertou de volta, levantando-a do chão, enfiando seu rosto no cabelo dela. — Você não faz ideia.

— Srta. Alice! Sr. Scrooge! — Pinguim rebolou até mim, as barbatanas balançando para cima e para baixo freneticamente. Eu o levantei, seu bico me acariciando. — Eu escrevi para o Papai Noel para trazer vocês de volta. Ele recebeu a minha carta.

Dum atacou/abraçou as minhas pernas, me fazendo cambalear para trás, antes de seguir para Scrooge, afundando seu rosto na calça dele, um suspiro suave escapando do seu nariz. Scrooge afagou suas costas, ainda segurando a irmã gêmea.

Dee ergueu seu rosto molhado de lágrimas, se estendendo para mim;

SAINDO DA LOUCURA

Scrooge e eu trocando o Pinguim pela Dee.

— Estávamos com tanto medo. O Lebre não queria dizer para onde vocês foram. Nunca mais nos deixe de novo, Srta. Alice. — Dee fungou na minha orelha, se afastando para encarar meus olhos. — Prometa.

— Não posso prometer isso. — Segurei sua trança. Era tão bom vê-la animada e saudável de novo. O pensamento de ela não estar em meio aos que nos recepcionavam me despedaçava. — Mas eu prometo que vou tentar, tá bom?

Ela assentiu, secando os olhos enquanto eu a colocava no chão. Às vezes, ela parecia uma mulher velha presa no corpo de uma garotinha, depois, em outros momentos, ela parecia examente a garotinha que você via.

Scrooge colocou Pin ao lado da Dee e Dum, nossa atenção se desviando para a entrada.

Lebre estava parado lá, seu cotoco batendo contra a madeira, os braços cruzados.

— Já estava na hora, caralho. — Ele bufou, bruscamente, sem olhar para nenhum de nós. — Tive que cuidar de *tudo* aqui.

— Lebre… — Scrooge deu um passo à frente.

— Tanto faz, babaca. — Entrecerrou o olhar para o amigo. — Espero que tenha valido a pena.

— Conseguimos o que estávamos procurando — Scrooge respondeu.

— Mais algumas coisas — murmurei, pensando em todas as nossas aventuras desde que deixamos esse chalé.

— Ótimo. — Lebre agarrou a maçaneta. — Bem, o jantar será servido daqui a pouco. — Entrou no chalé, batendo a porta.

Scrooge esfregou a testa, pegando o pacote de novo e seguindo para a casa.

— O Lebre vai voltar ao normal. — Dee agarrou a minha mão, seu rosto alegre e sorridente. — Ele tentou não demonstrar, porque não quer que ninguém saiba que ele se importa com as pessoas, mas ficou apavorado por vocês. Quanto mais o tempo passava, pior ele ficava. Acho que ele tinha certeza de que vocês dois haviam morrido. — Ela balançou nossos braços enquanto caminhávamos para a porta da frente; Scrooge, Pin, e Dum entrando primeiro. — Estou tão feliz que você voltou, Alice.

— Eu também. — Sorri para ela.

— Nossa família parece inteira de novo.

As palavras dela me surpreenderam, porque lá no fundo eu sentia a mesma coisa. Eles haviam sido a minha força quando estive mais vulnerá-vel, suas palavras e rostos eram reconfortantes mesmo quando não admiti o quanto precisava deles. Quando tudo estava desmoronando ao meu redor, eles eram a minha verdade.

Minha família.

CAPÍTULO 27

Um fogo convidativo crepitava na lareira. Aromas de baunilha, limão, chocolate e canela flutuavam ao redor do chalé, gerando um grunhido estrondoso no meu estômago. Minha língua ansiava por um dos doces do Lebre. Mas foi aí que a acolhida terminou.

A pequena sala estava repleta de roupas sujas, salgadinhos, utensílios de cozinha, jogos de cartas, desenhos, toalhas e cobertores, me lembrando das festas do pijama da minha irmãzinha quando ela era criança. Em cinco minutos, elas explodiam a sala de estar com revistas, coisas de cabelo, sacos de dormir, comida e roupas.

— Na verdade, isso está melhor do que antes. — Dee soltou a minha mão, correndo para o sofá, se jogando ao lado do irmão. — Gritei com eles todos os dias para recolherem suas coisas. — Ela revirou os olhos. — Meninos... certo?

— Certo. — Sorri, balançando a cabeça. Não cresci com um irmão, e agora a minha irmã era, de longe, mais organizada e bem estruturada do que eu.

— Ei! — Lebre voltou pisoteando para a sala. — Eu te falei que não sou sua empregada nem sua mãe. Cate as suas próprias porcarias. E não aja como se não fosse tão ruim quanto. — Ele apontou a colher para Dee. — Vocês, duendes do caralho, são bagunceiros, adoram viver em meio ao caos.

— É aconchegante. — Dum enfiou a mão embaixo de si mesmo, puxando um par de pegadores. — Ei, eu estava procurando isso mais cedo. — Ele os usou para coçar as costas.

— Guirlanda do cacete! — Lebre gritou com Dum. — Você... você... nem posso olhar para você agora. Eu usei isso para cozinhar o espaguete amanteigado ontem à noite.

Estremeci.

— Pensei que elfos deveriam ser limpos, arrumados e organizados.

— Eles são... na fábrica do Papai Noel. Extremamente disciplinados, até o último detalhe. O lugar funciona minuciosamente. — Scrooge colocou o pacote ao lado do Pin, que estava cantarolando *Santa Claus is Back in Town*, balançando em círculos suas nadadeiras sobre o tapete branco.

— Ohhh! Um presente. — Os olhos do Pin brilharam, batendo suas barbatanas.

— Não encoste. Não é para você. — Scrooge apontou para ele, se virando para mim. —Depois, eles vão para casa e são o completo oposto. Incrivelmente acumuladores. Desagradavelmente bagunceiros... e o Papai Noel não era muito melhor.

Conhecendo Jessica, isso deve tê-la deixado ainda mais maluca. Não me surpreendia ela ser uma maníaca por limpeza e minimalismo.

— Alice. — Uma voz baixa veio do corredor, me fazendo virar a cabeça. — Você voltou.

Rudolph estava ali, alto, musculoso, vestindo apenas um par de calças vermelhas que Nick parecia ter aos montes. Suas feridas haviam se curado, seus chifres começaram a crescer de novo. Mesmo que ele tenha se manifestado para mim na Terra, ver o quão absolutamente lindo ele era em pessoa agitou meu coração.

— Rudy. — Suspirei, o laço que nos ligava voltando à vida. Incapaz de me controlar, corri até ele, enrolando meus braços ao redor do seu corpo. Seus braços me envolveram com força, pressionando nossos corpos juntos.

— É tão bom te ver. Eu senti a sua falta. — Sua voz era monótona, mas estranhamente profunda. — Eu estava tão preocupado contigo. Mas você voltou. Para nós... *para mim*.

— Vocês nunca me deixaram, mesmo quando eu não me lembrava de vocês. — Inclinei-me para trás para encarar os enormes e suaves olhos castanho-escuros.

— Ótimo, isso é extremamente tocante — Scrooge grunhiu atrás de mim —, mas onde está o Nick? Ele é indispensável nisso, e temos muito o que planejar e colocar vocês a par.

Rudy respirou fundo. Seu olhar se estreitou no Scrooge, como se ele conseguisse enxergar através dele. Ele se voltou para mim e me abraçou outra vez antes de se afastar.

— Ele saiu umas duas horas atrás, dizendo que gente estava deixando

SAINDO DA LOUCURA

ele maluco. — Dee deu de ombros, ficando de ponta-cabeça, suas pernas indo para o topo do sofá como em um trepa-trepa. Seu irmão a imitou na mesma hora, as pernas batendo umas nas outras. — Ele tem feito isso bastante ultimamente.

— Para onde ele está indo? Não há nada por aqui — questionei.

Dee e Dum deram de ombros ao mesmo tempo.

— Precisamos encontrá-lo. Temos que começar a planejar *agora*. — Scrooge bateu na mesa com o dedo. — A rainha está vindo, e precisamos estar preparados.

— Ah, não… trabalhei duro o dia inteiro nessa refeição. — Lebre colocou com força uma pilha de pratos na mesa. — Vocês podem tirar a porra de um minuto para se sentarem e aproveitar. Mesmo que seja a última coisa que farão.

A vontade de rir subiu pela garganta, mas me segurei. O coitado do Lebre estava prestes a explodir.

— Imagino que não tenha conseguido arranjar mais hidromel?

Ele me lançou um olhar entrecerrado.

— Oh, me desculpe, não tive tempo de ir saltitar nos bosques em busca de azevinho com todas as coisas querendo me matar. Eu estava ocupado demais planejando minhas férias para o Litoral Natalino, onde eu estaria passeando de jet-ski e bebendo *piña colada* de framboesa em um coco.

— Espere. — Pisquei. — Vocês têm uma praia em Winterland?

— Nem todo mundo comemora o Natal em um clima frio; metade do mundo está no verão — Scrooge respondeu.

— Por que caralhos não estamos lá? — gritei. — Bebendo *coladas* de framboesa.

— É nisso... é nisso em que está pensando? Na praia? — A voz do Lebre aumentou em descrença. — N-não dá mais. É isso! Chega! — Ele arrancou seu avental, saltando para a porta, batendo-a com força.

— Uh-oh. — Eu me encolhi. — Acho que fiz com que ele surtasse.

Scrooge sorriu, partindo sua armadura, nossos olhares se encontrando, fazendo meu sangue esquentar.

— Provavelmente é bom para ele; ele parecia um pouco tenso.

— Sério. — Dum se dobrou de novo no sofá. — Ele tem sido um rabugento de primeira desde que vocês foram embora.

— Você quer dizer que ele tem sido um Scrooge. — Tentei esconder o sorriso, meu olhar se desviando para o homem em questão.

— Exatamente! — Dum ergueu os braços, assentindo, ainda de cabeça para baixo.

Scrooge me observou, a cabeça balançando em divertimento.

— Tome cuidado, Srta. Liddell. — A graça desapareceu, transformando-se em intensidade. — Você não sabe o quão rabugento posso ficar.

— Mal posso esperar para descobrir.

Ele respirou fundo, um músculo se contraindo em sua bochecha quando se virou de costas para mim.

— Gente, esse lugar está nojento. Recolham suas merdas antes de comermos. Eu vou tomar um banho, e é bom que esteja *impecável.* — Ele passou por mim, dando a volta em Rudy, seguindo para o corredor.

Decepção percorreu meu peito, desejando que ele tivesse me dado qualquer sinal de que queria que eu o seguisse, mas desde que saímos da Terra dos Perdidos, ele estava me mantendo a uma certa distância.

Dum, Dee e Pin começaram a pegar as coisas sem questionar. Scrooge, com certeza, estava no comando daqui. Lebre e eu mal conseguimos manter o controle, mas com uma ordem do Scrooge, eles dispararam.

Pinguim começou a cantar *My Favorite Things*, sendo tão útil quando um papel de presente transparente, se distraindo com tudo que ele recolhia.

— Alice. — Rudy adentrou mais na sala, os lábios franzidos e o olhar fixado em mim. — Estou tão feliz que você voltou. O tempo me deixou com muito tempo para pensar. Cheguei à conclusão...

— Sabe o que mais? — Lebre escancarou a porta da frente, interrompendo Rudy, girando-me para ficar de frente para ele. — Não ouvi nenhum: *Obrigado, Lebre, por manter esses desgraçados vivos. Você fez um trabalho incrível completamente sozinho.* Porque você sabe que ninguém mais contribuiu. Principalmente aquele babaca pelado e gordo.

— Obrigada, Lebre. — Aproximei-me dele, ficando de joelhos para encará-lo nos olhos. — Você fez um ótimo trabalho. Eu sei o quanto nós *dois* nos esforçamos... não acho que eu teria conseguido sozinha. Você tem meu absoluto respeito e gratidão.

Ele se remexeu com seu pé.

— É. Bem... — Ele pigarreou. — Isso é um pouquinho melhor.

— Sabe o que mais?

— O quê?

— Senti demais a sua falta. — Puxei-o para um abraço, seu corpo ficando tenso por causa do contato, mas eu só o apertei mais forte.

SAINDO DA LOUCURA

— Sim. Sim. — Ele bateu nas minhas costas, rigidamente. — Eu sei. É impossível não sentir a minha falta. — Ele tentou se afastar, mas não deixei; finalmente, com um suspiro profundo, ele cedeu, se curvando sobre mim. — Senti sua falta também — ele murmurou.

— Sentiu?

Ele se afastou, revirando os olhos.

— Não fique tão lisonjeada. Eu sentiria a falta de qualquer um que lavasse as roupas e controlasse esses monstros.

— Claro. — Sorri, sabendo que ele estava falando merda. Ele e eu viramos um belo time.

— Fico feliz que você não morreu. — Ele encarou a cozinha, franzindo o nariz, como se estivesse tentando saber se havia algo queimando. — E acho que fico feliz que trouxe aquele idiota de volta com você.

— Obrigada, Lebre.

— Você já disse isso.

— Não, não pelo que você fez aqui, mas pelo que fez na Terra. Por ter me salvado de mais maneiras do que jamais saberá.

— Te salvar? Terra? De que diabos está falando?

— Não importa. Mas obrigada por ter me dado força.

— Cer-to, mulher doida. — Ele me olhou, incerto, e se afastou para o lado. — Você sabe que quando soa louca no reino dos insanos, isso não é uma coisa boa. Algo que você deveria verificar. — Ele se virou para a cozinha, se dirigindo para lá. — Eu estava na metade da colina quando lembrei que estava cozinhando *waffles* de abobrinha e limão com manteiga de baunilha e mel, *brownies* de batata-doce e crepes de açúcar e canela; e não me importa se o mundo está acabando, não há desculpa para deixar uma arte tão extraordinária assim ser arruinada.

Eu o observei saltar para a cozinha, meu coração repleto de amor por esse grupo inteiro. Todos eles haviam salvado a minha vida, vindo a mim quando mais precisei, mesmo quando pensei que eles eram meu declínio, eles eram, na verdade, meus salvadores.

— Perufu assado. — Esfreguei a barriga cheia, recostando-me na cadeira. Exaustão tomou meu corpo. Eu queria me aconchegar no tapete e dormir por dias, com exceção do banho congelante. Disso eu não senti falta. — Estou cheia. Estava delicioso, Lebre. Como sempre.

— Pelo cu? — Lebre parou o garfo perto da boca, piscando para mim.

— Perufu. — Olhei ao redor da mesa para os rostos confusos. — Acho que vocês não têm isso aqui. É um peru de tofu.

— O que diabos é um peru tou-fu? — Lebre franziu o nariz. — Tem menos toucinho? Quero dizer, qual é o sentido disso? Vocês comem o nariz de onde você vem?

— Não… é para os vegetarianos que não querem comer carne, um substituto. Não é peru de verdade, mas parece e tenta imitar o gosto.

— Tudo bem, deixa eu entender: aqueles que não comem carne darão nome, forma e temperos a algo que vai parecer e terá exatamente o mesmo gosto de carne?

— É.

— E você acha que nós é que somos pirados aqui — Lebre bufou, voltando a atenção para sua comida.

— A Terra mudou *muito* desde a minha época. — Scrooge passou um guardanapo pelo queixo e se afastou da mesa. Ele mal conseguia se sentar com tranquilidade, preocupação e tensão percorrendo cada músculo dos seus ombros. — Onde diabos está o Nick? A única coisa que não achei que ele perderia é uma refeição.

— *Here comes Santa Claus…* — Pin rebolou e dançou na sua cadeira. Ele ficou falando sem parar sobre o que fizeram enquanto estivemos fora, em silêncio apenas quando engoliu um *waffle*. — *Right down…*

— Pinguim! Por favor, pelo amor do Papai Noel. Cala. A. Boca! — Lebre bateu sua cabeça contra a mesa, o que só fez Dee e Dum começarem a cantar com Pinguim, sorrindo travessamente.

Lebre gemeu, batendo a cabeça com mais força.

— Gente. Chega. — Scrooge caminhou ao redor da mesa, passando a mão pelo cabelo úmido. Ele havia vestido outro par de calça vermelha do Papai Noel e uma camiseta branca. — Preciso que vocês levem a sério.

Dee parou, endireitando a postura, sua expressão entrando no modo guerreira. Ela deu uma cotovelada no irmão, mandando-o parar. Pinguim e Rudolph se viraram para Scrooge. Todos os olhares estavam focados nele.

— A guerra que sabíamos que estava chegando está aqui. A rainha tem acesso à Terra agora. Ela quer matar o Papai Noel, esmagar sua alma, o que vai destruir Winterland, e fechar o portal para sempre. A alma dele, sua magia, é o que mantém esse mundo girando. Sem isso, estamos todos mortos. — O olhar do Scrooge se dirigiu para a caixa no chão. — E nós a temos.

— Temos o quê? — Rudy ficou tenso.

— A alma do Papai Noel. — Scrooge cruzou os braços. — Foi para onde fomos, para a Terra dos Perdidos e Despedaçados para encontrá-lo.

— O quê? — todos gritaram, exceto Lebre e eu.

— Mas Scrooge, você poderia ter se perdido também. — O rosto da Dee demonstrou seu medo com o pensamento. — Destruído e tirado de nós para sempre.

— Eu quase fui. — Seu olhar se encontrou com o meu, depois voltou para o grupo. — A Srta. Liddell é o único motivo de eu estar aqui. — Ele se remexeu. — Duas coisas resultaram dela vir atrás de mim. Um: ela encontrou a alma do Papai Noel, também a mim, e nos tirou de lá. E dois: descobrimos que ela é a chave entre os mundos.

— O quê? — Rudy se virou para mim, seus longos cílios abaixando lentamente. — Você pode abrir os portais?

— Acho que sim. — Eu não tinha ideia de como fazia, mas, pelo visto, eu podia.

— É claro. — Rudy balançou a cabeça, seus chifres cortando o ar. — Isso faz sentido agora. Foi como você conseguiu me seguir até aqui. Você tinha a capacidade de viajar entre nossos portais e entrar em Winterland quando ninguém mais podia.

Fazia sentido como consegui segui-lo pelo buraco até esse reino, mas não explicava o porquê.

— Mas por que eu consigo? Por que sou a chave?

— Porque você tem aquela extra magnitude, Alice. — Os lábios negros do Rudy se curvaram em um sorriso carinhoso, seus olhos insondáveis encarando os meus com paixão. — Senti no momento em que te vi. É o que nos conecta. Você é especial.

— Certo — Scrooge chamou a atenção, irritação tomando conta da sua voz. — Podemos voltar ao foco aqui?

— É, pode *adular*[12] a Alice depois. — Lebre riu, o que fez Scrooge revirar os olhos. — Ah, qual é! Isso foi engraçado. — Ele olhou em volta

---

12 Fawn: Trocadilho com a palavra em inglês que se traduz adular, bajular, mas também significa cervo.

da mesa, ninguém rindo, exceto Dum. — Tanto faz. Vocês são todos um bando de ignorantes.

— Eu achei engraçado. — Dum ergueu a mão.

— Você não conta — Lebre zombou — Você acha que peidar na banheira é hilário.

— Mas é!

Scrooge passou a mão no rosto com um grunhido.

— Gente.

— É, estamos te acompanhando, chefe. A rainha blá, blá, blá, nós todos morremos. — Lebre se recostou à cadeira, colocando as pernas em cima da mesa.

— Por que eu voltei? — Scrooge resmungou, endireitando os ombros, e encarando o teto.

— Você nos ama? — Dee se colocou de joelhos, se inclinando na mesa.

— Discutível.

— Lebre faz o melhor bolo de chocolate em toda a terra? — Pin saltitou na cadeira.

— A única explicação. — Scrooge suspirou, esfregando a cabeça, cansaço pesando seus ombros. A coisa pela qual ele tinha passado estava fazendo seu corpo ceder, e ele precisava descansar por causa dos eventos traumáticos que enfrentamos.

— Você sabe como devolver a alma do Papai Noel? — Rudy se levantou, andando até a caixa, encarando-a como se o próprio homem fosse saltar em um daqueles brinquedos de manivela.

— Sim, porque faço isso o tempo todo — Scrooge retrucou, friamente, quase enfurecido. — Não. Não faço ideia se ele tem que abrir a caixa, ou se precisamos mantê-la aberta para que ele engula aquela merda. Preciso da porra de uma bebida.

— Se encontrar uma, me avise. — Lebre cruzou o tornozelo sobre o cotoco à mesa.

— Eu só estava perguntando. — A voz do Rudy estava uniforme, mas ele encarou Scrooge, pronto para desafiá-lo se fosse preciso.

Scrooge ergueu a cabeça, estufando o peito levemente, desafiando-o de volta sem palavras.

Merda.

— Amanhã. — Levantei, vendo as coisas se intensificarem rapidamente.

— O quê? — Scrooge desviou o olhar para mim.

SAINDO DA LOUCURA

— Isso pode esperar até amanhã.

— Não, não pode...

Andando até ele, parei bem na sua frente.

— Isso. Pode. Esperar.

Ele piscou para mim.

— Nenhum de nós fará algo de bom se continuarmos forçando a barra. Uma noite de sono e então podemos começar a planejar. — Ergui o queixo. — Não discuta comigo. Eu vou ganhar, porque você sabe que estou certa. Jessica não sabe aonde estamos. Ainda não. Precisamos dormir. E para ser sincera, você está sendo um completo babaca, e se não dormir um pouco, alguém aqui, *provavelmente eu*, vai te derrubar.

— Como é? — A cabeça do Scrooge se inclinou para trás entre nós.

— Eu gaguejei?

Ele ergueu os ombros, indignação retesando os músculos, o peito estufando a ponto de encostar no meu.

— Você quer repetir isso? Eu não devo ter te escutado direito.

— Você me ouviu muito bem. — Devolvi a postura, sem recuar.

— Acha que consegue me derrubar? — ele grunhiu, os olhos incendiando, a mandíbula travada e o mundo ao nosso redor desaparecendo.

— É como se você estivesse implorando por isso — incitei, me aproximando ainda mais.

— Sério? — Ele se inclinou sobre mim, pressionando o corpo contra o meu, me fazendo segurar o fôlego.

— Sério. Lebre, tem alguma garrafa por aqui?

— Na cozinha. — Lebre apontou para algo às suas costas. — Mas você prometeu que eu faria dessa vez.

— Aquilo foi para o Nick.

— Qual é, você não pode bater em todos os idiotas — Lebre suplicou, juntando as mãos. — Deixa. Deixa. Só uma batidinha pequenininha.

— Acham que qualquer um de vocês pode me derrubar? — Scrooge rosnou, dando um passo na minha direção, seu corpo ameaçador vibrando em pura energia. Selvagem. Feroz. Despertando fagulhas em mim, fazendo meu nariz inflar de desejo.

— Uou. Uou. — Rudy tentou se colocar entre nós, me afastando do Scrooge, me tirando da bolha em que estávamos presos. — Afaste-se, amigo.

— Saia da frente, *amigo*. — O olhar ardente do Scrooge ainda estava fixo ao meu. — Isso é entre mim e ela.

— Não. — Rudy o empurrou alguns centímetros para trás, ficando frente a frente com ele. — Isso é sobre *nós*, e você sabe disso. Tem sido desde o dia em que ela chegou.

— Oh, aí, sim. — Lebre sentou-se na cadeira, os olhos arregalados de entusiasmo. — A batalha de paus *versus* chifres finalmente teve início.

— E eu tenho ambos. — O tom insensível do Rudy foi de encontro com a provocação que fez na cara do Scrooge. — Faça como a moça pediu e vá para a cama, ou você e eu levaremos isso lá para fora. E você não parece nem de longe pronto para isso.

Scrooge bufou, seu olhar queimando de raiva.

— Acha que vou lutar com você por ela?

Ai.

— Não. — A voz do Rudy saiu mais baixa do que o normal. — Você não engana ninguém aqui, incluindo a si mesmo. Você tem sido meu amigo há um longo tempo, mas, sim, vou te desafiar por ela se chegarmos a esse ponto. Essa é a minha natureza. Você precisa parar de viver no passado, se punindo. Se quiser, vai ter que lutar. Porque *eu lutarei*.

Scrooge ergueu a cabeça, alargando os ombros, sua mandíbula enrijecendo. Houve alguns instantes tensos antes que ele se afastasse.

— Faça a porra que quiser. — Ele pegou um cobertor do sofá e, rapidamente, subiu a escada para o minúsculo *loft*, desaparecendo no corredor.

— Mas esse é o meu quarto… — Lebre murmurou, baixinho, se jogando de novo na cadeira. — Tempos felizes. O babaca raivoso, altivo e amargurado está de volta. Ele não transou nenhuma vez enquanto vocês estavam longe?

Estremeci, imaginando o tempo que esteve morando com Jessica, principalmente assim que ele chegou, acreditando que deveria estar apaixonado pela esposa. Será que eles transaram? Ela o enganou para dormir com ela?

Meus ombros tremeram, um arrepio percorrendo minha coluna. Eu realmente não queria pensar nisso.

— Alice. — Rudy se virou para mim, cheio de intenções em seus avanços.

— Amanhã. — Cansaço me dominava por inteiro, pressionando meus ossos contra o chão. Seja lá o que ele queria conversar comigo, eu não seria capaz de aguentar. — Hoje à noite, não. — Estendi a mão para o Pinguim e os gêmeos.

— É claro. — Ele abaixou os chifres, me observando levar o grupo para o quarto de hóspedes no corredor.

SAINDO DA LOUCURA

— Uau, Srta. Alice. Você é tão sortuda. Tanto o Rudy quanto o Scrooge lutando por você. — Os olhos da Dee brilharam com uma animação sonhadora. Os gêmeos subiram na cama, enquanto Pin se aconchegou no pequeno ninho de cobertores que ele mesmo construiu no cantinho.

— Ninguém está lutando por mim — retruquei, puxando a coberta sobre eles. — Não sou um prêmio para ser disputado.

— Ah, eu sei, mas deve ser legal. Os dois são tão lindos e bons.

— Bons. — Ri. De jeito nenhum é a palavra que eu usaria para descrever o Scrooge.

— Gotinhas de ameixa! Quando *você* o desafiou... — Os olhos de Dum estavam arregalados em admiração. — Ele não sabia o que fazer. Ele nunca teve ninguém para fazer isso com ele.

— Como assim?

— Belle nunca teria feito aquilo. — Dee balançou a cabeça. — *Nunca* mesmo. Ela concordava com tudo o que ele falava.

— Sério? Até quando ele está sendo um idiota?

— Principalmente assim. — Ela se aconchegou mais contra o travesseiro, mas a animação ainda brilhava em seus olhos. — Belle não era nada como você. Você é incrível, Srta. Alice. Durona, uma princesa guerreira.

— Me chame de Xena.

— Quem?

— Deixa para lá. — Inclinei-me, beijando os dois na testa. — Boa noite.

— Boa noite — eles cantarolaram juntos quando segui para o Pin.

— É tão bom ter você de volta, Srta. Alice. — Os olhos do Pin pesaram. — Não me importei em ter te visitado no seu reino. Embora estivesse frio lá.

— O quê? — Confusão me fez franzir o cenho. — Do que você está falando, Pin?

— Você precisou de nós. — Ele suspirou, sonolento, fechando os olhos. — Nossos corpos podem ter ficado aqui, mas somos parte de você e do Sr. Scrooge. A família está lá quando mais se precisa um do outro. Mesmo em nossos sonhos... — ele murmurou, a voz ficando mais baixa. Um assobio de um ronco saiu pelo seu bico, seu corpo relaxando em seu casulo.

Ele sabia das minhas alucinações? Eram realmente eles vindo até mim? Ninguém mais parecia se lembrar daquilo. Somente o Pin tinha consciência disso?

Às vezes, parecia que o Pinguim era o mais sábio de todos nós. O mais ciente das coisas que iam além do natural, sua inocência pura o permitia ver e compreender muito mais.

Saindo do quarto, me arrastei pelo corredor, dispensando o banho tão desejado. Amanhã.

Rudy e Lebre haviam limpado a cozinha e estavam se ajeitando para uma sesta de inverno.

— Por favor, fique com o sofá. — Rudy gesticulou para que eu me deitasse no sofá irregular.

— Não, obrigada. O chão está bom.

— Boa escolha. — Lebre riu, se enrolando na poltrona, colocando as pernas sobre um braço do assento. — Você não quer saber onde a bunda pelada do Dum esteve lá.

— Agora nunca mais vou me sentar ali. Valeu.

— Sem problemas. — Lebre estalou os dedos e deu uma piscadinha, deitando a cabeça no outro braço. — Eu te protejo, garota.

Rastejei pelo tapete, pegando um cobertor e um travesseiro. Com a atenção do Rudy focada em mim do sofá, virei-me de costas para ele. Observei o fogo dançar e crepitar, lembrando-me da outra noite em que dormi aqui... outro homem me encarando do sofá antes de se juntar a mim. O porte firme do Scrooge se pressionando contra o meu corpo, quente e pesado, fazendo cada nervo formigar com desejo.

Meu olhar se desviou para o *loft*, desejando que ele estivesse ao meu lado de novo, ansiando por seu peso como uma droga. Eu sabia que quando recuperou todas as suas lembranças, deve ter revivido o sofrimento outra vez. Assistir novamente sua esposa e filho morrerem, seus amigos sendo torturados. A dor, a angústia, a agonia. Todas as coisas que ele pensava merecer.

Ele estava construindo uma parede entre nós, e eu não sabia se seria capaz de ultrapassá-la dessa vez.

SAINDO DA LOUCURA

CAPÍTULO 28

— Bolas cabeludas de marshmallows assados! — gritei, as gotas d'água parecendo adagas contra a pele. Rapidamente, esfreguei o corpo e cabelo, a lâmina barata fazendo minha pele arrepiada arder. — Quebra-nozes do caralhooooo!

Um banho enregelante pode ter me acordado, mas não ajudou com meu mau-humor. Quando consegui dormir, pareceu apenas alguns instantes antes que Pin e Dum estivessem pulando em cima de mim, insistindo para que eu acordasse, com risadinhas e cantoria. Meus olhos ardiam de sono, meus ossos doendo como se estivessem sentindo apenas agora tudo o que os fiz passar.

Pulando no chuveiro antes que a casa inteira acordasse, eu estava meio arrependida dessa decisão súbita. Ninguém deveria se torturar assim sem um café batizado.

— Alice? — Uma batida suave ressoou na porta enquanto eu desligava o chuveiro, a voz do Rudy soando do outro lado. — Encontrei algumas roupas para você. Não tem muita coisa, então peço desculpas.

Meu jeans e o moletom estavam rasgados, ensanguentados, e ainda úmidos, e agora estavam em um bolo no chão onde os larguei. Havia sido extremamente desconfortável dormir com eles, o jeans roçando minha pele.

Enrolando-me em uma das últimas toalhas, ciente de que lavar as roupas seria algo a se fazer, abri a porta e dei uma olhada do lado de fora.

Rudy era uma obra de arte. O *Davi* do Michelangelo. Com um corpo magro definido, profundos olhos castanhos, nariz alongado, lábios e cílios escuros, e uma tez linda, ele era realmente bonito. Singular. A única resposta para ele era um arquejo admirado.

Ele segurava uma pilha de roupas.

— O que diabos é isso? — Arregalei os olhos, minha cabeça balançando automaticamente enquanto eu levantava uma blusinha minúscula e o que parecia ser um short de algodão do tamanho de uma criança.

— Roupas de elfo — Rudy disse, com naturalidade. — É tudo o que restou.

— Vou usar as minhas, obrigada.

— Eu vi aqueles trajes. Eles estão nojentos. — Ele franziu o nariz. — Você passou por um triturador de madeira no caminho para cá?

Não, mãos e garras de brinquedos e cacos de vidro.

— Use isso até que as lavemos e sequemos pelo menos. — Rudy as colocou na minha mão. — Lebre está quase terminando de fazer o café da manhã. Espero te ver lá. — Ele abaixou a cabeça em uma pequena reverência, se afastando e andando pelo corredor.

Um pequeno sorriso curvou a minha boca. Ele era tão majestoso, gracioso e adequado, mas em outros momentos você conseguia ver totalmente o animal selvagem que havia nele.

Colocando as roupas sobre a pia, encarei a parede sem espelhos, relembrando do momento naquele manicômio em que meu cérebro tentou me trazer de volta para cá. Pensei que estava enlouquecendo quando, de fato, estava apenas tentando me mostrar a verdade. Era uma coisa boa que Nick não tivesse nenhum espelho que trouxesse diretamente para seu esconderijo, principalmente agora que eu havia aberto os portais, permitindo que Jessica passasse por eles.

Coloquei a blusinha branca, que chegava até o umbigo, e, provavelmente, não fazia nada para cobrir as curvas por baixo. Felizmente, dessa vez eu tinha um sutiã. Uma risada rouca escapou de mim quando levantei o minúsculo short verde com suspensórios listrados em vermelho e verde. Vestindo-o, eles cabiam em mim como shorts de menino, o suspensório pendurado nas minhas coxas.

— Que elfa vulgar — murmurei para mim mesma, puxando a roupa. Não que eu não tivesse usado muito menos aqui, mas tentar encaixar o corpo de uma mulher em roupas de crianças era ridículo.

Depois de pentear o cabelo e escovar os dentes, segui para a sala principal, o aroma da comida deliciosa pairando no ar, o som de conversas e movimentação me recebendo. Mas foi a voz *dele*, o timbre grave, que ronronou pela minha pele.

— Preciso que você fique aqui, Lebre. Ajude a preparar comida, suprimentos, o treinamento. Cabe a você e à Srta. Liddell. Precisamos espalhar a

SAINDO DA LOUCURA

notícia de que ele está de volta. Trazê-los para cá. Precisamos que eles sejam capazes de se proteger contra os homens dela. A guerra está chegando.

— E você espera transformar um bando de elfos comedores de doce e abraçadores de árvores em guerreiros violentos?

— Sim. Temos que fazer isso.

Arrastei-me pelo corredor, vendo Rudy sentado em uma cadeira. Scrooge e Lebre estavam na beirada da mesa, enquanto Dee, Dum e Pin corriam ao redor dela sem prestar atenção neles, e ninguém me notou também.

— Não. Foda-se! Não vou fazer isso de novo. Você acabou de voltar, e quer nos deixar novamente? Que tal eu ir no seu lugar? Você fica aqui de babá pelo menos uma vez. — Lebre abaixou a bandeja de *muffins*, vapor saindo dos bolinhos.

— É melhor se eu for lidar com ele, você sabe... depois da última vez. — Scrooge se inclinou sobre o Lebre. — Mas se eu me lembro, falei para você ir para lá se eu ficasse longe por mais de quatro dias. *Você não foi.* Então, não choramingue agora.

— Não aja como a porra de um mártir! E esses idiotas não teriam sobrevivido um dia sem mim. Ele... — Lebre gesticulou para o Rudy, que estava se mantendo fora da briga deles em silêncio — era inútil até alguns dias atrás. Dee estava fraca. E ninguém mais saberia nem onde cair morto se eu os deixasse no comando. — Lebre subiu na mesa, ficando da altura do Scrooge, fúria eriçando seus pelos. — Você poderia estar tranquilo em nos deixar tão facilmente, mas esse grupo é a minha família. *Eles são tudo o que eu tenho...*

Scrooge enrijeceu, contraindo a boca.

— Acha que foi fácil, para mim, deixar vocês?

— Pareceu — Lebre rosnou, descarregando sua raiva e medo acumulados. — Você não deu a mínima para o que a sua ausência ou morte teria feito *conosco.* Você não se importou com nossos sentimentos ou como seguiríamos em frente. Você está tão consumido pela sua própria dor e raiva que não nos enxerga. Não vê que precisamos de você. Dependemos de você. Sinto muito que eles morreram... mas nós ainda estamos aqui, e somos sua família tanto quanto.

Scrooge suspirou pelo nariz, seu peito se estufando como se ele tivesse levado um tapa no rosto.

— Não havia outra escolha, mas e-eu nunca pensei...

— Não! — Lebre explodiu, mas seus ombros penderam, uma tristeza arrastando-se pela sua postura, as orelhas se abaixando. — Você não pensa. Você quer tanto acabar com tudo, que esquece de ver quem ainda está aqui. As pessoas que te amam. Por quem vale a pena viver. — Lebre desceu para a cadeira, virando de costas para Scrooge.

— Lebre. — O rosto do Scrooge se retorceu de dor. — Me desc...

— Não. Não quero ouvir agora. — Lebre balançou a cabeça, tirando mais uma bandeja de *muffins* de framboesa do forno, seu tom de voz concentrado de novo no trabalho. — Então me fale, enquanto você estiver correndo montanha acima, como vou espalhar a notícia para os guris açucarados, ou juntar suprimentos sem que a rainha escute os rumores?

Scrooge se remexeu, lambendo os lábios como se estivesse tentando se reajustar ao assunto depois da explosão do Lebre. Scrooge precisou ouvir aquilo, saber que ele era importante, que suas ações tinham consequências e afetava aqueles ao seu redor. Principalmente seu melhor amigo.

— Tomando cuidado?

— Valeu. — Lebre o encarou, ameaçadoramente. — Ajudou muito.

— Para onde você vai? — Rudy, finalmente, interpelou, franzindo o cenho em confusão.

— Bem… — Um lento sorriso maléfico se curvou no rosto do Scrooge. — Em tempos como esse, o inimigo do seu inimigo é seu aliado.

Rudy piscou, escancarando a boca e arregalando os olhos.

— Nãoooo.

— Sim.

— Pudim. Sanguinolento. — Lebre esfregou o nariz. — Você realmente tem tendências suicidas. Não lembra que ele e aquele monstro tentaram me comer da última vez?

— É. — Scrooge soltou uma risada, inclinando a cabeça para trás. — Bons tempos.

— Só você acha isso. — Lebre cruzou os braços enquanto Pin dançava em volta dele, tentando alcançar um bolinho.

— Qual é, cadê seu espírito aventureiro? — Scrooge deu um sorrisinho, pegando Pin e colocando-o em uma cadeira, pondo um *muffin* na frente dele.

— *Muffinsmuffinsmuffins!* — Dee e Dum pularam ao lado dele. — Abram espaço! Abram espaço!

— Você realmente acha que ele nos ajudaria? — Rudy se inclinou para frente, dúvida envolvendo sua voz.

SAINDO DA LOUCURA

— Espero que sim. — Scrooge ergueu um ombro. — Só porque ele quer seu título de mais abominável da montanha de volta. — Scrooge olhou em volta do cômodo, focando na caixa fechada. — O Nick voltou?

— Deve ter voltado. — Lebre franziu o cenho. — Todos os biscoitos desapareceram, assim como a maior parte do leite. O desgraçou deixou migalhas por toda parte, mas escapou antes que eu pudesse pegá-lo.

— Precisamos encontrá-lo. Quero resolver com ele antes de ir.

— Mais uma vez, você vai embora sem se despedir? — Entrei no cômodo.

A cabeça do Scrooge se virou para mim, a boca escancarando enquanto seu olhar percorria meu corpo, analisando minhas roupas. Calor flamejou atrás dos seus olhos antes que ele desviasse o olhar para o lado, contraindo a mandíbula em irritação.

— Uh-oh… alguém está encrencado — Lebre cantarolou baixinho.

— Srta. Alice! Srta. Alice! — Pin e Dee gritaram meu nome antes de voltar para seu café da manhã.

— Uau. — Dum piscou, soltando seu bolinho e me encarando boquiaberto. — Santos pirulitos! Você parece tão *élfica*.

— Coma seu café da manhã. — Lebre deu um tapa na cabeça do Dum, desviando o olhar dele de mim. — Só porque Alice está realmente vestida como um *doce* não significa que você pode babar nela como se fosse um.

— Legal. — Encarei Lebre enquanto ele me dava uma piscadinha.

— Eu te protejo, garota — ele provocou, estalando os dedos como fez na noite passada.

Voltei-me para Scrooge.

— Para onde está indo dessa vez? Terei que ir salvar seu traseiro de novo?

— Para um lugar idiota — Lebre respondeu por ele. — Mas sério, qual é a novidade?

Scrooge não me encarava, mantendo-se em silêncio.

— Você não vai me dizer? — Balancei a cabeça, cruzando os braços. — Deve ser ruim.

— Muito ruim — Lebre bufou, se jogando na cadeira. — Você vai odiar.

— Se você acha que vou te impedir, então deve ser algo ainda mais absurdo do que os seus outros planos foram. — Recostei-me contra a parede, erguendo uma sobrancelha para ele.

— Na verdade, não — Lebre murmurou, enfiando um *muffin* na boca. — São todos igualmente pirados.

— Algo com o qual concordamos. — Inclinei a cabeça para o Lebre.

— O que realmente preciso agora é que encontremos Nick. Todos os nossos planos irão desmoronar se não conseguirmos o Papai Noel de volta. — O olhar do Scrooge se desviou para mim. — Sem ele, não temos esperança.

O olhar do Rudy se intercalou entre mim e Scrooge.

— Já que tenho certeza de que você tem coisas a fazer antes da sua partida, Alice e eu podemos ir procurá-lo. — Rudy se levantou da mesa, encarando Scrooge.

Um músculo se contraiu na bochecha do Scrooge.

— Se estiver tudo bem por você, Alice? — Rudy sorriu, aproximando-se de mim. — Eu queria conversar com você a sós, de qualquer forma.

— Claro. — Fui na direção dele, vendo os ombros do Scrooge se endireitarem, um nervo tremendo no seu maxilar.

— Ótimo. — O sorriso do Rudy foi direcionado ao Scrooge. — Está tudo resolvido. Tenho certeza de que você precisa se organizar para a sua missão. — Rudy era tão calmo, que era difícil saber o que ele estava sentido, mas eu poderia jurar que ele estava tendo um imenso prazer em alfinetar seu amigo.

— Ótimo. — Os lábios do Scrooge se contraíram, sem se mexer um centímetro enquanto Rudy e eu passávamos por ele.

Enfiando os pés nas minhas botas e roubando um cardigã da Dee, tamanho infantil, Rudy e eu saímos para a escuridão, fechando a porta atrás de nós, a risada do Lebre nos seguindo.

— Alice? — Rudy murmurou meu nome, lentamente, criando nós retorcidos no meu estômago.

— Cadê o Frosty? Ele não está mais aqui? — falei, depressa, enrolando o moletom ao meu redor. Não estava frio, mas eu precisava de uma barreira; a intensidade dele me enchia de nervosismo.

— Ele nunca retornou desde que vocês dois foram embora — Rudy respondeu, pigarreando. — Alice, eu realmente queria falar com você a sós.

— É? — Segui para o galpão ao lado. Onde mais Nick poderia ir? Não havia nada ao redor deste lugar.

— Sim. — Ele me parou, girando-me para que o encarasse. — Embora não possa dizer que não apreciei aquilo.

— O quê?

— Provocá-lo. — Rudy sorriu. — Vejo como ele se sente em relação a você. Mas ele não te reivindicou, e quero deixar as coisas bem claras. Também estou te perseguindo. Senti a conexão entre nós desde o começo. Você não pode negar essa ligação.

SAINDO DA LOUCURA

211

— Não, mas... — Mordi o lábio. Eu sentia, sim. A atração estava lá, mas não era o mesmo, não o que eu sentia pelo Scrooge.

— Eu não me senti assim desde Clarice. — Rudy abaixou a cabeça. — Ela partiu meu coração quando me deixou pelo Blitzen.

— Sinto muito.

— Ela preferiu fama e atenção do que o verdadeiro *eu*. Eles se merecem — ele afirmou. — Mas você... *você* é especial.

— Certo. Toda a extra magnitude. — Ri, seguindo para o galpão novamente, um silêncio desconfortável pairando no ar. Precisando mudar o caminho em que estávamos trilhando, perguntei:

— Quando você estava doente, ficou repetindo *"você é ela"*. — Ele também disse isso para mim quando apareceu nas minhas visões.

— Ah. — Ele assentiu, aproximando-se de mim. — Foi um momento um pouco vago para mim.

— O que você quis dizer?

— Existe um rumor, sussurros de uma fábula, a maioria ignorou como se tivesse sido inventado. Não há detalhes específicos, mas a fofoca circula por aí há um longo tempo. — Ele abriu a porta da cabana, me deixando entrar primeiro. Era escuro e mal tinha o tamanho de uma garagem, mas eu duvidava que estávamos aqui realmente procurando o Papai Noel de qualquer forma.

Rudy entrou depois de mim, puxando uma cordinha, o que iluminou o celeiro à meia-luz. De um lado, havia bancadas de trabalhos repletas de ferramentas; no outro, havia um trenó quebrado e bagunça.

Nada do Papai Noel.

— O conto nunca se desviou da história comum de uma garota, cheia de extra magnitude e magia, tornando-se a salvadora de Winterland.

— Salvadora. — Dei uma risada entrecortada, nervos saltando pelo meu corpo enquanto ele se aproximava de mim. — No mínimo, eu ajudei a destruir esse reino mais rápido. Eu sou a razão de Jessica ter saído e conseguir aniquilar esse lugar de vez.

— A história de um herói nunca é fácil. — Rudolph segurou o meu rosto, sua pele tão macia quanto pelagem. Seu polegar roçou meu lábio inferior.

— Eu não sou uma heroína. — Engoli em seco por conta da sua proximidade, meu coração palpitando nervosamente.

— Não precisamos de uma heroína. Precisamos de você — ele sussurrou, se aproximando, sua boca a centímetros da minha. — Diga-me, Alice, você está pronta para ser *ela*?

212 STACEY MARIE BROWN

CAPÍTULO 29

Congelada no lugar, a resposta ficou presa na garganta enquanto a boca do Rudy pairava sobre a minha.

— Alice. — Ele se aproximou mais ainda, roçando os lábios suavemente nos meus.

— É isso o que procurar pelo Nick realmente significa? — Uma voz grave vibrou da porta, me afastando do Rudy, atraindo meu olhar subitamente para a entrada. Scrooge estava inclinado contra o batente, os braços cruzados sobre a camiseta branca, a expressão indiferente, mas seus olhos eram como uma tempestade violenta. Um olhar feroz e brutal. — Tolice a minha, não é? Nunca pensei em procurá-lo na garganta da Alice.

— É claro. Bem na hora. — Rudy contraiu os lábios, abaixando a mão enquanto se afastava, bufando irritado. — Pensei que estava partindo, meu amigo? Você não deveria ir logo para sua viagem?

— Você gostaria disso, não é mesmo? — Scrooge retrucou, tranquilo, mas eu conseguia ouvir a tensão, a ameaça por trás de cada sílaba. — Não posso ir embora até encontrarmos o Nick, ou você se esqueceu?

— Está mais para você não *querer*. — Rudy se virou para encará-lo, mas permaneceu perto de mim. — E acho que todos nós sabemos que isso não tem nada a ver com encontrar Nick.

O olhar do Scrooge se intensificou nele.

— Você teve diversas chances. — Rudy segurou minha mão, a atenção do Scrooge se desviando para o nosso contato, até que um rosnado quase inaudível trovejou em seu peito. — Mas agora que estou esclarecendo minha intenção, você quer agir?

A declaração do Rudy me chocou, uma raiva surgindo dentro de mim. Virando-me, soltei-me de seu agarre, cruzando os braços em desafio. *É, sobre que diabos foi isso?*

— Você não a quer, mas ninguém mais pode tê-la também? Não se pode ter os dois, velho amigo. — Rudy inclinou a cabeça para trás, os chifres encostando no topo da minha cabeça. — Ela é extraordinária demais para ficar em uma prateleira. Pretendentes sairão da toca por ela. Planejo reivindicá-la antes que o façam.

— Me reivindicar? — Fiz uma careta. Sim, ele era de outra época e reino, outra espécie, mas sua frase, ainda assim, me irritou.

Os lábios do Scrooge se contraíram com um lampejo de diversão, mas ele não havia se mexido da posição na porta.

Rudy balançou a cabeça, decepção e irritação trepidando através do seu suspiro. E então, em um piscar de olhos, ele se virou para mim, as mãos agarrando as laterais da minha cabeça, a boca descendo sobre a minha. Reivindicando. Um sibilo assustado escapou da minha garganta, e acabei separando meus lábios, permitindo-o aprofundar o beijo.

Eu não poderia negar o arrepio que me percorreu de cima a baixo, seus lábios macios dançando sobre os meus, meu corpo respondendo ao beijo suave.

Tão rápido quanto o beijo começou, ele acabou. Com um urro, o corpo do Rudy foi arrancado de perto do meu, chocando-se contra a parede. Scrooge o estrangulava, uma fúria poderosa emanando dele. O homem selvagem que havia dentro irrompeu completamente.

— Não toque nela, caralho — Scrooge disparou, fervilhando, aproximando-se do rosto dele, seu aperto se intensificando. Rudy se debateu em busca de ar, lutando contra o agarre brutal.

— Scrooge. Pare. — Cambaleei até ele, tentando puxar sua mão, mas ele nem pareceu me notar, seu olhar focado inteiramente no Rudy.

— *Nunca* mais toque nela de novo.

— Está pronto para me desafiar? — Rudy ergueu o queixo.

— *Ela é minha*. Você me entendeu? — Ele o bateu contra a parede de novo, seus dedos se aprofundando em volta da garganta.

— Aí está ele. — Rudy soltou uma risada engasgada, seus olhos brilhando com o que parecia ser triunfo. — Eu estava imaginando se ele ainda existia. É bom ver que ele não está completamente enterrado.

— Ela é minha? — resmunguei, revoltada, indignação me fazendo ranger os dentes, batendo no braço do Scrooge, o que gerou pouco impacto. — Vá se foder. Eu *não* sou algo para se possuir. Não é da sua conta o que faço ou com *quem*.

Seu olhar disparou para mim, as narinas inflando, suas íris focadas nas minhas com tanta intensidade, que meus pulmões se esforçaram para obter oxigênio.

— Saia. Daqui. — Scrooge empurrou Rudy de novo antes de abaixar a mão. — Agora.

Tossindo, Rudy segurou a garganta, respirando profundamente, uma risada estranha escapando dos seus lábios. Eu conseguia sentir seu olhar em mim, mas raiva enevoou tudo, exceto Scrooge. Cerrei os punhos, respirando com dificuldade por conta da minha fúria.

— SAIA. DAQUI! — Scrooge explodiu contra Rudy, sua atenção nunca se desviando de mim, seu peito estufando em ira.

Nem percebi quando Rudy saiu, mas ouvi a porta se fechando, deixando-nos a sós, o cômodo, de repente, paracendo pequeno demais. A força hipnótica do Scrooge sempre foi demais para um mundo, devastando e dilacerando as emendas. Dominando o lugar.

Implacavelmente, seu olhar me perfurou, seus músculos vibrando com energia, tirando o ar dos meus pulmões. Silencioso e calmo, como se estivesse caçando sua presa, ele deu um passo à frente. Medo e desejo percorreram meus ossos, sem saber se ele queria acabar comigo ou me foder.

Um lento sorrisinho curvou seus lábios, como se ele pudesse ler cada sutileza.

— Sim. Eu adoraria nada mais do que tirá-la daqui. Mandá-la de volta para a Terra que é o seu lugar. — Ele deu mais um passo. Eu não me movi, recusando-me a recuar diante de seu corpo ameaçador. — Me afastar.

— Então faça isso — desdenhei, inclinando a cabeça para trás quando ele pairou sobre mim.

Seu maxilar se contraiu.

— Faça! — gritei, batendo as mãos contra seu peito. — Faça. Alguma. Coisa. — Com seu silêncio, eu o empurrei de novo, minha ira crescendo. — Afaste-se de mim. Vá.

Com um rápido movimento, ele segurou meus pulsos, empurrando-me de volta contra a parede com um estrondo, prendendo-os ao lado da minha cabeça, desencadeando arrepios pela minha corrente sanguínea.

— Não. Posso — grunhiu, seu corpo pressionando-se contra o meu, a fúria passando por entre seus dentes entrecerrados. — Estou revoltado. Eu me odeio... odeio *você*. — Seu agarre se intensificou mais ainda, apenas aumentando minha própria mágoa.

SAINDO DA LOUCURA

— Ótimo — resmunguei, enraivecida. — Agora me solta.

— Você não quer saber o motivo?

— Particularmente, não. — Tentei me livrar de seu agarre, meu joelho disparando para cima.

Desviando para o lado, meu golpe o atingiu na coxa; ele inclinou a cabeça em advertência.

— Pare.

— Vá se ferrar. — Eu o empurrei, tentando sair. — Lembre-se, você não pode me dizer o que fazer. Ninguém me possui, a não ser eu mesma.

— Sério? — Ele abaixou a cabeça, suas palavras fervendo pelo meu pescoço, fazendo o desejo pulsar no meu corpo. — Que tal eu te foder bem aqui? Fazer. *Minha*. Reivindicação.

Um estrondo de ódio e desejo desceu sobre mim como uma cachoeira, removendo qualquer pensamento racional da cabeça, meu corpo me traindo, curvando-se contra o dele.

— Foi o que pensei. — Ele arrastou os dentes pelo meu pescoço, rugindo no meu ouvido. — Rudy fala isso e você rejeita. Negue o quanto quiser, mas consigo sentir o quanto te excita quando *eu* falo.

— Não — tentei constestá-lo, dizendo que estava errado.

— Continue mentindo. — Ele soltou um braço, levando seus dedos até o meu peito, envolvendo-os ao redor do meu seio, antes de seguir para o minúsculo short; seus dedos se arrastando sobre mim, minha respiração acelerando. — Mas consigo sentir o quão molhada você está.

— Você só me quer porque o Rudy mostrou interesse. — Eu o encarei; minha mão livre caiu para o meu lado, mas não o impediu de avançar. — Não gosta quando alguém mexe com seu brinquedinho?

— Não tenho dúvidas de que Rudy quer você, mas ele fez aquilo para me provocar. Me despertar — Scrooge fervilhou, seus dedos adentrando o short, encontrando-me nua. — Caralho — ele sibilou, seus dedos deslizando fundo.

Abri a boca, arfando, e minha cabeça nublou por conta de seu toque. Abrindo mais as coxas, gemi:

— Ai, minha nossa...

— Eu sempre quis te foder. Este não é o problema. — Esfregou minha carne com mais rapidez, rangendo os dentes como se estivesse com raiva de mim. — Eu te disse que amava minha esposa. E isto era verdade... — Soltou meu outro braço, usando a mão livre para arrastar meu short pelas pernas. — O que não te contei é que o que sinto por você não se compara em nada com o que sentia por ela.

O fogo subia pelas minhas pernas, e arqueando as costas, friccionei meu corpo contra seu ritmo implacável; todos os músculos se contraíram, meu peito arfando diante da necessidade.

— Eu a abandonei, Alice. Eu a amava e, ainda assim, fui capaz de ir embora. — Animosidade vibrava em sua voz. — Nem mesmo lutei quando ela mais precisou de mim — sibilou, com selvageria e as pupilas dilatadas. — Então você apareceu... e eu quase destruí o mundo para chegar até você quando Jessica te aprisionou. Nada... e eu quero dizer *nada*... teria me impedido de te encontrar. Mesmo a chance de viver com meu filho outra vez. Então... é isso aí. — Curvou os dedos em meu interior, fazendo com que fagulhas brilhassem por trás das minhas pálpebras.

— Scrooge... — Seu nome saiu da minha boca como uma súplica, meu orgasmo já à vista.

Ele afastou a mão e meu corpo resmungou diante da necessidade de senti-lo outra vez. Eu não queria que ele parasse. Seus olhos estavam focados em mim com possessividade, aquecendo cada fibra do meu ser.

— Eu quero te odiar. Quero odiar a mim mesmo. Ela era minha esposa... mas só de pensar em algo acontecendo com você... Se Blitzen tivesse levado você? — Agarrou um punhado do meu cabelo, puxando minha cabeça para angular a boca a centímetros da minha. — Eu *destruiria tudo*.

Agarrando meus quadris, ele me atirou na frente do trenó e suas mãos arrancaram o short e as botas pelo caminho. Abrindo minhas pernas, ele se colocou entre elas e eu enlacei sua cintura assim que seus lábios devoraram os meus com uma fome selvagem.

Raiva. Desejo. Ódio. Necessidade. Tudo junto ricocheteou em uma rajada poderosa, crepitando o ar ao redor com o frenesi da paixão. Mordendo. Beliscando. Chupando. Sua boca possessiva nos consumia mutuamente. Com avidez, exigíamos uma proximidade maior à medida que o beijo se intensificava.

Nós criamos uma tempestade perfeita, trovejando a paixão poderosa pelo ar, como se fossem faíscas de eletricidade queimando tudo pelo caminho.

Afastando-me um pouco, arranquei sua camisa pela cabeça, seu tórax expandido com mais um fôlego antes de sua boca reivindicar a minha com força brutal.

Minhas mãos puxaram o cordão de sua calça vermelha, enviando-as ao chão. *Ai, pelas árvores de Natal... este homem podia ficar nu o tempo todo*. Não hesitei,

SAINDO DA LOUCURA   217

e meus dedos se curvaram ao redor de sua carne ereta, movendo para cima e para baixo. Sedoso e quente, eu podia senti-lo pulsar em meu punho.

— Alice — gemeu contra a minha boca, os dentes afundando no lábio inferior, os quadris impulsionando para frente, a respiração acelerada. Inclinando-me adiante, minha boca pairou sobre a parte inferior de seu abdômen, e sem hesitar, lambi a ponta de seu pau. — *Merda.* — Seus dedos se enfiaram por entre o meu cabelo. Um grunhido profundo sacudiu o celeiro quando minha boca o envolveu por inteiro. Amando a sensação de controle, tomei mais ainda.

Normalmente, esta não era uma das minhas coisas favoritas a fazer com outros homens, mas com ele, eu não me sentia vulgar ou degradada. Eu me sentia poderosa e forte pela forma como seu corpo reagia, sua respiração contida, os gemidos e grunhidos que vibravam de seu tórax.

— Alice. — Agarrou meu cabelo com força, enviando uma onda dolorosa pelo meu corpo. — Pare... — Ele me puxou para trás, os olhos azuis abrasadores encontrando os meus, o peito arfante.

Asperamente, arrancou minha regata pela cabeça, soltando meu sutiã e largando tudo no chão. Suas mãos deslizaram da minha barriga aos seios, o polegar esfregando o mamilo intumescido. Reclinei-me contra meus cotovelos, arqueando as costas quando sua língua resvalou pelo meu seio, mordiscando e chupando.

Meu corpo parecia estar estalando e vibrando com a eletricidade pulsante.

— Scrooge. — Ergui os quadris, roçando contra sua ereção e estremecendo ao senti-lo tão perto. Já estivemos assim antes e tivemos que parar. Nada nesse mundo seria capaz de me impedir agora. Nem mesmo se Jessica entrasse pela porta.

A vadia podia até assistir.

— Scrooge... — Minha voz estava rouca com a necessidade. — Eu quero você dentro de mim. Quero que me foda sem sentido. — Distorci as palavras que ele usou uma vez comigo.

Ele se inclinou para trás, os olhos selvagens e ferozes.

— Tome cuidado com o que está me pedindo, Srta. Liddell.

— Eu não pedi. — Empurrei seu peito. — Eu exigi.

Ele ficou imóvel por um segundo. Rosnando, ele me empurrou de volta contra o trenó, prendendo meus braços contra a estrutura vermelha. Com voracidade, rebolou os quadris e se esfregou contra mim, escaldando minha carne e incendiando meus nervos. Minha cabeça se chocou contra o metal, as costas arqueadas em puro êxtase.

— Scrooge!

Ele se curvou acima do meu corpo, os braços ladeando minha cabeça, arremetendo com força contra mim. Sua língua se enrolou ao redor da minha, me devorando, e a ponta do seu pau cutucou a entrada já úmida. Apertei seus quadris com os joelhos, então ele me penetrou. Raspei as unhas contra a tinta descascada quando o senti me preencher.

Arfei, desesperada. *Santo quebra-nozes possuído.*

Ele sibilou, agarrando meus quadris com força enquanto se retirava e se enfiava dentro de mim outra vez, arrancando um gemido dos meus lábios.

— Porra! — berrou, arremetendo com vontade. Gemi alto, incapaz de controlar os sons que eu mesma fazia. Uma corrente ardente subiu pelas minhas pernas, explodindo em meu interior e obliterando minha visão. — Puta merda. Você é tão gostosa — rosnou, puxando minha perna para cima e se afundando ainda mais.

Eu não conseguia dizer nada. Só sentir. Ofegando, desesperada, fui de encontro aos seus impulsos com a mesma intensidade, sentindo-o latejar dentro de mim. Meu coração pulsava nos ouvidos, e meu fôlego desapareceu à medida que ele me consumia.

Nosso ritmo frenético fez com que o trenó metálico se chocasse contra a parede, e minha pele friccionava contra a estrutura, ecoando ao redor.

Nunca conheci na vida algo que se equiparava à sensação de tê-lo dentro de mim. Êxtase total aniquilou toda a minha lucidez, seu comprimento e tamanho quase me partindo em milhões de pedaços, e tudo o que eu queria era mais.

— Mais forte! — Fui de encontro à sua agressividade, desafiando a violência de seus impulsos. — Me foda!

Ele rosnou e foi mais fundo, acelerando a velocidade e arrancando outro gemido da minha boca. Meu corpo estava sobrecarregado de sensações, chamuscado com o calor. Eu podia sentir o orgasmo se aproximando, os espasmos do meu corpo, desejando tudo dele. Para atingir a crista da onda.

Mas eu não queria que isso acabasse.

Como se pudesse sentir o clímax perto, ele se retirou.

— Nããão. — Mal consegui gritar antes que ele me levantasse e me fizesse girar. Com a mão apoiada em minha coluna, ele me empurrou contra a bancada, meus seios imprensados nas tábuas de madeira deixando meus mamilos sensíveis mais duros.

— Eu não terminei com você — murmurou contra o meu ouvido,

SAINDO DA LOUCURA

puxando meus quadris. Ele se enfiou por trás, me arrancando um gemido profundo, e as lágrimas se agruparam no canto dos meus olhos diante do puro prazer.

— Não pare! — gritei, enrolando os dedos nos ganchos da parede de ferramentas.

— Gosta de estar sendo fodida onde os brinquedos das crianças são produzidos? — Imprensou meu corpo com força, criando um mix de dor prazerosa por conta da fricção dos meus seios. Eu podia me sentir tremer dos pés à cabeça, ansiando por mais. — Diga, Alice. Você é tão sombria e pervertida quanto eu. Você gosta de estar na lista dos travessos, não é?

— Sim. — Arremeti para trás.

— Eu disse que havia um monte de coisas indecentes que eu queria fazer com você. E isso aqui não é nem o começo. — Uma mão se enrolou ao redor do meu pescoço, e a outra foi de encontro ao meu centro.

— Aaahhh... — resmunguei, curvando as costas e sentindo o orgasmo na beirada, meu corpo ganancioso e pulsante querendo mais.

Scrooge sibilou, liberando a besta sobre mim. Punindo. Depravado. Voraz.

Soltei os ganchos, os músculos paralisados à medida que meu corpo despencava pelo precipício e um grito explodia da garganta.

Como um milhão de luzinhas piscantes por trás das pálpebras, cada célula foi eletrocutada. Meu corpo estilhaçou, apertando-o como um torno. Ondas pulsantes me percorriam de cima a baixo, me encapsulando em tamanho êxtase. Senti que poderia explodir como milhares de partículas de confete, espalhadas pelo universo.

Um rugido ensurdecedor vibrou atrás de mim, e ele se impulsionou mais fundo contra meu corpo trêmulo, me inundando de prazer enquanto pulsava dentro de mim. Quente e reivindicando.

Seu peito desabou contra minhas costas, nossas peles pegajosas e suadas, ambos arfando em busca de ar. Nenhum dos dois se moveu quando despencamos no chão.

— I-isto... isto foi... — engoli em seco, sentindo a garganta em carne viva —... molho de mirtilos.

— Eu senti o mesmo. — Sua boca roçou minha testa antes de ele se afastar, deslizando para fora. Assim que ele se foi, eu o queria de novo, embora ainda fosse capaz de sentir sua reivindicação em cada pedacinho da minha pele.

E eu não estava nem aí.

Agarrando-me à bancada, olhei ao redor, com as pernas bambas.

— O trenó do Papai Noel...

— É, nós fodemos com ele também. — Bufou uma risada, se aproximando de novo. Segurando meu rosto entre as mãos, ele me deu um beijo tão profundo que cheguei a perder a noção de tempo e espaço.

— Meu Deus, se eu soubesse que você era tão gostosa assim... — Sua boca roçou contra a minha, aquecendo minhas veias mais uma vez. — Na verdade, seria melhor se eu ainda não soubesse disso.

— O quê? — Afastei a cabeça para trás.

Um sorriso enviesado e malicioso curvou seus lábios.

— Porque agora vou me tornar totalmente inútil... E isto pode se tornar um problema.

— Por quê?

Ele me pressionou contra a bancada novamente.

— Pelo fato de uma guerra estar às portas, e tudo o que quero de Natal é estar dentro de você. Sem cessar.

— Ah. — Eu o encarei.

Isto poderia ser um problema.

Porque eu me sentia do mesmo jeito.

SAINDO DA LOUCURA

CAPÍTULO 30

Meu corpo lânguido estava largado em cima de seu corpo nu, sobre o assento do trenó. Seus dedos percorriam minha coluna, para cima e para baixo, e o cheiro de poeira, madeira e sexo se infiltrava pelo meu nariz. Fadiga e entusiasmo duelavam por dentro, espasmando meus músculos, como se eu tivesse tomado litros e litros de café.

Depois da primeira vez, levou apenas cinco minutos para que nos lançássemos um sobre o outro, novamente, e dessa vez, em cima da bancada. Fomos tão afoitos na primeira vez, que nem sequer conversamos sobre proteção, coisa que eu nunca me esquecia. Nunca. Não em Nova York. Não dava para fazer nada ali, sem se resguardar de forma adequada.

— Porra, você é tão gostosa. — Seus quadris impulsionaram contra os meus. — Não consigo nem mesmo pensar quando estou dentro de você... Posso até ser de uma época diferente, mas não estou alheio às medidas de proteção modernas. — Ele me beijou, mordiscando meu lábio inferior. — Não temos doenças aqui, mas... — insinuou, quase se afastando.

— Eu uso anticoncepcional e estou limpa — arfei, enrolando as pernas com mais firmeza ao seu redor, querendo-o mais fundo ainda. — *Não pare.*

Implacável, ele acatou minha exigência até que virei mingau, derretendo sobre a mesa enquanto meus gemidos altos sobressaltavam até a mim mesma.

Ambos anestesiados e flácidos, ele fez com que nos deitássemos no trenó, onde tentamos recuperar o fôlego e acalmar as batidas dos nossos corações. Ficamos em silêncio por um momento, abismados com o que havia acontecido.

— Como você chegou aqui? — Minha mão traçou o contorno de sua tatuagem. — Se você já foi humano, como veio parar em Winterland?

Ele respirou fundo, seu peito vibrando contra o meu.

— Isso foi há muito tempo; já nem consigo me lembrar dos detalhes exatos. — Coçou a barba por fazer com os nódulos dos dedos. — Não

tive uma infância assim tão boa. Eu era pobre e estava sempre mendigando por comida. Minha mãe trabalhava em uma fábrica durante o dia, e à noite, num bar, para conseguir pagar as contas, mas isso era um evento raro. Tivemos alguns cavalheiros morando em um apartamento minúsculo de um quarto só, e lutávamos todo dia para colocar comida na mesa. — Engoliu em seco. — Eu me esforçava muito, sendo estimulado constantemente por ela, que dizia que se eu fosse bem-sucedido, poderia me livrar daquela vida. Eu me lancei nos estudos e fui parar em Oxford, porque minhas notas eram excelentes e um professor acreditou no meu potencial. Eu queria me sobressair, e tive que estudar dez vezes mais para merecer um futuro digno, em comparação com os garotos riquinhos que estudavam lá.

Suspirou fundo.

— Depois que minha mãe morreu, e eu não pude nem mesmo pagar por um enterro digno para ela, me tornei impiedoso. A ganância me consumia por mais dinheiro, mais sucesso. Virei as costas a todo mundo, exceto àqueles que poderiam me ajudar. Até mesmo para a garota de quem eu estava noivo na época. Amor, amizades, nada poderia competir com a minha ambição. E usei isso como uma desculpa. Eu não poderia sustentá-la de forma alguma, se não me tornasse bem-sucedido, se não pudesse dar a ela a vida à qual estava acostumada. Nada era suficiente, mesmo quando ela disse que não precisava de coisas chiques, apenas de mim — bufou. — Eu pensava: *que ingenuidade. Ela não faz a menor ideia do que é ser pobre. Do que é sentir fome*. Era fácil demais para uma pessoa que sempre teve comida na mesa, pensar que o amor era o bastante. Mas eu sabia das coisas... ou assim pensei.

— Não vá me dizer que você recebeu a visita dos espíritos do Natal...

Ele começou a rir.

— Não. Todos os contos de fadas têm um fundo de verdade. Mas, ao contrário de muitos personagens de Winterland, eu não sou daqui. Sou humano. Eu existi, de verdade, antes da história. Simplesmente calhou que me encaixei no papel. Assim como o Papail Noel chegou a ser real e viveu na Terra. Todas as culturas contam sua própria versão a respeito dele. O santo, o ícone de faz-de-conta, o espírito, o feiticeiro do Natal... todos são verdadeiros. Mas ele também é algo muito maior do que as pessoas pensam. Um homem que teve uma esposa.

— Uma bem amargurada — retruquei. — Embora eu consiga entendê-la em alguns momentos. Ele a colocou em segundo plano em sua vida... então *sua* Jessie surtou...

SAINDO DA LOUCURA

— Ele também é um homem, que apesar de toda a alegria e magia que dá às crianças no mundo inteiro, há séculos, possui falhas. Ser um bom marido não era uma delas. Desde o dia em que ela foi escolhida para ele, ele a tratou como tal. Alguém que estivesse à sua disposição, não uma pessoa com sentimentos.

— Então ela é daqui. — Compreendi, de repente. — É por isso que ela não pode viajar por entre os reinos, a não ser que esteja com um de nós.

— Exatamente. — Assentiu.

— Você disse que a Belle era daqui? Ela foi 'criada' pra você?

— Assim como você, eu cheguei por acaso nesse mundo. Destinado a estar ou não, minha história, minha vida era aqui. Conheci Belle não muito tempo depois de chegar a este lugar. Depois de um tempo, minha vida na Terra se tornou um borrão. Ela era muito parecida com a garota com quem eu havia terminado o relacionamento lá, a garota a quem virei as costas porque, na época, seu amor não era suficiente. Achei que estivesse recebendo uma segunda chance para consertar as coisas. Para ter a vida que deixei escapar por entre os dedos. Mas...

— O quê? — Olhei para ele.

— Sei o motivo para não ter dado certo com nenhuma das duas. — Seus olhos encontraram os meus. — Nenhuma delas foi feita exclusivamente para mim.

A emoção se alojou em minha garganta, e eu não tinha certeza se era por medo, alegria ou choque.

— No entanto, não me arrependo das minhas escolhas. Elas me trouxeram aqui, tudo isto, até mesmo a perda do meu filho. — Engoliu em seco. — Pelo menos tive um pouco de tempo com ele.

— Você quer ter filhos outra vez? — Pavor circulava minha língua.

— Não. Pelo menos isso não é algo em que eu consiga pensar agora. Não por um bom tempo. — Suspirei, aliviada. Aquilo não era algo que eu queria por um longo, longo tempo também.

— Além disso. — Um sorriso curvou o canto de sua boca. — Tenho aqueles pentelhos dentro daquela casa. E eles são mais do que um prato cheio. É quase como ter quatro filhos.

— Três. — Balancei a cabeça, rindo. — Você e o Lebre brigam quase o mesmo tanto que marido e mulher.

— Então isso vai ser bem constrangedor. — Curvou o corpo contra o meu, sua dureza roçando minhas coxas enquanto o nariz acariciava meu pescoço.

— O quê?

— Ter que dizer à minha esposa que tenho uma amante. — Seus dentes arranharam um ponto sensível atrás da minha orelha, espalhando calor pelo meu corpo. — Embora eu duvide que precise dizer a ele alguma coisa. Todo mundo nessa montanha foi capaz de ouvir seus gemidos. — As palmas ásperas deslizaram pelas minhas pernas, coxas, esfregando os dedos contra o meu centro e escorregando para dentro. Perdi o fôlego, já me sentindo pronta para ele. — E se eles não souberem ainda, vão saber agora...

— Scrooge — arfei, arqueando o corpo em sua direção.

— Eu disse que isso ia acabar se tornando um problema. — Enfiou outro dedo, movendo a boca do meu pescoço ao seio. — Você me transformou em um viciado, Srta. Liddell.

— Você não tem que ir embora em breve? — Eu me movi contra ele. — Para uma missão?

Rolando por cima de mim, ele me imprensou contra o banco.

— Primeiro, tenho que me assegurar de que me alimentei direito. — Sua língua resvalou contra o meu umbigo quando ele se abaixou; os olhos azuis brilhavam com malícia. — Algo que me deixe aquecido, saciado e cheio de energia.

— Que tal os bolinhos de canela do Lebre? — zombei, sentindo a respiração acelerar.

— Não, Srta. Liddell. — Seu sorriso ampliou e suas mãos se enfiaram por baixo da minha bunda. — Você.

Ele me levantou, me colocou sobre o trenó e abriu minhas pernas enquanto eu me agarrava ao painel. Sua boca atrevida mordiscava e distribuía beijos por todo lugar.

Santa guirlanda sacudindo meus sinos. Tombei a cabeça para trás, curvando os dedos quando sua língua começou a me devastar sem piedade.

Biscoitos dos elfos... Ele era inacreditável.

O conto de fada estava errado, em uma parte. Ebenezer Scrooge não era mesquinho, mas, puta merda, ele era ganancioso, e me consumia com uma ânsia voraz. Uma série de palavrões subiu à garganta, e eu comecei a me contorcer diante da intensidade de sensações.

— Caralho, Srta. Liddell. — Lambeu profundamente, posicionando minhas pernas sobre seus ombros e segurando minha bunda com firmeza. — Não existe nada mais gostoso do que você. E você está me destruindo por completo.

SAINDO DA LOUCURA

— Você? — arfei, capaz apenas de dizer uma palavra. Era ele quem estava me aniquilando. Tacando fogo em mim e em tudo ao redor. Vermelho. Como se pudesse provar, tocar e ouvir as sombras escarlates. Não do tom escuro como do sangue, ou das cores do Natal, mas da cor do fogo. Profundo, violento e consumidor.

Desta vez, gritei tão alto que tive certeza de que todo mundo no Monte Crumpit pôde me ouvir. Meus dedos cravaram nas maçanetas do painel quando explodi. O trenó chacoalhou com o movimento quando me parti em pedacinhos em cima do símbolo natalino. Eu já não pertencia a nenhum reino ou universo.

— Isto é tudo o que quero comer agora — grunhiu, então levantou a cabeça e a inclinou para o lado, com um sobressalto. — A terra está tremendo...

— Sim. Está mesmo. — Meus seios desnudos subiam e desciam, com o ritmo da respiração. Eu estava tonta e sentindo o celeiro inteiro sacudir.

— Não. — Ficou de pé. — Estou dizendo *literalmente*.

Minha cabeça virou, seguindo seu olhar, vendo a plataforma nivelar conosco.

Curioso.

— Mas que...? — Levantei enquanto minha mente absorvia o que estava acontecendo. O nível do chão estava passando das nossas cabeças.

— O que você fez?

— Nada.

— Você apertou alguma coisa? — Ele se inclinou sobre mim, pressionando os botões, nenhum deles interrompendo a descida do trenó. Havíamos estado no nosso próprio mundo, sem perceber até que fosse tarde demais para sair.

— Aquilo foi culpa *sua*. — Um alçapão se fechou lentamente no chão no momento em que descemos o bastante. A escuridão nos envolveu enquanto aprofundávamos na terra, sentindo como se tivéssemos passado, pelo menos, um andar inteiro.

— Isso é apenas algum tipo de garagem subterrânea para o trenó? — No instante em que a pergunta saiu da minha boca, o trenó atingiu o chão, e luzes se acenderam.

Muito curioso.

Piscando, Scrooge e eu analisamos o pequeno espaço. Não vimos nada além de paredes de cimento e luzes de alta tecnologia piscando em painéis elegantes na parede. Parecia mais uma nave espacial do que um galpão.

Um arrepio percorreu minha pele, me fazendo tremer. Coloquei meu cabelo longo sobre o meu peito para sentir algum tipo de proteção. Minhas roupas ainda estavam lá em cima, jogadas pelo chão. O short e a blusinha não eram muita coisa, mas eu gostaria de tê-los aqui. Estar nu era uma sensação de vulnerabilidade em dobro quando você já estava se sentindo nervoso. Onde diabos nós estávamos?

A mão dele automaticamente esfregou meus braços tentando aquecê--los, apertando os botões de novo, mas nada aconteceu.

— Bolas de renas — ele murmurou, olhando ao redor novamente. — Que diabos é esse lugar? — Ele saiu do trenó, investigando o pequeno cômodo, meu olhar seguindo um pouco mais a frente dele.

Balancei a cabeça, socando todos os objetos no painel, esperando encontrar o botão que nos levaria de volta para cima.

Bang!

O ruído de metal desengatando ecoou como um tiro, me fazendo pular.

— Santo azevinho de chocolate! — Meu olhar pousou em uma porta à nossa frente, se abrindo, mostrando apenas a escuridão adiante.

— O que você apertou? — Scrooge andou lentamente até a saída.

— Não faço ideia. — Pressionei os mesmos botões, mas nada aconteceu.

Ele colocou a cabeça para dentro da porta.

— Isso leva a um túnel.

Meus pés tocaram no frio chão de cimento, e segui até ele, espiando o corredor. Minha curiosidade me dominou e me fez dar um passo naquela direção.

— Espere. — Ele me segurou. Não pude evitar notar seu físico avantajado ainda carregando a excitação que seu corpo não liberou, fazendo um formigamento me percorrer como um cobertor. — Não me olhe desse jeito, Srta. Liddell.

— Desse jeito como, *Sr. Hatter*? — Pigarreei, erguendo meu rosto para ele, com fingida inocência.

— Cacete — ele sibilou e pressionou os lábios. — Isso não ajudou. Nem. Um. Pouco.

— Não se preocupe, mesmo com roupas você não conseguiria esconder aquela coisa. — Mordi o lábio divertidamente.

— *Alice.* — Ele rangeu os dentes.

Dei uma piscadinha e afastei-me da porta, deixando-o dar um passo à frente.

— Você vai me salvar? — Cruzei os braços, piscando os olhos dramaticamente. — Ebenezer Scrooge, você é a minha única esperança.

SAINDO DA LOUCURA

Ele me encarou de volta, sem fazer ideia da minha piada besta.

— De jeito nenhum. Vou te usar como meu escudo humano. — Ele gesticulou para baixo. — Preciso proteger a mercadoria.

— Certo — bufei.

— Eu não preciso te proteger. — Seu olhar me incendiou. — No mínimo, é ao contrário. Você salvou meu traseiro mais do que o oposto. Mas... — Suas mãos seguraram as mechas ao redor do meu rosto, os nódulos dos dedos descendo pela minha barriga. — Eu te falei. Se algo acontecer com você? — ele disse, com a voz rouca. — Não serei capaz de viver com isso. O que Jessica está fazendo parecerá inofensivo com o que farei com o mundo.

Meu peito se contraiu, minha resposta se dissolvendo na língua.

Ele se virou de costas, seguindo para a passagem, seus músculos retesando na defensiva.

O lugar adiante, para onde levava, me fez sentir novamente que eu estava prestes a cair em outro buraco de coelho.

CAPÍTULO 31

Não havia dúvidas de que eu poderia cuidar de mim mesma, mas também estava tudo certo em saber quando o peso e o tamanho de alguém seriam uma defesa melhor se alguma coisa viesse para cima de nós. Isso não me fazia menos forte ou independente, me fazia esperta. E se fôssemos atacados, eu estaria bem ao seu lado, lutando com ele.

Eu também não poderia negar que gostava de usar seu corpo quente como um escudo, cobrindo minha figura nua. Engraçado como a ausência de simples tecidos era a diferença entre se sentir como um recém-nascido e um guerreiro.

Diversos passos pelo corredor adiante, luzes nas paredes semelhantes às do outro cômodo se acenderam, como se fossem acionadas pelo movimento, iluminando nosso caminho.

— Tem outra porta. — Scrooge gesticulou, a voz baixa, nossos corpos se movendo juntos naquela direção. O tempo todo, eu olhava para trás, certificando-me de que ainda estávamos sozinhos.

Ele parou na porta de metal, seus dedos ao redor da maçaneta. Não fazíamos ideia do que estava por trás – isso se houvesse algo. Poderia ser um cômodo vazio, ou uma coleção secreta de soldados de brinquedo, prontos para nos matar.

Scrooge respirou fundo, meu coração martelando na garganta enquanto ele, silenciosamente, puxava a maçaneta, a barreira se abrindo com uma lufada de ar. Com um sopro, luzes e música de heavy metal passaram pelas brechas, retumbando nos meus ouvidos.

Scrooge se virou para me encarar. O cenho franzido em confusão antes de se virar de novo, entrando silenciosamente na sala, comigo em seu encalço. Estremeci com a luz quente e brilhante vinda do teto, guiando-nos por um patamar antes de mais escadas que levavam ao piso inferior.

— Santas. Bolas. Natalinas. — Minha boca escancarou, meu olhar absorvendo o que a mente ainda precisava registrar por inteiro.

A sala era enorme e seguia para outro andar, dando uma sensação de um grande armazém. Uma parede abrigava uma grande cozinha *gourmet*, abastecida com os mais novos utensílios e eletrodomésticos que fariam o Lebre chorar ao vê-los. Uma longa mesa de jantar estava posta no mesmo espaço. Uma outra parede, um pouquinho atrás de nós, possuía três portas em si; duas delas estavam abertas, mostrando que uma era um enorme banheiro e a outra – *oh, minha maldita guirlanda* – era uma lavanderia. Não conseguíamos ver o espaço abaixo de nós, mas o que estava na nossa frente era repleto de livros, jogos, um Xbox, e a maior televisão que já vi na minha vida. Não dava para ouvir o som da tela ligada, por causa da música altíssima, mas era o jogo *Assassin's Creed*. Eu sabia disso, porque meu ex costumava jogar o tempo todo.

Localizados ao redor da TV estava um grande sofá e uma poltrona reclinável. Vestido apenas em seu roupão, Nick estava sentado em uma poltrona, pressionando seu controle, comidas e bebidas na mesa ao lado dele, alheio aos seus convidados.

— Eu vou matá-lo — resmunguei, entredentes, minhas mãos flexionando em fúria.

— Não antes de mim. — Scrooge já estava descendo a escada, a música abafando o som de seus passos. Era conveniente que Nick, o lado babaca do Papai Noel, escutasse música de *heavy metal grunge*.

Seguindo Scrooge, meu olhar continuou perambulando. Debaixo da escada e à nossa direita havia um bar, uma mesa de sinuca e alguns jogos de fliperama antigos. Tudo o que você precisaria para se manter entretido e feliz por semanas se estivesse preso aqui. Esse lugar era o oposto do chalé simples e humilde que estava em algum lugar acima de nós.

— Seu idiota! — Scrooge bateu as mãos na poltrona, empurrando Nick para frente, gritando por cima da música estridente. — É aqui onde você se esconde quando desaparece do nada?

Nick se encurvou, encarando Scrooge, franzindo o nariz.

— Ah, fantástico. Você me encontrou. — Ele se recostou de novo à cadeira, voltando para seu jogo.

— Você. Está. De. Sacanagem. Comigo? — Fúria lampejou nos olhos do Scrooge, mudando sua postura, a besta enlouquecida deslizando por baixo da pele.

— Uou! — Pulei na frente do Scrooge, erguendo as mãos. — Se acalme.

— É, escute esse bombom aí. Um bombom muito pelado. — Nick nos dispensou com a mão, retornando para seu jogo. — Saiam ou peguem uma bebida e relaxem.

Minha atenção focou na garrafa ao lado dele, cheia pela metade de um líquido marrom.

— I-isso é o que acho que é? — Respirei fundo, apontando para o recipiente.

Nick deu uma olhada de relance, dando de ombros.

— É. — Ele voltou a matar pessoas na tela. — Tenho uma parede inteira disso.

Como se estivesse em câmera lenta, minha cabeça virou para a parede atrás da mesa de sinuca. O bar estava completamente abastecido com diferentes bebidas, mas várias das prateleiras estavam cheias de garrafas de hidromel sem rótulos.

Vermelhas.

Dessa vez era da cor de sangue.

O dele.

— Seu-maldito-desalmado-lambedor-de-bolas! — Disparei na direção dele, fervilhando de raiva.

— Uou, uou, Srta. Liddell. — Dessa vez Scrooge saltou na minha frente, envolvendo o braço ao meu redor para me impedir de atacá-lo.

— Me solta! — Eu me debati em seu agarre. — Você não faz ideia do que o Lebre e eu passamos. E aqui estava ele escapando para esse lugar. O sofrimento que ele nos fez passar. — Tentei arranhar o homem descansando na poltrona. — Seu imbecil egoísta, ganancioso e egocêntrico!

— Ei, pequeno gremlin — Scrooge murmurou no meu ouvido. — Respire.

Olhei feio para Nick, ele me encarava como se eu fosse um animal selvagem.

— Aquilo ali é uma lavanderia em pleno funcionamento? — Apontei às minhas costas.

— Merda — Scrooge grunhiu, enquanto Nick engolia em seco nervosamente.

— E o chuveiro tem água quente?

Nick se remexeu no lugar, afastando-se de mim, sua garganta estremecendo.

SAINDO DA LOUCURA

— É.

— Oh, caralho. — Scrooge suspirou, segurando-me mais forte contra ele.

Vasos sanguíneos estouraram nas minhas vistas, quando um grito enlouquecido consumiu a música furiosa, meu corpo tentando lutar contra o agarre do Scrooge, minhas mãos morrendo de vontade de envolver a garganta do Nick. Esganá-lo até que ele entendesse a dimensão da minha raiva.

Esse tempo todo, enquanto o Lebre e eu sofríamos lá em cima para enfrentar o dia, esfregando suas roupas, fazendo seu jantar, ouvindo suas queixas e reclamações intermináveis, ele tinha todo o hidromel, comida e comodidades de lavanderia que qualquer um poderia sonhar aqui embaixo. Quão gentil teria sido compartilhar esse lugar.

— Ahhh! Seu folhado de nata flácido! — Estiquei-me, tentando me equilibrar contra o aperto do Scrooge. — Você fez das nossas vidas um inferno. Me viu esfregar suas roupas à mão. Nem uma vez agradeceu o Lebre pelas refeições deliciosas que ele fez para você.

— Se eu deixasse vocês virem para cá, teriam comido e bebido tudo. Iriam querer brincar com as *minhas* coisas. — Nick se levantou, seu roupão todo aberto, a barba – cheia de migalhas – pendendo na frente dele.

— Suas coisas. — Pisquei, chocada de ver o "Papai Noel" ser tão inacreditavelmente egoísta. Não importava se sua alma estava despedaçada ou não. Nick era uma babaca. E eu queria matá-lo. — Seu desgraçado!

— Alice — Scrooge sibilou no meu ouvido. — Pare. Sua bunda pelada esfregando contra mim não está ajudando nem um pouco. Teremos um Natal muito *branco*, logo.

Sua insinuação, de propósito ou não, diminuiu um pouco a raiva. Recostando-me nele, uma risada enlouquecida escapou, minhas mãos esfregando meu rosto.

— Você pode desligar essa merda? — As mãos do Scrooge colocaram mais mechas do meu cabelo na minha frente, cobrindo meus seios, sua ereção pressionando minhas costas. — E pare de olhar para ela desse jeito.

Minha cabeça se ergueu para ver o olhar do Nick me percorrer, depois seguir para o Scrooge.

— Fico feliz que vocês finalmente decidiram se soltar. — Ele pegou um controle remoto, apertando um botão, e o silêncio me trouxe alívio imediato. — Se libertar de rótulos e restrições. — Ele o jogou de volta na mesa. — Parece que vocês dois estavam se divertindo um pouco, afinal. — Seu olhar nos percorreu de novo, seu tom de voz ainda áspero. — Eu tenho um pouco de azevinho que poderíamos fumar, deixar as coisas acontecerem.

— Que nojo. — Fiz uma careta, cerrando os olhos na direção da lavanderia. — Tem roupas ali?

— Quem sabe, porra? Para que preciso delas?

— Não se mexa. — Scrooge apontou para Nick, conduzindo-nos para o banheiro.

— Você está na minha casa. Não vou a lugar nenhum — Nick bufou, cruzando os braços.

— Não acredito nisso — murmurei, repetidamente, enquanto Scrooge e eu seguíamos para o banheiro, esperando encontrar pelo menos uma toalha. — Esse tempo todo.

O banheiro enorme me fez parar no lugar. Lindos mármores, madeiras e vidros faziam parecer como se devesse estar em um daqueles chalés de um milhão de dólares que você vê na televisão.

— Merda. — Minha boca escancarou ao ver a pilha de toalhas macias e produtos: cremes, shampoos, condicionadores e sabonetes. Nada da porcaria barata do chalé, mas as merdas realmente caras.

Por cima da bancada havia um espelho oval pendurado.

Um portal no qual ele podia viajar sempre que quisesse.

— Filho da puta. — Scrooge balançou a cabeça para o espelho, entendendo o que significava também. Ele pegou uma toalha para mim enquanto se enrolava ao redor de outra. — Ele tem até um aquecedor de toalhas aqui.

Resmungando, segui adiante, amando a maciez do tecido envolvendo meu corpo, notando uma porta bem no final. Abrindo-a, apertei um interruptor na parede, sibilo de palavrões saindo dos meus lábios como luzes de Natal.

Um quarto com um *closet* embutido. Não era gigantesco, mas o bastante para ocupar uma enorme cama king-size em formato de trenó, mesinhas de cabeceiras, um banco na beirada da cama e uma poltrona grande no canto. Uma porta fechada na parede compartilhada com a sala principal indicava que devia ser aqui onde a terceira porta levava.

Scrooge seguiu em frente, entrando no *closet*, deixando escapar uma risada armargurada quando acendeu a luz.

— O quê? — Fui atrás dele, entrando.

O *closet* era tão grande quanto o quarto de hóspedes no chalé lá em cima, abarrotado de trajes do Papai Noel. Vermelho com acabamento branco, casacos, calças, chapéus, botas pretas polidas, cintos com fivelas reluzentes.

SAINDO DA LOUCURA

Estava aqui esperando o homem retornar. Apenas uma pequena seção tinha roupas mais confortáveis. Dezenas de moletons gigantes com capuzes e tênis brancos para o momento de "folga" do Papai Noel.

— Perfeito. — Scrooge foi em frente, pegando um par de moletons cinzas. — Provavelmente vai ficar enorme em você, mas é melhor do que nada. — Ele jogou para mim, vestindo o dele.

Scrooge era mais alto do que Nick, muito mais firme em todos os lugares que Nick não era. A calça pendia em seus quadris, ameaçando cair, a curva dos seus músculos completamente à mostra.

Umedeci os lábios, aproximando-me, roçandos os dedos no osso do seu quadril, fazendo um grunhido rouco vibrar em seu peito.

— É bom você parar bem aí — ele avisou —, porque eu não vou.

— Isso não está me incentivando a parar.

— Sentiria o mesmo se Nick entrasse e se juntasse?

— Eca. — Afastei-me com uma careta. — Você pode ter destruído o sexo para mim para sempre.

— Espero que não, Srta. Liddell. — Ele se inclinou para o meu ouvido, seu hálito roçando contra meu pescoço. — Há tantas outras coisas mais travessas que quero fazer com você.

— Provocador. — Coloquei a calça de moletom, puxando o cordão até que o cós parecesse babados, enrolando e apertando de novo.

— Provocador? Engraçado, acho que era *você* quem estava vindo para cima de mim, não eu.

Suas palavras incendiaram minhas veias na mesma hora. Mordendo os lábios, tentei ignorar o desejo que vibrava pelo meu corpo. Puxei o casaco que quase chegava aos meus joelhos.

— Ótimo. Agora eu pareço o *Stay Puft marshmallow*[13]. — Ergui os braços para o lado. Eu adorava estar confortável, mas nas vestes do Nick eu sentia como se estivesse me afogando no tecido, realmente tornando difícil me mexer.

— Gracinha. — Scrooge riu, puxando seu próprio capuz. Ele veio até mim, suas mãos subindo o moletom, acariciando minha cintura enquanto se aproximava ainda mais, suas pernas se abrindo para nivelar nossas alturas. — Embora eu tenha *adorado* aquele short inexistente e a blusinha apertada, essa monstruosidade volumosa e gigantesca me faz querer te foder

---

13 Stay Puft Marshmallow: Personagem fictício da franquia de filmes Os Caça-Fantasmas.

bem em cima das roupas do Papai Noel. — Ele suspirou sobre os meus lábios, encarando-os por tempo o bastante para gerar formigamentos na minha pele.

— Isso realmente *vai* ser um problema — proferi, o desejo estufando meu peito.

— É. — Ele mordiscou levemente meu lábio inferior. — Vai mesmo.

— Por que caralhos vocês dois estão demorando tanto? É bom não estarem transando na minha cama. — A voz do Nick ressoou da porta do quarto. — É, eu consegui ouvir vocês daqui mais cedo. E esse lugar é à prova de som.

— Babaca.

— Foi você quem me impediu de matar ele. — Dei um passo para trás, as mãos do Scrooge ainda na minha cintura.

— É, e já estou me arrependendo dessa decisão.

SAINDO DA LOUCURA

CAPÍTULO 32

Voltamos para a área principal, nos agrupando ao redor da mesa, Nick fazendo cara feia para nós do seu lugar.

— Então... vocês encontraram meu esconderijo. — Ele se recostou, cruzando a perna sobre o joelho. Felizmente, a mesa e sua barba o cobriam.

O Papai Noel nunca mais seria o mesmo aos meus olhos.

— O que é esse lugar exatamente? — Gesticulei ao redor, descansando contra a bancada. Lembrava-me de um daqueles bunkers que as pessoas construíam para o fim do mundo.

— Tenho um lugar para me esconder caso Blitzen e os soldados um dia me encontrassem. Confortável para me entocar até que seguissem em frente. Lá em cima pareceria um chalé vazio que eu já teria abandonado.

— O chalé não muda de lugar o tempo todo? — Olhei para ele e para Scrooge, lembrando que ele me disse alguma coisa assim.

— É. — Ele franziu os lábios. — Costumava fazer isso. Mas precisa de bastante magia. Não parece que tenho muito dela ultimamente.

— Porque a magia vem do Papai Noel. — Scrooge ficou perto de mim, ao lado da mesa, os braços cruzados. — Não de um babaca egoísta como você.

— Cai fora — Nick zombou, remexendo seu traseiro pelado na cadeira.

— Nick. — Com as mãos na mesa, Scrooge se inclinou sobre ele. — Não é coincidência que desde que retornamos, você está se escondendo. Você sabe o que trouxemos de volta.

Nick se remexeu novamente, sem encarar Scrooge.

— Está na hora. Precisamos do Papai Noel de volta. Precisamos que as pessoas tenham algo em que acreditar de novo... algo pelo que lutar.

— Faça isso sem mim — Nick bufou, acenando a mão para Scrooge. — Eles podem acreditar em você. Você parece ter assumido o papel. Por que não se torna o herói deles? Pelo que ouvi, ela concordaria plenamente comigo. — Ele apontou o queixo na minha direção.

— Porque não sou o Papai Noel — Scrooge grunhiu. — *Você* é o famigerado ícone. O símbolo que as pessoas precisam.

— Bem, já está na hora delas aprenderem a viver com a decepção. E viverem sem mim. Quero dizer, elas deveriam crescer, porra. Parar de acreditar em um homem que sabe coisas íntimas sobre seus filhos, invade suas casas, come suas comidas, e deixa a porcaria de um brinquedo como recompensa.

— Merda. Você realmente é o lado obscuro dele. — Balanço a cabeça em descrença.

— Querida, a coisas que vi transformariam o sangue de qualquer um em algo frio. — A voz do Nick estava repleta de condescendência, fazendo a raiva percorrer minha coluna. Se Jessica conviveu com um pouco desse lado, eu conseguia entender o motivo de ela ter surtado. — Agora, por que você não volta para a Terra e brinca com as suas Barbies? Fique fora dos nossos assuntos aqui.

Um rugido estremeceu o cômodo, ricocheteando pelas paredes e pelo teto. Saltei enquanto Scrooge agarrava a garganta do Nick, derrubando sua cadeira e o empurrando contra os armários.

— *Nunca mais* fale com ela desse jeito de novo, seu covarde de merda — Scrooge rosnou, os músculos retesados enquanto a besta interior tentava sair. Fúria emanava dele, gerando faíscas no ar. — Você vai subir com a gente e encarar a si mesmo. Encontrar um coração naquela porcaria deplorável que você chama de alma. Ser o homem que eles ainda acreditam que você é.

— Isso é problema deles, não meu — Nick resmungou, irritado, contra o agarre do Scrooge. — Eu não pedi que eles me venerassem. Eles fizeram isso por si mesmos.

Fúria ressoou pelo cômodo quando Scrooge bateu a cabeça do Nick contra a despensa, uma violência tensa como uma corda, circulando ao nosso redor.

— Será que você pode parar de ser esse idiota ganancioso, egocêntrico e narcisista por um instante? Faça algo pelos outros para variar.

— Para variar! — Nick soltou uma risada seca. — Isso é tudo o que sempre fiz. Eu dou, dou, dou... e eles só querem mais. Eu não sou o egoísta e avarento, a Terra é um poço de ganância. *Estou farto.* — Nick se inclinou para seu rosto, cuspe saindo por entre os dentes. — Eu *dei* o bastante.

SAINDO DA LOUCURA

— Acha que *você* deu o bastante? — Scrooge retrucou, pau da vida, sua expressão marcada com fogo e raiva. — Não aja como se fosse o único que perdeu tudo o que amava e que era precioso. — Ele chocou Nick com mais força contra o armário, o sofrimento percorrendo sua fisionomia. — Muitos perderam. Amigos. Família. Lares. Liberdade. Mas eles ainda estão por aí prontos para lutarem por você, em seu nome, pelo que representa. Eles perderam tudo, foram torturados, e estão se escondendo, mas ainda acreditam. Têm esperança. — Seu rosto estava a apenas centímetros de Nick. — Enquanto você se esconde e chafurda em sua amargura nojenta, eles estão tentando se revoltar contra ela. — A garganta do Scrooge estremeceu, algo em sua postura mudando, sua voz ficando mais baixa. — Não deixe que a memória daqueles que perdemos seja em vão.

Nick engoliu em seco, virando a cabeça para o lado. Ele ficou quieto por vários minutos antes de murmurar:

— Não posso. Não posso passar por tudo aquilo de novo. Não vou.

— Você vai.

— Você não entende. Eu *não* quero ser ele. Deixá-lo voltar e sentir toda aquela dor de novo. Houve um motivo para que a minha alma se dividisse. Eu gosto de não sentir nada. Posso viver desse jeito. E quero ser a versão mais sombria de mim. — A convicção do Nick o fez contrair a mandíbula enquanto encarava Scrooge de novo.

— Seu lado mais sombrio não chega nem perto do *meu* lado bom. — Distantes, as palavras do Scrooge soaram como uma ameaça. — Você quer ver escuridão? Eu posso te mostrar. Acredite em mim, você gritará de pavor para sair.

Nick encarou Scrooge, seu pomo-de-adão subindo e descendo.

— Agora. Vamos voltar para o chalé onde você abrirá a caixa e se tornará o homem que costumava acreditar nesse lugar. Um líder. — Cada palavra soou entre uma ordem e uma instrução, como quem fala com uma criança. — Porque uma guerra está chegando. Jessica não vai desistir até que você esteja morto. Está na hora de tirar a cabeça da neve e encarar sua esposa. Pegue de volta o que uma vez foi seu.

Scrooge o pressionou mais uma vez contra o armário, reforçando que o que ele disse não era uma escolha. Antes de se afastar, seu olhar se desviou para mim. O calor e a intensidade fizeram minha pele vibrar como se estivesse encharcada de cafeína. Cacete, ele era gostoso pra caralho.

— Pronta? — Ergueu uma sobrancelha para mim, seu olhar me devorando.

— S-sim. — Puxei o capuz, o cômodo parecendo uma sauna sob seu escrutínio.

Scrooge se virou, agarrando Nick, arrastando-o até a escada. Eu estava prestes a segui-los quando minha atenção se desviou para outro lugar. Seus pés retumbaram nos degraus de metal quando passei por eles, seguindo para o meu objetivo.

— Esperem!

— O que você está fazendo? — Scrooge se inclinou, dando uma olhada de relance.

Fui até a parede dos fundos, notando as caixas de balas de caramelos, picolés e chocolates aramazenados no final da prateleira. Eu voltaria para pegar mais disso depois. Eu tinha prioridades. Meus dedos se enrolaram ao redor dos gargalos dos recipientes, puxando-os para o meu peito.

— Mantimentos. — Dei uma piscadinha para ele, saltitando nos degraus com quatro garrafas de hidromel.

— Cacete. — Ele balançou a cabeça. — Estou te amando tanto agora.

— Demonstre sua gratidão depois. — Eu os alcancei na escada.

Scrooge olhou por cima do ombro para mim, seus olhos deslizando pelo meu corpo como dedos.

— Pode contar com isso.

— Não, não o meu hidromel — Nick choramingou, batendo os pés como uma criança birrenta.

— Agradeça que eu só consigo carregar quatro garrafas agora — retruquei, agitando as sobrancelhas travessamente. — E vou voltar por aquela caixa de caramelos depois. Espere até o Lebre ficar sabendo desse lugar.

Nick gemeu, cabisbaixo.

— Apenas considere isso uma remuneração por tomar conta de você. Acho que mereci pelo menos isso. — Gesticulei para um recipiente cheio de doces deliciosos.

— Você me apagou com uma garrafada uma noite — Nick falou alto. — Não pense que esqueci isso.

— Você o quê? — Scrooge soltou uma gargalhada. — Era disso que você e o Lebre estavam falando noite passada?

— Ela me bateu! — Nick gritou. — Que tipo de pessoa bate no Papai Noel?

— Qualquer uma que te conheça — Scrooge ironizou.

— Ninguém quer bater no *Papai Noel*. — Nick franziu o cenho.

— Na verdade, tenho sonhado com isso há anos. Estou com um pouco de inveja.

SAINDO DA LOUCURA

— Entra na fila com o Lebre — retruquei.

Nick bufou, balançando o dedo para mim.

— Você nunca vai sair da lista dos malcriados, mocinha. Nunca.

— Viverei com a vergonha. — Esbarrei no seu ombro e entrei no corredor, as luzes acendendo.

— Bem-vinda à lista permanente dos travessos — Scrooge murmurou contra a minha nuca. — Nos divertimos muito mais aqui.

— Contando que seja no seu colo que eu me sente... pedindo que preencha a minha meia.

Um ruído animalesco ressoou de trás, me fazendo sorrir.

Ah, é... nós seríamos um problema.

— Trocar. Trocar. — A voz do Dum, seguida pela risada da Dee, nos alcançou antes mesmo que abríssemos a porta. — Abram espaço.

— Pelo amor das guirlandas! — Lebre explodiu quando abrimos a porta, entrando no cômodo.

— Quer saber? — Nick grunhiu, balançando a cabeça, irritado. — Se recuperar a minha alma significa ser capaz de tolerar essa merda, estou completamente dentro. Apenas me tire da minha miséria.

— Oh. Céus. — Pressionei os lábios, tentando não rir.

Como se eu tivesse voltado para quando os conheci, Dee e Dum corriam ao redor da mesa, subindo e descendo das cadeiras, rindo e esbarrando um contra o outro. Pinguim rebolava em cima da mesa, chutando qualquer coisa em seu caminho, cantando: *Tenha Um Feliz não-Natal*. Lebre estava batendo a cabeça no tampo, como se estivesse esperando se nocautear. Não havia nenhum sinal do Rudolph.

— Srta. Alice! — Pinguim levantou as nadadeiras, cantando empolgado. — Estamos fazendo uma festa de não-Natal.

— Isso não é praticamente todo dia? — Scrooge falou.

— Mas hoje é um *muito* feliz não-Natal — Pinguim retrucou. — Você trouxe um presente dessa vez, Srta. Alice?

Sorrindo, segui para a mesa, colocando as garrafas bem na frente do Lebre.

— Eu trouxe.

Lebre ergueu a cabeça, seu olhar se desviando para a garrafa.

— Por favor, não me diga que estou sonhando. Ou não me acorde. — Ele fechou os olhos e depois os arregalou. — Eu estou morto? Aqueles jantares psicóticos de *perufu* finalmente me fizeram infartar. — Ele esticou a mão e encostou no recipiente como se fosse desaparecer, sussurrando, suavemente: — Estou em um lugar muito melhor. Olá, coisa linda...

—Apenas espere até eu te mostrar a cozinha *gourmet* que ele está escondendo.

— Escondendo?

Tirei a tampa, entregando para o Lebre.

— Você vai precisar ingerir esse troço antes de ouvir o resto.

Lebre não precisou ouvir duas vezes; ele bebeu dois goles de hidromel.

— Vá para lá. — Scrooge empurrou Nick para a poltrona de couro, sem soltá-lo. — Senta.

Nick grunhiu e desdenhou, mas fez o que lhe foi dito.

— Oh. Parece que vocês encontraram o esconderijo dele. — Rudolph entrou no cômodo, apontando para o hidromel.

Minha coluna enrijeceu enquanto eu encarava o homem-cervo.

— Você. Sabia? — Minha voz saiu baixa, as unhas cravando nas palmas das mãos.

— Sim. — Rudy assentiu, bufando pelo nariz. — Quem você acha que o mantém abastecido? Você acha que ele iria atrás de tudo aquilo?

— Esse tempo todo, você sabia onde ele estava. O que havia lá embaixo? — Não foi uma pergunta, mas, sim, uma acusação, minha voz aumentando o volume. — E você não nos contou?

— Prometi ao Papai Noel que o manteria em segredo para que ninguém entregasse seu paradeiro. Torturados ou ameaçados, eles não sabiam verdadeiramente onde ele estava.

— Viu? — Nick apontou para Rudy. — Isso é que é lealdade. Um verdadeiro amigo do Papai Noel.

— Ah, cale a boca! — Scrooge e eu gritamos ao mesmo tempo.

— Então aquela charadinha mais cedo? — Cruzei os braços.

— Eu, tecnicamente, te levei até ele. — Rudy deu de ombros. — Ele estava bem ali. Debaixo do seu nariz. E você o encontrou.

SAINDO DA LOUCURA

Scrooge deu uma risada, balançando a cabeça, e voltou sua atenção para Nick, colocando o presente perfeitamente embrulhado no colo dele. Nick se inclinou para trás na cadeira, tentando ficar o mais longe possível da caixa.

— Abra.

— E-e se esperarmos? — Nick entrelaçou as mãos nos braços da poltrona. — Quero dizer, o que é um pouquinho mais de tempo? Eu provavelmente sou um guerreiro melhor sem uma alma.

O cômodo inteiro explodiu em risadas.

— Você também é preguiçoso, egoísta e mercenário. Você correria no primeiro sinal de uma luta para se salvar. — Scrooge deu tapinhas no laço. — Agora, abra.

Nick abriu a boca, e olhou ao redor da sala. Ele agiu como se estivesse irritado, mas vi seus dedos tremendo quando seguraram o laço. Ele estava assustado. Nenhum de nós sabia o que aconteceria quando ele abrisse aquilo. Seria doloroso? O Nick inundado de lembranças e traumas seria capaz de aguentar? Seja lá pelo que ele passou foi tão ruim, que mesmo com uma alma dividida, sua dor e martírio ainda voltavam em pesadelos.

Glacialmente e bem devagar, Nick soltou a fita, se remexendo no lugar e respirando fundo.

Lebre saltou para o meu lado enquanto todos nós observávamos Nick com uma apreensão silenciosa, todos à beira de um precipício.

— Ah, pelo amor de Deus, só arranque o band-aid. — Lebre foi até Nick mais rápido do que pensei que poderia, pegando a tampa da caixa e rasgando-a.

Um soluço angustiado veio do Nick, que chocou as costas contra a poltrona com um olhar apavorado. A alma do Papai Noel flutuou para fora da caixa, e como as que vi na Terra das Almas Perdidas, ela piscava com uma luz cálida. Pulsava, mais brilhante do que a Polar[14]. Cobri os olhos com a mão, protegendo-os da claridade.

— Não! Não! Eu não quero! — Nick choramingou, a cabeça balançando de um lado ao outro, olhos e boca abertos de pavor. A alma brilhou e lançou-se para frente, disparando para a boca aberta dele, brilhando enquanto descia pela sua garganta, desaparecendo escuridão adentro.

O olhar do Nick passou pelo cômodo nervosamente, como se ele

---

14 Polar: É a estrela mais brilhante da constelação Ursa Menor, visível apenas no Hemisfério Norte,

estivesse esperando por algo. Lentamente, seu corpo relaxou quando mais segundos se passaram.

— Nada aconteceu. Estou me sentindo como eu. — Um sorriso surgiu no seu rosto. — Ha, ha, bundões! A "bondade" do Papai Noel está perdida para sempre. Não dá para competir com o lado obscuro. — Sua mão seguiu para a barriga, esfregando-a. — Na verdade, me sinto bem. Todo quente e aconchegante por de...

Seu corpo sacudiu, pavor envolvendo o olhar enquanto uma luz explodia profundamente em sua pele, um grito horripilante saindo do seu âmago. Sua mão foi para a cabeça, arranhando e gritando. Como um peixe morrendo, seu corpo balançou e sacudiu, deslizando pela cadeira, amontoando-se no chão.

— Faça parar! Faça parar! — ele berrou, contorcendo-se no chão.

Suas súplicas angustiantes enviaram arrepios pela minha pele, oprimindo meu peito.

— Não! Por favor. — Nick se debateu no chão, lágrimas escorrendo pelo seu rosto, sua expressão retorcida em agonia. — Pare. Por favor, pare!

— Papai Noel — Dee chorou tentando ir até ele. Scrooge a agarrou, puxando-a contra ele.

Um lamento agonizante retumbou pela sala, arrancando o ar dos meus pulmões. E então ele parou, o pranto cessando como uma torneira, seu corpo caído no chão de madeira.

Silêncio.

— Papai Noel? — Dee sussurrou, o braço do Scrooge ainda a envolvendo.

Um soluço de partir o coração veio do Nick, sua estrutura enorme estremecendo como se seu coração inteiro e sua alma estivessem despedaçados, como se cada lembrança e sentimento houvessem retornado ao dono para que vivenciasse tudo de novo. Outro soluço lancinante escapou antes que ele ficasse imóvel.

Calado.

Apenas o som do fogo crepitando e nossas respirações tensas vibravam no ar.

— Papai Noel? — Scrooge, finalmente, o chamou, movendo-se ao redor da Dee enquanto se aproximava. — Ei. — Tocou a ponta da bota no braço dele. — Você está bem?

— Eu pareço bem, seu idiota? — Nick resmungou, levantando a cabeça, seu nariz inflando de ódio.

SAINDO DA LOUCURA

243

— Nick? — Scrooge olhou para nós, frazindo o cenho em confusão. — Cadê o Papai Noel?

Nick se sentou, seu rosto enfurecido, marcado por lágrimas e manchas vermelhas.

— O nobre de coração mole está choramingando como uma garotinha aqui dentro.

— Ei! — tanto eu quanto Dee murmuramos.

— Que ótimo herói do caralho vocês têm. — Nick olhou em volta da sala. — O homem em quem colocaram todas a sua confiança está deitado em posição fetal. Não aguenta. *Oh, meus amigos. Jessica cortou a cabeça deles. Oh, não consigo lidar com isso* — Nick zombou com uma voz lamurienta. — Covarde.

Scrooge ergueu os ombros, o peito estufando de raiva.

— *Oh, Jessie, como você pôde? Como pôde machucá-los? Oh, meus elfos. Minha família. Estão todos mortos* — ele remedou, aumentando o tom de voz com pesar.

— Cale a boca — Scrooge grunhiu.

— *Não, pare, Jessie.* — Nick revirou os olhos. — Patético pra caralho. *Crack!*

A garrafa na mão do Lebre chocou-se contra a têmpora do Nick, jogando seu corpo para o lado, seu peito batendo no chão de novo, fazendo-o desmaiar na mesma hora.

— Biscoitos assados, isso foi… incrível! — Lebre me encarou. — Não estou certo? Eu me sinto muito melhor.

— Cacete. — Scrooge colocou as mãos nos quadris. — Eu deveria ter feito isso.

— Rá! Tarde demais — Lebre comemorou. — Pensei primeiro.

— Da próxima vez, sou eu. — Scrooge apontou para si mesmo.

— Não a menos que eu faça. — Dei uma piscadinha. — Eu sou a precursora.

— Tem algo realmente errado com todos vocês. — Rudy parou do nosso lado, agachando-se ao lado de Nick. Ele bateu em sua bochecha suavemente. — Ei, acorde.

— Quer que eu faça isso? — Lebre perguntou, sacudindo as orelhas.

— Não. — Rudy entrecerrou o olhar para o coelho, tocando no rosto de Nick de novo.

Nick roncou, acordando, piscando os olhos enquanto voltava a si. Olhando ao redor, sua cabeça finalmente se ergueu para nós. Inocência envolvia suas bochechas e olhos enquanto encarava a cada um de nós, depois a si mesmo.

— Oh, céus! — A voz do Nick saiu, mas soou suave e calma. Ele usou sua barba para garantir que estivesse completamente coberto, suas bochechas enrubescendo. — Eu não estou decente para convidados mistos.

— Papai Noel? — a voz da Dee estremeceu, seus pezinhos minúsculos afastando-se do Scrooge como se estivesse hipnotizada. — Papai Noel, é você?

Seus brilhantes olhos azuis seguiram para ela, piscando de emoção.

— Oh, minha querida Dee Puck. — Ele pressionou o coração, depois se inclinou para frente, estendendo os braços. — Como senti a sua falta.

— Papai Noel! — Ela correu até ele, pulando nos seus braços, soluços alegres abafados pela barba dele. Ele fechou os olhos, suspirando profundamente no abraço confortador.

Alegria preencheu a sala quando dois amigos perdidos finalmente se reuniram.

Melhores amigos.

CAPÍTULO 33

Dum e Pinguim se uniram ao abraço, saltando e gritando pela atenção do Papai Noel. A felicidade e o amor no cômodo eram palpáveis em pura inocência.

O Papai Noel dominava o lugar com sua magia, transformando-me em uma garotinha perdida em veneração. O poder que exalava dele era tangível, despertando alegria e calor pelo meu corpo. Eu não conseguia lutar contra a emoção que marejou meus olhos, um sorriso crescendo no meu rosto com sua alegria e a afeição genuína que todos sentiam um pelo outro.

Por fim, eles se afastaram, deixando o Papai Noel se levantar.

— Rudy, meu caro amigo. — O Papai Noel estendeu a mão para ele, balançando-a, depois acariciando sua longa barba. — Você seria muito gentil se pegasse algo para eu vestir. Sinto-me bastante exposto.

— Certamente. — Um sorriso surgiu no rosto do Rudolph. — É tão bom ter você de volta.

Papai Noel piscou, assentindo, uma tristeza pesando seus ombros.

— É bom estar de volta... — Havia um '*mas*' que ele deixou de fora, porém todos aqui entenderam. — Há tanto a se fazer.

Enquanto Rudy saía da sala, fazendo o que o Papai Noel pediu, o homem de cabelo branco se virou para o Scrooge.

— Você e eu nunca nos demos bem. — Ele segurou a mão do Scrooge, franzindo suas sobrancelhas brancas e espessas. — O que você fez por mim? — Um nó se formou na sua garganta. — Não há palavras para a sua atitude altruísta e corajosa, meu caro Scrooge. Você tem sido um verdadeiro amigo para mim, um líder para Winterland, e um pai para essas lindas almas. — Ele gesticulou para os três dançando ao seu redor. — Eu poderia até mesmo dizer que suas ações te colocariam na lista dos bonz...

— Não fale. — Scrooge balançou a cabeça. — Nem pense nisso.

O Papai Noel sorriu ainda mais, seus olhos brilhantes desviando para mim por um segundo.

— Prometo que manterei isso entre nós. — Ele apertou sua mão, soltando-a e se virando para mim.

— Alice. — Ele se postou à minha frente.

— Você sabe quem sou? — Eu poderia muito bem ter voltado a ter cinco anos de idade, meus olhos arregalados em admiração. A aura que emanava do Papai Noel era dez vezes mais forte do que a que o Nick carregava. Encarando o mesmo rosto, ele parecia completamente diferente para mim, como o homem alegre sobre o qual as canções entoavam.

Eu não estava simplesmente na frente de um ícone, mas de uma lenda, um conto de fadas, um mito e um ídolo mundial.

— Você é *ela*. — Ele curvou a cabeça em reconhecimento. — O Espírito do Natal Futuro.

— O q-quê? — Pisquei, boquiaberta.

— Você mostrou que é digna da lenda, minha cara menina. Força, coragem, lealdade e determinação. Você é exatamente o que nós precisamos para mudar o que ainda está por vir. — Ele sorriu para mim. — E quando digo espírito, quero dizer caráter. Você é uma força, Alice. Você desencadeou tudo isso. Eu te agradeço por ter nos despertado.

— D-de nada — gaguejei por causa da sua avassaladora personalidade e glória.

— Lebre… — Papai Noel encarou o coelho.

— Éééééé... não vamos fazer isso. — Lebre gesticulou entre os dois. — Blá, blá, eu sou incrível... eu sei.

— É claro, se é isso o que deseja.

— O que desejo... — ele voltou para a mesa — é outro copo de hidromel.

Por um breve instante, notei o olho do Papai Noel se contrair e sua mandíbula enrijecer, antes que desaparecesse, o homem alegre de volta, sorrindo para o Lebre. Foi tão rápido que nem tive certeza se de fato vi.

— Papai Noel? — Rudy voltou para o cômodo, segurando um par de calças vermelhas e uma camisa branca.

— Obrigado. — Ele segurou o tecido contra o peito. — Eu volto já. Farei-me apresentável. — O Papai Noel seguiu para o corredor; Pin, Dee, e Dum seguindo-o até a porta do banheiro, sem querer perdê-lo de vista.

Na mesa, encarei Scrooge de novo. Ele estava no mesmo lugar, com uma expressão estranha no rosto.

SAINDO DA LOUCURA

— O que foi? — Estremeceu com as minhas palavras, enfiando os dedos pelo cabelo espesso.

— Nada. — Ele veio para o meu lado, a mão percorrendo a parte inferior das minhas costas até a bunda.

— Tenta de novo.

— Não, não é nada. Apenas estou sendo paranóico. — Ele estendeu a mão à frente e tomou a garrafa da minha que eu segurava.

— Ei!

— Precisa tomar cuidado. — Ele ergueu a sobrancelha, malícia marcando seus lábios enquanto bebia um gole. — Ouvi dizer que posso ser um verdadeiro cretino egoísta. Apetite ilimitado.

Formigamentos de desejo subiram pelas minhas pernas, seguindo até as bochechas agora coradas.

— Argh! — Lebre tomou um gole enorme, se jogando na cadeira e estalando os lábios. — Vocês vão ser insuportáveis agora, não vão?

— Extremamente. — Scrooge bebeu mais uma vez, grunhindo de felicidade sob o gosto de hidromel antes de devolver para mim. — Mas você recebeu uma prorrogação de pelo menos um dia. Agora que o Papai Noel voltou, eu preciso ir.

— Eu vou. — Eu o encarei.

— Não, não vai. — Ele franziu o cenho, seus olhos azuis ameaçadores. — Nós já discutimos isso.

— Não. *Você* discutiu, e eu vetei seu plano.

— Você vetou meu plano? — Ele pareceu perplexo com minha afirmação. — Não é assim que funciona. Isso não é uma democracia.

— Bem, agora é, e eu votei, vou com você.

— Srta. Liddell…

— Pode falar Srta. Liddell o quanto quiser. *Eu. Vou.* — Coloquei as mãos nos meus quadris. — Nem adianta tentar me impedir. Acho que nós dois sabemos quão bem isso correu para você antes.

— Alice.

— Você é tão fofo quando pensa ter algum poder de decisão nisso. — Afaguei sua bochecha.

Ele murmurou, arrastando a mão pelo rosto.

— Tudo bem. Mas você fica perto. Escute tudo o que eu disser.

— Oh. Tão homem das cavernas da sua parte.

Ele me encarou feio, o que só me fez sorrir mais.

— Uou. Uou! — Lebre balançou os braços, quase caindo da cadeira. — Se ela for, eu vou.

— Não. Não-não-não-não. — Scrooge balançou a cabeça. — Nós conversamos sobre isso. Você precisa ficar aqui, e...

— Se você disser cuidar desses demônios e cozinhar, eu vou bater na *sua* cabeça com uma garrafa. — Cambaleando por causa da bebida, Lebre subiu na sua cadeira. Oscilando para um lado. — Por que você não fica de babá dessa vez? Estou cansado de ser desvalorizado, ignorado e tratado como um escravo.

— Bem-vindo à paternidade. — Scrooge deu um sorrisinho.

— Você está me vendo com um bando de coelhinhos saltitando ao meu redor? — Ele gesticulou em volta de si. — Não! Acabei com essa merda para não ter que fazer isso. Eu deveria ser seu parceiro... não sua empregada.

— Você tem razão. — Scrooge me cutucou com seu cotovelo. — Ele *é* a porra da minha *esposa*. Reclama, reclama, reclama.

— Argh! — Fúria fez o queixo do Lebre enrijecer, gerando ruídos na sua garganta, furiosos demais para formar palavras. — Aaaaaargh!

— Lebre, você pode vir com a gente — declarei.

— O quê?

— O quê?

Os dois me encararam.

— Olha, você foi mesmo embora — falei para Scrooge. — Lebre e eu nos tornamos um time. Superamos por causa um do outro. Então, sim, eu o apoio. Se ele quiser vir, ele vai.

Scrooge piscou para mim enquanto um sorriso perverso curvava a boca do Lebre.

— Desculpe, seu louco do caralho. Ela e eu somos um *time*. Acho que você simplesmente terá que lidar com isso.

— Não — Scrooge falou de supetão. — Quem vai vigiá-los? Como você mesma viu, Dum e Pin não podem cuidar de si mesmos.

— Você tem a babá perfeita agora. Quem melhor do que o Papai Noel? — Lebre apontou para o corredor, onde o grupo se amontoava ao redor da porta esperando o homem em si reaparecer.

— É... — Scrooge esfregou o queixo, olhando para o corredor, o mesmo olhar estranho que vi antes surgindo por um breve momento.

— Rudy está aqui, e também, a Dee comanda a oficina inteira dos elfos. — Lebre ergueu os braços. — Eles estão em *melhores* mãos.

SAINDO DA LOUCURA

— Dee é a única em quem posso confiar dentre eles. — Scrooge soltou um suspiro profundo e derrotado.

Lebre e eu sorrimos, cientes de que havíamos vencido a disputa.

— Merda. — Ele esfregou o rosto, inclinando o rosto para frente. — Minha esposa agora se aliou à minha namorada.

Nem todo mundo estava entusiasmado com a nossa saída de novo, mas assim que Scrooge pediu para Dee ficar no comando, para manter o lugar funcionando como sua oficina, sua figura mudou completamente, se tornando séria, a atitude guerreira, prática entrando em ação.

— Eu não vou te decepcionar. — Ela pegou um pedaço de papel e começou a fazer uma lista, usando um livro como prancheta, passando a distribuir as tarefas para todos.

— Eu odeio vocês. — Dum mostrou a língua para nós. — Ela é impiedosa quando fica desse jeito.

— Quieto, Dum-Puck. — Até a voz dela ordenava atenção. — Se você tem tempo de reclamar, tem tempo para limpar. — Ela estalou os dedos, gesticulando para que ele pegasse as coisas na sala de estar.

O Papai Noel decidiu tirar um cochilo, alegando uma dor de cabeça e cansaço por contra do trauma que sua mente e corpo sofreram. Rudy nos olhou de cara feia do sofá, nada feliz em estar sendo deixado para trás. Pin estava dormindo, enquanto Dum fingia limpar.

— Onde estava essa pessoa antes? — Olhei, boquiaberta, para ela. Quando fui embora, ela ainda estava inconsciente, mas era parte da bagunça quando voltei, nada como a que estava ditando as regras.

— Você nunca perguntou. — Ela deu de ombro, fazendo a boca do Lebre se escancarar.

— S-s-sério? — ele gaguejou. — Eu pedia para você limpar o tempo todo.

— Você mandou e gritou com a gente. — Ela se virou para frente e para trás, fazendo a longa camiseta do Nick que ela ainda usava balançar em seus tornozelos. — Você nunca me pediu para assumir o comando.

Lebre abriu a boca, depois fechou, e abriu de novo, suas pálpebras piscando em uma velocidade anormal.

— Vocês todos agiam como *gremlins* — ele disse, lentamente, fúria escorrendo de cada palavra. — Fazendo da minha vida um inferno... por que não te pedi para tomar conta do restante?

— Elfos são tudo ou nada. — Scrooge tentou conter um sorriso, dando uma piscadinha para Dee. — E você tem que saber como pedir a eles. Precisa de uma certa delicadeza.

As bochechas rosadas da Dee tomaram conta do seu rosto inteiro, sua cabeça se abaixando timidamente.

— É — Lebre bufou, enchendo uma mochila de comidas e facas de cozinha. — Eu acho que posso ver que a delicadeza vem com um abdômen trincado.

— Vamos. — Scrooge apertou o ombro da Dee, seguindo para a mesa para pegar mais facas. Ele colocou uma na bota e outra na faixa da cintura. — Deve ser uma caminhada de apenas meio dia até o topo.

— É para lá que vamos? Para o topo? — Reajustei o picador de gelo na minha bota, adicionando uma faca na fenda que fiz na calça que pendia no meu quadril. Eu havia colocado de novo a blusinha apertada, deixando meus braços se moverem livremente de novo. Em um ataque, o moletom apenas me atrapalharia e daria algo fácil para o inimigo agarrar.

— É. — O olhar do Scrooge encontrou o do Lebre, compartilhando algo.

— O quê? — falei, percebendo que deixei de fazer muitas perguntas sobre que estávamos fazendo ou para onde iríamos. — O que eu perdi? O que vamos fazer?

— Às vezes, saber apenas faz o conhecimento ansiar pelo desconhecido.

— Argh. Vamos começar essa merda de novo? — Caminhei ao redor da mesa.

— Começar o quê, Srta. Liddell? — Um lampejo de malícia brilhou nos olhos do Scrooge. — Também não faço ideia do que está se referindo.

— Falando absurdos de novo.

— Nós nunca falamos absurdos ou nunca paramos. Você apenas não entendeu o juízo do nosso absurdo ou, finalmente, entendeu o absurdo no nosso juízo.

Assustador, provavelmente era verdade.

— Vocês são todos pirados. — Trombei contra ele, minha mão roçando sobre sua bunda.

SAINDO DA LOUCURA

251

— Assim como você, Srta. Liddell — ele murmurou no meu ouvido. — Completa e absolutamente louca.

— As melhores pessoas são. — Dei uma piscadinha para ele, me dirigindo para o sofá, beijando Pin suavemente na cabeça. Dum saltitou para um abraço, enquanto Rudy curvou sua cabeça para mim. Uma distância entre nós foi criada no instante em que ele soube que Scrooge havia me "reivindicado", embora eu ache que sempre teremos uma conexão.

— Esperamos estar de volta até amanhã — Scrooge disse para Dee e Rudy, seguindo para a porta, com Lebre logo atrás.

Abraçando Dee, segui os rapazes.

— Alice. — O tom inexpressivo do Rudy me fez parar na porta, onde virei a cabeça para encará-lo no sofá. — Tome cuidado.

— É claro.

— Não. — Ele entrecerrou o olhar como seu eu não estivesse entendendo. — Você é exatamente do gosto dele. Um docinho.

— Sou do gosto de quem?

Os lábios negros do Rudy se contraíram levemente.

— *Quem*, de fato.

Capítulo 34

A caminhada da ladeira íngreme até o topo deixou pouca margem para conversas-fiadas ou perguntas. Meus pulmões e pernas doíam de cansaço, suor escorria pelas minhas costas. Os ventos de alerta fizeram tudo o que podiam para nos dissuadir, ou com silvos ameaçadores ou soprando tão rápido, que nossa marcha colina acima se tornou quase impossível. Cada passo conquistado dava uma sensação de vitória.

— Deem meia volta. A morte os aguarda se continuarem.

— Morte! Destruição!

— Não seja tola, garota. — Uma brisa soprou contra minha orelha, fazendo meu cabelo embaraçar. — Ele está te guiando para a morte certa. Morte. Sangrenta. E. Dolorida!

— Pelo amor de Deus, vocês estão sendo especialmente dramáticos hoje — Lebre rosnou, tentando empurrar a força soprando contra nós.

— Veja a fonte de onde está vindo — Scrooge grunhiu, acenando para o topo da montanha, coberto de neve. A luz da lua descia, seguindo-nos sob sua forma que pairava. Ela se curvou e girou como as costas de uma cobra pronta para atacar, uma ameaça mortal como o vento afirmou.

— Verdade. — Lebre saltou para frente, a cabeça abaixada, escapando das chicotadas brutais do vento. — Pelo menos estamos quase lá. Não aguento mais eles reclamando sem parar. Isso está, realmente, me fazendo sentir falta dos tiranos lá no chalé.

Aos poucos, o declive diminuiu, nos levando para o lugar onde um topo encurvado tornava-se pontiagudo. Scrooge parou, seus ombros subindo até suas orelhas. Seguindo ao seu lado, não vi motivos para termos parado.

— Chegamos?

— Sim.

— Ceeeerto. — Olhei em volta.

— Eu juro, se aquela coisa sequer me cheirar... estou fora. — Lebre apontou para atrás dele.

— Você não precisava ter vindo — Scrooge retrucou.

— Entre ser brutalmente assassinado e dar uma de babá, acho que essa foi a decisão mais sábia.

Scrooge bufou.

— Vamos lá, *hasenpfeffer*[15]. — Ele deu um passo adiante, colocando as mãos contras a montanha, seus dedos afastando a neve como se estivesse procurando alguma coisa. — Ah! Aqui está.

Um estrondo alto ecoou com um barulho oco. Um pedaço da montanha, do tamanho de portas duplas, se moveu, abrindo, fazendo-me saltar para trás com um gritinho.

— Santas meias de Natal — arquejei, observando o vão que levava para dentro da montanha se abrir para nós. Eu conseguia enxergar o início de um caminho, mas a escuridão roubava tudo alguns metros além.

— Para onde isso leva?

— Pergunta errada, Srta. Liddell. — Scrooge respirou fundo, dando o primeiro passo. — Não é para onde leva, mas o que espera por nós lá embaixo.

— O quê? — gritei, disparando meu pânico entre ele e o Lebre.

— Eu te odeio de verdade. — Lebre pulou ao lado dele.

— Ótimo. Então estamos em pé de igualdade. — Scrooge olhou de volta para mim. — Você vem? Ele já sabe que estamos aqui. Não tem como voltar atrás agora.

— Acho que está na hora de você me contar quem *ele* é.

— E acabar com toda a diversão disso para mim? — Scrooge balançou uma sobrancelha, voltando-se para o caminho.

— Você é tão cruel. — Lebre riu, desaparecendo na frente dele, a escuridão o engolindo.

Hesitando por um momento, xinguei baixinho. Eu me conhecia bem demais... e parecia que o Scrooge também. Minha curiosidade sempre me impulsionava para frente, sempre querendo aprender e explorar mais. Não me dizer era a melhor forma de me fazer seguir em frente. Eu não suportava não saber.

Expirando, entrei no caminho. A rocha, tão desgastada e usada, não parecia diferente do chão sob minhas botas.

---

15 *Hasenpfeffer* é um prato típico da culinária alemã feito com carne de coelho ou lebre.

Adentrei, e na mesma hora, a porta se fechou. O ruído alto reverberou pela montanha oca e bombeou adrenalina pelas minhas veias.

No instante em que as portas se fecharam, luzes acenderam acima de nós. O teto da caverna ia muito acima das nossas cabeças. Eletricidade revestia a rocha como se aqui fosse um bunker subterrâneo como o do Papai Noel. Será que isso era outro esconderijo para ele? Quem o estava usando agora?

A trilha fez uma curva, em uma descida em espiral, lembrando o interior de uma concha, levando-nos muito abaixo do solo. Inclinei-me na beirada tentando identificar o chão, mas parecia interminável.

Depois de dez minutos em espiral, chegamos à outra porta. Essa era de ferro maciço, mas tinha uma abertura pequena, que dava passagem a uma pessoa de cada vez. Mais um bloqueio de seja lá quem estivesse aqui embaixo, em caso de ataque.

— Abra. — Scrooge bateu no metal, olhando para cima. Seguindo seu olhar, notei a câmera. A luz piscou, girando para nos encarar. Depois, lentamente, foi para frente e para trás como se estivesse balançando a cabeça.

— Abra. Isso. Imbecil! — Scrooge gritou para a câmera. — Você sabe que eu não estaria aqui a menos que fosse importante.

Mais uma vez a camêra balançou a cabeça.

Lebre murmurou baixinho, depois saltou para o lado do Scrooge.

— Ei, montanha de lixo, deixe a gente entrar. O chefão precisa da sua ajuda.

A câmera não fez nada, mas também não abriu as portas.

— Você será o rei da montanha de novo se nos ajudar — Lebre provocou. — Toda a glória bajuladora de volta às suas mãos.

Nada.

— Tudo bem! — Lebre ergueu os braços. — Ele pode me lamber... uma vez!

Clunk.

A pesada porta se moveu, abrindo.

— Lebre. — Scrooge colocou as mãos no peito, sem esconder seu sorrisinho. — Se eu não te conhecesse bem, diria que você estava um pouco ansioso para ceder.

— Cai fora! — Ele passou por nós depressa, empurrando a porta para abri-la.

— Eu me sentiria mal — Scrooge disse, para mim. — Mas acho que ele realmente gosta.

SAINDO DA LOUCURA

255

Ele seguiu o Lebre para dentro, segurando a porta para que eu entrasse. Não era muito diferente do lado de onde acabamos de vir. Eu estava levemente decepcionada, pronta para encontrar um bunker como o do Papai Noel ou algo semelhante. Em vez disso, fomos recebidos por rochas áridas, exalando odores desagradáveis. Encolhi-me com os cheiros terríveis, como se eu tivesse pisado em um balde de chucrute. Azedados e fortes, os odores distoavam tanto se comparados com os doces do Lebre.

— Argh. — Lebre gemeu, abanando o nariz. — Esqueci o quanto isso aqui fede.

— Acostume-se; só piora a partir daqui. — Scrooge continuou pelo caminho estreito, o mau cheiro de fato aumentando quanto mais longe íamos. Isso seguiu por mais alguns andares antes de levar a um cômodo no fundo. Entrando apenas alguns metros, olhei ao redor, chocada. Era tão alto quando um arranha-céu, pontes e trilhas tecendo-se por toda parte como teias de aranha. Lembrava-me da litografia, *Relatividade* do artista holandês M.C. Escher. De cabeça para baixo, horizontal, invertido, vertical, os caminhos e escadas revirando seu cérebro onde tudo fazia sentido e nada fazia.

Quão fácil alguém poderia se perder aqui. Perfeito para destruir a confiança do seu agressor até que ele estivesse implorando para você salvá-lo, arrancando a estratégia dele a cada virada.

— E eu pensando que estivesse a salvo do infame Scrooge obscurecendo minha casa de novo. — Uma voz rouca, mas estranhamente familiar veio da minha direita, fazendo-me virar o corpo para o lado. Sem ver nada, o cheiro aguçando minhas narinas, dando a sensação de que elas estavam queimando.

— Acredite em mim, eu não quero estar aqui mais do que você quer a mim.

— Duvidoso. — A voz veio bem distante à esquerda, meu coração saltando, minha cabeça virando depressa para o outro lado.

— É importante.

— Vocês, criaturas, acham que tudo é importante. — Sua voz veio bem de cima da minha cabeça. Seus movimentos abruptos e absurdos me deixavam inquieta. Combinava com esse mundo perfeitamente; não fazia sentido.

— Está na *hora*. — Scrooge não se incomodou em tentar seguir a voz dele. — A rainha pode viajar entre mundos agora.

— E quem foi o tolo que deixou isso acontecer?

Estremeci, mantendo a boca fechada.

— Não importa mais. Ela está querendo matar o Papai Noel e fechar o portal para sempre. Sei que você não dá a mínima para outra coisa além de si mesmo, então deixe-me esclarecer... você deixará de existir também se isso acontecer.

— Ah, isso machuca. — Tristeza fingida escorria pelo seu tom de voz. — Você acha que eu não me importo?

— Pare de enrolar — Scrooge resmungou, entredentes. — Desça aqui.

— Tão mandão.

— Eu juro pelo Papai Noel... — Scrooge estalou os dedos. — E pensar que essa deveria ser a sua versão melhorada.

— Vou retirar a lambida dele. — Lebre balançou o punho no ar.

— Ah, agora você está sendo vingativo. Ele não gosta quando seu brinquedo favorito banca o difícil... — o homem zombou quando um grunhido grave veio da escuridão atrás de nós, fazendo meu coração parar. Viramos ao redor, enquanto uma grande figura saía das sombras. — Na verdade, o que estou dizendo... ele gosta demais.

— Azevinho vampiresco do mal — murmurei, afastando-me para trás com medo.

Um enorme cachorro do tamanho de um jumento, com uma pelagem castanha e longas orelhas castanho-escuras teria sido adorável se não fosse por seu tamanho colossal ou os dentes rosnando escorrendo saliva. Ele deu lentos passos na nossa direção, pronto para saltar sobre sua presa a qualquer momento.

— Ele ama você, Lebre — o homem falou. — Ele ama, especialmente, quando você foge.

— Eu não disse nada sobre deixar ele me perseguir. Eu disse uma lambida. Uma!

Agora eu entendia completamente a resistência do Lebre para vir para cá. Ele era uma iguaria de concessão para esse cachorro-fera.

— Vocês não são nada divertidos. — A voz arranhou minha nuca, gerando um calafrio pelo meu corpo.

— Chega de brincadeira. Nós viemos aqui porque não tínhamos outra escolha. Precisamos de você. A guerra está vindo. Pelo menos uma vez na sua vida deplorável faça a coisa certa... mesmo que seja apenas para que consiga o que quer no final. Paz e tranquilidade na sua montanha de novo.

Silêncio seguiu por alguns segundos, antes que uma forma estranha surgisse ao lado do cachorro, meu olhar entrecerrando, tentando distinguir o que era.

SAINDO DA LOUCURA

— Não posso negar que ficar completamente sozinho, com ninguém me incomodando, ou sequer falando comigo de novo... soa absolutamente delicioso. — Ele deu um passo à frente, seus olhos amarelados brilhando com uma ânsia gulosa. — O que você acha, Max?

O cachorro e o homem estranho saíram das sombras.

Minha boca escancarou, perplexa com quem estava à minha frente.

— Sanduíche de cogumelo com molho de arsênico — murmurei.

Alto, verde, peludo e no formato de uma abóbora manteiga, o ícone legendário por odiar o Natal, estava diante de mim.

O Grinch.

Um sorriso sinistro curvou sua boca, mostrando seus dentes amarelos e apodrecidos, quando seu olhar desviou para mim.

— Ora. Ora. Parece que eles trouxeram um brinquedo para mim também, Max. — Ele lambeu os lábios, sua insinuação clara.

— Você não vai encostar um dedo nela. — Scrooge estufou o peito, colocando-se lentamente à minha frente. Era por isso que Rudy me pediu para tomar cuidado? Que eu era o tipo dele?

— Acho que veremos o quanto você quer a minha ajuda. — O sorriso do Grinch se alargou, afagando a cabeça do seu cachorro. — Por enquanto, acho que Max quer se divertir sozinho. Vá, garoto. Pegue o coelhinho da Páscoa.

Max se afastou, saltando na direção do Lebre com um latido empolgado.

— Porra — Lebre sibilou, antes de fugir. Max latiu, disparando atrás dele.

— Que comece a caça aos ovos de Páscoa. — Grinch me encarou, batendo no seu queixo com o dedo, cambaleando levemente como se estivesse bêbado. — Acho que vou começar com os belos ovos que você tem escondidos por baixo dessa apertada blusinha transparente.

O Grinch era realmente o rei dos salafrários.

— Você não achou que seria tão fácil, achou? — O Grinch bateu o pé, e meu olhar se desviou para os longos pelos crescendo entre seus dedos, seus pés parecendo mais pantufas do que pés.

— Como se eu fosse pensar que você faria algo pela bondade do seu minúsculo coração. — Scrooge cruzou os braços.

— O que você quer dizer? As pessoas dizem que ele cresceu três vezes o seu tamanho.

— E ainda é apenas do tamanho de uma ervilha.

— Houve um tempo em que você não era diferente de mim. — Grinch cruzou os tornozelos, cutucando seus dentes amarelos. — Você era divertido naquela época

— Lembre-se, eu vim primeiro. Sua história é apenas uma releitura da *minha.*

— Oooh, alguém está incrivelmente territorialista hoje. — O Grinch ergueu suas sobrancelhas peludas para mim. — Não é como se eu quisesse ficar com ela para sempre. Apenas por algumas horas.

— Nem sequer... — Scrooge deu um passo adiante.

— Ahhhh! Tirem esse monstro de cima de mim. — A voz do Lebre disparou pela grande caverna, meu olhar capturando um tufo de branco correndo sobre umas das pontes acima de nós.

— Uh? — Apontei para o Lebre, minha atenção se desviando para Scrooge e Grinch, que pareciam estar em algum tipo de confronto. — Não deveríamos ajudar o Lebre?

— Ele está bem — Scrooge falou, entredentes, ainda focado na abóbora verde.

— Ahhhhh! — O grito do Lebre veio da minha direita. — Senta, seu bicho de pelúcia gigante!

O latido do Max respondeu, fazendo o Lebre gritar uma série de palavrões. Na história, Max era um cachorrinho fofo e meigo, não do tamanho de um urso.

— Se ela não é meu presente, o que você trouxe para mim? — Grinch se inclinou contra uma parede, fingindo estar entediando. — Você conhece a minha regra.

— Tadinho do Grinchy... ainda magoado por causa da sua infância. Não ganhou presentes em todos aqueles anos sozinho na montanha. — Scrooge revirou os olhos, cruzando os braços. — Por que será? Porque você é um cretino nascisista e cruel? Chocante você não ter recebido presentes.

Grinch soltou uma risada grave.

— Sinto cócegas em todos os lugares certos quando a pessoa, cujas palavras a descreve, me diz que sou egoísta.

— Só um reconhece o outro — Scrooge retrucou.

— Vá direto ao assunto, bonitão. *Você* veio aqui. Conhece as minhas exigências.

— Tudo bem. — Scrooge rompeu o contato visual com Grinch, olhando ao redor. — Lebre, volte para cá.

— Desculpe, estou ocupado sendo assassinado. Talvez uma ajudinha

SAINDO DA LOUCURA

aqui? — A voz do Lebre ecoou pelo lugar, mas nenhum dos homens se mexeu. — Chame esse pônei de circo. Senta, cachorrinho! Nem pense em colocar essa língua perto da minha bunda de novo.

— Sério. Não deveríamos ajudá-lo? — Olhei ao redor procurando sua forma branca.

— Cacete, Lebre! — Scrooge gritou para seu amigo. — Pare de brincar com o Max. Eu preciso da sua mochila.

— Pare. De. Brincar. Com. O. Max? — Lebre correu sobre nossas cabeças de novo. — Brincar? Sério? É, porque isso é uma diversão do caralho para mim. Ahhhh! Não me lamba aí de novo.

— Ele é só um cachorrinho — Grinch bufou, descruzando seus tornozelos, ficando completamente de pé. Ele era ainda mais alto do que a estatura de um e noventa do Scrooge. — Max!

O cachorro latiu e em alguns segundos estava ao lado do seu mestre, a língua saindo da boca, seu rabo balançando.

— Você se divertiu? — ele balbuciou para seu cachorro, afagando atrás de suas orelhas. A pata traseira do Max arrastou-se no chão, pedras e escombros saltando ao redor dele como pulgas.

— Ele é tão grande aqui. — Eu não conseguia superar o seu tamanho, o cachorro monstruoso parecia meigo com seus dentes dentro da boca.

— Oh. Você não é um daqueles? — Grinch revirou os olhos. — Terráqueos? Que cresceram com a minha versão minimalista?

— Sim. — Assenti.

— Ugh. Eles distorceram minha história em alguma porcaria de lição de moral… e Max? Eles achavam que ele ser fofo e pequeno seria mais compreensível. Como se um cachorro daquele tamanho conseguisse puxar um trenó colina acima? Tão irrealista.

— Claro, isso que é irrealista na sua história — bufei, baixinho.

— Vão se foder. — Lebre, ofegante, saltou para perto de nós. — E vão se foder um pouco mais.

— Ele é *só* um cachorrinho — Scrooge o provocou.

— Vocês. — Lebre apontou para o amigo e depois para mim. — Eu odeio os dois.

Max choramingou, indo na direção do Lebre.

— Para trás! — Lebre arfou, olhando feio para o cachorro. — Você ganhou suas quatro lambidas… sobre as quais nós *nunca* falaremos de novo. — Max inclinou a cabeça, sua língua rolando para fora da boca, fazendo parecer que ele estava sorrindo.

Scrooge agarrou a mochila nas costas do Lebre, tirando-a dele.

— Isso devia estar pesado. Por que você não deixou para trás antes de ir brincar?

— Deixar... brincar... — A fúria do Lebre o impediu de formar as palavras, seus bigodes tremendo de raiva. Ele balançou o dedo para o Scrooge antes de sair batendo o pé, resmungando baixinho.

Scrooge abriu a mochila, retirando duas das garrafas de hidromel que não tivemos a oportunidade de beber no chalé.

— Era isso o que você queria?

Os olhos do Grinch se arregalaram, brilhando com ânsia e desejo. Dando um passo à frente, seus longos dedos peludos se estenderam para as garrafas, sua língua sebosa deslizando por seus finos lábios pretos.

— Não tenho conseguido obter nenhuma no mercado clandestino.

— Uou. — Scrooge tirou o álcool do seu alcance, balançando a cabeça. — Não até que você concorde em nos ajudar. Sei que você tem acesso a um arsenal.

A cabeça do Grinch não se moveu, mas ele nos encarou lentamente, uma expressão perversa surgindo na sua boca.

— Vai precisar de mais do que duas garrafas.

— Isso é tudo o que temos — Scrooge mentiu, tranquilamente.

— O que vocês estão procurando? Algumas armas?

— Uma dúzia, pelo menos.

— Oh, Scrooge, você nunca teve o intelecto para o panorama geral. — Grinch deu um sorrisinho. — Você não faz ideia do que posso fornecer. — Ele se virou, saindo andando com Max em seu encalço.

Confusa, olhei para Scrooge.

— Deveríamos segui-lo?

— Isso ou matá-lo. — Ele deu de ombros. — Eu voto no segundo.

— Vamos ver se ele pode confirmar sua alegação. Depois podemos tostá-lo em uma fogueira. — Meus dedos envolveram a faca no meu quadril.

— É assustador o quanto acho isso *sexy* pra caralho? — O sorrisinho de *bad boy* do Scrooge ergueu um dos lados da sua boca. — Embora eu ainda não tenha descartado te vender para ele por algumas armas de pirulito.

— Talvez eu esteja bem com isso. — Com minha voz baixa e ronronante, virei de lado e rocei meus seios nele, sabendo perfeitamente bem o que eu estava fazendo. — Ele tem mesmo dedos incrivelmente longos.

SAINDO DA LOUCURA

Uma garota pode encontrar utilidade para isso. — Pisquei para ele e me afastei. Um grunhido ressoou atrás de mim, me fazendo sorrir para mim mesma em vitória.

— Alguém está fazendo joguinhos comigo.

— A vida é um jogo. — Pisquei por cima do ombro, exibindo algo que ele disse para mim uma vez. — Você só precisa saber como jogá-lo.

— Caralho, isso acabou de voltar e mordeu meu traseiro.

— Posso fazer isso também.

— Alice — ele advertiu.

Mantendo a cabeça erguida, e sorrindo para mim mesma, acelerei o passo para alcançar o Grinch, sem querer me perder nesse labirinto maluco.

Os pés do Scrooge ressoaram às minhas costas enquanto ele chamava o Lebre.

O Grinch nos levou mais dois níveis abaixo, antes que passássemos por outra porta. Espantada com o lugar enorme, o cômodo era tão alto e largo quanto diversos armazéns, vibrando com uma abundância de vozes e ruídos como se tivéssemos acabado de entrar em uma cidade. O cheiro azedo havia dissipado, tornando-se aromas adocicados de novo. Quanto mais eu me aproximava do parapeito, mais escutava cantorias, o bater de martelos e o som de máquinas.

Fui para o lado do Grinch, olhando para o piso abaixo de nós. Eu não tinha certeza do que achei que encontraria do outro lado, talvez algo parecido com um depósito subterrâneo abrigando algumas armas. Isso não chegava nem perto do que descobri.

Fiquei boquiaberta, meu olhar mal conseguindo absorver tudo. Abaixo, preenchendo o espaço por completo estava...

Quemlândia.

— Santos xeretas. — Escancarei a boca. — E armadilhas engatilhadas.

CAPÍTULO 35

— Você tem escondido a Quemlândia aqui? — Scrooge veio para o meu lado, seu olhar também arregalado. — Depois que a rainha tomou conta, eles desapareceram na noite, deixando tudo para trás. Ninguém sabia para onde tinham ido.

— É, aqueles quembecis vieram para cá. — Grinch balançou a mão para eles com um rosnado. — Choramingaram e suplicaram até que não aguentei mais seus barulhos, barulhos, barulhos — ele grunhiu, apoiando os cotovelos no parepeito. — Engraçado que por décadas eles não ousavam vir aqui. Aqueles metidos à besta me rejeitaram... e então, rá! Um dia, eles precisam de mim. Não queria nada mais além de entrar na minha casa. Então... fiz um pequeno acordo com eles.

Dessa vez, observei mesmo a vila extravagante. As casas eram, na verdade, simples tendas beges com cores divertidas e desbotadas pelo tempo. No meio da sua cidade improvisada havia uma árvore feita de placas de pedra, torcidas e curvadas, enrolada em luzes e enfeites caseiros.

Cantoria e risadas de crianças ecooram, mas percebi que os Quem mais velhos estavam reunidos no meio da vila – trabalhando.

De um lado, havia pessoas cozinhando e fabricando diferentes tipos de armas de doces em fogo e fornos. A camada traseira parecia estar transformando-as em uma artilharia perigosa, colocando-as em um enorme carrinho de mão quando eram finalizadas. O lado esquerdo parecia estar fabricando balas e outros acessórios necessários. Logo abaixo de mim havia comidas, suprimentos, banheiros e tendas de lavanderia. Placas com escritos estranhos e arredondados acima das tendas te informavam exatamente o que cada uma era. As casas estavam nas camadas exteriores da vila.

— Você está usando-os como escravos? — Scrooge gritou com ele.

— *Puuufft.* — Os lábios do Grinch vibraram. — Eles estão pagando o seu sustento. E, por favor, como se isso realmente te incomodasse.

— Eles têm feito isso desde que eles se esconderam?

— Levou algum tempo para se estabelecerem e organizarem suas merdas, mas, sim, faz algum tempo agora.

— Quantas armas você fez até agora? — Scrooge se virou lentamente para o Grinch.

— O bastante para combater a rainha. — Seu sorriso retorcido surgiu. — E uma quantidade muito maior do que essas duas garrafas de hidromel valem.

— Posso conseguir mais para você.

Arrogância percorreu o Pé Grande verde.

— Imaginei.

— O quê? Tem mais hidromel? — Lebre saltou entre mim e Scrooge.

— Ah, Lebre. Acho que vamos ter que te sedar quando mostrarmos o bunker.

— Bunker?

— Não é importante agora. — Scrooge interrompeu nossa conversa, voltando-se para o Grinch. — Uma caixa de hidromel por suas armas.

— Dez caixas e *ela*. — Os olhos obscenos e amarelados do Grinch seguiram para mim provocativamente. — E você pode ter *todos* aqueles Quem irritantes também. — Grinch apontou para baixo. — Mais soldados para a sua guerra. Ela, com certeza, vale todos aqueles Quem arrulhentos para lutar contra a sua rainha.

Inclinei a cabeça, dando um passo na direção dele, meu nariz franzindo com seu cheiro ruim e fungando com o que parecia ácido de bateria.

— Você realmente é um monte insuportável de lixo.

— Ora, obrigado. — Sua barriga pressionou contra a minha enquanto ele tentava chegar mais perto. — Por que você e eu não bebemos e damos uma de gambás desagradáveis[16] e vemos onde as coisas vão dar?

Scrooge se colocou entre nós, empurrando Grinch para longe de mim. Um rosnado veio do Max, alguns dentes aparecendo enquanto ele se aproximava para proteger seu mestre.

— Tente, Scroogie — Grinch zombou. — E Max encontrará seu novo osso.

Olhei de relance para o cachorro, aproximando-me lentamente dele.

---

16   Referência à música do Grinch "You're a Mean One, Mr. Grinch", onde se usa a expressão nasty wasty skunk.

— Acho que Max, como seu dono, só ladra, mas não morde. — Fiz minha vozinha de quando converso com animais e bebês. Funcionou como esperei. As orelhas e o rabo do Max se abaixaram. Ele abriu a boca, arfando alegremente enquanto minha mão deslizava por seu pelo macio, acariciando atrás da sua orelha.

— Ótimo cão de guarda. — Scrooge soltou uma risada estridente quando Max se deitou aos meus pés, seu tamanho gigantesco quase me derrubando, o rabo batendo pesadamente no chão enquanto ele se aproximava para ganhar mais carícias.

— Max! Pare com isso! — Grinch gritou com ele. — Ataque!

Max lambeu meu rosto enquanto eu esfregava suas costas, as patas deslizando completamente pelo chão, rolando para me mostrar sua barriga.

Lebre e Scrooge não conseguiam segurar suas risadas enquanto Grinch continuava a repreendê-lo. Max latia, satisfeito, balançando-se no chão, amando as carícias na barriga.

— Não é mais tão durão agora.

— Cachorro estúpido e imprestável — Grinch bufou, irritado. — Que belo protetor você é.

Max latiu em resposta, fazendo Grinch o fuzilar com os olhos.

— Dez caixas e fico com todas as armas e com qualquer um que esteja disposto a lutar pelo Papai Noel. — Scrooge desligou seu senso de humor como um interruptor, voltando para a postura impiedosa de negociação.

— Papai Noel? Você vai enganá-los para que lutem por um homem cujo coração é menor do que o meu? — Grinch assentiu, aprovando seu plano. — Scrooge traiçoeiro… mais astuto do que pensei.

— Quem disse que os estarei enganando? — Ele chegou perto do rosto do Grinch. Mesmo que ele fosse menor do que o Pé Grande embolorado, algo no Scrooge parecia maior. Mais forte.

— Você deve estar. Do contrário, você encontrou a alma do Papai Noel… — Grinch foi abaixando a voz, observando o sorriso maléfico do Scrooge curvar sua boca. — I-isso não é possível. De jeito nenhum você teria conseguido sobreviver à Terra dos Perdidos e Despedaçados.

— Também sobrevivi à Terra das Almas Perdidas — Scrooge retrucou. — Vá verificar por si mesmo. Ele voltou. Todos aqueles escondidos saberão e aparecerão.

— Você está mentindo. Você não teria conseguido passar por esses dois lugares. Impossível.

SAINDO DA LOUCURA

— Vamos dizer que tenho minha arma pessoal. — O olhar do Scrooge voltou-se para mim, ardente e com um significado caloroso, reverberando pela minha pele. Um sorriso particular foi trocado entre nós dois. Uma promessa para mais tarde.

— Pastel do caralho… preencheu a sua meia uma vez, e agora tudo o que ele pensa é em descer pela sua chaminé de novo. — Lebre chegou ao meu lado, cutucando-me com seu cotovelo.

— Você e ele? — Grinch retorceu o rosto. — Agora, isso é repugnante. Ecaaa! Acho que vou vomitar. Cacete. Você era gostosa também. Poderíamos ter nos divertido, mas eu não quero a rebarba pegajosa e desleixada dele. — Grinch balançou o dedo para Scrooge.

— Ahhh… nãoooo. — Meus ombros cederam, jorrando sarcasmo da minha decepção. — Tão doloroso. De alguma forma, terei que seguir em frente. — Comecei a cantarolar, de repente, arrasando, *Near, far, wherever you are*, entoando a música melosa *"My Heart Will Go On."*

— O que ela está fazendo? — Grinch me encarou.

— Não faço ideia. — Scrooge ergueu uma sobrancelha.

— Quer saber? Acho que tive sorte com essa aí. Ela é mais louca do que um panetone. Sinto muito, cara. — Grinch deu tapinhas no ombro do Scrooge.

— É, talvez você tenha razão.

Colocando uma mão no quadril, olhei feio para Scrooge. Ele piscou de volta para mim, escondendo o sorriso.

— Tudo bem. Dez caixas de hidromel. — Grinch balançou a mão para a vila. — Apenas leve-os. Façam-os cair fora da minha montanha. Tenho esperado paz e tranquilidade há décadas agora.

Ele se virou, caminhando para o parapeito.

— Ei, fracassados da Fracassolândia! — gritou, sua voz expandindo pelas paredes de pedras como um alto-falante. Todo o trabalho parou na mesma hora, cabeças se virando para nós. — Scrooge comprou vocês. Seus traseiros irritantes são dele agora. Deem o fora da minha casa — ele bufou, e depois saiu pisoteando, desaparecendo nas sombras, Max trotando atrás dele.

Ao invés de fazerem perguntas ou comemorarem, todos os Quem se levantaram e se reuniram ao redor da árvore de Natal falsa. Eles seguraram as mãos e começaram a cantar: *Vem quem foram! Vem quem eram!* Então se balançaram em harmonia.

— O que diabos eles estão fazendo? — Lebre os encarou como se tivessem perdido o juízo.

— Cantando — ironizei.

— Obrigado. Já percebi. — Ele saltou para a parede, balançando a cabeça. — Mas por quê?

— Acho que eles fazem isso quando estão chateados ou confusos. — Scrooge pressionou a ponte do nariz. — Isso os faz se sentirem seguros e unidos.

— Eles cantam quando estão chateados? — Lebre soltou uma risada.

— Ah, boa sorte em transformar esses ovos mexidos em soldados. No meio da batalha, vão soltar as armas e segurar as mãos.

Scrooge estremeceu, respirando fundo, ouvindo a verdade nas palavras do Lebre.

— Ei, pessoal. — Ele ergueu a mão para interromper o momento *kumbaya* deles.

Eles continuaram cantando ainda mais alto.

— Parem! — Scrooge berrou, e o silêncio na caverna foi instantâneo. Os trinta ou quarenta deles piscaram para nós. — Eu não comprei vocês como escravos. São livres para fazerem o que quiser. Mas aqueles que estiverem dispostos a lutar pelo Papai Noel, que ainda acreditam, gostaríamos que se juntassem a nós.

Eles permaneceram em silêncio. Pelo menos trinta segundos se passaram antes que começassem a cantar de novo.

— Foda-se isso. — Lebre desceu do parapeito, balançando a mão para eles. — Eles são uns tontos do caralho.

— É. — Scrooge assentiu, passando a mão pelo cabelo. — Vamos pegar as armas e ir embora.

Estávamos prestes a sair, quando uma vozinha nos chamou de baixo:

— Esperem!

Deparamo-nos com uma pequena Quem loirinha, por volta de seis anos de idade. Seu nariz era como um botãozinho, suas bochechas rosadas, e ela usava farrapos, mas dava para ver que as vestes já foram cor-de-rosa um dia. Ela era angelical, mas erguia o rosto com força em meio a todos os adultos.

Não havia dúvidas de quem ela era.

— Você disse Papai Noel? — Ela colocou as mãos nos quadris. — Você não pode nos enganar. Sabemos que ele se foi.

— Não foi. O Papai Noel retornou — Scrooge respondeu, focando na menina. — E a rainha está vindo para fechar os portais do nosso reino para sempre. A morte a encontrará onde quer que esteja. Pode se esconder aqui, assustada, ou pode lutar.

SAINDO DA LOUCURA

— Esconder! — metade dos Quem responderam. — O Sr. Grinch vai nos proteger. Ele se importa com a gente.

— Eles realmente não são tão espertos, são? — Inclinei-me contra Scrooge, sussurrando no seu ouvido, o cheiro dele esquentando o meu sangue.

— Eles dizem "propositalmente ingênuos".

— Idiotas. Todos eles — Lebre resmungou, irritado, atrás de nós.

— Eu vou lutar — a garotinha falou por cima dos ruídos, sua postura firme. — Pelo Papai Noel, vou lutar com todas as minhas forças.

Um homem assentiu orgulhosamente, segurando o ombro dela.

— Eu lutarei junto com Cindy Lou Quem.

— E eu! — Outro acompanhou. — Eu sigo Cindy Lou Quem também.

— E eu. Eu sigo Cindy Lou Quem também.

— E eu, eu sigo...

— Sim. Sim. Nós entendemos, porra. — Lebre cobriu as orelhas.

Cerca de quinze ficaram ao lado de Cindy Lou, o resto ofegou, perplexo com suas declarações e atitudes ousadas.

— Tudo bem. — Scrooge assentiu. — Para aqueles que estão vindo conosco, carreguem as armas, peguem o necessário. Sairemos em vinte minutos, combinado?

Os quinze rapidamente responderam, fazendo o que ele mandou, enquanto eu me recostava à parede, encarando-o com um sorrisinho.

— Você sabe que começou a rimar no final?

— Eu calaria a boca antes de você ser presa. — Ele se aproximou, sua boca roçando contra a minha bochecha.

— Preste atenção, você não está me incentivando muito.

Ele grunhiu, sua boca me fazendo inclinar a cabeça para trás enquanto ele tomava meus lábios, calando a nós dois.

Desacelerando meus pensamentos, mas não domando.

CAPÍTULO 36

Ao invés de uma retirada cuidadosa e furtiva, estando ciente de agressores ou ENLs, os Quem desfilaram montanha abaixo com dois carrinhos gigantes cheios de armas e suas tranqueiras, em uma constante cantoria. As costas do Scrooge se curvaram em irritação até que ele quase se debruçou. Grunhidos e resmungos vinham dele a cada poucas batidas dos seus instrumentos peculiares.

As orelhas do Lebre estavam achatadas para trás, tentando bloquear um pouco das vozes desafinadas e dos barulhos. Tentei silenciá-los repetidas vezes, mas a capacidade de concentração daquele povo parecia menor que a de uma mosca. Eles acenavam com a cabeça, parando por um instante, davam dois passos e começam tudo de novo.

— Esse Quembecis são burros demais para viver, mas, infelizmente, temos que ir com eles — Lebre resmungou, saltando ao meu lado, olhando ao redor, em vigilância constante. — O Grinch tem um coração maior do que eu imaginava. Eu deixaria a natureza seguir seu rumo. Extirpar os desmiolados. Esses cabeças-ocas ambulantes são bem mais estúpidos do que os perus. E não sei como esses bichos são, de onde você veio, mas perus aqui simplesmente andam na beira de um precipício. Um foi diretamente até o fogão para mim.

— Você o cozinhou vivo?

— É mais fácil tirar as penas quando eles estão quentes e crocantes do lado de fora.

— Desculpe ter perguntado.

Felizmente, além de um ou dois dos Quem *curiosamente* se deparando com um ENL ou com um precipício, quando o Lebre foi orientar a parte de trás do grupo, a viagem foi tranquila.

O vento sibilou e se chocou contra nós, nos ameaçando a não seguir em frente, o que apavorou a maioria dos Quem, mas, novamente, foi Cindy Lou quem se levantou e os encorajou a continuar. Ela tinha apenas seis anos, mas a garota tinha mais força e inteligência do que todo o restante combinado.

Avistando a fumaça vinda do chalé, soltei o fôlego, relaxando os ombros enquanto nos aproximávamos das luzes quentes e aconchegantes que nos chamavam para casa.

Isso durou poucos segundos.

Duas silhuetas bem conhecidas estavam paradas na entrada. Os chifres do Rudy não teriam me preocupado nem um pouco, mas o sorvete de três camadas ao lado dele o fez.

— Frosty — Scrooge rosnou, seus lábios se erguendo, os músculos retesados. Seu olhar intimidador estava focado no boneco de neve. — Como você ousa mostrar a sua cara aqui?

— Scrooge. — Rudy ergueu as mãos, acalmando o amigo. — Não, você não entendeu.

— Eu o entendo perfeitamente, o traidor do caralho. — Neve voou por baixo das botas do Scrooge.

Frosty deslizou para trás, levantando as mãos galhudas na defensiva.

— Scrooge! — Rudy se chocou contra o peito dele, segurando-o. — Escute-o!

— Não! — Scrooge o empurrou para trás, seus olhos brilhando com repulsa e ira. — E não acredito que você está me pedindo isso. Você sabe o que ele fez. Ele é a razão de eu não ter mais a minha família. O motivo de todos naquele chalé terem sido torturados.

Como se Scrooge os tivesse convocado, a porta da frente se abriu. Dee, Dum, Pin e o Papai Noel saíram pela varanda, sua atenção seguindo rapidamente para a festa, *finalmente*, silenciosa atrás de mim, depois de volta para o Scrooge.

— Eu não entreguei vocês! — Frosty gritou. — Não fui eu.

— Não poderia ter sido mais ninguém. — Scrooge chocou-se contra Rudy, tentando ultrapassá-lo.

— Talvez você devesse ter olhado mais perto do seu lar. — A afirmação do Frosty pairou no ar, gerando apenas o silêncio.

— O. Que. Você. Está. Insinuando? — Fúria vibrou por baixo da pele do Scrooge, sua voz calma e fria destacando a raiva que estava sob a superfície.

— Estou dizendo que não sou o culpado. — Frosty chegou um pouco mais perto. — Você queria tão *desesperadamente* que eu fosse, que inventou isso na sua cabeça. Mas lá no fundo, acho que você sabia a verdade.

O corpo inteiro do Scrooge ficou tenso, estufando e estremecendo.

— Ora, Scrooge, você estava lá. Nem imaginou o por quê da sua querida e doce esposa estar dizendo "Você prometeu" repetidamente enquanto chorava?

Receio fez meu estômago embrulhar, tensionando meu interior.

— Ela não estava falando com você. — Frosty se colocou onde Scrooge poderia facilmente agarrá-lo se quisesse, mas Scrooge não se moveu, deixando Rudy segurá-lo no lugar.

— Você. Está. Mentindo. — Scrooge soltou o fôlego, o peito subindo e descendo brutalmente. — Você está tentando me fazer duvidar. É isso o que enganadores fazem.

— Você é o único que está se enganando. A verdade é uma coisa tão engraçada. Minha verdade é a sua mentira, e a sua verdade é a minha mentira, embora nossas duas verdades não possam ser fatos. — Frosty deslizou um pouco mais para longe. — Diga-me, você questionou por um instante o motivo do Blitzen ter ido direto para a sua casa? Estranho, já que ele tinha que passar pelo restante da vila para chegar até você, não é? Ele parecia saber exatamente qual era a sua casa. — Frosty cobriu sua boca de carvão. — Sua esposa estava gritando por ajuda ou escondendo seu filho?

— Ela estava apavorada. Não queria que ele pensasse que Tim estava lá. Provavelmente fazendo-o levá-la no lugar dele.

— Ela estava fazendo isso? — O cachimbo do Frosty foi para o outro lado da boca. — Foi isso o que você a ouviu dizer?

Scrooge ergueu o queixo, como se estivesse tentando bater de frente com a especulação do Frosty, mas ele não defendeu sua própria afirmação.

A sensação nauseante vagou pelo meu estômago, entendendo claramente a insinuação do Frosty.

— Seu traidor cruel de merda. Acha que vou deixar você fazer a minha cabeça tão facilmente? — Scrooge ralhou, entredentes. — Belle era gentil e amável. Inocente. Você está tentando torná-la outra coisa porque não é forte o bastante para admitir que é um traidor do caralho. Te conhecendo, você está com um exército inteiro da rainha esperando acima da colina para nos atacar nesse momento.

— Se essa fosse a minha estratégia, eu a teria feito na primeira vez em que vim até aqui. — Frosty gesticulou para mim. — E por que eu levaria Alice para a Terra dos Perdidos e Despedaçados para ajudar a encontrá-lo?

SAINDO DA LOUCURA

Eu teria te deixado lá e a levado para a rainha. Ou teria deixado vocês dois morrerem no castelo.

— O quê? — Scrooge balançou a cabeça, confuso. — O que você quer dizer com *aqui* antes?

Certo. Ele já tinha saído quando Frosty apareceu, e quando nós voltamos, Frosty tinha sumido.

— Ele é o motivo de você estar vivo. — Rudy segurou os ombros do Scrooge, forçando-o a encará-lo. — Ele foi a razão de eu ter chegado lá e salvado todos vocês.

— O quê? Não! — Scrooge balançou a cabeça. — Isso é tudo armação, de alguma forma. Parte do plano dele.

— Você acha que estou tão entediado assim? — Frosty retrucou. — Isso tudo é algum plano complexo meu? Mesmo que eu estivesse, a rainha não está. Se eu fosse tal animal de estimação, teria levado você diretamente para ela há muito tempo.

— Belle… ela nunca nos trairia. A mim. E, principalmente, ao nosso filho. Ele era *tudo* para ela.

— Exatamente. — Frosty deu tapinhas na sua cabeça arredondada. — O que ela fez foi pelo amor de uma mãe, não uma traição. Embora possam ser a mesma coisa. Ela sabia que a rainha tinha acesso a remédios e médicos que poderiam ajudar Timmy. A vida do seu filho significava mais do que a de *qualquer* outra pessoa naquela vila. Até mesmo a sua. Ela trocou a vida de todos, entregando vocês para a rainha. Ela divulgou sua localização sob a promessa de que a rainha ajudaria o menino doente, o que você sabe que a rainha nunca teria feito. Não havia como salvá-lo. Nenhuma medicação teria salvado a vida dele. — Frosty contraiu a boca. — Belle não estava esperando que você chegasse pelos fundos e levasse Tim embora… para dar fim à sua vida. O sacrifício dela foi em vão. A vida dele, a dela, todas as pessoas que ela sacrificou na esperança de salvá-lo.

— Cale. A. Boca! — Scrooge empurrou o Rudy, disparando na direção do boneco de neve. — Cale a porra da boca! Isso é tudo mentira!

— Scrooge, não! — Rudy tentou agarrá-lo.

— Deixe-o. — Frosty estendeu seus braços de gravetos. — Você quer liberar a raiva? Vá em frente.

Scrooge chocou-se contra ele, dilacerando o corpo de neve, o chapéu e os olhos de botões voando pelo ar. Scrooge rugiu enquanto socava, arranhava e destruía o boneco de neve, libertando a fera interior.

De todas as coisas apavorantes que eu havia visto aqui, ele era, possivelmente, a pior. A besta por baixo da sua pele era feita de ira, sofrimento, tristeza e culpa, tornando-se um monstro que não tinha nada a perder. Tudo já havia sido tirado dele. Ou assim ele pensava. A traição de sua esposa o havia dilacerado muito mais fundo, mesmo que fosse com boas intenções. Ela entregou todos os outros, mesmo sabendo que eles seriam torturados e mortos por causa das ações dela. Seu desespero para salvar um menino que não podia ser salvo determinou tudo. Meu coração doía por todos os envolvidos, mas acima de tudo, doía pelo Scrooge. O fato de que ela fez aquilo para salvar o filho, que ele acabou deixando ir, devia ser devastador. Mais uma tortura.

Meus pés se moveram automaticamente; o impulso para ele era constante. Poderoso.

— Scrooge. — Tentei segurar seu braço, mas ele não enxergava nada além de destruir o Frosty. Um grunhido por conta da dor escapou da sua garganta. — Scrooge?

— Saia de perto de mim! — ele gritou, se afastando do meu toque.

— Não.

— Jesus, qual é o seu problema? — Ele se levantou, seu rosto repleto de repúdio, mas eu sabia que não era realmente direcionado a mim. — Todos deveriam ir para o mais longe possível. Sou pior do que um ENL... eu sugo e destruo a vida de tudo o que toco.

— Não, você não é. As atitudes dela não te definem. Você não pode se culpar pelo que ela escolheu fazer.

— Não posso? — Ele cuspiu. — Não somos diferentes. Ela pensou que estava salvando a vida dele da morte, enquanto eu dei fim a isso, pensando que o estava salvando de uma vida dolorosa.

— Você estava. — Permaneci firme na frente dele, sem dúvidas da minha convicção. — Era o que ele queria. Você fez isso por ele, ela fez por si mesma. Ele teria morrido dolorosamente. Você teria sacrificado todas aquelas outras vidas pela dele? — Gesticulei para a varanda. — Olhe para eles! — mandei, apontando para as figuras na porta. Sua cabeça lentamente se virou para eles, depois para o Lebre e Rudy, finalmente parando em mim. — Você teria deixado que todos eles morressem e fossem torturados para salvar um?

— Sim! — ele gritou, mas sua certeza desmoronou na mesma hora.
— Não. Eu não sei. — Agonia marcou seu rosto, suas costas se curvando.
— Que tipo de pai eu sou? Eu teria deixado meu próprio filho morrer...

SAINDO DA LOUCURA

273

— Não há escolha certa aqui. Tim estava sentindo dor, sua vida não era uma vida de jeito nenhum. Você acha que ele iria querer que todos fossem mortos por causa dele?

— Não — Scrooge sussurrou, encarando sua família. — Ele os amava tanto.

Eu conseguia escutar Dee chorando baixinho na varanda.

— O que você precisou fazer? Nem consigo imaginar. A escolha mais cruel que qualquer um teria que fazer. Sua esposa pensou que estava fazendo a coisa certa na cabeça dela. Mas era o certo para Tim?

— Belle. — Ele se engasgou ao dizer o nome dela. — Como ela pôde fazer isso conosco? Eles a amavam, confiavam e acreditavam nela, e ela traiu a todos nós. Eu devia ter previsto isso. Sentido alguma coisa.

— Você também é clarividente agora?

— Não. — Scrooge franziu o cenho.

— Então como você poderia saber? — Dei um passo em sua direção, segurando seu pulso até que meus dedos se entrelaçaram aos dele. — Dê um tempo a si mesmo. Seu mundo inteiro desmoronou. O que você pensou que entendia e sabia. Mas algum dia você precisará perdoá-la... e a si mesmo.

— Eu não vejo como.

— Então, não temos futuro. — Acariciei sua bochecha. — Não vou viver com os fantasmas do Natal passado nos assombrando. Sou egoísta demais. Quero você completamente para mim.

Scrooge fechou os olhos, prendendo o fôlego, mas sua mão apertou ainda mais ao redor da minha.

— Cacete... — Lebre veio até nós, encarando o chão. — Alguém quer raspadinha? Acho que tenho alguns aromatizantes na casa.

— Vamos reconstrui-lo. — Rudy deu a volta em nós, agachando-se para começar a remodelar o boneco de neve.

— Me desculpe se te assustei. — Scrooge encostou a testa à minha.

— Não assustou. Só estou triste por você.

— Sério? Acabei de massacrar um símbolo do Natal.

— Ah. Ele vai sobreviver. — Dei de ombros, um pequeno sorriso curvando meus lábios. — Estou com um pouco de inveja que não fiz isso primeiro.

— Não pode ter todas as primeiras vezes. — Scrooge aproximou-se de mim. — Obrigado. — Ele não disse nada mais, e não precisava.

Encarei seus olhos azuis, minhas mãos percorrendo sua barba por fazer.

— Você sabe que eu nunca te machucaria, não é?

— Só das maneiras que eu gosto.

— Alice... — ele murmurou, as mãos agarrando meus quadris.

— Primeiro, sei que você não vai, não porque tem medo de que eu chute seu traseiro de forma ainda pior, mas porque você não é assim. — Fiquei na ponta dos pés, nossos lábios a apenas centímetros de distância. — Posso te contar um segredo? Acho a sua parte feroz *sexy* pra caralho. Gosto que ela pode assustar todos os outros, mas sei o que acontece quando essa paixão brutal está só comigo.

Seu agarre em mim tornou-se quase doloroso, levando eletricidade pelos meus nervos quando sua boca desceu na minha, reivindicando e exigindo. Fogo explodiu nas minhas veias. Um desejo intenso me consumiu. Aprofundando o beijo, suas mãos vagaram para o meu cabelo, seus dedos enrolando-se em volta das minhas mechas, puxando. Um ruído subiu pelo seu peito, e eu sabia que se não parássemos, todo mundo veria uma versão inalterada de ser Scroogizada.

Eu não ficaria surpresa se houvesse um filme pornô por aí chamado *Screwged*[17]. Se não tivesse, então eu queria fazer um em breve.

Separando-nos, nós dois arfando por ar, um sorriso lento surgiu no rosto dele.

— Você devia ver os Quem agora. — Seus lábios roçaram contra os meus de novo. — Acho que eles vão precisar ir para o manicômio onde te encontrei.

Olhei por cima do meu ombro, e uma risadinha escapou dos meus lábios.

Todos os quinze estavam completamente imóveis... suas bocas escancaradas, olhos arregalados, bugigangas jogadas no chão. Eles pareciam para lá de assustados. Eles me lembravam um cervo, congelados de medo, mas a qualquer instante surtariam e sairiam pulando e gritando floresta adentro.

— O pior que eles já devem ter feito, foi balançar o punho para alguém e pedir desculpas depois.

— E eles vão lutar por nós. — Scrooge me beijou, depois se inclinou para trás, sofrimento marcando seu semblante outra vez. A nova revelação sobre Belle demoraria um longo tempo para ser processada e superada. Eu não conseguia imaginar a dor ao descobrir que alguém que você amava e confiava foi quem te traiu. — Não estamos nem um pouco fodidos.

— Precisamos de mais pessoas. Precisamos espalhar a notícia de que o Exército do Papai Noel está recrutando.

---

17   Screwged: Brincadeira com o nome da personagem e a palavra em inglês, screw, que significa transar, trepar.

— Mais um motivo para vocês ficarem felizes que apareci. — A voz do Frosty nos fez virar as cabeças para o lado. Ele ainda parecia um acidente de carro ambulante, mas sua boca e olhos estavam de volta no lugar, suas três bolas de neve um pouco mais finas.

— Não me lembro de ficar feliz por você ter aparecido por algum motivo. — Scrooge me soltou, virando-se para Frosty. Dee, Pin, Dum e Rudy estavam em volta dele, preenchendo-o e remendando-o de novo.

— Você deveria estar beijando meu nariz de botão agora.

— Eu sei o que quero fazer com esse botão.

— Ei. Ei. — O único braço do Frosty se ergueu, gesticulando para que ele recuasse. — Você está assustando os Quem.

— Ande logo com isso. — Irritação percorreu Scrooge.

— Depois que deixei Alice, rastreei os outros espiões que trabalhavam para mim.

— Trabalhavam para você? — Scrooge franziu o cenho.

— Sim. — Presunção curvou sua boca de carvão. — Você deveria estar me agradecendo de novo... *Matt Hatter*. — O sorriso do Frosty repuxou ainda mais de um lado.

Um nome, e parecia que ele tinha esmagado meus pulmões a cada sílaba.

— O que você disse? — Scrooge inspirou, seu peito arfando.

— Mais uma vez, eu salvei sua vida. Garanti que alguém estivesse lá para intervir. Para ajudar *vocês dois* a voltarem para Winterland.

— Do que você está falando? — Scrooge deu um passo ameaçador na direção do Frosty.

Santo sino pequenino...

— Noel. — O nome dele escapou da minha boca, entendendo aonde Frosty queria chegar. — Você é o líder da Resistência Noturna, não é?

— Inteligente, querida menina. — O sorriso do Frosty aumentou.

— O quê? — Scrooge cambaleou para trás, balançando a cabeça. — De jeito nenhum.

— Por quê? Por que você não quer pensar que na verdade fui o cara bonzinho o tempo inteiro? — O boneco de neve deslizou alguns metros para trás, Pinguim e Dum o rondando, ainda tentando aperfeiçoar seu formato. — Tenho liderado a Resistência Noturna desde o instante em que Jessica se apoderou do reino, lentamente invadindo por entre seu pessoal. Foi uma manobra lenta e perigosa, mas foi o único jeito de ficar sabendo de suas fraquezas, de ganhar no final. Mas uma vez que vocês dois seguiram para a Terra e foram capturados, eu sabia que o tempo tinha acabado para nós. A guerra estava aqui. Se meus espiões não saíssem, suas vidas seriam ceifadas. — Frosty se afastou do grupo que o cercava e deslizou na direção do armazém. — Vocês podem sair agora.

A neve rangeu sob a movimentação. Muitos. Sombras piscaram sobre a neve enquanto corpos saíam para a luz.

— Mamilos do Jack Frost. — Lebre mal podia acreditar, ao meu lado, e tudo o que eu conseguia fazer era piscar, certificando-me que não tinha pirado de novo.

Dasher, Vixen, Comet, Cupid, Donner e um monte de elfos surgiram, agrupando-se ao nosso redor.

— Santas cabecinhas-ocas! — Dee gritou, disparando na direção da multidão, chorando e abraçando seus amigos há muito perdidos. Dum saltitou logo atrás dela, suas figuras rapidamente absorvidas pelo grupo, com gritos empolgados.

Rudolph estava congelado no lugar, boquiaberto e em descrença, sua atenção focada em uma figura. Seguindo seu olhar para ver quem afetou o homem-cervo sempre sério, meus olhos encontraram uma lindíssima rena encarando-o da mesma maneira. Vixen.

Curioso.

Rudy e Vixen? Havia alguma coisa aí. Uma história sobre a qual eu não sabia nada, mas conseguia sentir como se fossem teias de algodão-doce.

Muito curioso.

— Rudy! — Dasher estendeu os braços, interrompendo o momento. Rudolph correu para seu grupo, imerso nos seus próprios cumprimentos aos seus amigos.

Dois elfos se separaram da multidão, andando na minha direção. A garota sorriu para mim. Amigável. Sagaz. O cara ao lado dela parecia irritado e entendiado.

— Não-Alice é Alice de novo. Sua magnitude voltou. — A garota com longas tranças sorriu para mim. Havia algo familiar nela... nos dois. — Você encontrou o que estava perdido.

— Rolinhas dançantes… B-Bea? — gaguejei, escancarando a boca. Meu olhar disparou para o outro. — Happy?

Ele balançou o queixo, mas não respondeu.

— Eu não entendo… — Gesticulei para eles. — Vocês estão...

— Mais baixos — Happy bufou, com sarcasmo. — Elfos geralmente

SAINDO DA LOUCURA

277

são. Ela havia enfeitiçado o lugar, para parecer comum para as pessoas de fora. Nossos tamanhos normais, com certeza, teriam chamado a atenção.

Bea segurou sua trança, a voz cantarolando:

— Embora eu tenha combinado perfeitamente com meu corpo. — Seu olhar vagou para longe.

— Alice. — Um timbre grave veio de trás deles. Olhos cor de âmbar, pele escura e um pequeno sorriso curvando seus lábios.

— Noel! — Nem dei chance de resposta, antes de me jogar em cima dele. Ele riu, envolvendo-me com os braços. — Eu realmente senti a sua falta.

— Realmente, é? — Ele me apertou e depois se afastou.

— Ah, e seja lá o que ele disse sobre eu fazer xixi na cama... — Happy se colocou entre nós — é mentira. Eu não fiz nada disso — bufou e saiu pisando duro enquanto Noel sussurrou para mim: *Ele fez, sim.*

— Esse é um elfo bem bravo.

— Ele só está ressentido porque tirei aquela coisa de menta dele. — Noel deu de ombros. — Agora estou pensando em colocá-lo de novo sob efeito daquilo, depois de perceber que o Happy só era *Feliz* porque estava drogado.

Bea continuava perto de nós, brincando com o cabelo, perdida em seu próprio mundo.

Noel franziu os lábios.

— Todos naquele lugar eram prisioneiros da rainha há décadas. — Ele encarou Bea. — Algumas mentes não podem se curar de novo.

— Eles nunca ficarão bem?

— O que você considera bem? — Noel respondeu. — Ela pode ter danificado seu entendimento do mundo, mas nunca destruiu o espírito deles. E Bea, o que ela passou? Ela é um biscoitinho forte.

— Ah, biscoitinho? Está na hora do lanche? — Bea arregalou os olhos em empolgação, batendo palmas.

— Tenho certeza de que podemos encontrar algo para você — respondi.

— A *chave* para destrancar todas as portas. — Ela deu uma risadinha. — Você libera tudo.

Com certeza.

— Quando as portas são deixadas abertas — ela entrecerrou o olhar, pensando —, o que você deveria temer? Os monstros que podem entrar ou os que podem sair?

CAPÍTULO 37

— Papai Noel!

Murmúrios animados vibraram pelo ar quando o homem em pessoa saiu pela varanda. Ele havia se limpado desde a última vez em que o vi, a barba branca cor de neve estava aparada mais perto do queixo, o cabelo limpo, cortado e penteado para trás. Ele usava uma calça vermelha e uma camisa branca que se esticava sobre a barriga com formato de globo de neve, e brilhantes botas pretas.

Ele tinha a aparência exata de como você descreveria o Papai Noel. Bochechas rosadas, felicidade e calor emanando em ondas pegajosas. Ele abriu os braços, um sorriso iluminando seu rosto.

— Senti saudades de todos vocês.

Os Quem, elfos e renas o rodearam, chorando de felicidade ao verem seu herói de volta, aconchegando-se mais e mais perto, abraçando o ídolo.

— Scrooge? — O tom hesitante do Rudy atraiu nossa atenção. Ainda estava contida, mas eu conseguia sentir a cautela nele. — Talvez nós devêssemos afastá-los um pouco antes de...

— Antes do quê?

— Ainda não tive tempo para te falar...

— Saiam de perto de mim! — Papai Noel gritou, de repente, empurrando a multidão, sua voz repleta de irritação. — Tudo o que eu preciso é de mais intrusos. Mais gente comendo a minha comida. Invadindo meu espaço. Por que vocês não podem me deixar sozinho para variar?

— Oh, tetas de elfos... — Scrooge fechou os olhos rapidamente, pressionando os lábios. — Era isso o que eu temia.

— Papai Noel? — Vários elfos chegaram perto dele, preocupação marcando seus rostos.

— Jesus… vocês ainda são tão carentes. O tempo sem mim não deveria ter ensinado vocês a andarem com as próprias pernas? Não deveriam parar de querer que eu os lidere? Liderem a si mesmos, pelo menos uma vez.

— M-mas… Papai Noel?

— M-mas — ele imitou o elfo, caçoando até que o elfo começou a chorar. — Eu não fiz o bastante? Papai Noel, eu quero isso. Eu quero aquilo. Vocês sempre querem mais e mais. Peguem. Peguem. Peguem! Por que será que deixei vocês...

— O que diabos tem na bunda dele? Um fio dental feito de guirlanda? — Lebre tamborilou seu toco na neve.

— Nick. — Scrooge apertou a ponte do nariz. — Merda, esperava que eu estivesse errado.

Eu me lembrava da expressão estranha no rosto do Scrooge antes de sairmos. A preocupação de deixar o Papai Noel no comando.

— Nick e o Papai Noel estão tendo dificuldades em se entrosar — Rudy declarou. — Nick não quer desistir sem lutar.

Olhei de volta para o grupo que encarava o Papai Noel, todos confusos e tristes. Sem entender a mudança na alma gentil que eles conheciam.

— Sério, vão embora! Eu estava feliz sem todos vocês, merdinhas, grudados em mim.

— Tudo bem! — A voz do Scrooge reverberou, grave e zangada. — Já *chega*, Nick.

— Quem é você, minha mãe?

— Sim. Eu sou sua mãe. — Scrooge agarrou os ombros dele, virando-o para o chalé, empurrando-o para a varanda na direção da porta. — Acho que precisa se acalmar.

— Permita-me. — Dee foi até eles, sua expressão de guerreira "no comando" e o tom de voz interrompeu os dois homens. — Lidei com isso antes.

Scrooge olhou para Rudy. Ele balançou a cabeça, concordando.

— Ela foi a única que conseguiu se comunicar da última vez.

Scrooge se afastou quando Dee tomou o lugar dele. Nick revirou os olhos.

— Ah, oba, minha babá está de volta.

Ela não respondeu à zoação dele, segurando as mãos do Nick e encarando-o.

— Não foi culpa sua. Ela nos machucou, não você. — Dee ergueu o rosto para olhá-lo. — Fale comigo. Não é minha culpa.

Nick se contorceu, olhando para o lado.

— Você é meu melhor amigo. Tantos te amam e sentem a sua falta. Não foi sua culpa — ela disse, seriamente. — Diga. — Senti como se estivesse me intrometendo em um momento particular deles. Lembrava-me de como as pessoas lidavam com os traumatizados.

Nick contraiu os lábios, e finalmente sua cabeça pendeu para frente.

— Mas foi — ele sussurrou, a agonia na sua voz me fez curvar levemente para frente. — Eu deveria tê-la impedido. Previsto aquilo. E o motivo de ela ter se transformado daquele jeito foi por minha causa. Pela maneira como a tratei.

— Não podemos mudar o passado. — Não havia nada daquelas bobeiras de criança na Dee enquanto ela falava. Ela era a elfa antiga, sabedoria além da sua aparência. — Mas ainda podemos mudar o futuro antes que se torne o passado. Nós precisamos de você, Papai Noel. Precisamos que esteja ao nosso lado. É você quem precisa combatê-la. Combater as lembranças. Não deixar que elas o consumam.

Um soluço balançou os ombros dele, sua cabeça inclinando à frente até encostar na da Dee.

— Me desculpe — ele fungou. — Vou me esforçar mais para ser o homem que todos vocês merecem.

— Apenas seja o Papai Noel que nós amamos. Isso é tudo o que queremos. — Ela o abraçou, diminuíndo na mesma hora a tensão do grupo, os murmúrios contentes preenchendo o ar. Dava para ver o quão próximos a Dee e o Papai Noel eram, porque ela parecia ser a única que o alcançava. Era pura amizade construída em confiança e respeito.

O Papai Noel estava de volta, Nick recuando, ofuscado pelo amor e amizade.

— Uau — Lebre murmurou ao meu lado. — Alguém mais acha isso *es-qui-si-to*? Como na vez em que descobri que transei com uma prima.

— O quê? — Recuei diante dele. — Ecaaa!

— Não julgue. Era uma prima *distantezinha*... Ei, eu sou uma *lebre*! Tenho milhares de primos. Sou relacionado de alguma forma a todo esse maldito reino. Como se você não tivesse cometido esse erro antes? — bufou.

— *Não cometi.*

— Veja se não é a Srta. Perfeitinha.

— São expectativas muito, muito baixas.

— Mais fácil de passar por cima. — Lebre deu um sorrisinho e saltou para frente. — Estou com fome.

SAINDO DA LOUCURA

281

Uma refeição seria excelente. E hidromel. Foram dois longos dias. O anoitecer interminável incrementava a sensação de que era uma noite longa pra caramba.

— Ora, mas que agradável. — Uma voz ressoou pelo terreno, congelando meu coração. Meus pulmões enrijeceram, criando um aperto na garganta. — Essa reuniãozinha é tão enjoativamente doce. Me sinto nauseada.

Oh. Deus. Não. Meu coração martelou nos ouvidos, querendo sair pela boca. Virando-me, meus olhos avistaram o que eu já sabia ser verdade.

Jessica.

A Rainha Vermelho-Sangue havia nos encontrado.

Ela vestia uma calça preta, botas de salto, e um longo casaco branco de pele de coelho, os lábios vermelhos dando o único toque de cor em sua aparência gélida. Não muito diferente de quando a deixamos na Terra.

Um calafrio pareceu crescer no ar. Soldados de brinquedo estavam em formação atrás dela. Muitos para combater quando todas as armas que tínhamos ainda estavam nos carrinhos. Ao lado dela.

Blitzen se inclinou sobre um dos carrinhos, um sorrisinho malicioso surgindo no seu rosto quando ele encarou seus antigos companheiros.

Arquejos e choros ressoaram pelo nosso grupo, enquanto eles se amontoavam para se proteger. Gritos surgiram quando a maioria dos olhares seguiu para Blitzen, seu torturador, e para a rainha que ordenou a morte deles.

— Sr. Scrooge! Srta. Alice! — Pin gritou, cambaleando desesperadamente na nossa direção. Scrooge o fez se esconder atrás de nós enquanto vinha para o meu lado; Rudy se colocou do outro. Lebre saltou na minha frente. Ficamos juntos como um time, criando uma barreira, protegendo aqueles atrás de nós.

Como ela sequer nos encontrou? Como não os ouvimos se aproximarem?

Não consegui me impedir de olhar de relance para Frosty, na sua expressão nem um pouco surpresa.

— Você! — Scrooge grunhiu para o boneco de neve, seu corpo inclinando-se na direção dele, pronto para atacar. — Você a trouxe aqui.

— Não, eu n...

— Pensou que pudesse se esconder de mim para sempre, meu querido marido? — Jessica interrompeu a resposta do Frosty, sua sobrancelha erguida, focando no homem de pé na varanda, ignorando o restante de nós. — Como de costume, você me subestimou.

— Em uma época, posso não ter te valorizado como deveria, mas nunca mais vou subestimar o nível ao qual você descerá. — O Papai Noel caminhou até o parapeito; seu peito estufado. — Nunca.

— Finalmente. Isso demorou quantos séculos? — O sorriso cruel de Jessica pairava como uma ameaça. — O animal mais burro do mundo poderia ter aprendido isso décadas antes de você.

— O que você quer? — Papai Noel foi direto ao assunto.

Jessica deu alguns passos, sua mão deslizando pela borda do grande carrinho repleto de armas.

— Hummm. Vou levar isso. Não posso deixar que caiam em mãos erradas.

Blitzen, vestido como o Rambo-cervo, saltou para a outra carroça, pegando uma das armas de pirulito. Acariciando-a, seu olhar se prendeu nos antigos amigos renas, parando em Vixen, sua língua deslizando pelos seus lábios negros. Ele gostava desse tipo de dominância ameaçadora. Causar medo nos outros o fazia se sentir forte e poderoso.

As nadadeiras do Pin envolveram minha panturrilha e a do Scrooge, enquanto cantarolava *Do You Hear What I Hear*, trazendo-me uma estranha tranquilidade.

— Depois acho que vou pegar a menininha parada ao seu lado. — Jessica entrecerrou o olhar para Dee. — Deixar o outro lado do rosto igual.

Blitzen zombou, seus olhos brilhantes e ansiosos parando na Dee.

— Você não vai tocá-la. — A mão do Papai Noel foi inconscientemente para o ombro da Dee, puxando-a para o seu lado.

— Ah — Jessica desdenhou. — Vejo que ser má com você a mantém na lista das garotas boas, não é?

— Você é repugnante. — A bochecha do Papai Noel se contraiu. Nick estava se contorcendo contra a superfície. — Não vou nem me dignar a responder.

— É claro que não vai — ela bufou. — Outra coisa que fico feliz de não ter que lidar com você mais. Você premeditava nossas noites de sexo extremamente insossas, as quais só aconteciam, talvez, três vezes por ano. E já eram até demais com você.

— Realmente não quero ouvir sobre isso — Lebre grunhiu, baixinho. — Não é uma imagem com a qual quero viver.

— Graças ao Noel, não preciso de um homem para ter sexo realmente prazeroso. — A rainha riu, piscando para os rostos horrorizados que a encaravam. — Eles fazem *brinquedos* para isso. — Sua atenção voltou-se para o homem ao meu lado, um lampejo de calor brilhando nos seus gélidos olhos azuis. — Ou criam brinquedinhos como ele.

SAINDO DA LOUCURA

— Vá direto ao assunto, Jessica. — Fui um pouco para frente, fisicamente menor em comparação aos homens à minha volta, mas eu tinha o poder que ela queria, o que me fazia a torre sobre o grupo. Além disso, a última coisa que eu queria era ouvir sobre o relacionamento dela e Matt. Aquele em que ela o enganou, fazendo-o acreditar que eram casados. — Você não está aqui para bater papo furado ou falar da sua vida sexual.

— Acho que alguém ficou com um pouco de ciúmes — ela me provocou.

— Ela não precisa ficar — Scrooge retrucou, tranquilamente, cada sutileza dizendo à Jessica exatamente ao que ele se referia. — Pode acreditar.

— Podemos ir para a parte da captura e tortura? — Blitzen desceu do carrinho, gesticulando para que alguns soldados o puxassem para longe. — Isso vai melhorar mais o meu humor.

— Paciência. — A rainha deu tapinhas no braço dele. — Tudo a seu tempo.

— Você não vai machucar uma única pessoa aqui. — A voz grave do Papai Noel disparou da varanda. — Você feriu pessoas o bastante, Jessie.

Merda. Pude ver na hora a postura dela mudando completamente. Sua coluna ficou rígida, a mandíbula tensionando.

— Não. Me. Chame. Assim. — Eu poderia jurar que saiu fogo pelo nariz dela. — Não sou a esposinha obediente que ficava à sua disposição, cuja maior ambição era te mimar, presa em uma casa onde pensava que cozinhar e limpar para você deveria me trazer uma alegria infindável. Não sou mais um animal de estimação, uma criada, uma refém. Mas foi para isso que fui feita, certo?

Tristeza percorreu o rosto do Papai Noel enquanto raiva consumia o de Jessica.

— Eu nunca fui uma pessoa que podia ter suas próprias expectativas e sonhos fora dos seus. — Fúria vibrava pelo seu corpo. — Agora o mundo saberá que o homem que eles idolatram é um porco chauvinista e masoquista.

— Jessie... — Sua voz falhou no final, a cabeça pendendo para frente. — A dor que causei a você... O que te tornei. É tudo minha culpa. Nunca serei capaz de me perdoar.

— Ótimo — ela falou, furiosa. — Você morrerá com seus crimes e as mortes daqueles que pereceram em seu nome. Você pensaria que o peso disso teria esmagado uma alma que deveria ser tão pura.

— Isso aconteceu. — Papai Noel ergueu o queixo, e seus olhos se encheram de sofrimento.

— Mas aqui está você. — Ela gesticulou para ele. — Ainda se ama além da conta.

— Só estou aqui por causa do amor e fé de outros. Não minha. Eu era fraco demais. Eu desisti, sim. — Ele endireitou a postura, apertando o ombro da Dee, sabendo que o amor e dedicação dela eram um dos pricipais motivos para sua alma ter retornado. — Admito que séculos sendo idolatrado me mudou. Eu me deixei levar. Tenho muito trabalho a fazer para voltar a ser o homem que uma vez fui. Sempre terei dificuldades, mas todos os dias, tentarei ser uma pessoa melhor. A pessoa que todos eles merecem. — Ele se referiu ao grupo diante dele.

— Alguém mais quer vomitar? — Jessica revirou os olhos, irritada.

— Na verdade, concordo com ela nisso. — Lebre se inclinou para mim, sussurrando.

— Isso foi tão piegas, meu querido Nicky, tenho certeza de que você roubou do *Hallmark*[18]. Me dá coceiras e me faz querer fazer coisas assim. — A rainha se aproximou um pouco, erguendo o braço, sua postura assustadora. — Ataquem!

A oscilação de movimento percorreu os dois grupos como uma onda do oceano, fazendo duas correntes contrárias se chocarem. Adrenalina reverberou pelo meu peito, minha mão agarrando a faca que ainda estava no meu quadril.

Scrooge se curvou, alargando o corpo, a faca em punho, grunhindo enquanto soldados de brinquedo marchavam na nossa direção. Eu conseguia ouvir os Quem gritando quando as renas e elfos avançaram para lutar.

— Matem todos, exceto o Papai Noel ou ela. — Apontou para mim. — Preciso de um deles vivo — Jessica ordenou a seus homens. Ela só precisava de um de nós para fechar o portal para sempre.

Os soldados de brinquedo responderam ao seu comando, entrando em formação. Blitzen já estava avançando para Rudy, morte ardendo em seu olhar.

— Não! — Papai Noel gritou, sua voz se perdendo no alvoroço. — Parem!

— Prontos. — Os soldados ergueram as armas, o general comandando seus movimentos. Medo martelou no meu peito, e angústia me percorreu. Todas as pessoas que eu amava. Quanto tempo até todos nós estarmos mortos? Não tínhamos armas contra a tropa. Éramos presas fáceis. Eles eram caçadores pilhando animais indefesos.

---

18 *Hallmark*: Canal de televisão conhecido por fazer filmes e séries românticos, natalinos, mais voltados para a família.

SAINDO DA LOUCURA

— Srta. Liddell — Scrooge disse meu nome, nossos olhares se encontrando. Seria esse o último momento que eu tinha com ele? Seus olhos azuis tão cheios de vida agora... eles estariam assim em alguns instantes? Cada barulho, cada cheiro, o ácido revestindo minha língua, cada sensação estava se intensificando, mas tudo o que eu conseguia ver era ele. A ideia de perdê-lo me despedaçou em estilhaços.

— Mirem.

— Não! — Papai Noel gritou, suas botas ressoando nos degraus.

— Fog...

— PAREM! — O Papai Noel saltou entre os grupos, as mãos erguidas.

O general olhou para Jessica em pânico. Acho que nem ele gostava da ideia de atirar no Papai Noel ao estilo fuzilamento.

— Não disparem — Jessica ordenou para suas tropas, seus lábios curvando para baixo.

— Leve-me. — Papai Noel engoliu em seco, seus braços ainda erguidos em rendição. — É a mim que você quer, de qualquer forma.

— Mas matá-los iria te causar sofrimento. — Jessica se aproximou do marido. — Isso me traz felicidade.

— Jessie... Jessica — ele se corrigiu, abaixando as mãos até que estavam unidas em súplica. — Por favor. Tudo isso é porque você quer se vingar de mim. Então me leve. Mate, torture, faça o que precisar. Apenas deixe todos eles fora disso.

— Não! — Eu conseguia ouvir Dee chorando atrás de mim. Dum agarrou a irmã, impedindo-a de correr para o Papai Noel.

— Isso é sobre mim e você. — Noel não recuou, mantendo a atenção em Jessica. — Ninguém mais.

— Eu adoro que você acha que isso é uma negociação. — Jessica se colocou a um metro dele. Ela era baixinha, comparada a ele, mas na sua linguagem corporal, ela detinha todo o poder. — Eu tinha você de qualquer jeito. Eles... — Ela gesticulou para atrás dele. — Eles eram o que você costumava dizer: "Apenas a cereja do bolo".

— Por favor. — Desespero o fez ficar de joelhos diante dela, sua cabeça curvada. — Eu sei que em algum lugar aí ainda está a minha Jessie. A mulher gentil e amável que eu conhecia. Por favor. Eu te imploro. Deixe-os em paz.

O ego dela inflou ao ver sua postura derrotada. O Papai Noel de joelhos diante da rainha.

— Você matou aquela mulher há muito tempo. — Ela começou a

andar em volta dele, como fez comigo e com Matt, o tubarão rondando a presa. — Ela era fraca e só agradava os outros enquanto ninguém nunca pensava nela, exceto para consertar as roupas dos elfos ou fazer doces. Eu poderia ser um robô construído na sua oficina.

— E por isso, viverei para sempre com culpa e pesar.

— Awww. Tadinho do Papai Noel — ela caçoou. — Que bom que você não vai precisar viver com a tortura por muito tempo. — Ela deu a volta, respirando fundo. — Quer saber? Deixarei-os viver essa noite. Porque uma vez em que eu cortar a sua cabeça na frente de milhares de espectadores, aqueles que ainda te amam perderão toda a esperança e sofrerão uma morte terrível quando eu fechar o portal de vez nesse lugar. Atirar neles aqui seria a coisa mais generosa a se fazer. Mas arrancar sua esperança, fé, amor e alegria será muito mais divertido de assistir.

Ela gesticulou para que seus homens o agarrassem.

— Espere. O quê? — Blitzen rosnou, mostrando seus dentes inferiores, que pareciam ter sido afiados. — Não.

— Como é? — Jessica piscou para ele. — Você está me questionando?

— Sim! — ele zombou, sua sede por sangue arrastando-se pela sua pele, seu peito arfando enquanto ele olhava para Rudolph, depois para Vixen, lambendo os lábios novamente. Rudy se aproximou de Vixen instintivamente como se quisesse se colocar na frente dela. — Você prometeu que eu poderia brincar com eles.

Jessica caminhou até ele, calma e controlada.

— Você *nunca* questiona *sua* rainha.

— Eu que...

— Pare! A menos que você queira ser outra decoração na minha parede como seus amiguinhos. Você não é nada além de outro homem que saiu da casa dele.

Blitzen contraiu o maxilar, o nariz franzindo de raiva, mas manteve a boca fechada.

— Porque você tem sido tão bom no seu trabalho e me agradou até este momento, vou deixar você levar um para o seu entretenimento.

Blitzen se voltou para seus antigos colegas, uma presunção cruel curvando seus lábios, seu olhar parando em cada um.

— Uni-duni-tê. — Ele passou por Comet, Donner, Cupid e Dasher. — Salamê-minguê. — Ele balançou o dedo entre Rudy e Vixen, pausando em cada um por instantes dolorosos.

SAINDO DA LOUCURA

— Eu. — Rudy se ergueu, corajoso. — Leve a mim.

Blitzen deu um sorrisinho, seu olhar maléfico se fixando em Vixen.

— A escolhida foi você.

— Não! — Rudy se atirou na frente dela, balançando a cabeça. — Não faça isso. Isso é sobre nós. Você finalmente pode se vingar. Leve a mim!

— Por isso que será ela a quem levarei. — Blitzen mexeu as sobrancelhas. — Para que você saiba o que está acontecendo com ela por *sua* causa. — Ele dobrou o dedo na direção dela.

Com a cabeça erguida, ela apertou a mão do Rudy e passou por ele, vestida em uma calça cargo apertada e uma blusinha branca. Ela se manteve corajosa e emanava sensualidade e força, seu nome combinando perfeitamente com ela. Na forma metade humana, ela era curvilínea, mas extremamente definida. Seus movimentos eram elegantes e graciosos, embora seus olhos castanhos ardessem com poder e ousadia.

— Vix! Não. — Rudy agarrou seu braço, tentando impedi-la.

Um pequeno sorriso triste surgiu nos lábios dela, seus chifres virando para o amigo. Se eu pensava que Rudy era uma obra de arte, ela era de tirar o fôlego, quase surreal em sua beleza delicada.

— Se alguém pode desafiar o Blitzen nos Jogos das Renas, sou eu. — A voz dela era baixa e calma, repleta de poder e confiança.

— Pode acontecer alguma coisa com você. Se você morrer...

— Você não é o único que se sacrifica por amor. — Ela olhou no fundo dos olhos dele, seu significado me apunhalando no peito com pura clareza. Ela estava apaixonada por ele. Ela marchou em frente, deixando Rudy boquiaberto e perplexo.

Soldados de brinquedo se empurraram ao redor do Papai Noel, colocando algemas de guirlanda em volta dos seus pulsos e pescoço, amarrando ele e Vixen a um dos carrinhos como gado.

Jessica queria humilhar e despedaçá-lo ainda mais. Eu esperava que Nick tomasse conta e protegesse o Papai Noel, embora se ele o fizesse, poderia não ter mais Papai Noel o suficiente para retornar.

Um solavanco do carrinho e o Papai Noel, amarrado como um cachorro, foi jogado para frente, cambaleando, enquanto Vixen mantinha a cabeça erguida, saltando atrás da carroça.

— Não. — Scrooge deu um passo à frente. Ele estava pronto para se atirar entre as centenas de soldados e libertar o Papai Noel. Jessica se virou, entrecerrando o olhar em sua direção.

Com um grito, Scrooge segurou sua cabeça, encolhendo-se de agonia. A magia dela estava retorcendo sua mente como um pretzel.

— Consegue ouvi-los? Gritando por você? — ela desdenhou.

— Não era por mim que Belle estava gritando. — Saliva saiu pela boca do Scrooge, seu olhar concentrado nela. — Era por você. — Seus dedos cravaram em seu couro cabeludo, as pernas se dobrando, um rugido estremecendo a atmosfera.

— Pare! — berrei, agarrando Scrooge, segurando-o, mas a atenção da Jessica nem sequer se voltou para mim.

— Então, você finalmente descobriu sobre a sua querida e doce Belle. — Jessica riu. — Quão rápido ela entregou todos vocês. Jogou todos na guilhotina. E, sim, meu Valete... Você também. Ela tinha tanta certeza de que eu ajudaria seu filho moribundo que nem hesitou em ceder sua vida. O marido dela. O suposto amor de sua vida. Tudo num piscar de olhos.

— Se tivesse sido apenas a minha vida, eu teria ficado bem com isso — ele grunhiu; suas costas arqueadas.

— Tão altruísta. Você é de quem sentirei mais falta quando fechar os portais para sempre. Olhe em volta. Espero que goste da vista, porque este é o seu túmulo — ela resmungou, se virando, gesticulando para seus soldados seguirem em frente.

Os ombros do Scrooge cederam, e ele respirou fundo, com a libertação do seu agarre nele. Na mesma hora, ele se levantou, cambaleando na direção do grupo.

— Scrooge! — Papai Noel virou para trás, encarando-o, balançando a cabeça. — Não.

— Não posso deixar isso acontecer.

— Sim, você pode. Precisa. Você não tem armas. A vida de todos eles depende de você agora. Isso seria suicídio. — O olhar do Papai Noel fixou-se nele e depois em mim, suas palavras lentas e precisas: — *Desçam* o trenó em uma adorável viagem *atrás* dos doces Milky Ways.

Ceeeeerto. Curioso.

O carrinho o puxou para frente, a rainha gritando ordens enquanto a névoa e a escuridão os rodeavam, até que eles desapareceram colina acima, saindo tão silenciosamente quanto chegaram, o vento os envolvendo em um movimento pacífico.

Enquanto o pânico e o alvoroço iniciavam à nossa volta, Scrooge, Lebre, Rudy e eu estávamos parados no mesmo lugar, nossos olhares ainda fixos no horizonte escuro.

SAINDO DA LOUCURA

Foi quando percebi que o vento de alerta estava em silêncio. Envolvendo o exército da Jessica em um lacre hermético. Nenhum passo podia ser ouvido. Foi assim que eles se aproximaram de nós sem que ninguém os escutasse.

— O vento está do lado dela? — eu disse. — Esse tempo todo?

— O vento não está do lado de ninguém. — Scrooge contraiu a mandíbula. — Ele só está conectado a outras coisas sobre as quais a mãe natureza tem influência: coisas feitas de água, ar, fogo ou terra.

— Por exemplo: água congelada? Tipo, três camadas delas?

— Exatamente. — Scrooge virou o corpo inteiro para o lado, onde Frosty havia estado.

O lugar estava vazio. O boneco de neve estava ausente. Eu não fazia ideia de quando ele havia saído, mas ele tinha sumido agora.

— Caralho. — Scrooge olhou em volta. — O covarde provavelmente fugiu com sua ama.

— Se ele chegar perto da gente de novo... transformarei sua neve branca em amarela. — Lebre bateu o pé no chão, frustrado.

— Isso com certeza vai matá-lo — retruquei friamente.

— Mijo de coelho é cheio de ácido. Vai derreter o traseiro dele de vez.

— Então traga a chuva dourada.

— O quê... dourada? — Lebre me encarou.

— Ah, uma chuva dourada parece algo tão bonito — Pin piou. — Como enfeites caindo sobre você.

— É. — Eu me encolhi, bufando baixinho. — Exatamente assim.

Balançando a cabeça, olhei para Rudy, que estava absolutamente calado.

— Ei? Você está bem?

Rudy deu um passo à frente, ainda focado onde o grupo havia desaparecido, um som animalesco vindo do seu peito.

— Eu a deixei ir.

— Você não poderia ter feito nada.

— Sim, eu poderia! — Ergueu a voz, raiva tomando sua feição, o que era chocante presenciar já que ele era sempre calmo e contido. — Eu poderia ter lutado. Eu poderia ter feito algo. Mas não... mais uma vez, deixei Blitzen ir embora com alguém com quem me importo. — Ele socou seu peito. — Não sou nada além de um covarde medroso como Clarice disse que eu era.

— Não, você não é. — Agarrei suas mãos. — Você é dedicado, amável, e fará qualquer coisa por aqueles com quem se importa. Você nem sequer me conhecia, mas arriscou sua vida para salvar a minha. — Segurei seu rosto, forçando-o a me encarar. — Não era a hora de lutar contra Blitzen. Ela sabia disso. Eu não a conheço, mas ela parece forte e inteligente.

— A mais esperta de todos nós. E a melhor lutadora. — Sua idolatria por ela era clara. Se eles eram apenas amigos ou se algo mais estava crescendo entre eles, ele a respeitava.

— Então ela sabia que era a melhor dentre todos para ir.

— Ele a escolheu por minha causa.

— Nós a traremos de volta. Okay? — Abaixei as mãos, assentindo até que ele se juntou a mim. — Traremos os dois de volta.

— É, sem armas ou balas ou arcos — Lebre resmungou. — O que diabos nós faremos agora?

— Não faço ideia — Scrooge admitiu, esfregando a testa.

— *Just got back from a lovely trip*[19] — Pin começou a cantar, ainda parado atrás do Scrooge, chutando a neve. — Papai Noel bobo. Ele sabe que a letra é *através* da Via Láctea[20]... não *atrás*. E você não desce o trenó... isso não faz sentido. Ele nunca erra a letra da música. Nós cantamos ela juntos o tempo todo.

Geralmente, eu não pensaria duas vezes sobre os devaneios do Pin ou as coisas curiosas que o Papai Noel disse. Mas ele havia destacado aquela palavra especificamente, como se estivesse tentando nos dizer alguma coisa.

Atrás dos Milky Ways...

Desçam o trenó.

— Torta de batata doce. — Abri a boca, olhando para o Scrooge, minha mente voltando-se para o estranho comentário do Papai Noel.

— Desçam o trenó... — Scrooge arregalou os olhos, o mesmo pensamento passando em sua cabeça.

— Atrás dos Milky Ways — completei. Plural.

O Papai Noel não estava falando sobre levar o trenó através da constelação no céu... mas descer para os doces. Uma caixa deles.

---

19   Música natalina *Santa Claus Is Coming To Town.*
20   Via Láctea em inglês é *Milky Way*, mesmo nome do chocolate.

SAINDO DA LOUCURA

CAPÍTULO 38

— Ele quer que a gente ande de trenó nessa porcaria? — Lebre coçou atrás da orelha, encarando a máquina decadente. — Espere. Aquilo são marcas de bunda?

— Uau, okay. — Cerrei os lábios, entrando. — Não deveríamos perder tempo.

Scrooge tentou disfarçar a diversão, seu olhar pousando em mim com intensidade, sentindo como se mãos percorressem minhas curvas.

Lebre saltou para dentro do trenó, se jogando para o lado.

— Isso é um monte de sucata. Não parece que pode subir para o céu.

— Não vai subir. — Scrooge entrou, seu corpo roçando contras as minhas costas, as mãos agarrando meus quadris com força. — Vai descer — ele disse, os dedos deslizando pelo cós da minha calça, fazendo minha pele se arrepiar por inteiro. As lembranças do que fizemos aqui pouco tempo atrás explodiram na minha mente, meu corpo ansiando por um revival.

— Descer? — Lebre nos encarou, confuso, pulando para o banco. Ele havia nos seguido até aqui, sem querer ficar para trás dessa vez, enquanto Rudy e Dee tentavam organizar todos e inteirá-los do que estava acontecendo. — Por que esse banco está grudento?

— Provavelmente, você não vai querer se sentar aí. — Scrooge ergueu uma sobrancelha para ele.

— Quebrem minhas nozes! — Lebre saltou, inclinando-se no painel, longe do banco. — Está de brincadeira comigo? Você me deixou sentar no seu caldo feliz.

— Se está com medo disso, talvez não devesse se encostar aí também.

— Ah, chutem minhas bolas, não sei se estou orgulhoso ou se quero vomitar. — Lebre segurou a barriga. — A sensação parece a mesma para mim.

STACEY MARIE BROWN

— Você se lembra do que apertou? — A pergunta do Scrooge rastejou pela minha nuca, meus mamilos reagindo na mesma hora à sua voz grave.

— Humm. — Pressionei os botões do painel sem êxito. — Na verdade, não. Eu não estava no estado mental mais coerente naquele momento.

— Você precisa que eu te ajude a se lembrar? — Os dedos do Scrooge apertaram meus quadris, virando-me para encará-lo antes que ele me colocasse em cima do painel.

— Uh. Coelhinho inocente no recinto.

— Por favor. Você transou com a sua prima. — Revirei os olhos para o Lebre.

— Coelho aqui. — Lebre gesticulou para si mesmo. — De alguma forma, sou relacionado a *cada* lebre em Winterland. Tenho *centenas* de irmãos, então primos se tornam uma área indefinida.

— Vamos voltar para o motivo de estarmos aqui. — Scrooge balançou a cabeça.

— É, tudo bem... — Lebre resmungou. — Como se na sua época o lance dos primos fosse tudo preto no branco. Pelo menos não nos casamos com eles.

— É. Vamos, definitivamente, acabar com essa conversa agora. — Encarei Scrooge, seu corpo entre as minhas pernas, colocando-me na posição exata em que estávamos antes.

— Eu poderia me livrar do Lebre e realmente te fazer lembrar. — Scrooge se inclinou, seus dentes arranhando minha garganta, seu hálito soprando entre meus seios, suas mãos agarrando minhas coxas. Ânsia descendo pela coluna, o desejo me fazendo curvar os dedos.

Click.

— Puta merda! — Lebre gritou quando o trenó se moveu, o chão abrindo abaixo de nós enquanto começávamos a descer.

Scrooge se levantou, uma expressão presunçosa no seu rosto, sabendo exatamente como arrancar uma reação de mim.

Lebre ficou atônito o caminho inteiro para baixo e pelo corredor até o bunker.

— Apenas espere. — Abri a porta, a luz do cômodo brilhando sobre nós.

— Santa manteiga nos meus biscoitinhos... — Lebre escancarou a boca quando entramos na sala, piscando em admiração enquanto descíamos os degraus para o andar de baixo. Lebre saltou à minha frente, boquiaberto ao absorver o esconderijo do Papai Noel. — Eu estou sonhando?

SAINDO DA LOUCURA

Como um ímã, ele foi direto para a cozinha *gourmet*, acariciando o forno novinho e inutilizado como se fosse sua amante.

— Papai Noelzinho… — Um gemido veio dele, a bochecha pressionada no eletrodoméstico, sua mão deslizando pela porta do forno. — Coloquem uma cozinha *gourmet* totalmente equipada embaixo da árvore para mim... tenho sido um coelho terrivelmente bonzinho.

— Apenas espere até ele ver a outra parede. — Scrooge riu, seguindo para onde ficava o bar, dando a volta na mesa de sinuca.

— Ainda não consigo superar a lavanderia e o chuveiro quente. — Fui atrás dele, relembrando meus gritos debaixo da água congelante ou de esfregar as roupas até que minhas mãos estivessem esfoladas. — Totalmente pasma.

— Eu voltarei, doçura. — Lebre beijou o forno. — Não se preocupe, meu amor, não vou te deixar. Nosso amor já é forte e puro demais. — Ele acariciou de novo antes de se afastar. Ele gemeu, notando todos os utensílios e os acessórios impecáveis que equipavam a cozinha americana. — Oh. Meu. Noel! Ele tem, *sim*, uma panela de quiche. Já chega! O Papai Noel está fora da minha lista de cartões de Natal.

Scrooge balançou a cabeça, se aproximando da prateleira cheia de garrafas de hidromel e barras de chocolate, e cheguei ao seu lado.

Eu conseguia ouvir o Lebre saltando para cá. Um pequeno ofego veio dele, me fazendo virar a cabeça sobre o ombro.

Lebre encarava a estante repleta de hidromel, em reverência. Seus olhos arregalados, a boca abrindo e fechando como se estivesse tentando falar alguma coisa.

— Lebre, você está bem?

— E-e-eu… — ele gaguejou, antes de cair de cara no chão.

— Santo azevinho — dei um gritinho quando ele bateu no piso, apagado.

— Pobrezinho. A cozinha e o hidromel foram demais para ele. Devíamos tê-lo levado com calma. — Scrooge deu de ombros, se virando para a prateleira.

— Belo amigo preocupado.

— Ele está bem. — Scrooge pegou a caixa de Milkys, sacudindo-a. — Provavelmente sonhando sobre beber hidromel enquanto seus docinhos assam no forno. — Ele largou as barras de chocolate na bancada, virando a caixa, antes de atirá-la para o outro lado do cômodo. — Não tem nada aqui.

— Tem certeza? — Remexi entre os doces, olhando para o lugar vazio na prateleira onde a caixa estava.

— Se precisarmos de uma overdose de açúcar, claro, estamos garantidos. — Scrooge passou a mão pelo cabelo, andando ao meu lado. — O que a gente pensou? O Papai Noel já está longe agora. E nós nem sequer fazemos ideia do que ele quer que encontremos. O que poderia possivelmente nos ajudar a combater a rainha aqui?

— O Lebre poderia fazer para ela um bolo natalino envenenado? — retruquei, passando a mão pela prateleira de vidro, seguindo para a rústica parede de madeira com decorações de diversas cores, roçando as tábuas ásperas com as pontas dos dedos. Sem sentir nada incomum, suspirei, minha última chama de esperança se esvaindo. Não havia nada lá. Ou nós o confundimos ou ele estava falando bobagem. — Cacete. — Dei um soco na parede.

Clunk!

O som de um trinco de metal se soltando reverberou pelo ar, e parte do painel de madeira na parede ao lado da prateleira se abriu. Uma porta estava perfeitamente escondida no revestimento desnivelado.

— Ai, minhas tortinhas cintilantes — ofeguei.

— O que você acertou? — Scrooge me olhou de relance. — Caramba, Srta. Liddell, é você com os dedos mágicos.

Não, esse departamento era totalmente dele.

Encarei de volta o lugar. Nada se destacava, mas eu havia acertado, sem querer, algo logo atrás de onde ficava a caixa de Milky Ways.

— Saco do Papai Noel... ele não estava louco.

— Nunca mais fale sobre *saco* do Papai Noel, por favor. — O olho do Scrooge se contraiu quando ele estendeu a mão para a porta entreaberta. Cuidadosamente, ele a abriu mais, espiando o espaço escuro que havia à frente. — Não consigo ver nada. — Ao dar um passo para dentro, as luzes se acenderam diante do movimento. Uma luz azulada fez as paredes brilharem como o corredor que percorremos para chegar aqui, iluminando o cômodo.

— Santas... — Scrooge deu mais um passo à frente e parou, sem acreditar, piscando diversas vezes para se assegurar de que não estava alucinando. — Bolas. Desajustadas. De. Elfos.

Perdi o fôlego diante do choque e horror, meu cérebro absorvendo o que meus olhos viam. O cômodo era do tamanho de um quarto, mas este não era cheio de travesseiros macios e uma cama confortável.

Não, esse parecia com um abrigo do apocalipse, estocado com *centenas* de armas. E não do tipo comestível. Todas eram da Terra: fuzis padrão militar, pistolas, granadas e facas, alinhadas nas paredes, prateleiras, ou em baús.

SAINDO DA LOUCURA

Papai Noel estava muito bem equipado para uma guerra.

Lambi os lábios, cruzando os braços, um sorriso perverso se formando no meu rosto.

— Yippee ki-yay, motherfucker[21]…

— Eu te odeio! — Lebre saltou de volta para o trenó enquanto voltávamos à superfície.

— Você tem três garrafas de hidromel e um fuzil. — Scrooge desceu quando as portas abaixo do trenó se fecharam. — Você deveria estar me venerando.

— Mas tive que deixar meu amor. Ela não aceitou isso bem.

— De alguma, forma ela vai sobreviver. — Scrooge ajustou a alça da arma no ombro, esperando que nós o alcançássemos.

— Ela quer ser usada. Se sujar. Ser ligada… ficar coberta de farinha e chocolate. Ela está me implorando para que a esquente. Quer que suas chamas ardam…

— Ah, a cozinha já se sujou. Você não viu as marcas de bunda lá também? — Scrooge sorriu diabolicamente. Abaixei a mão, resmungando.

— O q-q-quê-não-vocês-não… — Ele balançou a cabeça, suplicando. — V-vocês não fariam algo assim. Vocês não poderiam fazer isso comigo. Com ela! Ela era tão pura. Tão i-intocada — Lebre gaguejou, desespero arregalando seus olhos, seus lábios e nariz tremendo.

— Scrooge. — Olhei para ele com a cara feia, reajustando os dois fuzis que estava carregando. Eu também tinha uma pistola e algumas facas somadas às minhas botas. — Não seja cruel. Nós não tocamos na sua cozinha, Lebre.

Tocamos e muito, vi Scrooge falar para o Lebre sem som, fazendo o coelho choramingar.

— Você é um babaca. — Trombei no ombro do Scrooge, saindo do trenó e seguindo para a porta.

---

21 Frase famosa do personagem John Mclane, da franquia Duro de Matar.

— Então você não quer que eu te foda nela? — Ele grunhiu no meu ouvido, me fazendo prender o fôlego, minhas bochechas corando com a ideia. — Foi o que pensei. Só estou preparando ele para o que acontecerá no futuro. — Scrooge deu uma piscadinha para mim, abrindo a porta do armazém. Meu corpo se chocou contra o dele quando ele parou no meio do caminho.

— Mas que...? — Olhei ao seu redor e vi o motivo de sua parada abrupta.

Frosty.

Um ruído veio do Scrooge, seu corpo tomando uma postura defensiva.

— Agora, antes... — Frosty ergueu os braços.

Ele não conseguiu falar mais de duas palavras antes que Scrooge fosse na direção dele. Frosty deslizou para trás, desviando-se da investida do Scrooge por centímetros.

— Seu traidor! — ele gritou, pulando em cima dele novamente. — É muita audácia da sua parte voltar aqui.

— Eu nunca fui embora. Apenas me escondi até que ela tivesse partido. — Frosty se moveu e saiu do seu alcance. — Não tive nada a ver com o fato de a rainha encontrar vocês aqui. Eu juro!

— Sua palavra não significa nada para mim — Scrooge bufou, seu olhar brilhando de ódio.

— Eu prometo. Eu não a trouxe aqui.

— Por que você se escondeu então?

— Porque... fui eu quem a traiu mais. Você acha que ela teria ido embora se tivesse me visto? Ela teria me derretido bem ali.

— Você não é só um traidor, mas um covarde também?

— Esperteza é diferente de covardia. Ela me encontrar aqui não ajudaria ninguém.

— Exceto que eu teria o prazer de ver você ser liquefeito. — Scrooge rangeu os dentes, balançando o fuzil como uma espada na cabeça do Frosty.

— Scrooge! — A voz do Rudy retumbou pela noite, desviando minha atenção para a sua silhueta na varanda. — Pare.

— Por quê? — Scrooge ralhou, fervendo de raiva, ainda sem recuar. — Não podemos confiar em nada que esse picolé duas caras diz.

— Eu acredito nele. — Rudy veio até nós, se colocando entre Frosty e Scrooge. — Ele poderia ter deixado você morrer. Todos vocês. Mas não deixou.

SAINDO DA LOUCURA

O sorriso de carvão do Frosty aumentou, cheio de prepotência ante a defesa do Rudy.

— Isso é o que traidores fazem. Eles te colocam do lado deles. Fazem você acreditar que estão te ajudando, quando o tempo todo estão armando para você.

— Não há mais motivo para armar para você — Frosty falou, ainda ficando atrás do Rudy. — Ela tem o que quer. Com o Papai Noel, ela pode fechar o portal. Fim de jogo para todos nós. Estou tão morto quanto o resto de vocês. Não é como se ela fosse me levar através do portal, e eu nem sobreviveria no reino da Terra. Está quente demais lá agora. Então, qual seria a razão para eu te enganar?

Ele tinha certa razão, mas eu ainda estava com Scrooge, sem acreditar inteiramente na afirmação do Frosty.

— Quem sabe o porquê de você ter feito qualquer coisa.

— Não fui eu quem te traiu, Scrooge, embora quão rápido você virou as costas para mim, não é mesmo? Sem me dar o benefício da dúvida uma vez sequer. Eu era seu vilão. Você nunca duvidou disso por um instante.

— Porque a única pessoa com quem realmente se importa é você mesmo.

— É importante amar a si mesmo.

Scrooge se moveu para frente, pronto para destruir o boneco de neve de novo.

— Vá embora. Digo que qualquer dívida que eu possa ter contigo, por ter salvado a minha vida, está paga. Mas vá agora, antes que eu mude de ideia.

— Disposto a queimar sua própria casa, apenas para usar as chamas em mim? — O cachimbo do Frosty se moveu para o outro lado. — E se eu souber de algo que pode te ajudar?

Os músculos ao redor das orelhas do Scrooge enrijeceram, sua pulsação martelando em seu pescoço, mas ele respirou fundo.

— O quê?

— Acha que vou simplesmente entregar o que sei? — Frosty sorriu. — Se eu ajudar, vou poder ficar. Chega de ameaças de me derreter até virar sopa.

Scrooge estufou o peito.

— Parece justo. — Rudy encarou o amigo, rapidamente. — Certo, Scrooge?

Scrooge observou o sorvete por um tempo, pressionando sua mandíbula, antes de murmurar:

— Só se a ajuda dele for *realmente* útil.

298   STACEY MARIE BROWN

O sorriso do Frosty chegou até os olhos.

— Valor pode sempre ser encontrado, mas a relevância do valor, às vezes, precisa de uma *chave* para ser destrancada.

— Você já está me fazendo arrepender disso. — Scrooge beliscou a ponte do nariz.

— Vamos dizer que como um espião no mundo dela, descobri uma porta no castelo.

— Lebre, você quer começar a cozinhar naquele seu fogão novo?

— Porra, sim. Sopa de cachimbo de milho.

— Você tem a chave para abrir uma porta e atravessá-la. — Frosty inclinou seu chapéu para mim. — Só precisa de outra para entrar.

— Pronto. Já chega. — Scrooge começou a andar para frente, mas minha mão segurou seu antebraço, impedindo-o de avançar; seu cenho franziu ao me encarar, mas meu olhar estava no Frosty.

O sorriso do boneco de neve dobrou de tamanho.

— A Srta. Alice me entende. Não é?

— Assustadoramente, entendo.

— Entende o quê? — Lebre, ainda agarrado ao seu hidromel, se aproximou de mim.

— Frosty sabe onde a rainha tem um espelho. — Mantive a atenção focada nele. — Essa poderia ser a forma de ganharmos essa guerra. Nós nos esgueiramos desse jeito. Podemos pegá-los de surpresa.

— Ooookay… mas você não precisa de um espelho para entrar e fazer isso? — Lebre perguntou. — A menos que você esteja falando sobre ir para a Terra dos Espelhos, para a qual direi um enorme *de jeito nenhum* agora mesmo. Espelhos sempre foram proibidos aqui. Ninguém tem um.

Scrooge grunhiu ao meu lado, inclinando a cabeça para trás ao compreender onde eu queria chegar.

— É. — Dei um sorrisinho. — Nós temos. Acho que vamos dar mais uma volta de trenó para baixo.

SAINDO DA LOUCURA

CAPÍTULO 39

— Isso é loucura. Você sabe disso, não é? — Scrooge se inclinou contra a mesinha de cabeceira no pequeno quarto de hóspedes do chalé. — Esse plano é completamente insano.

— Por isso que é tão bom? — Tomei um gole de uma garrafa de hidromel que o Lebre havia trazido, passando-a para Scrooge. Quando ele segurou a garrafa, sua mão envolveu minha cintura, colocando-me entre suas pernas.

Lebre estava sentado na cama, bebendo de outra, enquanto Rudy fumava seu azevinho. Dee estava empoleirada na beirada, as lágrimas secas, o rosto pronto para a batalha. Ela estava ansiosa para trazer o melhor amigo de volta. Pin e Dum estavam aconchegados na cama do Pin, sem prestar muita atenção em nós.

Eu havia reunido nossa pequena família no quarto dos fundos, para contar a minha ideia. Foi recebida com menos entusiasmo do que eu esperava, mas nós todos sabíamos que era nossa única opção.

Os vários Quem e elfos haviam tomado o restante da casa, além do mais, tinham construído um acampamento aconchegante do lado de fora. As renas decidiram patrulhar o perímetro da propriedade. Eu duvidava que a rainha viria atrás de nós de novo, mas era melhor prevenir do que remediar. Porém, seria a cara dela apontar os *Gremlins* nessa direção.

— Vai levar a rotação de uma lua para chegar ao castelo. — Rudy se inclinou contra a cabeceira. — Cupid pode liderá-los. Ela é a terceira no comando, depois da Vixen.

— Você é o primeiro. Por que não faz isso? — Scrooge perguntou, seus dedos acariciando inconscientemente o espaço entre a minha calça e a blusa.

— Porque eu vou com vocês. — Rudy deu mais uma tragada, soprando anéis perfeitos.

— Precisamos de você na linha de frente — Scrooge rebateu.

— Não. — Ele se levantou, abrindo a janela e jogando fora o restante da erva. — Vix está trancada em algum lugar do castelo, e não vou embora até encontrá-la. Não vou deixar Blitzen tirar nada mais que é meu.

Meu, é? Ergui uma sobrancelha para sua escolha de palavras.

— Não foi isso o que quis dizer. — Ele dispensou minha expressão. — Ela é uma amiga.

— Claro. Se você quer acreditar nisso — Scrooge bufou.

— Somos apenas amigos. Ela simplesmente estava lá por mim quando rolou todo o lance com Clarice. — Rudy se sentou no parapeito, seu rosto tomado pela certeza, mas seu tom de voz vacilou. Mesmo que eles fossem só amigos, algo estava crescendo no fundo, que era mais do que amizade.

— Eu vou também. — Dee se sentou direito na cama, os ombros eretos.

— Dee… — comecei.

— Não. Se o Rudy vai, nós vamos. Papai Noel precisa de mim.

— E vocês sabem que de jeito nenhum eu não vou com vocês — Lebre murmurou do bocal da garrafa.

— Precisamos de vocês do lado de fora. Distraindo-os. Já temos tão poucos. — Scrooge balançou a cabeça. — Será perigoso o bastante apenas comigo, Alice e Rudy no lado de dentro. Não vou colocar vocês nesse tipo de perigo.

— Como se não estivéssemos em perigo fora daquelas paredes! — Lebre gritou. — Podemos ser mortos por armas de brinquedos tanto quanto pelas reais.

— Não. — Scrooge se levantou, afastando-me dele um pouco. — Vocês são tudo o que eu tenho. Entendem isso? Não vou perder vocês também. — Scrooge colocou as mãos nos quadris, encarando o chão. — Dee, preciso que você proteja o Dum e Pin…

— Ei! Por que a minha irmã vai cuidar de mim? Eu não preciso de uma babá — Dum disparou de onde ele e Pin brincavam com caixas de sabonetes que transformaram em trens.

— Porque ela é a guerreira da família, e você se distrai com coisas brilhantes.

— Eu não… — Ele parou de falar, se distraindo com o trem improvisado do Pin chocando-se contra o dele.

SAINDO DA LOUCURA

— Ei, não é justo!

Scrooge apontou para eles.

— Preciso de mais um motivo, Dee? Vamos trazer o Papai Noel, eu prometo. Mas seu irmão e o Pin precisam de você. Você é uma líder, e precisamos disso. Nós precisamos de você.

Dee suspirou, a irritação por não ir ainda mantendo seu corpo rígido, mas ela balançou a cabeça, sabendo que o que Scrooge disse era verdade. Quando entrei no chalé, mesmo com todo o alvoroço, percebi o que a liderança dela havia feito. Estava brilhando de limpo e completamente organizado. Quando ela era colocada no comando, a merda era feita.

— Lebre...

— Sai fora, idiota — Lebre interrompeu, olhando feio para Scrooge. — Você precisa de mim. Rudy vai atrás da Vixen, vocês dois vão procurar o Papai Noel. Eu sou a distração perfeita do lado de dentro. Afastando os guardas enquanto vocês os tiram dali. — Ele colocou o hidromel na mesa. — Então... você pode choramingar e reclamar o quanto quiser. Mas estou com você.

— Caralho. — Encarei Scrooge. — A esposa bateu o pé.

— Isso vai ser ruim — Scrooge resmungou, esfregando os olhos.

— Não temos escolha, Frodo. — Dei tapinhas no seu peito.

— Frodo?

— Sim. E eu sou seu Samwise Gamgee. O verdadeiro herói da história, sejamos honestos. Ele é o único motivo do Frodo ter sequer chegado a Mordor.

Todos no quarto me encararam inexpressivamente.

— Pessoas normais entenderiam a referência — murmurei.

Mal sabiam eles que meu plano de ataque *inteiro* havia sido tirado de *O Senhor dos Anéis*. Uma guerra nos portões para atrair o olho da rainha para lá, enquanto alguns se esgueiravam pelos fundos, indo atrás da verdadeira fonte de poder.

O Papai Noel.

— Estamos prontos para comandar nossas tropas? — Scrooge não soava nada confiante. Nossas "tropas" consistiam em vários Quem não treinados e medrosos; elfos que queriam te abraçar ao invés de te matar; Donner e Dasher, que estavam tão chapados que lutariam se o outro lado estivesse escondendo seus Cheetos; e Pin, Bea e Dum que, provavelmente, enlouqueceriam nossos inimigos ainda mais.

Dee, Noel, Comet e Cupid eram nossos únicos verdadeiros guerreiros. Esse era o nosso exército.

Estávamos tão ferrados.

Mas era tudo ou nada. Iríamos morrer de qualquer forma, melhor que fosse lutando pelo que acreditávamos.

Era engraçado, houve um tempo em que eu não achava que essa era a minha luta, meu mundo. Eu sentia falta da minha família, o pensamento de nunca mais vê-los me destruía. Algo mudou em mim, e em algum lugar pelo caminho, esse lugar, essas pessoas, haviam se tornado meu lar.

E eu lutaria pela minha família.

Por Winterland.

O espírito do Natal futuro estava pronto para chutar uns traseiros natalinos.

Scrooge estava parado na varanda, acima de todos, o exército agrupado no quintal encarando seu líder, admirados e temerosos. Nossos planos sendo destrinchados. Tirando Cindy Lou, os Quem estavam surtando de pavor por causa da luta.

— Somos pessoas pacíficas — o pai da Cindy choramingou. — Não lutamos ou deduramos.

— Nós te imploramos. Não fazemos guerra; ignoramos ela — a mãe da Cindy complementou.

— Vocês vieram para cá sabendo da guerra e que iriam lutar. — Scrooge estremeceu, virando-se para mim. — *Por favor*, me faça parar de rimar. Está me fazendo querer cortar minha língua.

Pigarreando, inclinei-me contra o parapeito, minha voz retumbando:

— O Papai Noel precisa de vocês, assim como Winterland. Até a Terra precisa de nós. Se não fizermos nada, a rainha irá matá-lo e fechar os portais... sua morte não será pacífica. Ódio e escuridão irão se apoderar e extinguir esse reino. Destruirão a Terra. Pelo menos desse jeito, há uma chance. Sei que isso é assustador. Mas precisamos que vocês sejam corajosos. O Papai Noel entregou tudo o que podia. Agora é nossa vez. Nossa vez de lutar por ele.

— Alguns de nós nem sabem como atirar com uma arma — Happy gritou em meio à multidão. — Não é muito útil.

— Eu posso ensiná-los — Dee afirmou do último degrau da varanda, suas bochechas corando quando o olhar rabugento do Happy disparou para ela. — Posso ensinar todos os que nunca seguraram uma arma antes.

— Não temos muito tempo. — Scrooge envolveu as mãos ao redor do corrimão. — A qualquer instante, a rainha pode dar início ao seu plano. Não podemos demorar muito treinando vocês, pelo que peço perdão. Demorará um dia para chegarem lá. Vocês sairão em algumas horas. Noel, Cupid, Dee e *Frosty* — ele rosnou, virando a cabeça para o boneco de neve. Frosty era o mais indicado para levá-los ao castelo. Ele conhecia todas as entradas e saídas secretas, onde era o melhor lugar para atacar. Como chegar lá sem ser visto. O grande problema era saber se ele estava do nosso lado. Não tínhamos mais escolha. Tínhamos que correr o risco. — Eles os conduzirão. Até lá, vocês precisam treinar com Dee e qualquer outro que puder ajudar. Precisamos de todos prontos.

Lebre deu uma escapulida de novo para o bunker, juntando lanches e refeições para a viagem, incapaz de ficar longe do seu "precioso". Pin e Dum haviam se oferecido para ajudá-lo, o que significava que ficariam correndo, cantando, e enlouquecendo o Lebre. Dee, Donner, Cupid e Noel ajudaram os outros a ficar confortáveis com as armas que Comet, Rudy e Dasher tinham trazido do bunker lá embaixo.

Altos estrondos retumbaram pela noite, agitando o vento de alerta em um furor enquanto dezenas de pessoas praticavam tiro ao alvo pela colina que rodeava o chalé.

— Vem cá. — Scrooge segurou meu pulso, arrastando-me para o chalé silencioso, sem parar de andar até que bateu a porta assim que entramos, abafando os sons de tiros.

— O que você está fazendo? — Olhei de relance às minhas costas. — Não deveríamos estar lá fora ajudando?

— Tudo está sendo bem cuidado agora. — Ele caminhou até o banheiro. Puxando-me para dentro, fechou a porta e a trancou. — Ninguém vai sentir nossa falta por uma hora ou um pouco mais. Eu preciso de um banho. Imagino que você também, provavelmente. — Ele me empurrou contra a porta, seu corpo pressionado ao meu, seu nariz deslizando pelo meu pescoço.

STACEY MARIE BROWN

— E você escolheu o banheiro com água congelante?

— Prometo te manter aquecida. — Seus dentes mordiscaram minha pele sensível. — O bunker agora é um lugar popular para se ficar. E não quero interrupções.

Meu peito se encheu de desejo, e inclinei a cabeça para trás. Em segundos, esse homem conseguia me incendiar.

— Não sei o que vai acontecer daqui em diante. Se continuaremos vivos ou morreremos. — Mordiscou minha orelha. Com um simples toque de seus dedos, meu moletom caiu no chão, me deixando apenas com a regata. — Vivi muito tempo carregando culpa e remorso. Não quero isso com você. Nós desperdiçamos muito tempo já. Do instante em que te conheci, mesmo quando a odiava ou não me lembrei de ti, não consegui lutar contra a atração que senti por você. Quero ter a certeza de que se morrermos, seu último pensamento será comigo te fodendo até o esquecimento. — Com um grunhido, Scrooge agarrou minha bunda e me levantou. Rodeei sua cintura com as pernas enquanto ele nos levava para o chuveiro. Minhas costas se chocaram com força contra a parede de pedras, nossos lábios consumindo um ao outro, a necessidade ateando fogo no meu centro. Minha pele borbulhava com o calor, e esqueci de respirar ao beijá-lo com toda a intensidade que consegui exprimir.

Um grito alto escapou dos meus lábios quando a água gelada nos atingiu, mas a sensação foi uma delícia diante do fogo que ardia por dentro. Ele impulsionou os quadris contra os meus, e seu moletom era a única barreira entre nós; os movimentos de fricção nos deixaram arquejando por mais.

Agarrei sua camiseta molhada e a arranquei de seu tórax, meus dedos percorrendo os músculos travados de seu abdômen. Apertei as pernas com mais força ao seu redor, sentindo-o duro e grosso contra mim. Seus lábios se moveram para baixo, sobre meu top molhado, os dentes mordiscando o mamilo por cima do tecido de algodão.

— Scrooge... — Arqueei as costas quando ele mordeu com força, e um latejar explodiu entre as coxas. Minhas mãos se agarraram à sua calça e abaixaram, enviando tudo para o chão. Seu peito vibrou quando as subi até espalmar sua bunda rígida. Ele enfiou a mão por dentro da regata e a retirou por cima da cabeça, jogando para o lado. O ruído do tecido molhado caindo no piso de azulejos ecoou na mesma hora.

Molhados e nus, nossas peles se esfregavam uma à outra, nossas respirações aceleradas e pesadas. Deslizei as mãos pelo seu corpo, devagar, e

SAINDO DA LOUCURA

ele retribuiu o gesto. Inclinei a cabeça para trás diante do desejo intenso, sentindo os arrepios estremecerem meu corpo por causa de seu toque.

— Você pode ir embora. — Envolveu meu pescoço com uma mão, os lábios devorando os meus até que perdi o fôlego. — Esta luta não é sua. Você não pertence a este lugar.

— Sim, eu pertenço. Eu pertenço a você. — Cravei as unhas em sua pele. Ele sibilou, cravando os dentes no meu ombro. — O que o Papai Noel disse, faz todo sentido agora. Eu sou ela, o espírito do Natal do futuro. Sou parte da *sua* história. É por isso que sempre tivemos essa conexão tão palpável. Estava escrito que eu deveria fazer parte do seu mundo, Ebenezer Scrooge. Nós fomos feitos um para o outro. Nossas histórias estarão interligadas para sempre.

Ele suspirou fundo.

— Se alguma coisa acontecer com você... — Balançou a cabeça. — Não vou conseguir superar.

— Sim, você vai.

— Não. — Seu agarre ao redor do meu pescoço aumentou, atraindo meu olhar ao dele. — Eu te avisei... Eu sou ganancioso e cruel... Nenhum reino estará a salvo contra a minha ira.

— Nem da minha, se alguma coisa acontecer com você — retruquei, feroz, enfatizando a verdade em cada palavra. O espírito do Natal do futuro não era o espírito mais feliz e festivo dos três. Eu sabia o que sentia por ele. Todos os meus relacionamentos do passado pareceram amor... e nunca acreditei quando as pessoas me diziam que a gente reconhece o amor verdadeiro quando ele aparece. Pensei que meus sentimentos medíocres eram o melhor que eu poderia ter.

Ah, como eu estava errada.

Scrooge. Matt. Independente do nome que lhe deram, ele estava incrustado na minha alma, por baixo da minha pele. Ele era parte do meu conto de fadas, e eu era parte do dele.

— Agora, se eu for morrer, garanta que eu tenha um sorriso no meu rosto.

Scrooge deu um rosnado animalesco. Seu corpo reagiu ao meu pedido, pulsando e se contraindo contra o meu centro.

— Por favor — implorei. — Eu preciso de você agora.

Ele me levantou um pouco mais alto e me penetrou com força. Ambos gememos alto, salpicados pela ducha gelada que resfriava nossa pele enquanto nossos corpos se moviam juntos. Exigindo muito mais.

Incapazes de ficar perto o suficiente. Implacável em suas estocadas, a energia vibrava contra as paredes, ecoando os gemidos de cada um. Nossa reivindicação, por muito mais, nos desestabilizou na banheira, onde ele se retirou de dentro de mim e fez com que eu me virasse de costas.

— Do mesmo jeito que aconteceu na oficina — disse ao meu ouvido, as mãos deslizando pelos meus braços e se entrelaçando aos dedos, forçando-os a agarrar a borda da banheira com firmeza. — Segure-se.

Abaixando-se até o chão, sua língua deslizou por toda a extensão da minha coluna, as mãos me abrindo ainda mais para ele. Perdi o fôlego no segundo em que sua língua se enfiou em minha boceta.

— Ah, meu Deus... Matt! — O uso de seu outro nome pareceu seduzi-lo ainda mais. Ele descobriu cada pedacinho meu até que comecei a ameaçar sua vida, diante da necessidade que consumia meu corpo de maneira dolorosa. Meus gemidos soaram tão altos, que era impossível que alguém do lado de fora não estivesse ouvindo.

— Estar na lista dos travessos é tão mais divertido. — Seu corpo forte se imprensou ao meu. Seu hálito quente soprou sobre minha nuca quando ele se ajustou.

— Matthew Hatter — grunhi.

— Oh-oh... Estou encrencado. — Sua mão roçou minha cintura quando ele me virou de frente.

— Você vai se encrencar mesmo, se não me foder com vontade agora e me livrar dessa loucura.

— Acho que vai ser mais desafiador te foder até que você fique normal. — A mão subiu pela minha barriga, enrolando ao redor da garganta e me puxando contra ele quando, lentamente, ele se enfiou dentro de mim, roubando meu fôlego. — Mas eu gosto de você meio doidinha. Selvagem e livre.

A resposta estava na ponta da língua, mas sua boca tomou a minha à medida que ele se impulsionava profundamente. Todos os pensamentos coerentes voaram para longe, e apenas a sensação dele, de mim, de nós, permaneceu. Ele me reivindicou com tanta intensidade, tão completamente, que me senti suspensa entre a demência e a sanidade. Sensata em minha loucura total.

Ele se assegurou de que se eu morresse amanhã, ou daqui a algumas décadas, um sorriso sempre estaria plantado no meu rosto.

SAINDO DA LOUCURA

CAPÍTULO 40

— Srta. Alice. — Os olhos da Dee se encheram d'água, seu nariz estremecendo com a vontade de chorar.

— Não faça isso. — Minha garganta se apertou com a emoção. — Eu verei você de novo. Acredite nisso, okay?

— Mas...

— Não. — Balancei a cabeça, ajoelhando-me na neve. Nosso exército estava parado no quintal e carregado com diversas armas, prontos para iniciar sua jornada ao castelo. Eles levavam granadas, armas, facas, e alguns mais novos usavam os vários coletes à prova de balas que encontramos lá embaixo. Embora todos vestissem roupas escuras e gorros, se misturando à escuridão, eles ainda mal se encaixavam no papel. Nossa chance de sucesso, ao olhar mais um vez para estas pessoas, revirava meu estômago, mas tudo o que podíamos fazer era seguir em frente. — Nada de 'mas'. Nós vamos vencer.

— Como você sabe? — Dee perguntou.

— Porque não consigo imaginar um mundo sem o Papai Noel. Sem Natal. Sem você.

— Traga-o de volta para mim... para nós. — Dee segurou minha mão, seus olhos inocentes me encarando.

— Nós traremos. — Minha mão deslizou pela cicatriz profunda no seu rosto, ciente da força que tantas dessas pessoas possuíam. A maioria ou eram sobreviventes do Blitzen ou perderam alguém por isso. Eles estavam prestes a enfrentar seu maior torturador.

— Srta. Alice! Srta. Alice! — Pin veio gingando, as nadadeiras me envolvendo em um abraço.

Nem Pin nem Cindy Lou deveriam estar indo. Para mim, eles eram crianças inocentes, mas na verdade, eram muito mais velhos do que eu, e tinham o mesmo direito por tudo o que haviam passado.

Cupid havia mandado que eles ficassem na retaguarda, ajudando com os suprimentos, mas Cindy Lou se recusou. Pelo que ouvi, ela era uma das melhores com uma arma. Semelhantes aos *hobbits*, só porque eram pequenos, não significava que deveria deixá-los de fora.

Dum veio saltando, e puxei todos eles para um abraço em grupo, meu coração palpitando enquanto partia ao meio.

— Fiquem a salvo. Todos vocês. — Eu os abracei com força, sentindo uma lágrima escorrendo pela minha bochecha. — Eu amo tanto vocês.

— Nós também te amamos, Srta. Alice — Pin cantarolou, os outros unindo-se a ele.

— Ei, garota-puck — uma voz murmurou, fazendo Dee olhar por cima do ombro. Happy estava ali, sua expressão em algum lugar entre entendiada e irritada. Ele era vários centímetros mais alto do que um elfo comum, fazendo-o se destacar.

— Sim, *garoto*-puck. — Ela cruzou os braços.

Happy se remexeu, olhando para o lado.

— Estava pensando. Deixa para lá...

— Desembucha — Dee o desafiou, fazendo seu semblante se retorcer mais ainda em uma careta.

— Me mostre aquele movimento de novo — ele resmungou.

— Peça-me educamente.

— Esqueça. — Happy começou a se afastar.

— Você realmente não consegue me pedir como um elfo normal?

— Não sou um elfo normal — ele zombou. — Eu só queria tentar aquele movimento de enrolar e atirar que você fez mais cedo.

— Então me peça, Happy-Puck. — Dee bateu o pé, mantendo a cabeça erguida.

Ele inflou as narinas, seus lábios se contraindo com um rosnado.

— Tudo bem. Você poderia me mostrar aquele movimento de novo?

— Ora, isso foi tão difícil? — Um sorriso se alargou no rosto da Dee. — Eu ficaria feliz em te mostrar, Happy.

— Tanto faz. — Ele saiu marchando.

O olhar da Dee o seguiu, seu pescoço corado, o rubor subindo para as bochechas.

— Você gosta do Happy? — Não era realmente uma pergunta, mas, sim, uma afirmação surpresa.

— Não. — Ela encarou o chão, as bochechas ficando ainda mais vermelhas.

SAINDO DA LOUCURA

— Sim, você gosta.

— Sério? — Dum escancarou a boca. — Ele é um elfo ranzinza, assustadoramente alto e malvado. Ele não é nem um pouco como os outros elfos.

— Eu sei. — Ela chutou a neve.

Era exatamente isso que ela gostava nele. Ele era diferente.

— Certo, soldados. — A voz de Cupid ergueu-se por entre a multidão. — Está na hora de irmos.

Dei mais um abraço nos três antes de me levantar, Scrooge e Lebre chegando ao meu lado.

— Gente... — Scrooge começou.

— Nem precisa dizer, Chefe. — Dee encarou Scrooge. — Até. O. Fim. Sempre.

— Talvez isso aconteça dessa vez. — A garganta do Scrooge estremeceu, combatendo seu medo.

— Não há jeito melhor de ir do que lutando por algo que você ama. — Sua personalidade guerreira estava a postos. — E, sim, acredito no Papai Noel, mas falando por mim, eu luto por você, Chefe. Sempre lutei. Sempre lutarei.

— Eu também. — Dum assentiu.

— Eu também! — Pin ergueu sua nadadeira.

Scrooge se abaixou, amontoando sua família contra ele.

— Eu também.

Eles poderiam ser um grupo estranho, mas o amor uns pelos outros era tão brilhante, que nos guiaria pelos momentos mais sombrios.

— Na verdade, eu só tolero vocês. — Lebre saiu do abraço, revirando os olhos. — Minha luta é para ser capaz de voltar para a cozinha lá embaixo. O fogão precisa ser muito usado e com frequência.

Bufei, balançando a cabeça.

— Formação! — Cupid gritou, gesticulando para que todos fossem em frente, Frosty já assumindo a dianteira. Dee, Pin e Dum balançaram a cabeça para nós, depois se misturaram à multidão, desaparecendo.

— Merda — Scrooge murmurou. — Se alguma coisa acontecer com eles...

— Eu sei. — Assenti, entrelaçando meu braço ao dele, aconchegando-me contra seu ombro forte enquanto os observávamos marchando colina acima, desaparecendo de vista.

Rudy apromixou-se de nós, seu rosto sério. Agora éramos apenas nós quatro. A Sociedade da *Chave*.

Eu.

— E agora? — Lebre perguntou. — Tenho tempo o bastante para ficar pelado e brincar um pouquinho com meu fogão?

— Cupid disse para agirmos quando a lua atingir o horizonte contrário. — Rudy acenou para o círculo brilhante que cruzava as montanhas e para o céu escuro do outro lado. A lua ainda girava, mas quando o sol deveria aparecer, a lua começava a fazer o caminho oposto, viajando entre as estrelas de novo.

— Pode acontecer alguma coisa no meio do caminho: *gremlins*, árvores, esquilos. Talvez eles não cheguem a tempo. — Scrooge esfregou a bochecha, distraidamente. — Esse plano se baseia completamente no *timing*, que não é o forte de Winterland.

— Um risco que devemos correr. Não temos outra forma de contatá-los — Rudy retrucou. — Até lá, não custa nada Alice trabalhar no espelho. Não pode ocorrer nenhum incidente ao atravessá-lo.

— Não tem momento pelado com minha nova paixão? — Lebre piscou para nós, seu olhar suplicante.

— Momento pelado parece bom para mim. — Scrooge deu de ombros, olhando para mim.

— Ah, não. — Lebre bateu seu toco na neve. — Lembre-se que lebres têm uma audição excelente. Se acham que não escutei vocês nas últimas duas vezes no chalé mais cedo... Minhas últimas lembranças não vão ficar revivendo isso na minha mente em um *looping*. Vou enfiar a cabeça no forno primeiro.

— Tudo bem, seu melancólico. — Afastei-me do Scrooge, indo na direção do bunker. — Está na hora do espelho, então. — Virei de costas, andando para trás, dando uma piscadinha para Scrooge. — Embora eu talvez precise de ajuda para lembrar quais botões apertar no trenó.

— Sabe que tem uma escada ao lado do alçapão que você pode... — Rudy falou, calmamente.

— Cale a boca, rena — Scrooge disse, rápido, correndo para me alcançar.

— Ele disse que tinha uma escada?

— Não. — Scrooge balançou a cabeça. — Não ouvi nada disso.

Sorrindo, ergui o rosto para encarar Scrooge.

— Nem eu.

SAINDO DA LOUCURA

— Sabe que tive fantasias sobre algo assim — Scrooge puxou a corda —, mas roupas não estariam em questão e a corda estava sendo usada de forma diferente.

Inclinei-me contra a bancada, secando o suor que tomava minha testa, minha bota chutando levemente o espelho emoldurado. O vidro oval havia sido tirado da parede para o chão do banheiro.

— Pode acreditar, não é assim que eu queria ser amarrada também. — Puxei a corda enrolada da minha cintura ao meu quadril, tentando levantar a calça que amortecia a corda áspera. A queimadura do fio na minha barriga doía pra caralho.

Trabalhar com o espelho significava entrar nele. Sem querer me perder, Scrooge teve a ótima ideia de amarrar uma corda ao redor da minha cintura para me impedir de cair até o fim. Várias vezes, ele precisou me puxar de volta.

— Você viu alguma coisa dessa vez? — Ele secou as mãos úmidas na calça, franzindo o cenho para o Lebre que cantarolava alegremente no outro cômodo. O coelho realmente amava aquele fogão.

— Não. A corda não é longa o bastante. — Havia um imenso vazio do outro lado do nosso reflexo. Pelo menos não tinha água dessa vez. Eu só consegui ver pedras cinzentas. Esperava que estivesse vendo as paredes do castelo.

Eu não fazia ideia de como isso funcionava. Frosty havia me dado uma descrição detalhada do cômodo onde o espelho estava, no qual tentei focar, esperando que pudesse me levar para lá.

Pés descalços entraram no banheiro, a sombra de chifres pairando sobre meu corpo.

— Está na hora. — Rudy ajustou a alça da arma que estava sobre seu peito nu. Pistolas, facas e granadas decoravam o arnês, sua expressão firme e raivosa. Eu nunca tinha visto tanta emoção nele antes. Se tinha sido Vixen ou se ele finalmente estava farto, Rudy estava pronto para lutar. Para matar.

Ele segurava mais dois kits equipados com as mesmas armas. Ele havia ficado horas no quarto de armamento... fazendo para todos nós arneses assassinos.

Lebre se aproximou, mastigando um *brownie* de chocolate, já vestindo seu próprio projeto do Rudy.

— *Brownie*? — Ele ergueu a pilha de bolinhos fresquinhos. Aprendi que o Lebre se acalmava ao cozinhar. Muito. — Adicionei chocolate extra nessa fornada. — Ele colocou um no bolso. — Se eu for morrer, quero que essa seja a última coisa que irei saborear. Morte por chocolate, meu bem.

Pegando um do montinho, enfiei inteiro na boca enquanto desamarrava a corda e colocava o arnês. Scrooge se aproximou, apertando as alças para que coubesse em mim, seu olhar intenso me observando. Havíamos ficado em silêncio na maior parte do tempo, nenhuma palavra parecendo forte o bastante para o que nos aguardava. Nenhum de nós querendo pensar que em algumas horas, isso tudo talvez tivesse acabado.

Para sempre.

— Está na hora, Scrooge — Rudy repetiu.

— Eu sei. — Ele suspirou, seus dedos deslizando pelas laterais do meu corpo, sua boca contraída.

Lambendo os lábios, inclinei a cabeça, erguendo os olhos para encarar Scrooge.

— No fim disso tudo, é bom você sobreviver. Volte para mim.

— Eu *prometo*.

— Mas sua palavra não presta — tentei caçoar, mas fracassei.

— Acho que vou ficar na lista dos travessos então. — Sua boca tomou a minha com uma avidez desesperada, ainda com o gosto de chocolate forte e cremoso, seus dentes mordendo meu lábio inferior antes de ele se virar, terminando tão rápido quanto começou. Dando a volta em mim, suas botas acertaram o espelho, já posicionado para pular.

Seguindo para seu lado, segurei sua mão. Rudy veio para meu outro lado, pegando minha outra mão enquanto o Lebre ficava entre ele e Scrooge, todas as nossas mãos nos unindo em um círculo.

— Segurem-se. Aconteça o que acontecer, *não* soltem. — Engoli em seco, o pavor correndo ao redor do meu coração como um gato com um brinquedo. Esse realmente era um plano idiota e louco. — No três, entramos juntos.

Respirei fundo.

— Um.

— Quando está entre a vida e a morte, você pensa em todas as coisas das quais se arrepende — Lebre tagarelou, nervoso.

— Dois.

— Só consigo pensar em uma coisa.

— Três! — Saltei para dentro do vidro.

— Eu deveria ter transado com mais primas. — As palavras do Lebre nos seguiram enquanto caíamos.

Para baixo.

Para baixo em uma estrada de tijolo cinzento que nos levava para uma bruxa perversa.

SAINDO DA LOUCURA

CAPÍTULO 41

Nós mergulhamos, rodopiando pelo ar.

Meu agarre no Rudy escorregou.

— Não. Não solte! — gritei, seus dedos se apertando contra a minha palma, tentando se segurar, mas a umidade nas nossas mãos o fez soltar de meu agarre com um pequeno grito. — Rudy! — Seu corpo foi engolido pela escuridão. — Nãoooo!!!

Um grunhido alto veio de algum lugar perto de mim, mas eu não tinha muito tempo para pensar. Girando sem parar, nós caímos. Agarrei a mão do Scrooge com toda a minha força. Não havia para cima ou para baixo, chãos e tetos por toda parte, sem me deixar saber para onde ir.

Fechei os olhos para que meu cérebro parasse de tentar encontrar sentido na loucura. Soltei-me do conceito concreto, aceitando a insanidade. Construí a descrição do Frosty na minha cabeça, deixando isso virar meu centro. Minha âncora.

Foi como um interruptor. De repente, não sentia meu corpo rodando ou caindo através do espaço. Tudo se acalmou. Eu estava flutuando, descendo suavemente; os dedos dos meus pés tocaram em alguma coisa sólida.

— Alice. — Meu nome soou ao meu lado. — Abra os olhos.

Lentamente, fiz o que me foi pedido, e pisquei. Meus pés estavam sobre terra firme e eu estava na parte posterior de um espelho oval. Como um espelho bidirecional, ao invés de ver meu reflexo, enxerguei o outro lado. Bandeiras pretas e vermelhas estavam penduradas nas paredes, lustres modernos de cristal, o castelo nos aguardando além da camada de vidro.

— Você conseguiu. — Scrooge soltou minha mão.

Eu tinha conseguido. Levei-nos para a fortaleza da rainha.

— Eu soltei. Aceitei a insanidade.

— Eu te disse. — Scrooge sorriu. — Tudo se tornaria lógico se você deixasse o absurdo entrar.

— Fiz isso com você, não fiz? — Ri. Scrooge estava certo. Embora eu nunca diria isso a ele.

— Meu Deus, Rudy! — Virei-me, o pânico apertando meu coração com a lembrança dos seus dedos deslizando pelos meus.

Um sorriso suave veio da figura logo atrás de mim. Meu olhar percorreu a rena, garantindo que ele estava completamente intacto.

— Você conseguiu. — Suspirei, aliviada.

Lebre tossiu, apontando para si mesmo.

— Graças a mim. Embora ele tenha quase arrancado meu braço.

— Você nos trouxe aqui, Alice. — Rudy curvou sua cabeça para mim. — Eu sabia que você era *ela*.

Uma parte minha gostaria que eu não fosse. Havia tanta pressão em ser o que a lenda proclamava. E se eu falhasse com eles?

Expirando, observei o lugar. Parecia quieto e tranquilo do outro lado, mas tudo isso poderia mudar no instante em que entrássemos.

— Estão prontos? — Segurei o fôlego, encarando cada um dos meus amigos.

— Tão prontos quanto um *perufu*. — Lebre puxou sua arma.

Sorri, virando-me para o espelho, e agarrei minha arma, engatilhando-a.

— O Combate do Natal começou — eu disse, e entrei no espelho. O ar tremulou e gerou arrepios pela minha pele quando o atravessei, os caras logo atrás de mim.

Um vazio silêncio nos recepcionou, mas eu ainda estava na defensiva, observando cada canto em busca de uma ameaça, minha arma a postos.

Minha atenção rondou o cômodo enquanto entrávamos. Não havia muita coisa. Paredes de pedra arredondadas e uma grande janela, que deixava a luz da lua adentrar. Olhando pela janela, vi um pátio interno. Jaulas estavam penduradas, repletas de prisioneiros, cujos corpos esqueléticos ou estavam mortos ou perto da morte por inanição.

Eu sabia exatamente onde estávamos.

— Poderia ter sido eu lá. — Lebre olhava para baixo em um espanto silencioso.

— Não — Scrooge retrucou. — Você teria sido alimentado até ficar bem gordo para ser servido com batatas.

— Te conhecendo… — acenei para o Lebre — você teria cozinhado seu

SAINDO DA LOUCURA

próprio jantar para ser servido, criticando os chefes de cozinha dela o tempo todo, dizendo que não poderia ser temperado com nada além do melhor.

— Engraçadinhos... — Lebre suspirou, irritado.

— Verdade — Scrooge bufou.

Dirigindo-nos para a escada, todos nós o seguimos em silêncio pela torre estreita. Um único espaço com degraus íngremes e irregulares, Rudy precisou se virar de lado para conseguir passar seus chifres.

Nossos pés ecoaram contra a pedra, não importava o quão silenciosos tentávamos ser; a pedra gritava como um alarme. Apenas uma entrada e uma saída. Meu coração martelou. Essa seria a situação perfeita para nos atacarem enquanto saíamos pela porta no fim da escada. Não tínhamos defesas e seríamos alvejados antes que pudéssemos correr de volta para o espelho.

Scrooge tomou a dianteira, entrando em um cômodo, sua arma erguida e pronta para atirar. Eu o segui, fazendo o mesmo. Estávamos no segundo andar, o espaço elegantemente decorado me fazendo lembrar do escritório de terapia da Jessica. Frio, minimalista, mas lindo. Deve ser sua sala pessoal com a mesma arte abstrata nas paredes, mesa de vidro, móveis modernos, e um tapete vermelho-sangue. A torre da qual tínhamos vindo só poderia ser acessada através desse cômodo, o qual eu tinha a sensação de que era mantido fechado para todos, exceto para ela.

Arrastando-me até a grande porta, pressionei a orelha contra a superfície. Nada.

Com o coração martelando, pulmões se contraindo, abri a porta, lentamente enfiando a cabeça para observar o corredor.

Silêncio.

Inquietação percorreu minha coluna enquanto andávamos pelo caminho escuro. Estava quieto *demais*. Um estranho peso sinistro pressionava meus ossos. Nenhum sinal de batalha ocorrendo lá fora. Nem mesmo o ruído de pessoas se movimentando normalmente em volta do castelo.

— Isso não parece certo — comentei, baixinho, com Scrooge.

— Não. — Seu olhar disparou ao redor, seu corpo curvado e pronto para defender ou atacar. — Não, não parece.

Isso significava que nosso grupo não tinha chegado, ou se tinha, já estavam mortos. A viagem para cá era repleta de perigos, eles poderiam ter morrido lá na montanha.

— Não podemos pensar nisso agora. — Rudy seguiu para o corredor na direção da saída. — Tudo o que podemos fazer é ir em frente.

— Você acha que ela teria colocado o Papai Noel nos calabouços onde estávamos? — sussurrei, minha cabeça virado ao redor, minha pulsação martelando no pescoço.

— Não. — Scrooge pressionou os lábios, entendimento marcando sua expressão. —Vixen, sim, mas o Papai Noel? Ela o manteria próximo. Isso é pessoal. Ele estará lá embaixo. Em um cômodo no qual ela me colocou uma vez.

— Certo. — Inclinei a cabeça. — Esqueci que você tem uma experiência pessoal com ela. Com esse lugar.

Sendo seu valete, querendo ou não, Scrooge passou muito tempo nesse castelo. Conhecia a mente dela e a planta arquitetônica da fortaleza.

— É. Não é uma época que eu queira me lembrar. — Ele virou a cabeça ainda mais para dentro do castelo.

Rudy nos encarou de volta, a compreensão o atingindo.

— É aqui que nos separamos.

— Pegue Vixen e quem mais conseguir salvar lá embaixo… — Scrooge disse ao amigo. — E saia daqui. Nem mesmo pense em vir atrás de nós. Entendeu? Ajude as pessoas a chegarem ao outro lado.

Os lábios pretos do Rudy se contraíram com um rosnado, querendo discutir com Scrooge, até que ele balançou a cabeça lentamente, aceitando.

— Boa sorte. — Scrooge apertou seu braço.

— E boa sorte para vocês, meus amigos. — Rudy acenou para cada um de nós, parando à minha frente por mais alguns segundos. — Eu acredito em você, Alice. Você é digna da lenda, desta história — ele disse, antes de se virar e se misturar às sombras, descendo um lance de escadas.

Meu coração teve um leve sobressalto, e eu quis correr atrás dele, protegê-lo. Meus pés cambalearam para frente. Sempre haveria uma conexão entre mim e Rudy. A ideia de qualquer coisa acontecer com ele rasgava meu peito de dor. Mas não faria diferença se não salvássemos o Papai Noel e não detêssemos a rainha.

A crença do Rudy em mim, para cumprir essa lenda, não acalmava meus nervos, e a dúvida de que eu conseguiria estar à altura do mito pesava sobre meus ombros.

Nós três nos esgueiramos e descemos mais dois andares, sem encontrar uma pessoa sequer, o que triplicou a ansiedade que revirava meu estômago. Parecia errado, como cair em uma armadilha, mas o que podíamos fazer? Tínhamos que tentar.

SAINDO DA LOUCURA

Scrooge estava no modo "valete" total. Furtivo, meticuloso, ágil e implacável com seus comandos, fazendo-nos seguir na linha exata que ele queria. Se isso nos mantivesse vivos e nos desse o que queríamos no final, eu estava bem em acatar suas ordens. Ele conhecia esse lugar, sabia onde se esconder, e os trajetos menos usados. Lebre e eu ficamos em alerta, cobrindo todos os ângulos quando chegamos em uma encruzilhada.

Scrooge acenou para irmos em frente, os passos nos levando ainda mais abaixo do castelo, a escuridão nos revestindo em sombras, mas também escondendo os perigos por trás dela.

Suor escorria pelas costas, meu rabo de cavalo fazendo cócegas na pele exposta. Scrooge parou, relanceando o olhar pelos caminhos escuros, a única luz vindo de janelas minúsculas no teto. Esse andar era quase subterrâneo.

Ele levantou a mão depressa, fazendo Lebre e eu pararmos na mesma hora, os músculos no seu braço se esticando. Scrooge tocou na sua orelha, depois colocou o dedo sobre os lábios.

Foi quando ouvi vários passos vindos do corredor, o que me fez congelar no lugar. Eles eram precisos, os estalos perfeitamente sincronizados, ecoando como se estivessem contidos em um espaço pequeno.

Soldados de brinquedos. Scrooge murmurou, silenciosamente, para nós, erguendo dois dedos. Dois.

O único motivo para que estivessem aqui seria para vigiar o Papai Noel. Dos diversos cenários que criamos antes de sair, estávamos prontos para esse, embora tivéssemos, na verdade, planejado mais guardas escoltando o Papai Noel. Dois mal pareciam o bastante.

Scrooge balançou os dedos, apontando o indicador para baixo.

Um. Dois. Três. Quatro.

Inspirando, meus ouvidos retumbaram de pavor.

Cinco.

Lebre disparou ao redor do Scrooge, saltando para o corredor.

— Vocês, pedaços de madeira, sabem onde fica a sala de massagem nesse lugar? — Lebre cruzou os braços, sua voz descontraída. Os dois soldados foram na direção dele, surpresos. — Glória ainda cria aqueles finais felizes, certo? Da última vez, ela me fez cair de joelho, cantando: *Oh*, Glória!

— Inimigo! — um guarda gritou.

— Isso é um não? Acho que vou ter que descobrir sozinho. — Lebre estalou os dedos e voltou pulando para nós.

— Pare! Alto! — os guardas gritaram enquanto sua marcha forte reverberava pelo corredor na nossa direção.

POP!

Uma bala da arma do Scrooge atravessou a cabeça de madeira do primeiro, espalhando fragmentos pelo lugar como punhais. O disparo da arma foi tão próximo que abafou o ruído do tranco, suprimindo o barulho pelo corredor.

Virando para o segundo cara, que apontou sua pistola para Scrooge, pressionei a arma contra sua têmpora.

— A menos que você queira terminar em pedaços como o seu amigo aqui, você vai abaixar a arma agora.

O soldado de brinquedo hesitou, seus olhos pretos pintados agitando-se estranhamente no rosto suave.

— Agora. — Pressionei mais forte, empurrando sua cabeça para o lado. Devagar, ele abaixou a arma e Lebre a pegou. — Agora, você vai destrancar aquela porta como o brinquedo obediente que é.

— E-e-eu não posso. Ele tem as chaves — o soldado gaguejou, apontando para seu colega despedaçado no chão.

Scrooge se agachou, vasculhando entre a serragem, encontrando um molho de chaves por baixo de uma perna, erguendo-o para mim.

— Viu? — O brinquedo gesticulou para o molho.

— Pois é. — Assenti, meu dedo apertando o gatilho. — Vi que não precisamos mais de você.

Bang!

Madeira explodiu, o soldado número dois se espalhando pelo corredor.

— Caralho, mulher. Você é *impiedosa*. — Lebre abriu a boca e me encarou. — Eu acho, de verdade, que estou apaixonado por você.

— Mais do que pelo seu fogão?

— Não vamos exagerar.

Scrooge limpou a poeira que o cobria, se levantando, seu corpo a apenas centímetros do meu, seus olhos azuis ardendo enquanto me devoravam.

— Isso te excitou? — Ergui uma sobrancelha.

— Com certeza — ele rosnou. — Você é durona, Srta. Liddell… e *isso* me excita pra caralho.

Meus pulmões se agitaram, minha língua deslizando pelo meu lábio.

— Vocês talvez sejam *piores* do que coelhos. — Lebre balançou a cabeça, saltando por cima dos soldados mortos. — Vamos, a meia dela não precisa ser preenchida agora.

SAINDO DA LOUCURA

319

— Devo discordar — Scrooge murmurou com a voz grave, seu olhar ainda me percorrendo, me fazendo respirar fundo.

— Scrooge! — Lebre sussurrou, rouco, fazendo desviar sua atenção de mim para a porta. Scrooge correu até lá, inserindo a chave. O medo de que dezenas de soldados tomariam o corredor, ouvindo o alvoroço, me fez manter a arma apontada para a entrada, cuidando da retaguarda deles.

A tranca estalou, a porta rangendo enquanto se abria. Com uma última olhada em busca de inimigos, nós todos entramos no cômodo. A luz da janela acima iluminou da parede ao chão.

— Meu Deus. — Cobri a boca com a mão, absorvendo o que meus olhos estavam me mostrando.

Pelado e espancado, o Papai Noel estava deitado no chão, seu pescoço, mãos e pés acorrentados à parede. A quietude alarmou meu corpo inteiro.

— Papai Noel? — Scrooge chamou, suavemente, se aproximando do corpo inerte. —Nick?

Nenhuma resposta.

— Merda. — Scrooge foi até ele, o pânico tornando cada movimento irregular. Ele apalpou o corpo do Papai Noel em busca de sinais vitais, sua mão seguindo para o pescoço dele, depois se inclinando sobre seu peito. — Porra. Não… não-não-não…

Terror se espalhou pelo meu esôfago como ervas daninhas; um choro se fundindo à minha alma como um furacão.

— Ele está…? — Lebre começou a falar.

Scrooge balançou a cabeça, mas ele não estava respondendo à pergunta do Lebre. Era mais como se não estivesse aceitando esse desfecho.

— Você não vai fazer isso com a gente. *Você não pode* — ele grunhiu para o corpo sem vida, começando a massagear seu peito, respirando em sua boca.

Eu não conseguia me mover, a verdade arrancando toda certeza e esperança, e embora estivesse de pé em um chão firme, eu estava despencando em um buraco escuro.

Para baixo. Para baixo.

Estávamos atrasados demais.

O Papai Noel estava morto.

CAPÍTULO 42

— Você não vai fazer isso. — Scrooge pressionou o peito do Papai Noel, um músculo na sua mandíbula se contraindo brutalmente. — Não chegamos tão longe por nada. Jessica não vai vencer. Você me ouviu? Existem pessoas demais que acreditam em você. Precisam de você. — Ele se inclinou, dando o fôlego de vida ao Papai Noel, lembrando-me da vez em que fiz isso com ele... o que havia salvado sua vida. O maior presente. O sacrifício derradeiro por outra pessoa.

Esperança se eriçou na minha garganta, meu olhar fixo no Papai Noel enquanto Scrooge se entregava de novo para salvar esse homem.

O peito do Papai Noel expandiu com o ar do Scrooge, mas dessa vez o vi se contrair.

— Molho de cranberry! — gritei, correndo até eles, caindo de joelhos, meus dedos seguindo para a pulsação em seu pulso e pescoço.

Era ínfimo, mas consegui sentir a vida martelar contra sua pele.

— Ele está vivo! — Chorei quando o ritmo cardíaco do Papai Noel intensificou a cada fôlego que Scrooge entregou a ele. Lentamente, os pulmões do Papai Noel começaram a puxar oxigênio por conta própria. — Você conseguiu.

Scrooge se sentou, o medo ainda percorrendo seu corpo.

— Você o salvou, Scrooge.

Seus ombros cederam, a cabeça pendeu, e ele esfregou o rosto, suspirando profundamente.

— Caralho. Se eu soubesse que você queria tanto me dar uns amassos... — uma voz rouca murmurou com petulância, os olhos se abrindo, seguido de uma tosse. — Você poderia ter pedido isso de Natal.

A cabeça do Scrooge disparou para ele, seu olhar entrecerrado.

— Nick?

— Isso é uma pergunta? — resmungou, ríspido, respirando com dificuldade. — E eu aqui pensando que significava alguma coisa para você. — Nick tentou se mexer, mas a corrente o puxou de volta. Seu corpo estava coberto de hematomas e cortes, sangue seco cobrindo metade do rosto e seguindo para o cabelo branco, o vermelho se destacando.

Lebre bufou.

— É claro que *aquele* idiota é teimoso demais para morrer.

— O Papai Noel ainda está vivo, certo?

— Sim, aquele fracote abraçador de elfos ainda está aqui. — Nick se virou para mim, dando uma piscadinha com seu olho que estava melhor. — Mas acho que você prefere caras um pouco mais viris e brutos, não é mesmo, doçura?

— Ecaaa. — Acreditando que o Papai Noel estava morto, não pensei muito sobre ele estar pelado, mas agora notei esse detalhe com uma percepção perturbadora. Sua barba já não cobria mais nada das suas partes íntimas. E eu pensei que precisava de terapia antes...

— Nick — Scrooge grunhiu. — Não temos tempo para isso. Precisamos tirar você daqui.

— Ótimo. — Nick ergueu os pulsos, as correntes tilintando. — Vamos.

— Sabem, acabei de perceber uma situação que não consideramos. — Lebre deu tapinhas nos lábios.

— Caralho — Scrooge bufou, pegando sua faca no arnês. Ele a postou onde as algemas se uniam, tentando separá-las, enquanto eu tentava fazer a mesma coisa no outro braço.

— É, seus merdinhas, isso não vai funcionar. Vocês sabem que ela enfeitiçou essa porra. Uma chave específica precisa abri-las — Nick afirmou, o rosto contorcido de dor quando se curvou para frente, sentando-se. — Cacete, vocês são muito burros mesmo.

— Sabe, pensando melhor, não acho que o São Nicolau aqui vai fazer tanta falta. — Lebre tamborilou seu coto na pedra. — Estaremos, na verdade, prestando um serviço às pessoas.

— Algo que concordo plenamente com você. — A voz dela foi como um limpa-neve no meu estômago, fazendo meu coração saltar para a garganta.

Virei a cabeça e avistei o sorriso cínico da Jessica, seu corpo diminuto diante da imensa porta de madeira. No entanto, seu ego preenchia cada centímetro do cômodo. Essa mulher era um maldito ninja. Silenciosa e mortal.

Levantando-se meio tropegamente, Scrooge se virou, postando-se à nossa frente de maneira automática.

— Vocês demoraram bastante. — Ela entrou, e Blitzen e alguns soldados vieram logo atrás. Suas armas já estavam apontadas para nossas cabeças. — Eu estava começando a ficar entediada.

Scrooge bufou pelo nariz.

— Sim, meu Valete, eu sabia que você viria. — Seu olhar estava fixo nele, mal reparando em nossa presença. — Conheço sua mente e coração, meu amor. Você pareceu mais um marido para mim do que aquele monte de carvão ensopado jamais foi. Quando nos conectamos...

— Cale a boca. — Scrooge estendeu a mão para pegar uma arma no coldre.

— Garoto levado. — Ela balançou o dedo para ele. — Faça mais um movimento, e Blitzen abrirá um buraco na cabeça da sua namorada muito mais rápido do que você pode apontar uma arma para mim. — Ela sorriu e se aproximou dele, seu olhar o percorrendo. — Lembro-me de breves momentos em que você gostava de ser meu marido. Queria isso.

— Acho que as mulheres não são as únicas que conseguem fingir.

Um sorriso retorcido curvou sua boca.

— Por mais terrivelmente mal-humorado que você seja, ainda tem o coração de um herói. Eu sabia que você viria atrás do Papai Noel. — Gesticulou para o homem no chão. —Frosty correu para você, bem como eu esperava, o espelho tentador demais para ser ignorado. Embora, eu tenha pensado, sim, que estava sendo um pouquinho óbvia... — Ela estalou a língua. — Ao invés do trabalho extra de trazer todos vocês pela montanha, vocês vieram até mim de bom grado. Entraram bem aqui. Xeque-mate.

Não éramos estúpidos, todos nós imaginávamos que isso era uma armadilha, mas ela havia organizado a jogada de maneira perfeita. Não tínhamos outra escolha, a não ser jogar.

— Você nos pegou. — Scrooge ergueu os braços. — E agora, o quê?

— Alguém está impaciente.

— Temos um tratamento no *Spa* com a Glória. — Lebre bateu no pulso.

A rainha o encarou por um instante, desconcertada, antes de se voltar para o Scrooge.

— Fui tão generosa com você. — Ela deu tapinhas no peito dele. — Até te dei uma chance para que ficasse com seu filho de novo... vivesse uma vida plena com ele. Vê-lo crescer dessa vez. — Seu olhar se desviou para mim em desdém. — Mas seu pau se sobrepôs ao próprio filho.

SAINDO DA LOUCURA

— Ele não era meu filho. — Fúria percorreu seu corpo. — Ele era uma casca vazia que você invocou.

— Ele poderia ter sido tudo o que você queria que fosse. Mas você escolheu ela. — Jessica balançou a cabeça. — A cada momento, você faz a escolha errada. Tão decepcionante.

— Vou aprender a viver com isso.

— Não. — Ela riu. — Não vai. — Ela se afastou dele, e Blitzen, aparentemente, tomou isso como uma deixa, chegando perto do Scrooge.

— Estou farta deste reino. Não preciso mais de você, do Nick ou da Srta. Liddell.

— Você quer dizer que não poderei ser sua planta babona no canto do hospício, você sabe, em casos de emergência... — Coloquei a mão sobre meu coração, ironicamente. — Estou tão desapontada.

Um sorriso sinistro tomou seus lábios, seus olhos revirando.

— Não quando fiquei sabendo que tem outra que posso usar. Você acha que é a única Liddell que é especial? — Suas palavras drenaram o sangue das minhas veias como um vampiro, gelo arrastando-se pela minha pele.

— O quê?

— Sua irmã pode ter a mente fechada para acreditar agora, mas não foi sempre assim, sabia? E pelo que ouvi dos meus espiões, seu desaparecimento a afetou bastante. Ela não está muito certa da cabeça. Sabe que insanidade é de família.

— Não. Ouse. Tocar. Nela. — Mãos em punhos, lancei-me para frente.

— Ou vai fazer o quê, Alice? — Ela uniu as mãos, acenando para seus guardas. — Você estará morta.

Eles agiram em um piscar de olhos, Blitzen saltando avidamente no Scrooge, o ódio pelo antigo parceiro incendiando seus olhos. Dois soldados me agarraram, e mais dois apreenderam o Lebre, jogando todos nós de joelhos no chão, tirando nossos arneses carregados de armas.

— Você sabe como amo uma decapitação. Torna a festa tão divertida. Mas não dessa vez. — Seus saltos estalaram ao meu redor. — Nick irá, mais uma vez, observar seus amigos serem mortos na sua frente. No final, ele estará implorando para fechar os portais de vez e deixar esse lugar perecer.

A mão de madeira do soldado beliscou dolorosamente minha nuca quando ele me empurrou ainda mais para o chão.

— Blitzen, você pode fazer as honras dessa vez.

— Como você sabia o que eu queria de Natal? — ele zombou, batendo a testa do Scrooge contra o chão de pedra áspera. — Mas vou guardá-lo para o final. Primeiro, ele vai assistir seu amor perder sua bela cabecinha. — Ele puxou Scrooge pelo cabelo, grunhindo em seus ouvidos: — Será como nos velhos tempos? Observar o sangue se espalhar. A vida dela se esvair enquanto ela te encara em pura tristeza e decepção.

Um rosnado feroz veio do Scrooge, tentando revidar, mas outros guardas se aproximaram, chutando e espancando-o com a parte traseira dos seus rifles.

— Scrooge. Pare! — gritei, seu olhar selvagem encontrando o meu. — Por favor. — Balancei a cabeça. Não era assim que eu queria que terminasse. A emoção comprimiu minha garganta quando encarei o Lebre, e depois ele de novo.

— Eu deveria ter feito você ir embora — ele disse, entredentes, sofregamente. — Esse não era o seu mundo… esse não deveria ser o seu fim.

— Você continua dizendo isso. Mas era; é. Eu sempre deveria ter vindo para cá. — Uma lágrima escorreu pela minha bochecha. — E estou feliz que vim. Do contrário, nunca teria conhecido você.

— Teria sido melhor para você assim.

— Eu estava perdida até vir para cá. Encontrei amigos. Família. Um lar. Nesse lugar louco, nunca tive tanta certeza de algo. De você, da minha vida *com* você. — Minhas palavras eram firmes, mas meu corpo estremeceu. — Eu te amo, Matt Hatter.

Um ruído subiu pela sua garganta enquanto Blitzen se aproximava de mim, puxando o machado do arnês às suas costas, os soldados empurrando-me para baixo, a consistência da rocha era a única coisa que eu conseguia enxergar. Era isso. Será que doeria? Haveria escuridão e paz? Na minha mente, falei à minha família que os amava, desejando que eu tivesse assumido o risco e inaugurado a loja de chapéus, ao invés de escutar a todos os outros.

— Jessie, por favor! Não faça isso! — Pude ouvir que o Papai Noel estava de volta, sua voz suplicante ao chacoalhar as correntes. Lebre gritou por mim, mas os sons eram abafados comparados à voz do Scrooge. Como um cobertor ou um bichinho de pelúcia que você abraçava ao sentir medo quando criança, enrolei-me no seu timbre grave, fechando os olhos.

— Não! Alice! — O grito do Scrooge retumbou através de mim quando os soldados intensificaram seu agarre, o machado do Blitzen se erguendo.

— *Você tem o poder, Alice. Não se esqueça.* — Pude ouvir a voz do Rudy na minha cabeça.

SAINDO DA LOUCURA

Certo. Eu tinha magnitude. Fechando os olhos, implorei por ajuda, ainda que Blitzen estivesse em contagem regressiva acima de mim.

— Três.

O tilintar de um vidro atingiu meu joelho, me fazendo abrir os olhos. Havia um frasco na minha frente. Mas não era um biscoito ou algo para beber.

Pisquei.

Uma chave antiga deslizou pelo interior do recipiente.

Mas que diabos, fadas do Natal? Como uma chave deveria me ajudar a escapar de ter a cabeça decepada? Elas tinham finalmente enlouquecido?

Pavor aprofundou-se tanto dentro de mim, que a bile queimou meu estômago, sabendo que dessa vez não havia saída.

— Dois — Blitzen falou quando ouvi Scrooge rosnar em fúria e agonia.

— Um...

BOOM!

Uma explosão atingiu o castelo com um estrondo estremecedor, fazendo todos se jogarem ao chão com um grito. Cobrindo a cabeça, poeira e pedaços de pedras desmoronaram do prédio em cima de nós, caindo como chuva.

— Alice! — Scrooge correu até mim através da névoa de escombros. Angústia e alívio marcaram sua expressão quando suas mãos seguraram meu rosto, puxando-me contra seu corpo. Seus braços me envolveram. A força do seu calor e do fato de que pude senti-lo de novo estremeceu meu peito.

Mais uma vez, escapei dos dedos da morte. Mesmo que fosse por um instante.

— O que foi isso? — Jessica gritou enquanto se levantava, limpando a poeira de si, ira acendendo seus olhos como luzes de Natal. Os soldados rígidos tiveram dificuldade para se levantar, parecendo tartarugas de barriga para cima.

— Eu não sei, Majestade. — Um soldado que estava segurando o Lebre finalmente se levantou. Livre, Lebre disparou para nós, e Scrooge o puxou para nosso amontoado, seu corpo pronto para defender e proteger.

— Então. Vá. Descobrir! — ela berrou. — Seus cérebros de madeira estão provando que só prestam para uma fogueira.

Os guardas gritaram, todos correndo para a porta de uma vez, ficando presos enquanto cada um tentava sair, ninguém chegando a lugar algum.

Boom!

Ocorreu mais uma explosão, essa mais longe, mas ainda sacudiu a fortaleza com um grunhido substancial.

— Saiam da minha frente! — ela gritou para os guardas, correndo até a porta. — E tragam-nos. Se é aquela aliança rebelde... eles verão seus comandantes morrerem na sua frente.

Jessica saiu depressa pela porta. Os guardas nos agarraram à força.

— Movam-se! — Blitzen ordenou, afastando Scrooge de mim, empurrando-o para a frente com tanta força que ele tropeçou, batendo a cabeça na parede. Blitzen o lançou para fora do cômodo, apreciando de um jeito sádico ver o rosto do inimigo chocar-se contra a pedra áspera, vendo o sangue escorrer do nariz. Scrooge se endireitou e sorriu para Blitzen, provocando-o.

— Me soltem, seus bonecos capados! É por isso que são tão amargurados, não é? Nem têm um lápis pequenininho como pau. — Lebre chutou e se debateu quando dois guardas o arrastaram para fora.

Os guardas que me seguravam, empurraram-me para frente, minhas botas acertando um objeto, atirando-o na direção do Papai Noel. Com um tilintar de vidro, o metal rolou por dentro, o que ninguém pareceu notar, exceto eu.

A chave.

— Solte-os. Leve-me no lugar deles! — Papai Noel gritou atrás de nós. Os guardas ignoraram suas súplicas, arrastando-me para fora. — Por fa...! — Suas palavras foram interrompidas quando a porta se fechou atrás de mim.

Eles nos fizeram marchar para cima e para fora das portas, onde a maioria dos serviçais da Jessica já rondavam. Reconheci muitos do manicômio. Pepper Mint e Everly Green – seus rosnados se intensificando quando me viram.

Os guardas nos fizeram parar nos degraus, encarando o jardim dos fundos. A lembrança da primeira vez aqui não pareceu muito diferente da minha atual circunstância, só que dessa vez, a floresta zumbia com um alvoroço e barulhos.

Meu olhar seguiu para a primeira fileira de figuras que vinham da floresta. Pessoas, renas e elfos se alinharam, armados e prontos para a guerra. Tochas brilhavam na escuridão, gerando sombras sobre seus rostos, deixando-os com uma aparência sinistra.

A aliança rebelde *tinha* chegado.

SAINDO DA LOUCURA

CAPÍTULO 43

— É isso? — Jessica disse, alto, com uma risada; a gargalhada rouca gerando calafrios pela minha coluna, seu olhar disparando para mim. — Esse é o seu exército?

— Nunca duvide daquele que têm algo pelo que lutar — zombei.

— Aww. Que conceito fofo. — Ela colocou a mão sobre o coração. — Mas quando a esperança meiga *de fato* venceu? Tenho milhares de homens contra o seu punhado. Veremos quanto tempo dura o seu idealismo.

Eu queria contestá-la, mas honestamente, ela tinha razão. Os mocinhos quase nunca ganhavam na vida real.

— General? — ela chamou o chefe da guarda por cima do ombro.

— Sim, Majestade. — Ele deu um passo à frente.

— Envie todas as suas tropas. Não deixe um vivo.

— Sim, senhora. — Ele se curvou, virando-se na mesma hora para suas tropas, ordenando o ataque. Meu otimismo encolheu, a angústia martelando contra as costelas. Tínhamos armas, mas ela tinha números. Brinquedos irracionais que não parariam até meus amigos estarem mortos.

— O que você quer? — gritei para ela. — Já tem tudo o que quer. O Papai Noel está no seu calabouço. Scrooge e eu aos seus pés.

— A culpa disso é sua, minha querida. Você trouxe essa luta à minha casa. Estou apenas me defendendo. Ao meu povo. — Ela gesticulou para seus serviçais, alguns assentindo em concordância e outros ficando em silêncio nos fundos. — Agora, sente-se e assista ao espetáculo. — Ela apontou para seus jardins. Fileiras de soldados marchavam pela grama, as brilhantes luzes vermelhas pintando-os de uma cor acinzentada desagradável.

— Em suas posições! — o general gritou. Como máquinas, todos os soldados se moveram como um, suas armas apontadas para os alvos.

Pude ver Cupid com a mão erguida para que esperassem. O que ela estava fazendo? Eles estavam prestes a ser alvejados.

— Preparar.

— Esperem — Cupid mandou.

— Fogo!

— Agora!

Enquanto os soldados atiravam nos alvos, nossas tropas se jogaram no chão, atirando nas pernas deles. As balas de verdade retalharam a madeira, derrubando dezenas e dezenas de soldados. Ao mesmo tempo, um grupo dos nossos rebeldes saíram dentre as árvores, Dee liderando-os, atacando pelas laterais.

Dee. Ao vê-la, pavor sufocou minha garganta, meu corpo se movendo na mesma hora para ir até ela, mas os guardas me puxaram, forçando-me a ficar de joelhos.

Os soldados de brinquedo haviam sido criados para o método antigo de combate. Ordens e regras. Direto na luta, não o tipo de batalha estilo guerrilha. Mas ainda havia centenas a mais deles.

Tudo o que podia ser ouvido eram balas voando pelo ar, seguidas por gritos de morte. Tanto do lado deles quanto do nosso. Um grito escapou dos meus lábios quando vi o pai da Cindy Lou ser apunhalado na barriga por uma lança na ponta de um fuzil de doce.

Uma arma que, provavelmente, ele mesmo tinha feito.

— Não! — Meu corpo se debateu contra os que me seguravam. Era o pior tipo de tortura assistir aqueles de quem gostávamos lutando e morrendo diante dos seus olhos, e você não poder fazer coisa alguma.

Por favor. Por favor. Ajude-me. Ajude-nos! Implorei na minha cabeça para qualquer magia que pudesse me ouvir, mas nenhum frasco ou biscoito apareceu diante dos meus olhos.

Corpos e pedaços de madeira adornavam a grama enquanto mais e mais caíam, sangue vermelho encharcando o chão coberto de neve.

Avistei Dee pulando em um sentinela, derrubando-o, sem ver o amigo dele vindo em sua defesa.

— Dee! — berrei, pavor arranhando minha garganta enquanto eu observava o companheiro erguer seu fuzil, a lança na ponta aproximando-se das costas dela.

Dum atirou-se na frente da irmã, tentando afastar a lança. O brinquedo se virou; a ponta mirando no seu novo alvo. Eu não conseguia ouvir,

SAINDO DA LOUCURA   329

mas senti nos meus ossos enquanto via a arma apunhalar Dum, empalando-o no chão.

Oh. Deus...

— Nãooooooo! — Um grito estridente veio da minha alma, lágrimas embargando a garganta, a dor parecendo um tsunami. Vi apenas de relance o soldado tirar a lança ensopada de sangue antes que se misturasse aos corpos em movimento.

— Jessica. Pare! — Scrooge gritou, o tom de voz angustiado, atraindo minha atenção. Seu corpo de debatia contra os vários soldados que tentavam segurá-lo.

— Pensei que era isso que vocês queriam. — Ela balançou a mão para a batalha como se estivesse assistindo crianças brincando no parque. — Morrer pelo que acreditam. Parece melhor quando vocês tolamente acreditam que os "mocinhos" vencem. Mas *vocês* deveriam ter aprendido. Não existe um bonzinho ou um vilão. Apenas um lado perdedor.

Abaixei a cabeça, o sofrimento arrancando qualquer esperança das minhas veias. Era assim que terminaria. Uma história trágica que ninguém conheceria.

Boom! Boom!

A terra sacudiu violentamente, explosões destruindo o chão, a intensidade nos jogando para trás em um choque doloroso. Minha coluna bateu contra a parede da fortaleza, e caí com um estrondo.

Várias centenas de soldados voaram pelos ares, seus corpos fragmentando, enchendo o castelo de sujeira e pedaços de madeira. Cobri a cabeça enquanto os pedaços feriam minha pele. Depois de um instante, havia apenas o som de sujeira acumulada caindo no chão como neve. Piscando, ergui o rosto para ver a destruição que as granadas causaram.

Parecia uma zona de guerra, mas um lado quase havia sido exterminado. A maior parte do exército de Jessica estava espalhada sobre a neve, deixando um punhado de soldados atordoados para seguir com os comandos dela.

Houve mais um momento de silêncio perplexo antes do mundo explodir em caos. Gritos e lamentos percorreram o ar. Os serviçais de Jessica correram como ratos, subindo uns nos outros para sobreviver, para se salvarem de outra bomba.

Pude ouvir Jessica berrando por entre a nuvem de destroços, mas tudo era barulho enquanto meu olhar vasculhava o lugar em busca dos meus amigos.

— Scrooge! Lebre? — berrei, ficando de pé, meus ossos doloridos, sangue escorrendo da minha cabeça.

— Alice? — Dos destroços apontando para o céu, esvoaçando como chocolate em pó, uma silhueta surgiu, as luzes vermelhas destacando seu corpo enorme.

— Scrooge! — gritei, mancando até ele.

Nossos corpos colidiram, seus braços me envolvendo.

— Graças ao Noel... você está bem. — Ele me apertou ainda mais, precisando me sentir tanto quanto eu precisava tocá-lo e saber que ele estava inteiro.

Vivo.

Ele estava coberto de sangue e cortes, mas estava bem. Isso era tudo o que importava.

— Lebre? — Inclinei-me para trás.

— Bem aqui. — Lebre cambaleou; a perna boa com um ferimento no joelho. — Embora por um instante pensei que fosse virar espetinho de coelho.

— Façam o que mandei! — O grito da rainha interrompeu nosso encontro, e todos nós nos viramos ao som da sua voz.

— Você está brincando? — Blitzen rugiu. — Ela poderia nos matar também!

— Ela não vai. Não quando a vida da mais nova está em jogo. Ela fará o que eu disser!

— Você é uma tola.

— Não se dirija à sua rainha dessa maneira. Solte-a! Agora! — ela ordenou, seu tom de voz vacilando com o pânico, sua fachada desmoronando ao seu redor. — Solte Jaguadarte!

— Caralho. — Scrooge enrijeceu os músculos, engolindo em seco.

— O quê? — Olhei ao redor do lugar, vendo nosso exército destruir o que restava do de Jessica. Todos os serviçais e amigos dela fugiram para as colinas, mostrando o quão fiéis eram à sua rainha.

— Isso é muito ruim. — Scrooge pegou uma arma de doce do chão, segurando outra e jogando-a para mim.

— O quê? — gritei de novo, olhando para ele e Lebre. — O que é um jaguadarte?

— Não é o que é. Esse é o nome dela. — Scrooge endireitou os ombros, seu olhar focado à frente, procurando alguma coisa no céu. — Preocupe-se com *o que* é.

SAINDO DA LOUCURA

331

— O que é? — O medo embrulhou meu estômago.

— Uma mãe muito furiosa.

Logo em seguida, um rugido cortou o céu, ecoando do lado mais distante do castelo, sacudindo o chão como se ele soubesse o que estava por vir.

— O. Que. Foi. Isso? — Engoli em seco, o pavor fazendo meu coração bater tão rápido quanto as asas de um beija-flor.

— Nosso carrasco. — A bochecha do Lebre se contraiu em uma careta. — Pudim de Yorkshire... estamos fodidos.

Não tive que esperar muito tempo para entender o motivo de estarmos ferrados.

Outro rugido veio da lateral do castelo, perfurando meus tímpanos. Meu coração saltou para a boca, e saltei, vendo uma criatura do tamanho de um prédio de quatro andares descer, sacudindo o chão.

— Toddy quente duplo. — Pisquei, boquiaberta. — Que merda é aquela?

— Lembra da caverna em que ficamos depois do ataque dos *gremlins*? E você me perguntou, rindo, se o Abominável Homem das Neves costumava morar ali? — Scrooge manteve o foco para cima.

— Sim?

— Bem... um morava. Com sua cria. — Scrooge apontou para a besta que se aproximava da fortaleza. Seu pelo branco parecia mais uma cor amarelada e suja. Vermelho-escuro manchava sua boca, e ela tinha dentes do tamanho de presas de elefantes. Havia garras afiadas nas suas patas e pés. — Se você acha que as mamães ursas são conhecidas por proteger suas crias a todo custo, você não faz ideia do que um Abominável Homem das Neves fará para defender as suas.

E se Jessica estivesse usando o filhote para controlar a mãe? Ela não hesitaria em nos massacrar para pegar sua cria.

Um grito lá embaixo gerou arrepios pela minha coluna, o chão tremendo a cada passo que a criatura dava para mais perto.

Ela me lembrava de uma versão em desenho do Abominável Homem das Neves, mas ao invés de ser meio bobinha e meiga, uma vez em que a conhecia, esse monstro era tudo, menos isso. Fúria marcava seu rosto, seus braços e pernas afastando tudo o que estava em seu caminho. Ela era como o King Kong sem o lado fofo.

— Jaguadarte! — A voz da Jessica soava forte e autoritária, fazendo a cabeça da besta virar para ela. — Mate-os, e você terá seu bebê de volta. O banquete a aguarda, *meu animalzinho de estimação.*

O nariz do Jaguadarte franziu para a rainha, mas ela ainda se virou na direção do nosso grupo, soltando um grito estrondoso antes de se lançar para os petiscos saborosos que estavam fora do seu alcance.

— Recuar! — Cupid gritou, quase sem conseguir sair do caminho das garras do monstro das neves. Armas dispararam, balas atingindo a besta. Ela grunhiu irritada, rebatendo a investida de balas como se fossem moscas, entrecerrando o olhar para seus agressores. Rosnando, ela espanou alguns elfos que resistiam uma última vez, seus corpos voando pelo ar como bolas de praia, sangue jorrando das feridas onde suas garras os cortaram.

Jaguadarte mataria o que tinha restado do nosso lado em instantes. Minhas armas, incluindo uma granada, haviam sido tiradas de nós no calabouço, e eu sabia que se ainda tinha alguma com a nossa tropa, eles estariam usando contra essa coisa.

A necessidade de fazer alguma coisa retumbava contra as costelas, me fazendo mexer os pés sem pensar. Tínhamos sido tão tolos. Sem treinamento e assustados, nosso exército minúsculo tentou lutar contra probabilidades impossíveis. Mas eu lutaria até o fim. Ficaria com meus amigos até meu último fôlego.

— Você ficou louca? — Scrooge falou, vindo logo atrás de mim.

— Sem dúvidas.

Scrooge balançou a cabeça, mas não tentou me impedir, pegando armas enquanto corríamos na direção da besta. Lebre tentava acompanhar. Carregados com todo o armamento que pudemos encontrar ainda intacto, gritei em meio à batalha, disparando até a criatura peluda, acertando sua perna com uma lança. Eu entendia que ela estava fazendo o que precisava para ficar com sua família, mas eu não a deixaria tirar a minha no processo.

Jaguadarte soltou um grito, e suas garras enormes se estenderam para mim. Dei um salto para trás, caindo de bunda, mal escapando das adagas afiadas.

— Alice, mova-se! — Scrooge gritou.

SAINDO DA LOUCURA

Erguendo o rosto, vi o pé da besta descendo sobre mim, querendo me esmagar como um inseto. Girando o corpo, rolei para longe quando seu pé se chocou contra a neve levantando uma rajada ao ar, metade me enterrando sob os flocos.

Scrooge e Lebre atiraram balas de carvão nos seus joelhos; as pernas dela se dobrando de dor. O rosto do Jaguadarte foi tomado de raiva, e ela bateu os punhos no solo, tentando acertar os rapazes como naquele jogo Acerte a Marmota. Ela cambaleou, caindo de joelhos com força; o impacto jogando-nos para trás. Voando pelo ar, meus ossos rangeram quando acertei o chão, rolando pelo gramado, me deixando sem ar. Dor explodiu por cada um dos meus nervos, meus pulmões desesperados em busca de ar, meus músculos inertes no lugar como se eu estivesse fazendo anjos de neve.

As garras do Abominável Homem das Neves deram as caras, e com um rosnado, elas vieram na minha direção. *Ela não deveria ser chamada de mulher das neves em vez disso? Ou homem das neves era uma coisa universal para ambos os sexos?* Engraçado, os pensamentos que vinham à nossa mente instantes antes da morte.

Eu não conseguia respirar ou me mexer enquanto observava a foice descer.

— Jaguadarte! Pare! — A voz de um homem soou pelo ar como um sino, clara e forte, fazendo a besta parar, suas sobrancelhas brancas franzindo, a cabeça se virando para a voz. — Jagua, minha velha amiga, você não vai machucar essas pessoas... ou ninguém mais. Não são eles que estão te mantendo afastada do seu bebê.

Todas as cabeças se viraram para quem estava falando, o silêncio tomando a fortaleza.

Papai Noel, enrolado no que parecia ser uma cortina, estava de pé no degrau mais alto, um pouco acima de todos, Rudy e Vixen ao lado dele, apontando suas armas para Jessica e Blitzen.

Meu coração agitou de alegria ao ver meus amigos vivos. Por um instante, o olhar do Rudy encontrou o meu, sua cabeça inclinando-se para frente, uma centelha em seus olhos, antes de dispará-los de volta para a rainha.

Papai Noel deu um passo à frente, poder e autoridade irradiando dele com tanta intensidade, que a atração ao seu poder era quase dolorosa. Eu tinha visto diferente formas do Nick e do Papai Noel, mas nada chegava perto desse homem que atraía a atenção de todos.

Sua magia pulsava dele, tudo que era sombrio e feio procurando um lugar para se esconder.

— Você não é o animal de estimação dela ou sua escrava. Pegue seu bebê e volte para casa em paz.

Na hora, um pequeno choro veio da lateral da fortaleza, fazendo a cabeça do Jaguadarte virar na direção do barulho, seu olhar se arregalando ao soltar um lamento suave. Ela deu alguns passos até o local onde o choro podia ser ouvido. Um homem das neves filhote, do tamanho de um carro, apareceu correndo.

Um uivo de partir o coração veio do Jaguadarte, que disparou para o seu bebê. A cria chorou, correndo para a mãe, saltando em seus braços, aconchegando-se ao seu rosto e pescoço. Os dois soltaram um ruído que pareceu um ronronado quando se reencontraram.

Meu coração se despedaçou por ela. Mesmo que há um instante ela estivesse prestes a me matar, era difícil odiar algo que só estava tentando proteger seu filho. Ela aguentou a dor e a agonia de ser mantida afastada e usada para lutar na esperança de salvar sua cria. Não me admirava que ela estivesse disposta a massacrar tudo o que estava na sua frente. Qualquer mãe faria isso.

— Sinto muito pelo que você passou aqui. — Papai Noel manteve seu olhar fixo no Jaguadarte. — Você está *livre*.

A besta suspirou, mantendo seu filhote perto do peito. Ela se levantou, inclinou a cabeça para o Papai Noel, se virou, e entrou na floresta atrás, as vibrações das suas passadas diminuindo aos poucos.

— Como. Você. Ousa — Jessica sibilou. — Como você sequer se soltou? Eu enfeiticei aquelas correntes.

— Uma *chave* mágica. — Papai Noel deu uma piscadinha para mim enquanto eu me levantava. — Ela destrancou muito mais do que as correntes nos meus pulsos.

A chave. Merda. As fadas do Natal não eram completamente piradas. Elas haviam me enviado exaamente o que eu precisava A chave para libertar o Papai Noel. E o liberou de mais do que as amarras que o envolviam. Sua magia havia retornado por completo, sem lutar mais contra seus demônios ou medos. O Papai Noel estava de volta no banco do motorista.

— Ela? Como ela te soltou? Você ainda estava aprisionado quando eu a levei.

— Você sempre subestimou o poder do amor. Ele te liberta das correntes que existem por dentro. As que estão realmente te segurando. Era eu quem estava impedindo minha magia esse tempo todo. Não você. Eu.

SAINDO DA LOUCURA

Comecei a duvidar de mim mesmo. Duvidar do que eu significava para o mundo. Fui visitado por um espírito, e vi como seria o nosso futuro se eu não acordasse. Se não mudasse de vida. Vi que sou muito mais forte do que me imaginei capaz de ser.

— Ah, que maravilha. — Jessica cruzou os braços. — Como eu não senti falta da sua porcaria psicológica.

— De novo, sinto muito por ter te machucado. — Papai Noel fechou os olhos rapidamente. — Mas descontar sua mágoa e ódio por mim nos outros? Matando e destruindo porque você estava brava comigo? Isso não posso perdoar.

— Eu não estava atrás do seu perdão — ela retrucou, a raiva erguendo seus ombros. — Já cansei disso. Pegue-o — ela ordenou ao Blitzen.

Nem um único músculo sequer se contraiu no corpo do Rambo-rena – um inseto preso no poder magnífico que era o Papai Noel.

Olhos entrecerrados, ela olhou ao redor, pronta para mandar outra pessoa prendê-lo, mas se encontrou inteiramente sozinha. Nenhum dos seus serviçais, nem mesmo Pepper Mint ou Everly Green, estavam ao seu lado, todos os seus soldados mortos.

— Eu te dei uma ordem! Seu animal inútil — ela gritou com Blitzen de novo.

Ele estava na sua frente em um piscar de olhos; sua mão em volta da garganta dela.

— Eu sou inútil, é? Por décadas fiquei em silêncio, sabendo pelo que estava trabalhando. O jogo final. Posso ter trabalhado *com* você, mas vamos esclarecer isso, eu nunca trabalhei *para* você. Sua garganta era a próxima na minha lista depois que tudo isso acabasse. Você também era para mim apenas um meio para um fim.

Ela se moveu no seu agarre, sua fúria escorrendo de cada palavra.

— Afaste-se. — A arma do Rudy se dirigiu para a parte de trás da ca-beça do Blitzen. — O jogo aconteceu, e você perdeu.

— Diz isso agora porque o Papai Noel está atrás de você. — Blitzen se virou, o cano da arma encostando na sua testa. — Mas nós dois sabe-mos que você é um covarde medroso. Sempre foi e sempre será. Algo que Clarice percebeu em você... e logo ela também irá. — Blitzen acenou na direção da Vixen.

— Não acho que matar, torturar e intimidar me torna uma verdadeira rena. Só aqueles que não têm... — O olhar do Rudy desceu para a calça do Blit-zen. — ...sentem a necessidade de diminuir os outros para se sentirem bem.

— Se é nisso que você quer acreditar. — Blitzen riu enquanto Rudy o agarrava, empurrando-o contra a entrada do castelo.

Papai Noel desceu, se dirigindo à esposa, seu queixo erguido, pairando sobre o corpo dela.

— O que você vai fazer comigo? — Ela cruzou os braços, a voz entediada, mas pude ver lampejos de pânico em seus olhos. — Você não me mataria. O Papai Noel não poderia fazer algo tão pecaminoso.

— Não. — Ele balançou a cabeça. — Não tenho dentro de mim a vontade de matar.

Um sorriso presunçoso curvou os lábios dela.

— O que planejei para você é muito pior. — A postura do Nick cresceu, um brilho em seu olhar. — Você vai desejar que eu tivesse simplesmente te matado, Jessie.

— Como o quê? — ela sussurrou.

— Em um lugar onde será torturada para sempre por aqueles a quem você matou. Assombrada pelas vidas que tomou.

Ela arregalou os olhos de pavor, balançando a cabeça ao se dar conta da implicação de suas palavras.

— Não, você não faria isso. O Papai Noel não é capaz de ser cruel.

— Não, o *Papai Noel* não é… — Ele deu uma piscadinha. — Mas Nick, com certeza.

SAINDO DA LOUCURA

CAPÍTULO 44

A morte estava espalhada pelo solo, mas me mantive de costas para o cenário enquanto me dirigia para frente, seguindo o Papai Noel, Rudy, Vixen e Scrooge para dentro do castelo com os prisioneiros. Eu não conseguia olhar, meu coração não estava pronto para descobrir a verdade de quem poderia encontrar entre os mortos.

— Lebre, encontre quem puder. — Scrooge acenou com a cabeça para o gramado, sem olhar também.

— Mas-mas... — Lebre balançou a cabeça.

— Lebre. Por favor. Preciso de você aqui. — Scrooge abaixou a voz, fazendo o Lebre parar no lugar. Scrooge não mencionou Pin, Dum e Dee, mas eles estavam estampados por todo o seu rosto. O sofrimento que nos aguardava, as pessoas que havíamos perdido. Era uma caixa fechada. Você sabia que tinha algo lá, só não sabia quanta tristeza estava dentro até que de fato olhasse. O silêncio no jardim sugeria o pior, apenas alguns gemidos e lamentos.

Agora nós precisávamos lidar com Jessica e Blitzen. Scrooge não esperou por uma resposta, se dirigindo ao grupo na marquise, que vigiava Jessica. Papai Noel não segurava uma arma e muita coisa poderia dar errado com apenas Vix e Rudy vigiando as duas cobras traiçoeiras. Jessica ainda detinha poder, e eu sabia que ela não iria tranquilamente.

— Eu não quero saber — Lebre disse, baixinho, seu olhar focando em algo às nossas costas. Eu conseguia ouvir algumas pessoas chorando e se movendo entre os destroços.

— Eu sei. — Apertei seu ombro, franzindo o cenho em pura aflição enquanto seguia o Scrooge. Ser aquele que descobriria quem estava vivo... ou morto... era a pior posição.

Fui na direção da fortaleza. Vixen e Rudy mantiveram Blitzen por perto, sua postura ainda repleta de confiança e ego, enquanto Scrooge estava com uma arma apontada para a nuca de Jessica. A única arma que eu ainda possuía era o picador de gelo, que pulsava na minha mão com uma justiça irônica.

Luz artificial piscava nas paredes de pedra escura, nossos passos ecoando pelo teto alto como tambores. Não havia restado uma pessoa sequer no castelo, mas roupas e objetos estavam espalhados, mostrando evidências das fugas apressadas das pessoas.

— Você me decepciona, Alice. — A voz da Jessica rastejou até mim. — Mais uma vez deixando os homens te controlarem, julgarem seu valor.

— É melhor do que deixar você fazer isso — grunhi, erguendo minha picareta para seu pescoço. — Parece familiar?

Ela contraiu os lábios, divertindo-se.

— A mesma coisa que você usou para me *controlar*. — Deslizei a ponta para sua têmpora. — Sabe o quão bom foi quando apunhalei o Dr. Cane com isso? A ironia de matá-lo com o exato objeto que ele tinha enfiado no meu cérebro momentos antes, tentando me transformar em um vegetal que ele poderia abusar.

— Eu vi a sua obra. — Jessica moveu os olhos para me encarar sem virar a cabeça. — Fiquei bem impressionada. Como pensei desde o começo, você teria sido uma parceira excelente. Não é tarde demais, minha querida menina. Você é muito mais poderosa do que qualquer homem aqui. Lembre-se da sensação do picador entrando na cabeça dele, o poder que você sentiu enquanto sua vida se esvaía. Você tem isso dentro de si, Alice. Isso te chama... poderíamos ser magníficas juntas.

— Cale a boca. — Scrooge empurrou-a para frente, mas seu sorriso apenas aumentou, o olhar encontrando o meu.

Assustou-me, a sensação boa que senti ao matá-lo. A justiça de salvar o mundo de alguém como ele. E se eu fosse mais parecida com Jessica do que pensava? E se eu tivesse gostado demais? Quisesse mais daquilo? O mundo estava melhor sem ele. Estaria melhor sem vários homens que batiam, estupravam, roubavam e destruíam.

— Você não se cansou de ser mantida em uma caixa? — A voz dela flutuava ao meu redor. — Scrooge pode ter um belo discurso, mas ele e Nicholas não são diferentes de qualquer outro homem. Lá no fundo, eles não conseguem lidar com seu poder. O poder de uma mulher. Será gradativo,

SAINDO DA LOUCURA

te colocar de volta em uma caixa. Todos os homens, não importa o que digam, se sentem inseguros demais ao pensar que uma mulher poderia governá-los. Seus egos frágeis não conseguem lidar com o fato de que eles sabem que seríamos muito melhores comandando o mundo.

Uma vibração de raiva crepitou na minha mente, meus dentes rangendo, suas palavras se encaixando nos lugares. Nãooooo…

— Saia. Da. Minha. Cabeça — rosnei.

— Eu não estava na sua cabeça, minha querida. Seja lá o que estava pensando, era somente você. — Ela sorriu com malícia, lambendo os lábios como um gato faz com leite.

Dúvida desabrochou como uma flor, o triturador de gelo saindo da sua têmpora.

— Você sabe a verdade, Alice. Está com medo de encará-la. Percebê-la em si.

— Eu mandei calar a boca! — Scrooge pressionou ainda mais a arma contra sua cabeça.

— Sentindo-se excluído? — Ela deu um sorrisinho.

Scrooge grunhiu, seu nariz inflando, o maxilar contraído.

— Você não pode entrar na minha cabeça mais — ele rosnou, sua voz baixa. — Eu sei a verdade agora.

— Mesmo? — ela provocou. — Quer apostar nisso?

— *Pare. Agora.* — Uma onda de dor percorreu o rosto do Scrooge, provando que ela ainda podia rastejar para dentro da sua cabeça. Era menos eficiente do que antes, mas continuava a fazê-lo sofrer. — Sinto muita culpa por causa daquela noite, mas Belle fez sua escolha. Era com você que ela estava falando. Quem a havia traído.

— E o seu filho inocente? Ele fez sua própria escolha? — Como uma flecha, suas palavras atingiram o alvo. Agonia encurvou os ombros do Scrooge, mas ele se manteve erguido, seu agarre nela afrouxando de leve.

— Jessica! — Papai Noel gritou, irritado, sua voz autoritária. — Pare!

Com sua ordem, foi como se o sol surgisse por entre as nuvens, uma escuridão saindo do meu peito. O poder dela se infiltrava na sua cabeça como um verme, criando buracos de dúvida e ódio, enquanto o Papai Noel afastava isso, tirando as teias de aranha que ela tecia na sua mente. Deixando você respirar de novo. Ver a verdade.

Cacete. Eu deixei ela entrar, mexer comigo.

Ela ergueu o lábio com uma risadinha maliciosa, seus saltos estalando na escada enquanto subíamos para a torre.

Ele estava levando-a para o espelho.

O Papai Noel parecia saber exatamente para onde estava indo, mesmo que tivesse sido apenas um prisioneiro aqui. Algo me dizia que era a magia do Papai Noel. Ele sabia mais do que apenas quando você estava dormindo ou sendo levado.

Entrando no pequeno quarto da torre, virei e deparei com Scrooge empurrando Jessica no último degrau. Seu olhar se conectou ao meu, sua boca curvando-se com maldade, um plano se formando por trás dos seus olhos.

Foi em uma fração de segundo quando a compreensão me inundou com apreensão. Antes que meus lábios pudessem sequer se separar, ela fincou o pé no último degrau. *Não!* Minha cabeça gritou enquanto eu assistia tudo em câmera lenta e depressa ao mesmo tempo.

Com sua parada abrupta, Scrooge chocou-se contra ela, cambaleando para trás. Sem que o pequeno degrau da torre segurasse seu corpo enorme, ele tropeçou para trás com um grito, seu olhar encontrando o meu. Por um instante, vi o choque e o medo, ao dar-se conta do que estava prestes a acontecer antes que sua figura fosse levada pela gravidade. Ossos estalando, seu corpo despencou pela íngreme escada em espiral.

— Scrooge! — gritei, lançando-me instintivamente para ele, ao mesmo tempo em que Jessica veio para cima de mim. Caindo no chão, meu cóccix se chocou contra no piso áspero e desnivelado, tirando o ar dos meus pulmões. O triturador de gelo na minha mão se soltou. Jessica arranhou meu rosto, subindo em cima de mim para alcançá-lo.

— Não! — grunhi, meus dedos se esticando para pegar a arma, as pontas roçando no cabo.

O caos se instaurou no cômodo.

Jessica afundou as unhas no meu couro cabeludo enquanto batia minha cabeça com força no chão. Meu crânio, partindo-se contra o chão de pedra, fez a dor apunhalar meu cérebro, minha visão desfocando, o triturador de gelo rolando para longe dos meus dedos flácidos.

Blitzen bateu a cabeça no rosto do Rudy. Sangue jorrou do nariz dele como um chafariz, um estalo ecoando pelo recinto. Blitzen se virou, tirando proveito do momento, e agarrou a arma na mão do Rudy enquanto sua bota pesada chocava-se contra o peito da Vixen, derrubando-a no chão. Ela soltou sua arma. Blitzen saltou para pegá-la, chutando suas costelas.

Jessica se levantou, puxando-me pelo cabelo. Ela me arrastou, a picareta

SAINDO DA LOUCURA

pressionando a pele fina do meu pescoço enquanto me segurava contra seu corpo, usando-me como um escudo.

— Agora, que tal isso como ironia? — ela sibilou no meu ouvido, apertando o triturador de gelo no meu pescoço, minha pulsação saltando no metal grudado à garganta, bem na minha artéria. Um movimento e eu sangraria até morrer em instantes.

— Jessica... — Papai Noel estava ali parado, sua voz calma e poderosa. Como se nada demais tivesse acontecido. Que a situação não tinha virado de ponta-cabeça em segundos.

— Nem pense em usar sua magia, Nicolau. — A respiração da Jessica passou pela minha orelha para o homem do outro lado do cômodo minús-culo. — Posso apunhalar isso na garganta dela antes de você poder fazer qualquer coisa para me impedir.

Blitzen ergueu as duas armas, indo para o lado dela, apontando-as para qualquer um que insinuasse se mover. Mesmo que se odiassem, eles sabiam que os dois eram a melhor opção para se livrar disso. O inimigo do seu inimigo é um aliado temporário.

Botas subiram a escada, Scrooge aparecendo na porta, seu olhar arre-galado quando encontrou o meu, mas escondeu sua emoção rapidamente, sua expressão se fechando enquanto entrava no cômodo.

— E você também, Valete — Jessica zombou. — Sua garota morre se você tentar fazer *um* movimento na minha direção.

— Jessica. — Scrooge ergueu as mãos como se estivesse tentando acalmar um animal selvagem. — Não faça isso.

— Por quê? — a rainha perguntou. — Me dê um bom motivo. Desde que apareceu, ela não tem sido nada além de problemas. Ela é a culpada. A razão de tantos outros terem morrido.

— Não. — Papai Noel balançou a cabeça. — Ela foi o gatilho que despertou a todos nós. A garota que salvou Winterland.

— Salvou Winterland? — Jessica explodiu com um grito. — Parece que ela salvou você? Olhe em volta, seu idiota. Os corpos incontáveis es-parramados pelo jardim. Não sobrou ninguém! Você perdeu! — Ela riu de novo. — Você está delirando. Mas por que eu deveria estar surpresa? O ho-mem que baseou os contos de fadas, se envolve na própria realidade falsa.

— Não é sobre ganhar ou perder esse exato lugar. — Papai Noel ba-lançou a cabeça. —Você nunca entendeu o que Winterland é. O coração desse reino. Não é um lugar físico, mas...

— Argh, não, por favor, pare. — Ela o interrompeu. — Se você disser que é um lugar que existe no meu coração, eu vou apunhalar minha própria garganta. — Jessica puxou-me mais para trás, pressionando a ponta mais fundo, rastros de sangue se acumulando na minha clavícula.

— Alice salvou Winterland porque ela nos despertou do nosso sono. Ela nos inspirou a lutar pelo que acreditamos. Pelo amor e gentileza. Isso é a verdadeira liberdade.

— Por favor. Cale a boca. Você está me dando dor de cabeça —Jessica resmungou, puxando-me para trás de novo. Cada passo nos aproximando do espelho. Uma vez que o atravessássemos, era fim de jogo. — Bem, foi adorável colocar a conversa em dia, mas está na minha hora de partir.

— Não. — Scrooge se moveu para frente. Blitzen apontou a arma direto para sua cabeça.

— Afaste-se. — Ele se moveu conosco, sua arma pronta para atirar. — Está preparado para ela morrer na sua frente? Seja como for... nós vamos sair daqui. Se quiser sua garota viva por mais um tempo, você vai ficar bem aí.

— Quero dizer, você realmente achou que eu desistiria tão fácil? — Jessica debochou. Minha pele queimou quando a ponta afiada a rasgou, minha cabeça girando e confusa. —Finalmente estou livre de *você*, dessa vida. Eu não vou desistir. Ela vai fechar o portal de vez.

Papai Noel ergueu a cabeça, sua atitude mudando em um piscar de olhos, raiva contraindo seus lábios, fuzilando a esposa com o olhar.

Nick.

Ele riu, friamente, dando um passo à frente; o Papai Noel travesso sorriu com alegria.

— Você acha que pode fechar o portal sem mim? — Nick inclinou a cabeça, erguendo suas sobrancelhas espessas. — Eu sou o motivo desse reino sequer *existir*. Sou a razão de *você* sequer existir. Você não foi feita para a Terra, Jessica. Você foi feita *para mim*. Em um mundo de faz de conta.

— Vá se ferrar. Tenho vivido sem você muito bem — ela se irritou. — Eu pertenço à Terra. Eles me acham bastante real. E competente.

— Eu é quem costumava ser um homem real antes da minha lenda formar Winterland. Eu sou a ponte entre os mundos. Você não pode me manter de fora. E não pode me matar. Eu sou mais poderoso do que você. Levei bastante tempo para enxergar que eu *deixei* você ter poder que não deveria ter por causa de culpa.

— Me deixou? Não me subestime. Você pode ter sido real, mas agora

SAINDO DA LOUCURA

não passa de uma lenda, enquanto eu comecei como uma lenda e me tornarei uma pessoa real. Uma que se mantém sem você — ela rosnou, puxando-me para trás. Minha pulsação martelou contra o pescoço; minha respiração estava entrecortada de medo. Meu olhar se desviava constantemente para Scrooge, tentando achar alguma forma de escapar disso. — Eu não sou a esposinha querida que você conhecia. E você não me deixou ter nada. Eu. Tomei.

Eu poderia lutar contra ela antes de perfurar minha artéria? Eu duvidava que até mesmo as fadas do Natal pudessem me salvar dessa. Ainda pedi por sua ajuda, mas nada apareceu. Haveria um momento em elas não estariam lá de jeito nenhum. Eu sabia que não era imune à morte. E se elas me deixaram viva apenas para libertar o Papai Noel? A lenda "dela" disse que ela salvou Winterland, mas a idiota aqui nunca perguntou qual era o seu destino depois.

— O que você espera que aconteça agora, Jessie? — Nick deu mais um passo. — Você vai levá-la para o outro lado? Fazer dela sua prisioneira? E nós deixaríamos você fazer isso?

— Adoro como pensa que você *me deixaria* fazer qualquer coisa. Não preciso da sua permissão ou autorização há décadas — ela gritou para Nick antes de desviar o olhar para Scrooge. — Se você a ama, deixará ela ir. Se vier atrás dela... ela morre.

— Como se você não fosse me matar de qualquer forma — resmunguei.

— Não por um tempo. Você é a minha garantia para voltar para a Terra. Mas não se preocupe, seu cérebro estará tão morto que você não vai ligar para onde está ou com quem está.

— Eu vou caçar você. Nunca vou te deixar descansar. — O peito do Scrooge estufou de ira, seus olhos queimando de ódio. — Eu sempre irei atrás dela.

— Toda vez que tentar, ela será punida. Você sabe o quão perto uma pessoa pode chegar da morte sem de fato morrer? — Ela nos arrastou para trás de novo, a alguns passos do espelho.

— Está dando um tiro no escuro. Você não tem mais ninguém. Nada de soldados para dar ordens, nenhum dos seus supostos admiradores lutando por você. Desista, Jessie. Acabou. — Nick cerrou os punhos.

Guirlanda na minha árvore, eu não sabia o que aconteceria uma vez em que entrássemos no vidro, mas meus instintos diziam que não era bom. E se eles não conseguissem nos seguir tão facilmente? Ou se o espelho nos jogasse para lugares diferentes como o labirinto de azevinho fez? Eles estariam perdidos para mim para sempre. Olhei para baixo. Dois passos e seriamos engolidos pelo espelho, fora do alcance.

— Eu *juro* que nunca mais serei presa por você de novo. Ser sua esposa por tantos séculos foi como ser colocada em uma caixa. Eu preferiria morrer. Não serei sua prisioneira de novo. Sob *qualquer* forma. — O salto dela encostou no espelho, fazendo-o vibrar com a energia.

— Se é isso o que você quer... — Uma voz veio da porta, nos fazendo virar para o lado. Lebre saltou para dentro do cômodo, uma arma na sua mão apontada para Jessica, seus dentes à mostra.

— Lebre, não! — Scrooge gritou.

Boom!

Jessica empurrou-me para o lado enquanto a bala voava pelo quarto, disparando para seu alvo, o som ecoando pelas paredes.

O ruído do tranco retumbou nos meus ouvidos, disseminando dormência pelos meus membros, o choque abrindo a minha boca.

Muito. Quente.

— Alice! — Pude ouvir Scrooge gritar enquanto eu cambaleava para o lado, colocando a mão em cima do meu coração, o líquido quente escorrendo pelos meus dedos.

— Não! Alice! — Lebre gritou, meu olhar encontrando o dele, seus olhos arregalados de pavor, me dizendo o que meu corpo não sentia. Estranho. Eu sabia que deveria sentir dor, mas tudo parecia tão lento, como se tivesse sido anestesiada. Minha boca se abriu para falar, mas um grunhido grave ecoou pelo quarto. Demorou um instante para que eu percebesse que não era meu.

Um corpo cambaleou atrás de mim, batendo no meu, fazendo minha cabeça virar lentamente ao redor.

Os olhos do Blitzen estavam arregalados de choque, sua boca escancarada, sangue escorrendo dos seus lábios. O líquido carmesim jorrava do meio do seu peito, descendo pelo seu tórax.

Ele olhou para baixo e depois para cima, piscando, a boca se abrindo para dizer alguma coisa. Ele despencou no chão com um estrondo alto. Engasgos úmidos saíram dos seus pulmões antes que seu corpo fosse de encontro à morte.

Ouvi um soluço de choque, mas não consegui distinguir de quem foi, minha cabeça girando por causa da perda de sangue. A bala passou diretamente pelo meu corpo, matando Blitzen, mas eu sabia o estrago que tinha

SAINDO DA LOUCURA

feito em mim, o modo como o frio se espalhou pelos meus ossos, a morte batendo à porta, me esperando.

Meu corpo despencou no chão.

— Alice. — Mãos me agarraram, puxando-me para seu colo. O calor do Scrooge pareceu um cobertor elétrico já que perdi o meu próprio, minha essência escorrendo do buraco da bala, tão próximo do meu coração.

Jessica se virou, avançando para o espelho, tentando fugir a todo custo.

— De jeito nenhum, porra! — Lebre gritou, seu corpo chocando-se contra o dela, seus dentes se afundando no seu tornozelo.

O grito estridente retumbou pelo ar, seu corpo caindo no chão, as mãos agarrando a moldura do espelho, tentando passar por ele.

— Pare! — Nick saltou na sua direção, puxando-a para trás e arrastando seu corpo pelo chão antes de virá-la de costas com força, suas mãos prendendo-a ao piso. — Você não vai para lugar algum a não ser uma caixa, *Sra. Noel*.

— E sem um amuleto da sorte. — Lebre saltou no peito dela, sua pata envolvendo o colar, arrancando seu pé do pescoço dela com força. — Acho que isso me pertence, vadia das neves.

Um sorriso malicioso surgiu no rosto dele enquanto ele colocava seu pé ao redor do próprio pescoço. Rudy e Papai Noel a levantaram. Ela não lutou ou se debateu, uma confiança estranha iluminando seus olhos.

Nick a segurou, sua cabeça virando para Rudy e Vixen.

— Virem o espelho de cabeça para baixo e depois para frente de novo.

— O quê? — Lebre perguntou.

— Espelhos têm muitos caminhos. Entradas e saídas. Você precisa garantir que seja o certo. A Terra das Almas Perdidas nunca é clara.

Rudy e Vixen rapidamente viraram o espelho. O vidro se tornou um preto bem escuro, lampejos de luz surgindo no outro lado.

Almas.

Elas clamavam pelo vidro, querendo se libertar ou aguardando pela próxima refeição para alimentá-las.

Jessica engoliu em seco, o medo marcando sua expressão por um instante.

— Está na hora de se despedir, Jessie. Fique à vontade com o martírio por toda a eternidade.

De todos no cômodo, seu olhar encontrou o meu.

— Eu amo quando os homens nos subestimam.

— Tenho certeza de que o Papai Noel teria um momento emotivo e significativo aqui. Mas não gosto de despedidas — Nick resmungou e a empurrou. — Além disso, estou pouco me fodendo.

Seu corpo seguiu escuridão adentro, o espelho oscilando com energia enquanto ela despencava. Caindo em um mundo de loucura. Seu olhar fixou-se no meu, enquanto seu corpo mergulhava na tinta preta. Como se ela estivesse me sugando com ela, puxando-me para a escuridão, sombras surgiram pela minha visão periférica, náusea enchendo o fundo da minha garganta, fazendo minha cabeça girar.

— Alice? — Meu nome soou distante. — Não. Aguente firme.

Mas a percepção escapou de mim, afastando-me da consciência.

E eu caí, de novo.

Para baixo. Para baixo. Em um buraco escuro, muito escuro.

SAINDO DA LOUCURA

CAPÍTULO 45

— *Tudo o que eu quero de Natal são meus dois dentes da frente...*

Uma voz adentrou na minha consciência, me fazendo abrir os olhos. A noção me tirou devagar da escuridão profunda, minha cabeça parecendo estar preenchida com bolas de algodão. Meu crânio latejava, uma dor de cabeça aguda pulsando entre meus olhos. Minha vista absorveu o teto, o telhado alto, e as paredes de pedra escura. Virando a cabeça, vi que estava em um quarto que tinha sido uma enfermaria ou havia se tornado uma... como se estivéssemos no *set* de filmagens de Harry Potter. Dezenas de camas de solteiro ocupadas e alinhadas em fileiras pelo quarto imenso, três janelas enormes no lado mais distante do cômodo, uma luz fraca piscando dos candeeiros na parede.

Ainda estávamos no castelo.

O castelo da Jessica.

O que havia acontecido surgiu na minha mente como fragmentos de um filme.

Tiro. Uma bala havia atravessado meu peito.

Meu olhar percorreu meu corpo, esperando sentir uma dor insuportável. Tocando na área acima do meu coração, percebi que estava envolta em gaze, manchas vermelhas ensopando o tecido. A ferida estava dolorida e sensível, mas não parecia em nada como um tiro deveria ser. Não que eu tivesse experiência em levar tiros antes, mas você não precisava levar um balaço para saber que devia ser dilacerante.

Quentão picante, que tipo de droga eles me deram aqui?

— Meus dois dentes da frente... — Um murmúrio veio do chão, e ergui a cabeça, relanceando o olhar ao lado. Pinguim estava sentado no piso, fazendo arte com cotonetes, remexendo-se enquanto brincava e cantava.

— *Pin?* — Mal consegui exprimir um sussurro pela garganta seca. Emoção marejou meus olhos. Ele estava bem.

Ele levantou a cabeça, os olhos se arregalando.

— Srta. Alice! Você está acordada. — Ele pulou, vindo para a lateral da cama. — Estou tão feliz. Você estava dormindo há um tempão. Eu estava tão preocupado. Oh, minha nossa, o Sr. Scrooge vai ficar chateado por não estar aqui. Mas eu falei para ele que olharia vocês dois. Tenho cuidado de vocês com *tanto* afinco. Quero dizer, houve alguns momentos em que fiquei entediado... e acho que na hora em que fiquei com fome... e bem, fiquei sem bolinhas de algodão algumas outras vezes... — Pin tagarelou, mas minha atenção estava na outra pessoa de quem Pin esteve "tomando conta".

— Meu Deus... — Empurrei os cobertores para longe, ignorando a dor berrando pelo meu corpo. Rastejei até a cama ao lado da minha. Minhas mãos seguiram para seu rosto. Lentas lufadas de ar me diziam que ele estava vivo, mas não parecia firme.

Engoli em seco, as lágrimas me fazendo engasgar.

— Dum...

Seu corpinho estava deitado na cama, a pele pálida onde não estava cortada e ferida. Ele parecia estar se curando, mas os machucados envolviam quase cada pedaço de seu corpo. Uma atadura semelhante à minha cobria um ferimento mais profundo no seu quadril. Mas foi outra ferida que realmente chamou a minha atenção.

— Ah, não...

Onde uma orelha pontuda deveria estar no lado direito da sua cabeça havia um toco ensanguentado. Coberto com um curativo, o algodão estava manchado com um vermelho-escuro, parecendo quase preto.

— O Papai Noel acha que ele vai ficar bem. — Pin chegou perto da minha perna, envolvendo meu joelho com sua nadadeira, me fazendo perceber que eu estava usando apenas calcinha e sutiã. Não que eu me importasse. Salvar a minha vida era muito mais importante do que qualquer pudor que eu poderia ter. Que era nenhum. — Estou tão feliz que você está bem, Srta. Alice. Eu não sei o que faria se você não estivesse.

Afaguei sua cabeça sem dizer nada, dando uma olhada no quarto repleto de camas. Eu conhecia cada rosto. Cindy Lou estava sentada, encarando a escuridão fora da janela, sua mãe na cama ao lado, dormindo. Eu sabia que o pai dela estava morto. Vi acontecer.

Bea, Happy, Cupid, Comet, Donner e vários elfos e Quem preenchiam

SAINDO DA LOUCURA

as outras camas. Esses eram os sobreviventes.

— A Dee está bem? — perguntei para Pin, com medo da resposta.

— Estou. — A voz dela veio detrás de mim, fazendo-me virar. Ela estava parada na porta, o rosto coberto de sangue seco e cortes, mas tirando isso ela parecia bem. — Sou uma guerreira como você, Srta. Alice.

— Dee. — Abri os braços, e ela disparou para mim, seu corpo chocando-se contra o meu, quase me fazendo cair na cama.

— Você deveria estar descansando, minha querida. — Papai Noel entrou logo atrás dela, vestido agora com um roupão cinza feminino, mas que pelo menos o cobria por inteiro. — Seu corpo ainda está se curando, absorvendo o extrato puro de visco.

Era por isso que eu estava me sentindo tão bem e curando muito mais rápido do que um humano deveria. Visco era mágico. Havia me salvado do ataque de azevinhos, salvado Dee da morte quando fomos atacados pelos *Gremlins*, e foi o que me envolveu de magia na casa de gengibre e tantas outras situações. Eu queria beijar o visco.

— Sente-se. — Meu corpo queria obedecer seu pedido, mas minha mente estava rebobinando todos os acontecimentos e o quanto eu poderia ajudar ao invés de ficar deitada aqui.

A expressão sofrida no rosto da Dee seguiu para o outro lado do quarto, para o corpo imóvel do Happy, depois de volta ao seu irmão. Houve um segundo de batalha interna em seu semblante antes que ela pulasse na cama para ficar com seu gêmeo, aconchegando-se ao lado dele. Lambi os lábios, encarando ambos. Era a vez dela de reconfortar seu irmão ferido como ele havia feito. O que esses dois tinham passado partia meu coração.

— Dum ficará bem. — Papai Noel seguiu meu olhar. — Vai ser difícil, mas conseguimos colocar remédio o bastante no sistema dele para salvá-lo. Ele nunca mais vai escutar por aquele ouvido de novo... mas ele está vivo.

Assenti. Eu odiava que ele estivesse permanentemente ferido, mas não podia negar que sua vida era muito mais importante do que sua orelha. Viscos poderiam curar, mas não faziam partes do corpo crescerem outra vez.

— Todos eles ficarão. — Papai Noel gesticulou ao redor do cômodo. — Ao menos fisicamente. O dano emocional é um monstro diferente.

Eu entendia isso.

— Sente-se. Por favor. — Papai Noel acenou para a cama, sem deixar o olhar pousar diretamente em mim. Era assim que eu sabia mesmo que era o Papai Noel e não o Nick, que estaria encarando de forma acintosa meu corpo seminu. Abaixei-me, puxando um lençol sobre mim enquanto Pin se aconchegou ao meu lado, cantarolando, contente. — Não sei como expressar a minha gratidão pelo que você fez, Alice.

— Eu realmente não fiz nada a não ser cair em um buraco.

— Não, minha querida, você fez bem mais do que isso. Como falei à Sra. Noel, você nos despertou, nos fez perceber o que era mais importante. Foi preciso alguém de fora trazer a magia de volta para essa terra. — Ele engoliu em seco. — Morrer por um mundo melhor é mais digno do que viver em um por causa do medo. Não existe liberdade em viver se você está apenas existindo.

— Sinto que ouvi algo parecido antes. — Um sorriso curvou minha boca, lembrando do Scrooge dizer a mesma coisa quando o conheci.

— Você trouxe esperança de volta para nós, Alice. — Papai Noel segurou o estrado de metal. — O ato mais heroico de todos.

— Heroico? — Eu ri.

— Sim. — Papai Noel inclinou a cabeça, um sorriso brincalhão surgindo nos seus lábios. — Você acha que alguém mais poderia fazer o Ebenezer Scrooge amargurado e de coração odioso acreditar no otimismo e no amor de novo? Isso *por si só* é um milagre.

Uma risada subiu pelo meu peito, fazendo-me encolher de dor.

— Ei — Scrooge grunhiu ao entrar no quarto. — Esse coração ainda é tão amargurado e sombrio quanto sempre foi. — Suas palavras não condiziam com o brilho em seus olhos azuis quando seu olhar me percorreu avidamente.

— Claro. — Papai Noel deu uma piscadinha para mim. — Vamos deixar que ele acredite nisso.

— Como você está se sentindo? — Scrooge parou ao lado do Papai Noel.

— Dolorida, mas fora isso, curiosamente bem.

— Visco. — Ele ergueu a sobrancelha de forma sensual, seu olhar vagando pela minha nudez. — Faz maravilhas para o corpo.

— Ah, testículos de elfo. Vocês dois não vão ser assim o tempo *todo* agora, né? — Lebre chegou saltando por trás do amigo, revirando os olhos. — Eu *vou* me afogar em um pudim escaldante de Natal.

— Ei, esfregador de bunda felpudo… — Scrooge deu um tapa na cabeça do Lebre. — Você não tem algo suplicante a fazer?

— Não.

Scrooge deu mais um tapa.

— Tudo bem. Tudo bem. — Lebre suspirou dramaticamente. — *Sinto muito* por ter atirado em você... embora se vocês dois continuarem aquela melação na *minha* cozinha... eu não sinto tanto.

Uma gargalhada subiu pela garganta, e eu sacudi a cabeça enquanto observava minha família. Alguns ainda precisavam de tempo, mas estávamos todos vivos. Juntos.

— Jessica se foi? Para sempre?

— Jessica vai passar a eternidade sendo torturada pelas almas que eles assassinaram. — Papai Noel abaixou a cabeça, tristeza franzindo suas sobrancelhas. — Blitzen foi com ela.

— Pensei que ele tinha morrido.

— Morreu. Mas é lá que sua alma permanecerá. Ele não merece descansar. Mesmo na morte, ele deve enfrentar seus próprios crimes. As vidas que ele cruelmente torturou e destruiu. Acredite em mim... — O Papai Noel contraiu os lábios, um lampejo de angústia tomando seu rosto, e então desaparecendo. — Os dois receberão apenas o que merecem. — Ele pigarreou, se afastando. — Há muito a fazer. Tenho uma longa jornada para reconstituir o que Winterland uma vez foi. Estive ausente por tempo demais. Preciso trabalhar ainda mais para ser o líder em quem eles acreditavam. E o Natal será em apenas alguns dias.

Ele nos deu um último aceno antes de passar por cada cama, vendo como estava seu povo, seus olhares e rostos se iluminando com a presença dele, não importava que horror tivessem acabado de vivenciar. Ficamos todos em silêncio por um instante, observando o Papai Noel vagar pelo quarto.

Engoli em seco, erguendo o rosto para o Scrooge.

— Noel?

Scrooge pressionou os lábios com um pequeno aceno de cabeça.

— Dee disse que o viu logo antes da última explosão. Ele estava bem no meio dela... Sinto muito.

Sofrimento embargou minha garganta, a emoção fazendo meus olhos marejarem. Um soluço me escapou, antes de eu abaixar a cabeça. Não importava que eu não o conhecesse direito. A experiência no manicômio havia criado uma ligação entre nós. Noel, minha estrela brilhante em um lugar escuro. Consegui sair de lá por causa dele... e agora ele se foi.

— Dasher também. — Dee fungou, ainda agarrada ao irmão. — Metade dos Quem, e dezenas de amigos meus...

— Sinto muito mesmo. — Algumas lágrimas escorreram pelo meu rosto, a realidade da morte pesando.

— Nós temos uns aos outros. — Pin se inclinou contra mim. Suavemente, ele começou a cantar, sua voz se tornando cada vez mais alta até que ressoava pelas rochas. — *Please come home for Christmas... no more sorrow, no grief and pain. And I'll be happy Christmas once again[22].*

Mais lágrimas escorreram pelas minhas bochechas, a canção tomando um significado diferente. Meu peito doía com uma dor tão intensa que me fez curvar para frente.

— Oh, meus elfos... olhem. — Dee se sentou, apontando para a janela, meu olhar seguindo a direção de seu dedo.

Minha boca escancarou, e me levantei da cama, piscando depressa, verificando se estava, de fato, testemunhando o que via. Minhas pernas se moveram sem nem pensar, levando-me para a janela. Aqueles acordados ou capacitados me seguiram com a mesma reverência.

— Ai, meu Papai Noel... — Calei-me, minhas mãos pressionando o vidro, assistindo o que não dei valor todos os dias na Terra.

O sol brilhava por trás das montanhas, deixando-as em tons de azul, dourado e vermelho enquanto nascia. Raios passaram pela janela, dando a sensação de que estavam atravessando meu peito. Meu coração se encheu de admiração, como se eu nunca tivesse visto um nascer do sol antes. Scrooge parou ao meu lado, enlaçando minha cintura enquanto Dee, Pin e Lebre se espremiam na nossa frente.

Arquejos e soluços ressoaram ao meu redor, todos absorvendo o nascer do sol deslumbrante. Algo que havia sido negado a eles por décadas. O poder foi inteiramente alterado. O Papai Noel reivindicou seu trono, banindo a escuridão que ela impôs a esse lugar.

— *No more sorrow... grief and pain...* — A voz do Pinguim preencheu o cômodo, a música tornando-se inspiradora ao invés de dolorosa.

Tantas vidas haviam sido perdidas, tanto sofrimento e tristeza. Eu sabia que esse lugar sempre carregaria as cicatrizes do que aconteceu, mas eu conhecia a força dessas pessoas. Elas o reconstruiriam.

Pintado pelo céu como uma tela, um novo dia despontava no horizonte.

E como a minha aliança rebelde...

Uma nova esperança.

---

22 Música do cantor estadunidense Charles Brown. Tradução livre: Por favor, venha para casa no Natal... não haverá mais tristeza, nem sofrimento e dor. E eu serei feliz, no Natal, mais uma vez.

EPÍLOGO

Um ano depois

Luzes brancas cálidas brilhavam da árvore e da lareira, o cintilar de chamas dançando enquanto uma música suave preenchia o ar. Pedaços de papéis amassados estavam espalhados pela sala de estar, por conta da nossa abertura de presentes mais cedo.

— Argh. — Reclinei-me contra o sofá, esfregando a barriga estufada, o jantar de peru ainda presente no meu paladar. — Estou tão cheia.

— Você vai pedir um sanduíche de peru em uma hora. — Dinah se jogou no outro lado do sofá enorme, grunhindo. — Vou ter que correr uma distância maior amanhã, sinto que estou carregando um bebê em forma de batata.

— Ah, por favor, você comeu um *pouquinho* de purê com molho. — Revirei os olhos, afundando-me ainda mais nas almofadas. Minha irmã estava se preparando para uma maratona e levando isso muito a sério. Como ela fazia com tudo.

Algo havia mudado nela desde que voltei para casa do "manicômio". Ela estava mais inquieta, às vezes, se distraía como se estivesse olhando alguma coisa. Eu não podia negar que Jessica mexeu com a minha cabeça, chamando atenção para o fato de que a minha irmã poderia ser igual a mim. Mas, sempre que eu perguntava, dizendo que estava aqui se precisasse, ela balançava a cabeça e dizia que não era nada.

— Tão cheio... — Scott se arrastou para a beirada do sofá onde Dinah estava e caiu nas suas pernas, colocando mais um pedaço de bolo de chocolate com gengibre na boca.

— Ai, meu Deus, você está comendo mais um? É o quê, o seu quarto? — Dinah se afastou para abrir espaço para o namorado. — Você vai passar mal.

— Eu sei, mas é tãooooo bom. — Ele pôs o último pedaço na língua, gemendo de satisfação. — Sério, Alice, onde você conseguiu isso? É a melhor coisa que já coloquei na minha boca.

Um sorriso curvou meus lábios.

— Um amigo meu que faz.

— Bem, seu amigo precisa abrir uma confeitaria, para que eu possa comer isso o ano inteiro.

— Eu acho que nem o *seu* metabolismo aguentaria isso. — Dinah riu, esfregando a barriga dele.

— Eu adoraria tentar. — Ele se aconchegou à minha irmã. — Se o seu amigo faz outras delícias, estou mais do que disposto a ser o degustador oficial.

— Ele faz. — Sorri. — Tudo o que ele faz é divino. Ele vai abrir uma confeitaria perto da Páscoa. — O imóvel ao lado da minha loja já tinha sido alugado e estava começando as reformas.

— Vou me mudar para Nova York assim que abrir. — Scott inclinou a cabeça para trás, afundando-se mais no sofá, dando uma piscadinha para Dinah. — Certo, amor?

Ela balançou a cabeça em negativa, dizendo que isso não aconteceria de jeito nenhum. Ela gostava da cidade pequena. A estrutura, estar no controle. Comum. Ela gostava da mesma rotina e do que esperar. Nova York era o contrário disso.

— Bem, agradeça-o por nós. Estava realmente delicioso. — Minha mãe veio por trás do sofá, olhando para suas duas filhas. Ela parecia mais bonita do que nunca com um moletom verde e felpudo e uma longa saia de tule branca, o cabelo em um coque frouxo.

— Melhor sobremesa que já experimentei. — Meu pai surgiu atrás dela, colocando o braço ao seu redor. Eu tinha vindo da cidade, onde estava morando de novo, para passar a véspera do Natal com eles.

Minha mãe e minha irmã fizeram um ótimo trabalho em fingir que os acontecimentos do ano passado não ocorreram. Embora o que elas lembravam e o que de fato aconteceu fosse bem diferente. O creme de menta da Jessica tinha enganado a mente de todo mundo. Algumas partes pareciam ter sido completamente apagadas de suas memórias. Como a própria Jessica. Ela havia sido tirada por inteiro da equação. Tudo o que eles lembravam era do Dr. Cane e dos funcionários, mas dela, não. Nem mesmo como nossa vizinha ou de como a minha mãe a bajulou. Jessica Winters nunca existiu.

Eu não podia negar. A Sra. Noel era a epítome de um gênio do mal.

SAINDO DA LOUCURA

Quando os efeitos do seu xarope mágico passaram, eles a levaram junto. Ela sairia ilesa, todas as suas ações perversas desaparecidas, porque ninguém se lembrava dela. E ela estava mais do que disposta a jogar seus serviçais aos lobos se fossem pegos.

Meu período no hospício tinha acontecido. Nada poderia apagar isso da memória das pessoas, mas já que todos lá haviam sumido com o dinheiro, mamãe e Dinah alardeavam sobre como nós todos fomos vítimas daquele golpe horrível. Eles se aproveitaram da nossa vulnerabilidade. Minha mãe negou abundantemente que eles nunca pesquisaram sobre o lugar ou que deu todos os direitos aos médicos. Ela tem certeza de que alguém apagou todas as licenças médicas que viu, junto com o site, avaliações e a aprovação da APA[23].

Tanto a minha mãe quanto a minha irmã falavam que a época em que estive um pouco "perdida" e o manicômio foram mais uma longa sessão de terapia semanal para mim. Meu pai acenava e concordava, mas eu enxergava em seu olhar. Ele recordava de mais do que demonstrava. Às vezes, eu via dor e confusão em seu semblante, lembrando-me de quando eu estava lutando entre duas realidades, a verdade se infiltrando, dizendo que nem tudo era o que parecia.

Engraçado o que você se permite acreditar para que faça sentido no seu mundo.

— Hora do filme de Natal. — Dinah pressionou o controle, ligando a TV. Objetos se moviam pela tela. — Ah… talvez esse não.

Meu olhar seguiu para o filme que passava, criaturas verdes e escamosas saltando pelo monitor.

Gremlins.

— Está tudo bem, gente. — Sorri. — Eu não vou surtar dessa vez. — Não posso dizer que *Gremlins* seja meu filme favorito mais, mas dessa vez eu me lembrava do que tinha acontecido naquela colina. O que havia me apavorado antes eram as imagens que eu não entendia e que surgiam na minha mente. — É um clássico de Natal.

— Tudo bem; podemos achar outra coisa. — Dinah começou a zapear pelos canais. — Esse é melhor.

Soltei uma gargalhada, o desenho *Rudolph, a Rena do Nariz Vermelho* estava sendo exibido na TV.

— Esse filme usou e abusou da licença poética de Hollywood. — Levantei-me do sofá, balançando a cabeça.

---

23 APA: Associação Americana de Psicologia.

— O quê? — Todos me encaravam com um olhar confuso.

— O Jogo das Renas é até a morte, não é divertido ou fofo... ah, e Blitzen é um monte de merda… e Clarice? — Apontei para a tela enquanto me afastava. — Vaca insossa total. Ele está muito melhor com a Vixen.

Eu conseguia sentir minha família me encararando, boquiaberta, enquanto saía da sala, um sorriso espalhado no meu rosto. Abrindo a porta corrediça, saí para a varanda dos fundos. O ar gélido atravessou na mesma hora meu moletom vermelho e minha calça jeans *skinny*, o *look* fofo não ajudando em nada para conter a temperatura congelante.

— Merda. — Esfreguei os braços, minhas botas cinzas de veludo trazendo a única sensação de calor. Às vezes, eu esquecia o quão frio ficava aqui.

A lua brilhava no céu, envolvendo o quintal em uma cor branco-azulada, as árvores criando grandes sombras que as faziam parecer vivas. Eu estava esperando o dia em que elas começariam a falar ou jogariam bolas de seiva em mim.

A noite estava fresca e límpida, as estrelas brilhando no céu. Estava lindo. Mas apenas uma coisa chamava a minha atenção. Demorei alguns instantes para apreciar o sonho de pé na minha frente.

De braços cruzados sobre seu fino moletom preto, contraindo os ombros largos, o jeans envolvendo perfeitamente sua bunda rígida, Matt era um conto de fadas e um pornô embrulhado numa coisa só.

— Oi. — Aproximei-me, me perdendo na sua beleza áspera. — O que está fazendo aqui fora?

Olhos azuis intensos dispararam para mim, sempre repletos de uma profunda fome primitiva que me fazia suspirar fundo toda vez que ele olhava para mim.

— Pensando. — Seu olhar me percorreu de cima a baixo, me devorando, como se ele ainda estivesse faminto, antes de se virar para a noite de novo.

— Eu deveria perguntar? — Minha mão acariciou seu bíceps. Na mesma hora, ele abaixou o braço que estava cruzado e o envolveu na minha cintura, puxando-me contra seu corpo com um baque surdo.

— Apenas em quão diferente o ano passado foi deste. — Suas mãos grandes percorreram minha bunda, puxando-me com mais força. — O homem casado, que tinha um filho brincando do lado de dentro, não conseguia lutar contra o impulso de vir para cá. O quanto tentei justificar minha atração por você. A força que me puxava como se eu não tivesse escolha.

SAINDO DA LOUCURA

— Porque você não tinha. — Aconcheguei-me a ele. — Assim como eu também não.

Matt roçou a boca na minha orelha.

— Sinto falta dele.

— Eu sei. — Enlacei seu pescoço. — Isso nunca vai passar.

— Lembrar do outro menino me faz sentir que estou traindo meu verdadeiro filho, mas aí me apavora quando as lembranças do outro Tim começam a desvanecer.

Encostei minha testa à dele. Não havia palavras de sabedoria ou nada que pudesse acelerar a cura da sua perda. O tempo poderia amenizar, mas ele nunca deixaria de sentir falta do Timothy.

Aqui, Scrooge atendia por Matt Hatter, o vizinho *solteiro* por quem me apaixonei. Jessica se excluiu da equação, mas os poucos que viram ou conheceram o frágil Tim se lembravam dele vagamente. A história que a minha vizinhança tinha como verdade era que Matt vivia ao lado com seu filho doente. Um pai viúvo cujo filho tinha falecido de câncer no ano passado. Nós tínhamos começado um relacionamento, nos apaixonado – alguns diziam que foi rápido demais, já que ele estava de luto, e que eu era louca, mas eles creditavam isso à minha natureza impulsiva. Eu não dava a mínima para o que as pessoas pensavam. Os boatos sobre o Matt ir me buscar no "hospício do golpe" eram hilários, porque nenhum deles chegava perto da verdade absolutamente ridícula.

Nos mesmo mês em que voltamos para cá, ele vendeu a casa, e nós nos mudamos para Nova York, abrindo uma pequena empresa.

Meus pais tentavam evitar o assunto sobre o Tim ou a primeira esposa, mas Matt falava abertamente sobre eles. Contando-nos histórias engraçadas de quando Timmy era um bebê, e ele e Belle tendo dificuldades para desvendar a paternidade. Tudo o que eles sabiam sobre Belle era que ela tinha morrido em um trágico acidente antes de ele se mudar para cá. Acho que isso estava ajudando Scrooge a se curar. Não ignorar a morte do filho ou de Belle, mas reconhecer a alegria e a dor livremente.

Seus dedos seguiram para debaixo do meu moletom, deslizando para cima, à medida que os dentes vagavam pelo meu pescoço.

— Precisamos voltar. — Perdi o fôlego quando sua boca e mãos dançaram pela minha pele, seu toque sendo ao mesmo tempo fogo e gelo. A conexão entre nós apenas cresceu, tecendo nossa história em algo ainda mais unido.

— Que tal a gente dar uma escapadinha para a lateral da casa? Te foder na neve.

— Nós quase fomos pegos mais cedo. — Inclinei a cabeça para trás, sua boca mordiscando minha pele. Uma fraca cicatriz ainda marcava meu pescoço por causa do triturador de gelo, sempre me lembrando de que eu havia sobrevivido. Eu ainda tinha uma marca acima do meu coração da ferida de bala. Estava pensando em fazer uma tatuagem ali. Não para cobrir, mas para acrescentar. Eu amava as minhas imperfeições. Como as da Dee, elas eram minhas cicatrizes de sobrevivente. Elas contavam o relato de quem eu era hoje. Pelo que passei.

Minha história.

— Cacete, Scrooge. — Gemi quando seus dedos se enfiaram pelo meu jeans. O homem sabia como provocar meu corpo em um segundo, e ainda tínhamos que descobrir qualquer limite para desejar um ao outro. — Nós realmente precisamos voltar para a cidade. Além disso, não somos bons em ficar em silêncio. Nem um pouco.

— Não, você não é. — Ele sorriu com os dentes mordisncando a minha orelha. — Tive que abafar sua boca mais cedo.

Um rubor quente se espalhou pelas minhas bochechas. Ele teve mesmo. Tínhamos nos esgueirado para o meu quarto antes do jantar... e então para o banheiro depois. Eu tinha certeza de que a minha família sabia o que estava rolando, mas todo mundo agia como se não soubesse.

Precisei de todas as minhas forças para me afastar, aspirando o ar enregelante, na esperança de resfriar meu corpo.

— Vamos. — Estendi a mão, sentindo seus dedos entrelaçarem aos meus, seu olhar ainda me devorando. — Vamos para casa.

Um sorriso travesso curvou a lateral da sua boca enquanto ele me seguia para dentro.

— Gente, estamos indo embora. — Estiquei a mão para meu longo casaco de inverno cinza, segurando as sacolas cheias dos nossos presentes e algumas coisas que peguei do meu antigo quarto.

— Não entendo por que você não pode ficar. — Minha mãe suspirou. — Por que você precisa trabalhar no dia do Natal, eu não entendo.

— Acostume-se, mãe. — Eu a abracei enquanto meu pai apertava a mão do Matt. — Essa é a minha vida agora. Além disso, vamos passar o dia do Natal com a família do Matt.

— Quando é que vamos conhecê-los? — Meu pai me abraçou em seguida, apertando ainda mais forte.

SAINDO DA LOUCURA

Matt me encarou, dando uma piscadinha.

— Algum dia.

Nós sabíamos que esse dia poderia chegar, mas agora não era o momento. Acho que a minha mãe ainda andava pisando em ovos perto de mim, com medo de que eu caísse da muralha segura e me quebrasse toda de novo.

Quando sentisse que era a hora certa, eu mostraria a eles que nunca enlouqueci, embora isso pudesse acontecer com eles. Tudo o que vi era verdade e bastante real.

Abracei minha irmã e Scott enquanto minha mãe paparicava Matt, entregando mais sacolas para ele segurar e, finalmente, saímos da casa.

— Mana? — Dinah me chamou enquanto eu abria a porta do carro. Matt ainda não se sentia confortável em dirigir, já que ele nasceu na época de cavalos e carruagens. Mas ele havia se tornando um fã do metrô.

Ergui o rosto para encará-la, uma tristeza estranha percorrendo seus traços.

— Eu te amo.

— Também amo você. — Inclinei a cabeça, surpresa com sua declaração repentina antes de entrar no carro.

Matt subiu ao meu lado, colocando uma sacola que entreguei a ele entre os seus pés enquanto eu ligava o motor. Demos um último aceno para a minha família antes de partir.

— Espere. Acho que isso não é nosso. — Ele tocou no tecido que despontava no topo da sacola de compras.

— Não, é sim. — Um sorriso indecente curvou minha boca, e encarei a noite escura. — É, com certeza, *nosso*.

— Eu não me lembro de abrir isso.

— Não foi um presente da minha família. — Sorri, olhando de relance para ele. — É um presente meu.

— Para mim? — Ele franziu o cenho, puxando a vestimenta. — Eu sei que não abri nada que tivesse listras verdes e vermelhas.

— É algo que você vai desembrulhar quando chegarmos em casa.

— Sério? — Ele ergueu a sobrancelha, seu dedo percorrendo lentamente o tecido. — Posso dar uma espiada agora?

— Os meninos travessos sempre dão.

Ele sorriu, puxando a peça da sacola.

— Merda. — Ele soltou o fôlego. — Isso é...?

— Minha fantasia de elfa vulgar? — Eu ainda tinha uma pendurada no meu armário, a roupa que estava vestindo quando nos conhecemos. — Pensei que hoje à noite você gostaria de uma viagem ao passado.

— Você, com certeza, vai entrar na lista dos travessos hoje. — Scrooge desviou o olhar para mim.

— Então você gostou do seu presente?

— É o melhor presente do mundo... de Natal ou qualquer outra festividade. E não estou falando apenas da fantasia — ele grunhiu ao meu lado, seus olhos brilhando enquanto me percorriam. — Agora, leve-nos para casa imediatamente, Srta. Liddell.

A neve brilhava por causa dos pisca-piscas pendurados das janelas e portas, as árvores envoltas por luzes brancas. As pessoas se agasalhavam contra o frio, e as ruas estavam repletas de folia e comemorações. Nova York estava sempre em movimento, não importava o clima ou a época. Nas ruas pitorescas de *Greenwich Village*, as celebrações da véspera de Natal enchiam o *pub* local alguns edifícios abaixo. Músicas natalinas chegavam até nós enquanto caminhávamos para o prédio onde morávamos e trabalhávamos.

A área era uma das mais caras, e eu não chegava nem perto de ser rica. O Papai Noel possibilitou pagar por esse lugar. Um "presentinho" que ele me concedeu seis meses atrás, como um presente de "não-Natal" no dia 25 de julho. Um agradecimento, embora eu ainda achasse que fiz muito pouco.

Meus pés estacaram na calçada, meu olhar vagando pela placa louca pendurada na frente do edifício. Eu ainda não conseguia acreditar, meu sonho vivo diante dos meus olhos.

Alice and the Hatter[24] estava escrito em letras descoladas saindo de um bule para dentro de uma cartola de cabeça para baixo com um cachecol vermelho, parecendo estar sendo soprada pelo vento. Desenhados pelo cachecol, havia figuras sutis de um pinguim, elfos gêmeos, uma rena, um

---

24 Na tradução, seria *Alice e o Chapeleiro*, mas também faz referência ao sobrenome de Matt.

coelho branco, e outras imagens que você precisaria ver de perto para enxergar. Nossa família e amigos para que o mundo pudesse ver. Eu não conseguia descrever, mas a magia parecia revolver ali. Misterioso. *Sexy*. Divertido. Fascinante.

O mesmo efeito envolvia o interior da loja a cada peça que exibida. Como dedos te chamando para contar um segredo picante, a loja parecia atrair pessoas como mariposas. Desde o dia em que a abri quatro meses atrás, tínhamos estado tão ocupados com as vendas e com os pedidos de clientes, que eu mal conseguia acompanhar. Ficou ainda mais intenso quando uma celebridade que morava no final da rua comprou uma peça e tuitou sobre a loja. Tive que contratar dois funcionários e logo ampliaríamos a chapelaria com uma confeitaria ao lado. As duas não pareciam combinar, mas nunca pensei que ter uma vida na Terra e em Winterland funcionaria também.

A loucura e a racionalidade, às vezes, eram a combinação perfeita.

Matt e eu estávamos exaustos, mas eu finalizava cada dia com um sorriso, sabendo que não queria fazer nada mais. Esperava ansiosa a maluquice do dia seguinte.

— Ainda não consigo acreditar que é real — murmurei, encarando a *minha* loja, e balançando a cabeça em descrença. A paixão que tinha por tanto tempo, mesmo trabalhando em empregos que eu odiava, os esboços que me fizeram parar em um manicômio – tudo isso me trouxe aqui. Meus desenhos loucos encaixavam perfeitamente em Nova York.

— É *nisso* que você não consegue acreditar? — Matt sorriu, pressionando o corpo contra o meu, olhando para a loja fechada, as janelas escuras. — A realidade é aceitar a verdade no inacreditável.

— Argh. — Gemi, minha cabeça pendendo no seu peito. — Você parece o Frosty falando.

— Ohhh... — Scrooge sibilou, seus braços me envolvendo. — Você vai pagar por essa ofensa mais tarde, Srta. Liddell.

— Mal posso esperar. — Dei uma piscadinha para ele. Scrooge e Frosty nunca seriam amigos. Foi difícil fazer os dois serem civilizados um com o outro, mas eles se toleravam o bastante para não se matar. Não liderar mais a Resistência Noturna havia desviado sua atenção para tornar o cenário das vilas e da oficina acima do padrão. Embora o Frosty passasse mais o seu tempo sendo o líder da fofoca da cidade do que de qualquer outra coisa.

— Dessa vez, eu talvez precise pegar emprestado o chicote do Papai Noel. — Scrooge passou a mão pelo meu cabelo, sua boca descendo na minha. Desejo. Vontade. A cada beijo, ele reivindicava mais de mim, sua boca incinerando cada nervo. Ele devorava. Exigia. E eu cedia de bom grado, desafiando-o com a minha própria ânsia.

Seus dedos enviaram faíscas pela minha cabeça, criando o calor no meio das minhas pernas, minha intensidade aumentando, fazendo-o grunhir. Tínhamos problemas em conseguir nos conter. Uma vez que nos tocávamos, isso geralmente levava ao sexo selvagem e desenfreado no quarto dos fundos, ou então corríamos para o nosso apartamento no andar de cima quando tinha um intervalo. Depois de encerrar o expediente e fechar as portas, as mesas de exposição e a caixa registradora presenciavam bastante atividade.

— Alice. — Sua voz era grave e repleta de desejo, seu queixo apontando para a placa. — Você sabe que algum dia eu vou tirar o *"and the"* do logotipo.

Deixando...

Alice Hatter.

Meu peito se estufou com a ideia.

— Mas é mesmo, você não acredita em casamento. — Ele mordiscou minha orelha. — Não vê motivo.

— Se você se lembra, eu também disse que não sou contra. A vida me deixará saber na hora certa.

— Acho que vai… — Ele sorriu jocosamente.

Eu nunca iria querer ficar com qualquer outra pessoa. Nunca. Matt/Scrooge estava entranhado na minha alma. Eu sabia que ele sentia o mesmo, mas nenhum de nós estava pronto ainda. Ele tinha alguns problemas ainda para trabalhar a respeito de Belle e lidar de verdade com a morte do Tim. Eu estava feliz com a nossa vida agora, me virando sozinha, focando na minha carreira. Nós tínhamos tempo, e aquilo algum dia iria se tornar o presente.

Seus lábios tomaram os meus, ávidos e vorazes. Do jeito que eu gostava.

— Vamos lá para cima antes que eles saibam que voltamos. — Segurei o cós da sua calça, puxando-o para a porta.

Crash!

De dentro da loja, vieram sons de coisas caíndo e batendo no chão.

Eu nem sequer me mexi.

SAINDO DA LOUCURA

— Tarde demais. — Scrooge sorriu contra a minha boca, seu olhar seguindo para o lado. Olhei por cima do meu ombro, vendo uma cabeça preta e branca espiando pela janela escura.

— Não se preocupe, Srta. Alice. Deixa comigo... Não é ruim... Bem, não tão ruim quanto da *última* vez. — As palavras do Pinguim saíram abafadas por causa da janela.

Pus a mão na cabeça, e comecei a rir. Essa não era a primeira vez que Pin destruía a loja. Ele era um touro em uma loja de porcelana.

Rindo ao meu lado, Scrooge destrancou a porta e me puxou para dentro, trancando rapidamente. Quase todos os chapéus e faixas em exibição na vitrine perto da janela estavam espalhados pelo chão. Pinguim saltitou ao redor recolhendo chapéus, mas com suas nadadeiras ele só conseguia pegar dois antes que caíssem no chão de novo.

— Pode deixar, Pin. — Agachei-me, beijando sua cabeça antes de pegar os artigos, colocando-os de volta na mesa. — Vou arrumá-los antes de abrirmos depois de amanhã.

Eu tinha mentido para os meus pais. A loja não era o motivo de termos de voltar para a cidade. Embora não tivesse dúvidas de que teríamos trabalho logo mais.

— Sinto muito, Srta. Alice. Eu fiquei entendiado... e depois esperei por vocês... fiquei entendiado de novo.

— Entediado? — Matt bufou, colocando todas as nossas sacolas atrás do balcão.

— Eu estava tentando ajudar. Estava mesmo, Sr. Scrooge… mas fiquei enrolado nas guirlandas e nas fitas.

— Deixa eu adivinhar... — Tirei meu casaco. — Dee te pôs para fora.

Pinguim soltou um soluço abafado enquanto se balançava de um lado ao outro.

— Ela *gritou* comigo.

— Aqui. — Scrooge tirou algo de uma sacola, entregando para o Pinguim. Os olhos do pássaro se arregalaram, seu bico vibrando de empolgação.

— Ooooohhh, tão bonito! — Ele agitou a neve dentro, cantarolando a música *Let It Snow*.

Era um globo de neve em miniatura que a minha irmã tinha colocado na minha meia, que estranhamente tinha uma casa de gengibre, junto com um boneco de neve e um pinguim. Ela mal sabia o quão relevante eles eram na minha vida.

364   **STACEY MARIE BROWN**

Ele nos seguiu para o meu escritório, distraído com seu novo brinquedo. Acendi a luz, iluminando o pequeno cômodo abarrotado de esboços, tecidos e ferramentas. Tinha uma área de trabalho para criar meus desenhos, que também era a minha mesa. Vários armários preenchiam o espaço, junto com um calendário enorme. Mas a maior coisa no lugar era o espelho pendurado na parede.

Também tínhamos um lá em cima, o qual Scrooge ameaçou tirar porque nossa privacidade acabava sendo bastante interrompida.

O espelho balançou, e orelhas de coelho o atravessaram.

— Caralho! Já estava na hora de vocês voltarem. — Lebre saltou pelo cômodo vestido em seu avental de babados, seu pé pendurado no pescoço. — Dee está enlouquecendo todo mundo. Ela assumiu seu papel um pouco bem demais. Guirlandas nas minhas santas bolas, ela está em guerra para fazer *o melhor Natal do caralho de todos*, o que está me fazendo querer parti-la como um pirulito.

Depois da batalha um ano atrás, Dee se esforçou muito para colocar o Natal nos eixos, assumindo seu papel de coordenar a oficina, mas ainda havia muito a ser reconstruído, e havia menos mãos para trabalhar na fábrica. Nesse ano, a Oficina do Papai Noel estava de volta noventa por cento e funcionando por causa da determinação da Dee. Seu modo "guerreira" tinha ficado um pouco intenso.

— Ela está me dizendo que não estou fazendo doces de meias rápido o bastante! — Lebre gritou. — Você não fala para um chefe, um *artista*, para cozinhar mais rápido. Ah, não, garotinha. Estou criando arte para a boca. Você *não* apressa isso.

— Lebre! Onde você está? — a voz da Dee gritou pelo espelho.

— Ai, caralho. — Lebre disparou para a minha mesa, para se esconder debaixo. — Não diga a ela que estou aqui.

A cabeça da Dee atravessou o espelho, usando um microfone e segurando uma prancheta, seu rosto cheio de determinação.

— Leb... ah, que bom, vocês voltaram. — Ela acenou para nós, apontando para a sua papelada. — Preciso de vocês no embrulho dos presentes. Bea vai inteirá-los no que precisam fazer.

— Embrulho de presentes? — Scrooge riu, balançando a cabeça. — De jeito nenhum.

Dee entrecerrou o olhar até que ele piscou, sua boca fechando rapidinho.

— Estamos no momento crucial. — Ela o encarou, tocando no seu relógio, que mostrava cada fuso horário. — O Papai Noel e as renas já

SAINDO DA LOUCURA

estão atrasados. Ainda não temos os números que costumávamos ter, e temos três vezes mais crianças para entregar do que no ano passado.

A Oficina do Papai Noel era muito mais complexa e de alta tecnologia do que você imaginaria. Eles tinham um cômodo que parecia com uma sala de controle da NASA, que mantinha contato não apenas com o Papai Noel, marcando suas entregas, mantendo-o na agenda apertada, mas eles precisavam estar alertas quanto ao clima, aviões, outras intercorrências.

Do tamanho de um armazém, a área do embrulho dos presentes era como uma esteira rolante de pessoas trabalhando harmoniosamente juntas, fazendo parecer bem mais fácil do que era. Na única vez em que tentei, desisti em quinze minutos, incapaz de acompanhar o ritmo.

A verdadeira "oficina" era bem menor agora, já que muitos brinquedos não eram "feitos" mais, tirando alguns artigos como bichos de pelúcia, brinquedos de madeira e bonecas. O maior cômodo era cheio de bicicletas, aparelhos eletrônicos e brinquedos comprados em uma loja e armazenados ali.

— Lebre, eu sei que você está se escondendo embaixo da mesa — Dee falou, revirando os olhos. — Precisamos de mais vinte dezenas de Papais Noéis e bonecos de neve de chocolate.

— Não. — A voz dele guinchou. — Você não pode me obrigar, *Fräulein*[25] *Miser.*

— Miser? — Escancarei a boca.

— É. Você conhece os irmãos Miser? — Lebre sondou.

— Como em Heat e Snow? Aqueles Misers? — Ergui o rosto para encarar Scrooge. — Eles não são reais, são?

— Você quer mesmo que eu responda isso? — Ele sorriu para mim, depois balançou a cabeça. — Nem quero falar sobre aqueles idiotas.

— Vamos! Depressinha. — Dee bateu o pé no piso de madeira.

— Péssima escolha de palavras aí. — Lebre bufou da mesa.

— O tempo está passando. Temos muito trabalho a fazer antes que possamos relaxar por um dia.

— Cadê a minha adorável Dee? — provoquei.

— Você vai tê-la de volta amanhã. — Matt me deu um empurrãozinho. — Por um dia.

Eu sabia que ela relaxaria em algum momento, mas sua vontade de fazer o Natal como era depois de tantos anos de escuridão era obsessiva. Era sutil, mas até mesmo aqui na Terra eu sentia um pouco mais de felicidade,

---

25 Moça em alemão.

uma leveza desde que Winterland tinha sido restabelecida. Eles haviam destruído o castelo da Jessica e construído a nova Oficina lá. A cidade pela qual eu tinha passado para ir ao castelo da rainha foi reconstruída, ascendendo com vida de novo. Cafeterias, casas e lojas. Flores cantavam alegremente nos canteiros das janelas, o rio borbulhando de exultação, e o glorioso sol os saudava todos os dias. Mesmo que estivesse chovendo, nevando, ou nublado, você ainda sentia o raiar do dia, a noite infinita se foi.

Eu mal podia esperar para passar o dia com a minha família em Winterland depois que o trabalho estivesse feito. Relaxando no chalé, rindo, bebendo e comendo, consumindo tantas calorias da comida do Lebre e do hidromel que talvez teria que fazer dieta pelo resto do ano.

Valia tanto a pena.

Não tinha certeza se foi Nick ou o Papai Noel que decidiu continuar morando no chalé, usando um espelho para viajar para o trabalho todo dia. Acho que ele gostou da paz e tranquilidade lá. Os dois homens viveriam para sempre em um só corpo, e ambos pareciam ter aceitado a presença um do outro. Havia dor e escuridão demais para o Papai Noel viver sem o Nick. E o Papai Noel salvou o Nick de se afogar na ira e dor pessimista.

Aqueles que perdemos ainda estavam nos nossos corações, mas uma nova alegria estava nos ajudando a superar. Rudy e Vixen estavam esperando uma menininha para a primavera, e eles já sabiam que seria nomeada em homenagem aos seus companheiros mortos. *Dasher-Prancer-Dancer*. Um pouco longo, mas percebi que todo mundo já estava apelidando a rena que ainda não tinha nascido de Dash ou DP.

Eu não poderia estar mais feliz por ele. Eles estavam tão apaixonados e contentes. Rudy e eu sempre seríamos próximo, mas o mundo dele *era* Vixen e a bebê.

Rudy não foi o único que encontrou o amor em meio à tragédia.

— Dee! — A voz do Dum guinchou pelo espelho, a parte superior do seu corpo entrando no escritório. — Ah, ótimo, vocês voltaram. — Dum acenou para nós com um sorriso cheio de dentes.

— Dum, o que foi? Por que você não está na sua estação? — Dee ergueu a voz.

— Uhhh… Nós temos um *probleminha*… — O subcomandante dela parecia nervoso.

— O que foi agora? — ela gritou. — Eu te deixei encarregado por um minuto. Você não conseguiu aguentar nem um minuto, *Dum-Puck*?

SAINDO DA LOUCURA 367

Soltei uma risada. Sim, eu ainda achava isso engraçado pra caramba.

— Você sabe que não lido muito bem com crises. — Ele agarrou seu chapéu, puxando-o mais para um lado, escondendo o cotoco sarado da orelha. Ele ainda não se sentia seguro em ser o elfo de uma orelha só, mas Bea parecia achar isso extremamente *sexy*, o que ajudou um pouco o seu ego. Ele não tinha se recuperado emocionalmente por completo da batalha. Ainda sofria com pesadelos e, às vezes, ficava para baixo, mas melhorava a cada dia. Principalmente desde que ele e Bea tinham se tornado grandes amigos. Depois de todo o seu papo sobre elfos "normais", ele estranhamente adorava a loucura dela. Eles riam e corriam bastante ao redor como se tivessem cinco anos.

— O. Que. Foi? — Dee encarou o irmão.

— Happy se demitiu de novo.

— De novo? Ele não pode se demitir. É véspera de Natal. Fale para ele levar o traseiro dele de volta para a oficina.

— Fala você para ele. Mas acho que ele já está no *pub*, bebendo.

— Argh! — Ela grunhiu para o teto. — Aquele idiota rabugento e resmungão. Como ele é sequer um *puck*? Ele é o completo oposto de um elfo. Ele é um anti-elfo.

— Me fale você — Dum murmurou. — *Você* é que está namorando com ele.

Namorar soava engraçado com aqueles dois. Metade do tempo eles agiam como se odiassem um ao outro; na outra metade, você os encontraria lançando olhares maliciosos e sumindo juntos. A fofoca sobre o estranho casal estava espalhada pela vila, os outros tentando descobrir o que exatamente estava acontecendo e o que viam um no outro. Sendo a elfa-líder do Papai Noel, a maioria achava que Dee deveria ficar com outro elfo feliz, amante do Natal. Aquela não era ela. Ela sempre gostou de garotos diferentes, tendo uma quedinha pelo Rudy e Scrooge.

Happy poderia ser um elfo por fora, embora fosse bem mais alto do que todos os outros, mas por dentro, ele era um homem ranzinza e sarcástico. Muito não-élfico e ela amava isso.

Eu estava extasiada por ela, porque sabia que ela estava completamente apaixonada. Acho que fui a única para quem ela confessou.

— Vá atrás dele.

— O quê? — Dum segurou em concha sua orelha ruim.

— Dum!

— Desculpe, não consigo te ouvir. — Ele deslizou de volta para dentro do espelho, apontando para a orelha ferida. Ele usava bastante essa estratégia quando queria se livrar de algo.

— Droga, Dum. Eu sei que você consegue me ouvir. Talvez você não tenha mais neurônios, mas sua orelha esquerda está funcionando muito bem! — ela gritou de volta para ele. — Dum!

Ele colocou a cabeça para fora mais uma vez.

— Tudo bem. Eu lido com *ele*. — Ela arrumou seu microfone auricular. — Por agora, assuma o lugar dele; preciso ir à sala de controle. — Ela gesticulou para que ele fosse logo. — Está rolando uma nevasca horrível na Polônia. Uma criança não quer dormir em Bruges, e, como sempre, dezenas de crianças, de repente, passaram de levados a bonzinhos, sem querer perder os presentes. — Ela esfregou a cabeça, suspirando antes de começar a seguir seu irmão pelo espelho. — Agora, Lebre! — ela gritou para o coelho antes de atravessar.

— Cacete. Eu estava esperando que ela tivesse me esquecido — Lebre resmungou, rastejando e seguindo para o espelho.

Ele enfiou a mão no avental e puxou uma pequena garrafa de hidromel, virando de uma vez.

— Agora eu entendo o motivo de tantos *chefs* beberem ou usarem drogas, o desejo infinito por nossas obras-primas pode realmente causar um estrago.

— Apenas espere até abrirmos sua confeitaria aqui do lado. Você vai ser venerado. — Dei uma piscadinha para ele.

— Eles nem vão saber que sou eu cozinhando — ele bufou. O que planejamos é que o Lebre cozinharia na sua cozinha, e nós administraríamos a chapelaria e a confeitaria. Com ajuda, é claro, mas por causa da nossa situação, não poderia ser qualquer um da rua.

Agora que Jessica se foi e a água com a qual ela drogava o seu povo estava fora dos seus sistemas, conheci pessoas encantadoras. A maioria não lembrava muito daquela época. Por mais que seus rostos, às vezes, me assombrassem, quando quase perdi a cabeça diante daquela multidão, eu precisava lembrar que eles eram vítimas também.

E muitos em Winterland pareciam humanos normais, o que funcionava a nosso favor. Eve, Holly e Joseph trabalhavam na loja. Eles ficaram maravilhados por viajar entre os reinos e absolutamente fascinados por Nova York.

SAINDO DA LOUCURA

Eles amavam trabalhar aqui e, sinceramente, eram os melhores funcionários. Eu não sabia o que faria sem eles. Principalmente agora que iríamos ampliar.

Nós tínhamos procurado pelo séquito da rainha, mas nunca achamos pessoas como Pepper Mint ou Everly. Eu tinha um pressentimento de que elas escaparam para o reino da Terra, escondendo-se na imensidão de pessoas.

— Conseguem imaginar? A implacabilidade da fama se eles descobrissem que uma lebre extremamente robusta, linda e falante, com cicatrizes fodonas, usando seu próprio pé ao redor do pescoço, era quem estava cozinhando orgasmos em um prato para eles? Ser reverenciado assim seria demais para ele.

— Tão humilde. — Scrooge riu.

— Lamba meu quebra-nozes. — Lebre andou de costas antes de pular no espelho, deixando-nos apenas com a melodia da canção do Pin. Ele estava sentado no chão, aos meus pés, hipnotizado pelo globo de neve, cantando para ele.

— Espere só até ele saber que vamos chamar de *The White Rabbit*[26] .

O slogan da confeitaria seria *"É sempre hora do chá"*. Uma referência à tatuagem no peito do Scrooge e nossa placa lá fora. Não me incomodava o fato de ser a frase de Belle. Eu não tinha medo do passado. Tudo nos conduziu até aqui... um para o outro.

Scrooge se virou para me encarar, seu olhar inflamando-se de novo.

— Ainda dá tempo de subir por um tempinho.

— Acho que a Dee vai realmente nos ferver em calda de pudim de figo.

— De novo, vale a pena. — Suas mãos se moveram para as laterais do meu corpo.

Encarando-o, não conseguia acreditar no quanto era sortuda. Eu sabia que não queria deixar a Terra para sempre, nem queria me despedir de Winterland. Tudo bem, eu nunca largaria o Scrooge. Mas, por um instante, temi que talvez precisasse escolher.

Ele havia me beijado, o sol nascendo em Winterland pela primeira vez em décadas, seu olhar cravado em mim.

— Aonde você for, eu vou, Srta. Liddell.

— Você deixaria Winterland? Sua família?

— Lembre-se, eu sou um babaca egoísta e ganancioso — ele grunhiu no meu ouvido. — Quero os dois. E terei os dois.

O Papai Noel tinha sido resoluto quanto às regras para viajar entre os reinos, mas com um pouquinho de persuasão, e com o fato de que ele

---

26 Tradução: O Coelho Branco

sabia que eu era uma chave e poderia abrir e fechar se quisesse, ele cedeu. Sempre haveria a chance de Winterland ser descoberta ou de alguém se descuidar, mas você não pode viver a vida com medo.

Isso não era de fato viver.

De volta ao presente, ergui o rosto para encará-lo.

— Eu te amo. — Minha boca encontrou a sua, beijando-o suavemente.

— Você está mesmo me pedindo para te jogar por cima do meu ombro e te levar lá para cima. — Ele se aproximou. — E foder qualquer vestígio seu para fora da lista dos bonzinhos.

— Acho que fiz isso quando quebrei uma garrafa na cabeça do Nick.

— Ainda estou com inveja disso — ele murmurou enquanto me beijava.

— Saco do Papai Noel. Vocês dois estão nessa de novo — Lebre vociferou do espelho. — Vamos logo, Dee está estalando o chicote.

— Parece um pouco pervertido. — Scrooge aconchegou-se ao meu pescoço, mordiscando minha mandíbula. — Embora eu preferisse fazer isso com você lá em cima.

— Vá sem a gente. — Acenei para o Lebre, minhas pernas se contraindo de desejo.

— Ah, tudo bem. — Lebre deu de ombros. — Acho que vou beber a remessa fresca de hidromel *sozinho* então.

— Estamos indo! — Scrooge e eu nos viramos para o espelho. Scrooge seguiu o Lebre, desaparecendo no espelho enquanto eu pegava o Pin no colo. Apaguei a luz ao lado da porta aberta do escritório, a rua e os pisca-piscas inundando o pequeno corredor até mim.

— *Alice.* — Como um sussurro do vento, meu nome deslizou por cima do meu ombro, subindo pela minha nuca, como dedos gélidos. Meu corpo parou abruptamente. — *Al-ice.*

Virei a cabeça por cima do ombro, meu olhar vagando para fora da janela enorme, medo fazendo minha pele formigar.

Meu olhar pousou em uma figura envolta por sombras, parada do lado de fora perto de uma árvore. Usando um grande capuz, não pude enxergar nenhum traço, mas o pavor congelou o ar nos meus pulmões. Um instinto gutural martelou meu coração contra as costelas. Eu conseguia sentir um olhar sobre mim, como se pudesse me enxergar aqui no meu escritório. Terror revirou meu estômago, cobrindo a pele de suor. Um sibilo escapou da minha garganta.

E, então, eu pisquei.

Sumiu.

SAINDO DA LOUCURA

O lugar estava vazio.

Curioso.

Ainda encarando o lado de fora, respirei fundo, engolindo meu medo. *Não tem nada lá, Alice. Você sabe que ela se foi. Estava só na sua cabeça,* falei para mim mesma, tentando fazer meu coração frenético se acalmar. *Ela nunca mais poderá te machucar.*

Eu sabia que ela tinha partido, mas pesadelos a respeito dela ainda surgiam nas fissuras. Eu odiava que mesmo da Terra das Almas Perdidas, ela ainda achava um jeito de me atormentar.

— Srta. Alice, você está bem? — Pin tocou no meu ombro, fazendo minha cabeça virar para ele.

— Sim. Muito bem. — Assenti, engolindo o nó de pavor que se embolou na garganta. — Vamos embrulhar alguns presentes.

— E a mim também? — Pin gritou. Ele amava quando eu o decorava como uma árvore de Natal.

— É claro que sim. — Dei uma piscadinha. — Quando a Dee não estiver olhando.

— Ou ela vai gritar com a gente de novo.

— É bom você vir logo. — A voz do Scrooge chamou a minha atenção para o espelho quando ele atravessou de novo. — Ou você está pedindo para levar umas palmadas, Srta. Liddell? — Ele ergueu a sobrancelha.

— Isso é uma promessa, Sr. Scrooge? — Tentei sorrir.

— Você está bem? — ele perguntou quando fui em sua direção, pegando o Pin dos meus braços.

— Sim. — Assenti, forçando aquele momento para fora da minha cabeça. Sacudi os ombros, deixando um ar brincalhão surgir nos meus lábios. — Estou mais do que bem. Palmadas e hidromel? — Minha boca roçou na dele. — O que mais uma garota poderia querer?

— Caralho, Srta. Liddell — ele grunhiu atrás de mim quando entrei no espelho.

Essa vida era tudo o que eu queria e mais. Eu não deixaria o fantasma dela destruí-la. Com meu coração repleto de amor, mergulhei no buraco.

Deixar-me cair na insanidade era a única maneira que eu poderia subir e...

Sair da loucura.

FIM

Obrigada a todos os meus leitores. Sua opinião realmente importa para mim e ajuda outros a decidir se querem adquirir meu livro. Se você gostou desse livro, por favor, considere deixar uma avaliação no site onde o comprou. Significaria muito. Obrigada.

AGRADECIMENTOS

Espero que vocês tenham gostado da história da Alice e do Scrooge, juntamente com Lebre, Rudy, Papai Noel, Dee, Dum e Pin! Eu adoraria continuar essa série com a história da Dinah, já que me apaixonei pela saga e por esses personagens! Espero que vocês também. Obrigada mais uma vez por darem uma chance a esse conto louco.

Kiki & Colleen da Next Step P.R. – Obrigada por toda a dedicação! Eu amo tanto vocês, meninas.

Jordan Rosenfeld da Write Livelihood – Cada livro é melhor por sua causa. Ouço sua voz constantemente na minha cabeça enquanto escrevo.

Hollie "a revisora" – Sempre maravilhosa, prestativa, e um sonho de se trabalhar junto.

Jay Aheer – Tanta beleza. Estou apaixonada pelo seu trabalho!

Judi Fennell da www.formatting4U.com – Sempre rápida e certeira!

Para todos os leitores que me apoiaram: Minha gratidão é por tudo o que fazem e o quanto ajudam autores independentes por puro amor pela leitura.

Para todos os autores independentes/híbridos por aí que inspiram, desafiam, apoiam e me incentivam a melhorar: eu amo vocês!

E para qualquer pessoa que pegou um livro independente e deu uma chance a um autor desconhecido. OBRIGADA!

A The Gift Box é uma editora brasileira, com publicações de autores nacionais e estrangeiros, que surgiu no mercado em janeiro de 2018. Nossos livros estão sempre entre os mais vendidos da Amazon e já receberam diversos destaques em blogs literários e na própria Amazon.

Somos uma empresa jovem, cheia de energia e paixão pela literatura de romance e queremos incentivar cada vez mais a leitura e o crescimento de nossos autores e parceiros.

Acompanhe a The Gift Box nas redes sociais para ficar por dentro de todas as novidades.

 www.thegiftboxbr.com

 /thegiftboxbr.com

 @thegiftboxbr

 @GiftBoxEditora